Colecção Literatura de Macau

澳門基金會
FUNDAÇÃO MACAU

中华文学基金会

·散 文·

炉石塘的日与夜

谭健锹／著

作家出版社

澳门文学丛书

总 序

值此“澳门文学丛书”出版之际，我不由想起1997年3月至2013年4月之间，对澳门的几次造访。在这几次访问中，从街边散步到社团座谈，从文化广场到大学讲堂，我遇见的文学创作者和爱好者越来越多，我置身于其中的文学气氛越来越浓，我被问及的各种各样的问题，也越来越集中于澳门文学的建设上来。这让我强烈地感觉到：澳门文学正在走向自觉，一个澳门人自己的文学时代即将到来。

事实确乎如此。包括诗歌、小说、散文、评论在内的“澳门文学丛书”，经过广泛征集、精心筛选，目前收纳了多达几十部著作，暂分两批出版。这一批数量可观的文本，是文学对当代澳门的真情观照，是老中青三代写作人奋力开拓并自我证明的丰硕成果。由此，我们欣喜地发现，一块与澳门人语言、生命和精神紧密结合的文学高地，正一步一步地隆起。

在澳门，有一群为数不少的写作人，他们不慕荣利，不怕寂寞，在沉重的工作和生活的双重压力下，心甘情愿地挤出时间来，从事文学书写。这种纯业余的写作方式，完全是出于一种兴趣，一种热爱，一种诗意追求的精神需要。惟其如此，他们的笔触是自由的，体现着一种充分的主体性；他们的喜怒哀乐，他们对于社会人生和自身命运的思考，也是恳切的，流淌着一种发自肺腑的真诚。澳门众多的写作人，就这样从语言与生活的密切关联里，坚守着文学，坚持文学书写，使文学的重要性在心灵深处保持不变，使澳门文学的亮丽风景得以形成，从而表现了澳门人的自尊和自爱，真是弥足珍贵。这情形呼应着一个令人振奋的现实：在物欲喧嚣、拜金主义盛行的当下，在视听信息量极大的网络、多媒体面前，学问、智慧、理念、心胸、情操与文学的全部内涵，并没有被取代，即便是在博彩业特别兴旺发达的澳门小城。

文学是一个民族的精神花朵，一个民族的精神史；文学是一个民族的品位和素质，一个民族的乃至影响世界的智慧和胸襟。我们写作人要敢于看不起那些空心化、浅薄化、碎片化、一味搞笑、肆意恶搞、咋咋呼呼迎合起哄的所谓“作品”。在我们的心目中，应该有屈原、司马迁、陶渊明、李白、杜甫、王维、苏轼、辛弃疾、陆游、关汉卿、王实甫、汤显祖、曹雪芹、蒲松龄；应该有莎士比亚、歌德、雨果、巴尔扎克、普希金、托尔斯泰、陀思妥耶夫斯基、罗曼·罗兰、马尔克斯、艾略特、卡夫卡、乔伊斯、福克纳……他们才是我们写作人努力学习，并奋力追赶和超越的标杆。澳门文学成长的过程中，正不断地透露出这种勇气和追求，这让我对她的健康发展，充满了美好的期待。

毋庸讳言，澳门文学或许还存在着这样那样的不足，甚至或许还显得有些稚嫩，但正如鲁迅所说，幼稚并不可怕，不腐败就好。澳门的朋友——尤其年轻的朋友要沉得住气，静下心来，默默耕耘，日将月就，在持续的辛劳付出中，去实现走向世界的过程。从“澳门文学丛书”看，澳门文学生态状况优良，写作群体年龄层次均衡，各种文学样式齐头并进，各种风格流派不囿于一，传统性、开放性、本土性、杂糅性，将古今、中西、雅俗兼容并蓄，呈现出一种丰富多彩而又色彩各异的“鸡尾酒”式的文学景象，这在中华民族文学画卷中颇具代表性，是有特色、有生命力、可持续发展的文学。

这套作家出版社版的文学丛书，体现着一种对澳门文学的尊重、珍视和爱护，必将极大地鼓舞和推动澳门文学的发展。就小城而言，这是她回归祖国之后，文学收获的第一次较全面的总结和较集中的展示；从全国来看，这又是一个观赏的橱窗，内地写作人和读者可由此了解、认识澳门文学，澳门写作人也可以在更广远的时空里，听取物议，汲取营养，提高自信力和创造力。真应该感谢“澳门文学丛书”的策划者、编辑者和出版者，他们为澳门文学乃至中国文学建设，做了一件十分有意义的事。

是为序。

2014.6.6

目　录
CONTENTS

笔墨生涯

鉴古赏今

悬壶谭史

幽思闲话

笔墨生涯

妈妈的陪伴

夜深了，病房里静悄悄，只听见病床旁的心电监护仪偶尔发出嘀嗒声。窗外的夜空，星星、月儿疲惫地用浓云把自己裹起来，似乎连眨眼的气力都没有。

妈妈正浅睡。在澳门工作的我匆匆赶回老家，坐在她病床前。作为一名心脏科医生，我懂得监护仪上所有数据的意义，却无法预测它们的变化。妈妈的心跳时而一百四十多，时而八十多，紊乱至极。每当那荧光绿、乱如麻的波形突然加速时，我的心便一阵紧缩、酸楚，那一刻我仿佛看到她也在皱眉，在强忍不适。我把手放在她腕上，感到皮肤有点凉，这注定是个不眠之夜。

从来都是妈妈陪伴我，今夜我尝到了陪伴她的滋味。非常惭愧，如果不是她卧病在床，我真的没有仔细梳理过对她的记忆，那一幕幕妈妈陪伴我的瞬间，历历在目……

朦胧中，我似乎听到旧式火车的汽笛声，时间定格在20世纪80年代初。我们家在广东南部，爸爸是军人，远在西安，很少有空探亲，妈妈是返城知青，在县城里工作。全家团聚对当时的我们来说是一种奢望。记得妈妈背着幼小的我，两手挽着沉重的行李，先爬上颠簸的长途汽车到达广州，再挤上闷罐般、往北驶去的绿皮列车。行李装的是日常用具，这一去就将数月。我依稀记得，那时火车内又乱又窄，几乎不能舒展身体，烟味、汗味夹杂着各地方言，令我惊惶大哭。妈妈紧紧搂住我，没有太多的言语，拿手在我脑袋上轻抚，车上几个日夜就这样度过，我真切地感受到她的力气和体温，那是我有生以来第一次难以忘怀的安全和温暖感，尽管是在背井离乡的火车上。

我的思绪被监护仪的报警声突然打断。值班医生轻轻对我说："谭医生，你母亲心率太快。注射西地兰控制一下也许好些。"面对外院同行的建议，我自然心领神会，只是担心妈妈会疼。这时，她睁开眼，仿佛看出我的顾虑，捋起衣袖干脆利索地说："好，打就打吧，我听医生的。"

妈妈患的是心房纤颤，通俗讲，就是心脏颤抖乱跳，长期失控有可能导致心脏衰竭或中风。此刻我为妈妈的病情焦虑，可曾几何时，多少次，她在我的健康上倾注心血、时间、精力和汗水。

我并非生而健壮，更非坚韧如铁，和大多数小孩一样，我常会发烧、喉咙痛，一打针就又闹又哭。几乎每个夏天我都遭一趟罪。妈妈个头不高，蹬起二十八英寸高的自行车似乎有点费劲，可她当知青时练就的气力总会在最短的时间内把我送到医院。我怕疼，她就用战争年代的革命英雄事迹鼓励我，这是他们这一代人特有的教育模式和思维习惯，我似懂非懂，但在她严厉的目光下，只能伸出小手给护士。我生病时，妈妈总是忙碌得蓬头垢面、汗流浃背，但她不会一味抱我哄我，不会愁眉苦脸，反倒乐观向上，甚至斗志昂扬。半夜，我被体热燥醒，看见她摇摆着葵扇，挥汗如雨。有的同学曾说，自己肺炎住院时，他母亲为此伤心落泪。可我从未见过我妈妈流露出一丝一毫失望和悲伤，这不是刻意掩饰，而是性格使然，无意间也在磨练着我。妈妈的陪伴，让我慢慢学会坚强。

康复后，我便想向妈妈索取战胜病魔的奖励。她对普通玩具似乎不屑一顾，最大的兴趣就是带我逛书店。我家在新会县，小城里的书店比较袖珍，由于父母从小培养我看书的习惯，一点点长大，我便发觉可看的书少了。于是，妈妈又骑着她那二十八英寸自行车，载上我，径直蹬到三十公里开外的江门市寻找大书店。这段距离说长不长，说短不短，以今天的小车速度可忽略不计，可在二十多年前我上小学时，普通家庭极少有汽车，而一两块钱的公交车费在我们看来又实在有点贵。我坐在妈妈身后，听见她呼哧呼哧的喘气声，看见她湿透的后背。她那时三十多岁，但腰部由于年轻时过劳而常疼痛，有时半路上不得不停下歇一会儿。我当时只是一路抱着妈妈的腰，当作一次“旅程”来享受，想起在市区内能买到好书便心花怒放。

晚间灯下，妈妈打开新买的《唐诗三百首》，一字一句地带我背诵。其实她的文化程度跟语文老师有较大差距，不过课堂上老师念的是普通话，她念的是粤语:“青海长云暗雪山，孤城遥望玉门关。黄沙百战穿金甲，不破楼兰终不还。”“两个黄鹂鸣翠柳，一行白鹭上青天。窗含西岭千秋雪，门泊东吴万里船。”用带中原古音的粤语吟诵更有韵味，更能启发初学少年。我在文学氛围中，流连于古代文人墨客的情怀，不知不觉便进入梦乡，半夜醒来却往往看见她在微弱的灯光下夜读、书写。很多年以后，我才知道她当时一边读电大课程，一边准备律师资格考试。时至今日，我依然对文学尤其是唐诗宋词抱有浓厚兴趣，行医之外，我还写专栏、出版人文著作。她的伴读，她的勤奋，使我在终生学习的道路上越走越自信……

由于幼年体弱，妈妈便鼓励我练长跑，说可增强体质。于是，我几乎像电影里的阿甘一样，在看似枯燥的跑道上、山路上迈开腿，乐此不疲。后来，我甚至参加了县里的锦标赛。赛前，我和妈妈在晚间的田径场反复练习，我起跑，她计时。清阔的夜空下，有我的奔跑声，有她的加油呼喊声。累了，看看同样满头大汗的妈妈，我便在疲劳面前丝毫不敢退缩。现在，我依旧保持长跑的习惯，身体也结实多了。更难得的是，她的陪伴让我把握住自强不息的脉搏。

此刻，夜阑珊，灯昏黄。借着监护仪荧屏的光线，我看到妈妈半醒半睡。从来没有发现她的白发那么密，从来没有观察到妈妈的皱纹那么深，从来没有感觉到妈妈的脸庞那么瘦。这么多年，是她在一直陪伴我，用她的热泪、热血和热汗灌溉我的生命。而我，却只有这吝啬的一晚，陪伴她。

小学五年级头一回演话剧，台下坐满了观众。我在舞台上，心怦怦乱跳，像怀揣着兔子。但我知道观众席里定有允诺出席的妈妈，虽然看不清脸孔，但我感受到她的存在，感受到她的期待目光。有她陪伴，我的表演渐入佳境。演出后，我跑到台下，终于找到了她，便乖巧地坐在她身旁。妈妈兴奋地亲了我一下，用力扯了扯我的耳朵，一把搂住我的肩膀，眼神充满欣慰，我趁势偎依着她，那是我一生中最快乐的刹那、最刻骨铭心的分享时刻！

凌晨一分一秒地过去。我沉浸在回忆中，紧握着她的手。她慢慢睁开眼。

“我感觉好一点了，心跳没那么快。你昨天真行啊！拿听诊器往我这里一放，就听出我得了房颤。”妈妈笑道。

“这是医生的基本功！”我说。

“还记得你是怎么报考了医学的吗？”妈妈问。

“记得。高二的时候，你希望我有一技之长，最好当医生。我说，我没有体验过医生的生活。你便带着我，来到咱家乡这医院……”

“对，那是我们第一次不是以病人的身份来这里。我跟你坐在急诊走廊花了大半天时间，特意让你观察医护人员是怎样救死扶伤的。我对你说，医生要背好多书，工作好辛苦啊，你能行吗？你想了很久，没有作答。”

“第二年报考志愿时不就回答了吗？”我自豪地说。

妈妈满意地笑了，笑眼里浸透着泪光。是啊，没有妈妈的那次陪伴，世间也许就少了一名医者。这些年来，我离家深造，她自然不在身边，毕业后我到澳门镜湖医院发展，日子从来不是一帆风顺，妈妈更与我相距遥远，但我从来没感受不到她的陪伴。天南地北，日月如梭，她其实都陪我一路同行，给我生活的勇气，教我做一个对社会有贡献、有担当的人，让我养成锻炼身体的习惯，培养我坚忍不拔的品格。

那幕幕瞬间，是阕阕故事、分分感念，不能用时间来衡量，只能用生命去体会，它们终归凝聚成最隽永的温馨，任时光流逝、岁月变迁，仍日久弥新。妈妈好比一棵水稻，我就是上面的稻穗，她用一生承载、滋润我的存在和茁壮，我成熟了，她却无奈地枯萎、老去……

当清晨第一缕阳光照到妈妈转红的脸上时，我得向她依依惜别了。人生最大的不舍，莫过于此。可在关闸另一边的澳门，也有许多像她这样的病人在迫切等待。妈妈，就让我在您身边获得力量，去尽一个医生的责任吧！

（本文获2015年由江苏省淮安市淮阴区人民政府、淮安市人民政府、澳门笔会合办的“首届淮澳‘漂母杯’母爱·爱母主题散文诗歌大赛”散文组一等奖）

漂流的书柜

华灯初上的香港铜锣湾诚品书店，游人如织却并无喧哗，只有静雅和安逸。我拖着沉重的行李箱从码头刚下船，便匆匆来到这心仪已久的地方。

逛书店本是香港之行的点缀，但我此刻忽然变成一个对大海充满好奇和想象的孩童，迫不及待地脱掉外衣，纵身一跳，跳进这深不可测的书籍之海、知识之洋。身为医生的我，在文学和历史专区停留最久，不时把心头好书装进购物篮。本已鼓鼓的行李箱伴我徐徐前行，即将成为移动的书柜。在数码时代，虽然文字资料大可在荧屏展现，但我依旧痴迷于捧着纸本、闻着书香的感觉。书店的收获定是今夜的精神大餐。

有一本新上架的书抓住了我的眼球。青色封面不觉陌生，些许滑稽的标题文字让人忍俊不禁。是邂逅还是寻觅？正当翻书时，我一不留神让它掉到地上。一个约四五岁的小孩顺手拾起。我正要道谢，他却把将递出的书又收回，顽皮地打开扉页瞅了又瞅作者的照片，接着抬头把我打量了好一阵子，眼神溢满诧异……

我会心一笑。记忆中，正是他这般年纪，我开始接触书。那时家很小，简陋的环境早已在我的脑海中淡化，只有一个破木箱依然占据着回忆的一席之地。经常陪伴我的是年逾花甲的爷爷，还有那破木箱。箱里并无玩具，却有一大堆书，因为妈妈正攻读历史课程。我每每恳求爷爷把里面的“故事”讲给我听，如扁鹊见蔡桓公、吴越争霸、楚河汉界等。稍年长一点，木箱中便增添了些连环画，如《大闹天宫》《哪吒闹海》。广东的夏日热浪滔天，爷爷戴着老花镜，一边模仿着说书人的腔调，一边用葵扇比画着主角的举动，我便是他最忠实的听众。

刚上小学时，家搬到一栋小楼上，有了像样的家具，破木箱也“进化”成新书柜，这是爸爸的杰作，他亲手打造了我们的至爱。书柜内容有了拓展，除名人传记和一些专业书，还有《唐诗启蒙》之类。妈妈每晚带我背一首唐诗。与课堂的普通话教读不同，我们用的是粤语，更为抑扬顿挫、兴味盎然。“黄河远上白云间，一片孤城万仞山”、“千山鸟飞绝，万径人踪灭”……多年后我才知晓，粤语才更多地保留了古汉语的韵味。

何时也能留下自己的作品呢？懵懂的我开始在纸笔上播种自己的梦，当时的“诗”毫无音律可言，倒有几分童真。

几年后二次搬家。环境较前改善，而书柜则更大更有内涵了。它得意地靠在书房墙上，占据着抢眼位置，而且搜罗不少经典，除了四大名著，还有《左传》《史记》《三国志》等。我对历史和文学的偏爱愈加浓烈，零用钱都花在它们身上。书柜几乎成了我的私人乐园。此后数年间它继续招兵买马，又迎来了《静静的顿河》《子夜》《呐喊》等。由此，中学的作文课最让我心驰神往、纵横驰骋。

后来，父母送我赴广州读医。书架上摆的是专业书，床底下躺的是新伙伴——塑料柜，它载着我爱读的小说、诗集和回忆录，装着我不变的痴爱，还有那遥远的梦。十年，我辗转不同的城市，身旁的书柜总是不离不弃，无论在灯光幽暗的宿舍还是在尘埃满地的租房，它都一直抚慰着我，启发着我，丰富着我。

终于，我漂泊到了澳门，一个硕大的行李箱又成了书柜。我挑了《西行漫记》等书，让它们陪我奔走在漫漫长路上。

异乡愁绪竟教我学用平水韵作诗填词。对工作，做到执著；对生活，必须执著；对梦想，选择执著。2012年底，我一气呵成三千字，把童年记忆中蔡桓公讳疾忌医的故事，用现代医学的眼光重新审视。这坚定了我糅合医学、人文、历史的信心。慢慢咀嚼《资治通鉴》等巨著，古人一个个向我走来，他们或嬉皮笑脸或正襟危坐，有的带着忧郁，有的挂着狰狞。我仿佛拿着听诊器静听他们的心跳，笔下似有波涛汹涌。

一年多过去，我行医之余出版了三本书，既普及知识又分享对世间百态的零碎感悟。原来，笔墨也能悬壶济世。小孩在诚品书店捡起的，正是我的新作。

那天晚上，窗外的维多利亚港妩媚而深邃。我读萧红在香港写下的《呼兰河传》，这儿是她的最后一站，而我的下一站会在哪儿呢？答案，似乎就在塞满书的行李箱——这漂流的书柜里。

（本文获2014年由《光明日报》等主办的首届濠江杯“知识改变命运——我与书的故事”有奖征文活动三等奖，发布时题目由编者改为“我的私人乐园”）

康宁之夜

镜湖医院的后门，长着一株高大的木棉树，枝繁叶茂，笔挺肃穆，应节的时候还会长出一朵朵鲜艳夺目的红木棉。每天，我几乎都从这里走进自己工作的地方。

同样在医院的后门附近，有一个特殊的病区——康宁中心。这是癌症末期患者的临终关怀之所，他们就在这里走完自己人生的最后一程。和大多数普通人一样，医生对“死”也是忌讳的，在他暂不需要直面生离死别的时候，对不吉祥的事物，也会不自觉地敬而远之。我，就是这样的人。因此，每次经过康宁中心的时候，我都不敢直视里面的一草一木，甚至连门锁是何模样也不曾细细观察。

这儿的病人无需特殊治疗，因为在他们被安置到此之前，家属或本人早已经签署了声明书，拒绝一切积极的诊治和抢救，让他们安心、无痛无苦地离开这个世界。他们唯一接受的，就是止痛治疗。在我不值班的时候，这儿发生的一切都与我无关，因为有专门的康宁医生在看护着这些即将消逝的生命。

可是，当夜幕降临的时候，值夜班的我们就不得不兼任起康宁医生的角色。不过，我们经常要做的，并非开具什么药物缓解痛楚，而是在收到护士的病患死亡报告之后，来到现场，用“医学知识”再次证实该患者已过世，并宣告“临床死亡”，最后签署死亡证明——一个稍显繁琐的程序，或者叫仪式。

那是一个很安静的深夜，三点多，睡梦中的我接到电话：

“医生！我们这里是康宁中心，有一个病人去世了，麻烦你来看看。”浓浓的睡意，搅拌着不耐烦的怨气，把我推下楼，推到康宁中心的门口。

此时，所有的忌讳、浮躁和埋怨，都得一一隐藏起来。毕竟这是在和生命打交道。我郑重地按了几下门铃。许久，一个护士小心翼翼地把一扇门打开，动作轻柔得似乎害怕打扰一个令人敬畏的亡灵。

一股消毒水的味道瞬间扑鼻而来，充斥着整个病区。走廊的灯，亮着，说它明亮，是因为里面的工作人员都能一清二楚地看见，说它晦暗，是因为气氛在灯光的渲染下，凝重得仿佛要把全部东西都染成黑色，连一盆花都不例外。

出乎意料的是，走廊中并没出现任何一位家属。我充满着纳闷。

护士引领我走进一间套房。里面的病床上，躺着一位面容瘦削的女士，看样子六十多岁，头发显然是被染成浓墨般的漆黑，眉毛画得十分精致，皮肤掩盖不住蜡黄与干涩，眼睛安详地合着，嘴角似乎还露出一丝微笑。她，俨然是在小憩，可那一双手，布满了针口注射的痕迹，只剩下皮包骨的模样，仿佛在向我们诉说着一生的沧桑和坎坷。她，好像在哪儿见过似的。

病房内鸦雀无声。我收起猜想，按部就班地拿起听诊器，先后放到她的胸前和脖子上，确实没有听到心跳和颈动脉搏动，再仔细摸着手腕的桡动脉惯常搏动处——静如一潭死水。最后，我用电筒检查她的双目瞳孔，确证已经散大、光反射消失。那一刻，是三点十五分。

“医生，遗体的腹部有一条伤口尚未缝起来，你如果有空就帮忙修整一下吧，但如果你没时间，就交给殡仪馆处理算了。”护士说。

我佯装没听见，在医嘱上匆匆写下“停止一切医嘱”并在死亡通知单上草草写上临床死亡时间。我的睡意在此时又开始侵蚀自己。

“死亡通知单要交给家属的。”我小声说道。

“她没有结婚，无儿无女，亲属都在内地。”护士在一旁回答，声音比我的更小。

“谁安排她住这里的呢？”

“她的护老院呀！这是明惠护老院的院长！”

……

我忽然从迷思中觉醒，是她！张女士。半年前在普通病房，我管过的卵巢癌病人。怪不得脸熟。只是这时的她，已无法言语，脸庞更为憔悴。我的思绪在快速地运转着。

她第一次进入我们的视野时，已被确证患有那种可怕的恶性肿瘤。但她从来没有表现出半点的悲观、失落和恐惧、忧愁。她的脸部总是经过精心的化妆，显得雍容典雅，然而癌症造成的腹水使她腹部膨隆、举步维艰。

每当我们用腹腔穿刺术把腹水抽去一大部分，暂时减轻她的痛苦和不便时，她总会笑眯眯地向我们道谢，还重获新生般地在阳光灿烂的地方散步，只是走起路来一瘸一拐的。

后来，我们听说，她一直单身，因为年轻时曾与一名飞机师相恋，可惜恋人不幸因公殉职，从此，她便把爱情之门彻底地关闭。她常常感叹道：“我一辈子都不会碰到比他更爱我的人了！”

张女士在内地曾学过护理专业，后到澳门仁伯爵综合医院担任了几十年的护士。即将退休之际，她开始经营一所护老院。草创阶段，整个院子只有她一个人，经营者、护理者、清洁卫生者，甚至厨师的角色，居然集于一身！

得知她的经历之后，大家渐渐亲切地称呼她为“院长”。

在熬过了许许多多艰难困苦之后，“院长”的事业终于开始蒸蒸日上。她的护老院，收容了众多老人，年龄从八十到一百零五岁不等。

我们慢慢和她相熟之后，竟然发现自己肯花更多的时间和耐心与一位病患聊天，而且，我们从来都不曾觉得，这样做会妨碍自己的工作，会延迟自己的下班时间。她其实已经不是头一回住院了，但每次她都在病情稍微缓解之际就急着出院，她说，她最放心不下的，就是那些老爷爷、老奶奶。说起这些长者的时候，她的目光里总是洋溢着阳光、快乐和满足。

她年轻时健步如飞，不想在六十岁之时，由于忙着回应一位护老院长者的呼叫，自己一时性急，走路摔倒了，把左侧膝盖骨摔得粉碎，康复后只能一瘸一拐地走着。

尽管每次住院都没有亲人送来的问候、鲜花、水果，但是“院长”几乎从未流露出一丝一毫的孤独、寂寞和伤感。只有那么一次，她在偷偷地伤心掉泪。事后我们打听得知，一位护老院的老奶奶在“院长”住院期间，离世了。离开这个世界之前，她总是念叨着“院长”的名字……

如今，她也到了天国，可以相会她钟爱一生的爱人，可以继续守护那些她永远放心不下的长者们了。

我瞬间想起了什么，心中弥漫着内疚和自责，便转身回到病房。“院长”腹部有一道手术创口依旧敞开着，虽然不再有鲜血渗出，虽然不再引起难忍的疼痛。我静静地蹲下，轻轻拿起缝针和手术镊子，一针一线地把不再愈合的伤口认真缝好，把皮肤边缘对好，在那一刻，我的脑海中没有死、生的纠结，只有孟郊那句古诗始终萦绕在心头——“临行密密缝，意恐迟迟归”。她不曾为人母，但她是爱的化身。人，总该有生命的归依，她为此付出了很多很多，现在，我也该为她付出力所能及的劳作。

走出康宁中心，我蹑手蹑脚地把大门推开。门外是呼啸的夜风，半空中，一轮皎洁的圆月把木棉树顶端的云雾照得如同白昼，甚至能看清上面的每一片绿叶、每一朵花儿，它们随着夜风摇曳着自己瘦瘦的身姿，似乎在冲着门里刚刚飘逸的亡灵，快乐地伸出邀请之手。我小心把大门关上，这一刻，那青灰色的门锁镶嵌到了我的大脑中。

来日不多，就该轻掷生命吗？来日无多，反而让她不敢懈怠，用尽仅存的精力、才智和爱心，把人生的这台戏努力演下去，把爱，无保留地传播给需要的人。当她被病魔折磨得生不如死，被命运扼住咽喉难以呼吸的时候，希望之光可能在脑中闪耀，生命之花可能在心头勃勃绽放，而她把这一切都献给了护老院的长者们。

清晨，我卸下工作，如往常一般从镜湖医院的后门走回家。我依旧没有在康宁中心的门口停留和注视，只是当走过那棵高挺的木棉树时，我留意到，虽然树下落英纷陈，但这些花儿丝毫不褪色、不萎靡，依旧那么绚烂、动人。

（本文获2013年第十届“澳门文学奖”散文组三等奖）

登松山赋

——贺澳门回归十五周年

澳门回归，周年在即。闲暇之时，余登松山，览物赏景，有感于怀，遂作斯赋以记之。其辞曰：

岁次甲午，十月之望。夕阳西下，华灯初上。壮心犹热，薄雾微凉。雨后松山浸斜晖，溪前金菊披新裳。苔石拾阶，行人喧而翠竹静。深林闻莺，暖风清而幽兰芳。松阵列列，正姿俨然。草藤漫漫，依绕古墙。登斯山也，身轻如燕，心旷神怡，不觉路长。

山之巅，豁而朗。圣母雪地殿，丹桂夜来香。拱门卷檐，黄棂素窗；诗颂醇雅，弦乐悠扬。入而观，台阁肃穆，信众严庄。琳琅满目，西洋彩雕缀画栋；亦见壁上，华夏粤狮铮雄莽。中葡杂处，可见一斑。你中有我，熔于一堂。圣殿外，灯塔竦峙，立身岩岗，听风飞叶，明照万丈。抚塔凭栏，想流年四百，叹当初，漂泊七子，孤悬海外，赤心泪客，切思归航。此时此地，怦然慨慷。

若夫松山之巅，濠江之巅也。收一城胜览，怀风雨沧桑。已而明霞当空，回首北望，高楼广厦，鳞次栉比，万家灯火，陶意盎盎。莲峰袅袅菩提树，岸闸隐隐板障冈。曾几何时，神州关河寥落，咫尺天涯是吾乡。沈侠仗义，林公巡疆，应知生前身后，犹话铿锵。

延颈东望，沙洲葱葱，沧海茫茫。水天一色催晚舟，云波共日熠暮霜。忽而惊涛席卷，冲霄鼓浪，吞穷击礁，鸥鹭乍翔。浪歇处，溅起点点银珠、片片莹珰。极目西望，海角一隅，吐紫烟，佑民妈阁庙。黛山一麓，阅凡尘，窥仙三巴坊。至今犹记，多难兴邦。昔我家国，百孔千疮。骨肉分离，凋敝彷徨。幸赖仁人志士，驭龙东方。斗转星移，坎途跌宕，干戈成玉帛，终汇一团和祥。时皓月临空，街灯灿灿，寻常陌巷，车水马龙，熙熙攘攘。忆九九归一，白莲绽放。不胜荡气回肠！

欣然南望，繁华似锦，举世无双。千层观塔问天语，霓虹梦幻夜未央。南湾湖畔，溢彩流光。新葡京，七宝楼台夺人心目。永利宫，九色喷泉羡煞月嫦。轻歌曼舞，悠踱浅斟低唱。树影水映，婀娜清丽浏亮。杨柳扶风，岸芷回廊。若逢佳节，则有烟花连炮，中天一烺，劈云开雾，火树银蔷，璀若星河，弥似红昶。目下虹桥三架，雄跨广洋，蟠跃龙蜿，飞通路迒。离岛新市，一派焕然气象。小城都会，常誉媲肩京杭。今夕盈月，明朝艳阳。掐指算来，一十五载，今非昔比，换人间几趟？当此玲珑之珠、南国形胜，欲把酒高歌引吭，其喜洋洋者矣！

至若繁星浮动，信步下山，月色徜徉。遇一耄耋翁，牵一少年郎。鹤发矍铄，气平神刚。含饴弄孙之年，更喜几代同堂。黄发垂髫，怡然自乐；山含幽姿，林静风爽，此非陶渊明之“桃花源”乎？余业医济世，术攻岐黄，深知区府之措，福祉为上。老有所依，病有所养。此亦医者之所慰哉。

嗟夫！中华屹立，大国泱泱。慈母游子，相偕同航。国父言：“世界潮流，浩浩荡荡；顺之则昌，逆之则亡。”大势所趋，民生为纲。一国两制，春雷乍响。兴利除弊，名重五洋。察民情，顺民意；施美政，布德芳。民主恢宏，文明共创。今借暖日东风，令百业俱旺；乘复兴强势，使百姓安康。和融五彩，生机沃壤。人和经腾，夙愿可偿！猗欤伟哉！松山连五岳，莲舟泛长江。大道无涯，连通四方，享誉洲际，根系炎黄。民心拳拳而昆仑欣欣，镜海生辉而中原繁昌。濠江水一泓，轩辕血一腔。仰观日升日旋，俯视潮落潮涨。览满山好景、一城风光，书生意气，心潮激荡。噫！宁不额首顶礼而歌曰：龙环旧韵沁桂香，紫阁霓灯夜夜妆。一水相流唐汉梦，三山肯望北南方。中州盛世熏莲白，碧海长风涤日彰。从此伶仃洋两岸，弦歌静浪太平庄。

甲午年十月于澳门灯下

（本文获2014年澳门江门青年会主办的“庆澳门回归十五周年”征文比赛公开组一等奖）

情归圭峰

圭峰者，敝邑广东新会之峦也。其居城北，海拔四百余米，山势柔缓，林木繁盛。二十年前，吾家居城南，远眺之，云蒸霞蔚，状如碧圭，心向往之。及长，登而览者数，每每有深悟。

身居澳门一久，吾心必牵绕之。恰逢赋闲居故邑半月余，遂数往游之。或独自，或偕友；或信步以观山色，或疾步以炼筋骨。行于道中，雨洗细叶，鸟鸣嘉木。亭阁隐翠，平湖映日。绿浓一片，沁人心肺。纵小城沧海桑田，而山青如故；纵少年染白鬓角，而水绿如初。振衣前行，秋风拂来，丝丝凉意。山土之暖，暖于肤，存于心。山气之爽，爽于神，留于魂。无参天古木，却有嫩芽新枝；无嶙峋怪石，却有通幽曲径。树冠婆娑之影，流水潺潺之声，如抚慰之语，平吾辈之心。吾作《青玉案》而歌之曰："苔阶碎步盘苍树。碧筱静，芳英煦。远黛闲依霏万缕。一帘玉瀑，两云银羽，漫絮深秋雨。年华逝水匆成古。有几回，挥笔狂舞？采去童心遥寄宇。邀杯还唱，故人三五，漫把夕霞数。"圭峰聆之，似有共鸣。

圭峰可谓粤中名山乎？未必也。虽有一行、东坡之迹，然论人文名胜，不及罗浮；虽有层峦叠嶂之势，然论雄奇峻险，不及丹霞。至于华夏五岳，圭峰则远逊矣。唯吾独笃爱之，固因景之美而乡之怀，然尚有深焉。山，不在高，不在名。人，不在能，亦不在名。高山、名山，能人、名人，可爱者少。平凡之山，平凡之人，可爱者多。无凡山，何以有世界地理？无凡人，何以有人间社会？

吾爱圭峰之凡：不事张扬，谦而不卑；兼容并蓄，海纳百川。一份坚守两份执著，一丝暖意无限眷恋。平而不庸，凡而不俗。平凡人之可爱，盖若此也。

写于2011年夏

（本文入选《澳门作家文集·2015》）

西湖雨

西湖畔，雨茫茫。细觅夕晖，独倚翠伞，极目青山，是怡情的我。脚上还粘着南粤的热土，脸上却迎着吴越的凉风。全然忘却旅途的奔波，此刻的我，欣然，旷然。

碎步芳草间，我不时掀拨杨柳绿帘。忽然，一阵热闹的嘀嗒雨声，让我禁不住低头寻看，原来是湖边半席荷叶荷花。粉汗淋漓的羞涩，间以绿篷遮面，微露半颊绯红素白。虽没有姹紫和娇妍，荷花依然是美的，美在她的实实在在、平和朴实，我想。

驻足长亭内，隔着蒙蒙雨纱，我寄情于黛青的远山。任凭雨打风吹，山静卧着，静卧在一碧万顷之中，在一片灵动的雨和波中，安详如寿翁，眉宇间，一股静气，让我感慨。也许，夫差和勾践都曾站在我这位置上，把目光投向这雨中的山，但他们都悟不到山的启示。谁主沉浮真的那么重要吗？梦想中的千秋伟业不早就化归尘土了吗？唯有那青山依旧。因为，它有一颗平静的心。

不知不觉地，我登上了船，走向了船头，收起伞，沐浴细雨。湖面烟波浩渺，船越向湖中驶去，我就越觉得在驶向一个神秘的世界。远方传来笛子吹出的一串古雅音符，和着雨的吟唱，于是我开始化了，似乎也化作其中一个，徜徉在湖中，飞翔于雨中……那旋律也许正是自由的白娘子奏的，那么远离尘世，那么超然洒脱，再没有对许仙的痴恋，也没有对法海的恐惧。绿烟中，几座拱桥若隐若现。她在哪儿呢？

船在湖面上划出一道深深的波痕，溅起无数水花。不管波痕多深，不管水花多激扬，船过之后，湖面迅速地弥合了，依旧是碧绿无瑕，几近光滑，我真想俯身轻抚它一下。一群金鱼在近水面处晃动着身影，呵护着这湖面。雨是不小的，然而无论多么凌厉，落在湖中，仅吐露小片涟漪，顷刻消逝，毕竟湖面不忍弃自己的静。西湖，是白娘子的青衣吗？我想是的，她在时刻小心翼翼地抚平它，不让它皱起来。

其实，生命不也像这西湖吗？不管大风大雨，惊涛骇浪，得意失意，生命的底层总是宁静平和的，既无炭火炙心，也无寒冰刺骨，本应是悠闲如湖中之鱼。白娘子悟到了，于是她活得惬意活得潇洒。倏地，我的灵魂纵身一跃，潜身湖底，去品味那沁人的清爽，去聆听那无声的旋律。

（发表于2011年2月16日《澳门日报·镜海版》）

北街赋

——纪念江门市中心医院成立一百周年

序：北街者，江门市中心医院俗称也。百年来，以病人为本，享誉南粤。以精诚为念，蜚声中外。峥嵘岁月，砥砺前行。拳拳仁爱，济济白衣。春风雨露，泽被吾家；华诞在即，心潮澎湃，遂作斯赋以记之。其辞曰：

南海之滨，西江之畔，百舸千里飞星云浪。圭峰之麓，蓬江之中，北街百载扬名侨都。时维壬辰，序属秋初。惠风绿茵，朝晖莹露。车水马龙，接踵摩肩，街市之熙攘。井井有条，淡雅宁静，医院之温煦。拾阶而上，闻首肯之声不绝；穿廊而进，察满意之色处处。病房洁而患者安，诊室明而医者碌。盎然绿浓，灿然白素。旧舍沧亭，花团锦簇。新楼广厦，明霞飞舞。意犹未尽，登楼极目。朗朗晴空，点点白鹭，碧水滚滚长舒；和和人气，纤纤巷路，小城一片融睦。跃跃乎，豆蔻白衣。郁郁乎，华盖老树。北街之景，尽收眼底；煌煌之程，如歌如诉。

民国肇造，疮痍满目，五邑凋敝，草根凄楚。猖狂瘟疫，羸羸病夫。先贤慈悲，奔走相赴，集腋成裘，北街始雏。动荡之时，草创之初，“仁济”广传福音，岐黄慷拯无助。一视同仁，悉心呵护。栉风沐雨，维艰举步。新锐倡崇西学，大器志比鸿鹄。肖白院长，含辛茹苦；披肝沥胆，亮节风骨。前人种树，奠今之础。后值盛世，政通人睦。中华复兴而扬帆，北街重生而跨步。眼放世界，心怀热土。历百折而不挠，临险境而不怵。一心所系，百姓康福。孜孜以求，仁心仁术。血管介入，一帜独树。“洗肾”“搭桥”，回春无数。救黎民，争分夺秒。闯难关，同心齐渡。抗非典，废寝忘食。援汶川，后续前仆。夜以继日，大医与死神竞逐！

遥想当年，腹痛剧袭先祖父。病势汹汹，命悬一缕。家住新会双水，心趋北街医府。尚存半息，颠簸满路。其时，吾叔年幼懵懂，吾父北地卫戍。伴祖父者，唯先祖母。奄奄颓汉，惶惶老妪；几无分文，凄凄孤苦。祖母涕泣甚矣，护士细语慰抚。素昧平生，犹胜亲故。医者立马明判，胆剖蛔出痛除。仁心终日相伴，孑影稍安；仁术一意救死，病体渐复。先祖母在世时每谈及此事，尤感于慰抚之言、医护之德也。

嗟夫！大医之道，在志存高远，在自强不息。大医之行，曰无私奉献，曰虚怀若谷。以病患之痛为己痛，嘘寒问暖，和风轻拂；以扁鹊之技诛病魔，心系苍生，济世悬壶；以毫厘之失作鞭笞，尽善尽美，成败相辅；以包容之心汲精华，海纳百川，推心置腹。北街之兴，百姓之幸，皆赖大医精诚，诚倚大医辈出。此亦北街所以百尺竿头，更进一步者也。

壮哉！伟哉！一百载薪火相传，一百载蓝缕筚路；一百年沧海桑田，一百年青春如曙。风追仲景时珍，情牵千家万户。所谓名医院者，非以楼舍为衡，非以医备为量，实以民心为度。北街之巍然屹立，非雄踞于峻岭崇山，非比肩于青云九霄，实永矗于百姓肺腑。瞻念来日，万里鹏程。瞭望南天，一轮红旭。噫！慨当以慷，宁不额首顶礼而歌曰：百代流名，五邑广馥。西江慈行，创业崎岖。仁心济德，荡疾祛污。精英挽澜，始赋宏图。神龙腾飞，阔步征途。力争上游，矢志不渝。中西荟萃，熔于一炉。胸怀四海，一格不拘。恩布老弱，泽惠妇孺。意正心诚，杏林荣殊。

（本文获2012年江门市中心医院百年院庆“我与一所百年医院的故事”征文比赛二等奖）

茶缘

我曾到一位朋友家做客。他嗜茶如命，家中收藏各式名茶，家居亦古色古香。为表好客之情，他爽快地问我要品什么茶，天下佳茗，任君选择。

我端详了他柜台上的心头所好，真是一应俱全：西湖龙井、黄山毛峰、六安瓜片、祁门红茶……恕我浅陋，还有很多类别闻所未闻。但想了又想，冥冥中有一种珍藏发酵了近三十年的味道，让我顷刻思绪纷飞。“有萝卜苗茶吗？”我怯怯地问，怕被朋友笑话。果然，他顿时愕然。

其实，那是一种土特产，选品相好的萝卜菜苗，洗净、切短，加入精盐、姜丝腌制后烘干而成，严格说，跟茶树上采摘的茶叶简直风牛马不相及。我虽谈不上懂品茶，但若问身在异乡的我，此刻想喝什么，我只会想起那普通得不能再普通的萝卜苗茶。

记得小时候，母亲带我逛外公家。外公身无余财，生活极俭朴，并无什么好吃之物招待亲人，但见到我，还是非常高兴。他一口的客家话，在我们操白话为主的当地显得很突兀。“来，喝点梅县的好东西！”他热情地招呼。我半明半白。

只见他先烧开了一壶水，打开一个简陋的包袋，抓来一撮褐色的小碎叶，小心放到茶壶中，再倒上滚烫的热水，摁上盖子。一缕浓烈的、植物特有的香郁便透过水蒸气，迫不及待地扑鼻而来。

“喝吧！喝吧！这好喝！”他满满地为我和母亲都斟好。外公是军人，文化程度不高，不懂文雅，举止粗犷，也不大会说好听的客套话。有时我觉得他很木讷、很刻板，但当这扑鼻的茶香氤氲升腾而起的时候，我惬意地闭上眼睛，忍不住深深吸了一口气，舒心无比！再含到嘴里，润入喉中，一股清凉的、厚重的、略带一丝咸辣的滋味久久不散，那是家的味道！

外公依旧用浓厚的客家乡音告诉我，这叫萝卜苗茶。

我家乡新会，著名的侨乡，地处粤西南之滨，与粤东北的梅县相隔万水千山。外公、外婆生在贫穷动荡的战争年代，年轻时随军行动，后来转业迁移到新会这远离老家的新环境。由于工作原因，也因过去交通很不发达，外公极少回乡，母亲说，他每次返乡总会带回一些家乡的特产，例如萝卜苗茶。

自我有记忆的时候开始，外公已是垂暮之年，身体一直不好，总是扶着木杖，走路一瘸一拐的，但一点都不驼背，永远是军人挺直的腰杆。据说这是他年轻时行军，风餐露宿，落下了的伤病后遗症。外公几乎家徒四壁，然而墙壁上都挂满了年轻时的黑白照片，用玻璃相架辑装得一丝不苟，时时缅怀属于他们那代人的火红岁月。里面的他，高大英俊，风华正茂，有一股来自那个特殊年代的豪迈。外公经常不苟言笑，但心情舒畅的时候，他又亲手做一顿客家传统菜，如梅干菜肉圆、蒜烧豆腐鱼，邀请家人一起品尝。他晚年最开心的时刻，恐怕是读幼儿园的我和表妹到他家里表演唱歌、跳舞，那一瞬间，他严肃的脸上才绽放出难得的一丝欢笑。

我第二次尝到萝卜苗茶已经是很多年后的事情了。那是1995年，我十四岁。那年暑假，我第一次随母亲和她的表姐全家，从广州出发，坐了半天火车到梅州市探亲。外公的子女各奔东西，由于从来没有在老家生活过，母亲和他们一样，几乎都不会讲客家话。但这不要紧，乡人亲友依旧热情洋溢。我们挨家挨户地造访，他们捧出各种山间美食，还有自酿的美酒，用我们似懂非懂的客家话与我们共聚宝贵的时光。此时，外公已经去世整整两年了。

外公在那边已没有多少亲人，我见到他当年和外婆结婚时的土屋，早已破败不堪。和当时很多生活困难的客家人一样，他父亲年轻时跑到南洋讨生活，娶回一外籍女子，生下外公，寄养在老家，自己继续去南洋打拼，后杳无音信。我的曾外祖母又不幸溺水身亡，外公遂成了孤儿，到处流浪……外婆家那时倒有不少亲人健在，可惜很少联系，而我母亲也是第一次和她的舅舅、舅妈见面。重逢的那一夜，大家有说不完的话、叙不完的情，也有流不干的泪，我们彻夜难眠。

挥手相别时，乡亲们送给我们一些特产，这其中就有萝卜苗茶。

回到新会，我独自在书桌旁，自己沏茶。萝卜苗那特有的醇厚气息，携带着泥土的芳香，一下子让我想得很远很远、很深很深。外公的音容笑貌霎时间在我脑海中浮现。这似乎是我有生以来第一次认认真真地品味一种茶的味道，尽管现在想来那时候我还幼稚，但比起数年前的懵懂，好像已经“成熟”很多了。

我忘不掉萝卜苗茶的滋味。它没有龙井的清幽淡雅，却一如既往地带着厚重的乡土味，朴实而实在；它没有红茶的艳丽张扬，却矢志不渝地保持自身浅淡低调的色泽，甘心默默无闻；它没有黄山毛峰飘飘欲仙的虚幻浮夸，却具备清凉解暑、祛热除温、消食开胃等功效，四季可用，老少咸宜。那姜丝渲染成的甘洌味，流淌到咽喉，又不得不说有一种醍醐灌顶、当头棒喝的感觉。

茶味让我想起了外公的为人，他的一生。他像极了萝卜苗茶，有着客家人特有的勤俭持家、艰苦朴素、不懈奋斗的作风、精神。他和外婆辛辛苦苦养育了六个儿女，却从来不奢望得到任何的回报，每当儿女提出帮他更换老旧的家具时，他都婉言拒绝。他几乎没读过书，却终生自学文化，坚持天天写日记，甚至有过当乡土作家的梦想。外公在世的时候，清贫而慷慨，左邻右舍有困难时，他一贯施以援手，毫不含糊，甚至曾经用极其有限的生活费资助流落江门的同乡，那些老人及其后代，至今还和我们家保持联系。他严肃的脸庞下面，是一副火热的心肠，总能让熟悉他的亲友温暖、安心。

这位对子女极端严厉的老人，却对孙辈充满着慈爱，尽管他不善言辞，甚至很吝啬他的表情。当年后人整理他的遗物时，发现一盘录音带，上面标识着某年某月，我和表妹到他家表演唱歌，那时我六岁，表妹四岁。他写得清清楚楚。也许，那无数孤独的晚上，外公忍受着关节的痛楚，就用这盘磁带打发内心的寂寞和病痛的折磨吧？

外公实在没有留下什么物质财富，却让无比可贵的精神财富滋润我们子子孙孙。每每想起他，就有一种奋发的精神激励着我去应对生活的困难和挑战，岁岁年年、日日夜夜。

那个暑假，我看了很多书，也预习了下个学期的功课，几乎没怎么游玩、娱乐过，不管外面有多大的诱惑。我好像是要跟天真烂漫的童年、少年时代作告别似的。在那个年代，青少年唯一上进的表现，就是刻苦读书，没别的。我不知这对不对，但至少外公倘若泉下有知，应会欣慰而露出难得的微笑。

喝过萝卜苗茶，我对客家的认同感更强烈了，虽然我至今也不会说一句客家话。每当在外面学习、工作，碰到新同学、同事、朋友时，免不了互相介绍籍贯，一般我只说是新会人，但倘若对方是梅县客家人，哪怕是其他地方的客家人，我还会补充一句，我也是半个客家人！

客家人有一种强烈的凝聚意识，似乎萝卜苗茶的味道就是一股凝聚的味道，大家有一股深厚的情谊，不离不弃。我在广州八年，接触的病人不少，如今我身在澳门，有很多人早已失去联系，唯一还和我保持联系的，就是一位梅县籍的病人。这是心灵中的缘分？客家的缘分？

每逢回到新会，我常会花点时间在小城的旧巷中，徜徉在外公曾经居住的那幢破旧小楼附近，感慨万千。

记得那一回我们坐车离开梅县的时候，车在山路上颠簸，一只绿色的蜻蜓在车前的挡风玻璃上停靠着，久久不愿离开，母亲说，那一定是外公的魂儿……

这就是我和萝卜苗茶的缘分，我和外公的缘分啊！

写于2015年夏

百年辛亥赋

序：辛亥风云，历近百载。予游武昌蛇山之首义公园，思绪纷飞，感慨万千，遂作斯赋以记之。其辞曰：

岁次庚寅，十月之朔。秋爽暮凉，翠柏森森。登山览园，薄雨几分。予逐阶行，坡缓径深。西眺黄鹤，南觅义门。远聆大江卷浪，近迷素华沁芬。叶茂枝繁，探楚天之清廓。霞重气雄，吞九省之兴燊。是园也，童静叟穆，聚四海之庄严。是山也，风劲鹃鸣，扬千古之精神。半峦之上，轩场之中，纪碑矗而时空凝。蔚空之下，绿荫之丛，塑群伟而旌旗奋。碑文乃中山先生亲书：“世界潮流，浩浩荡荡，顺之则昌，逆之则亡。”雕像乃反清领袖荟萃，威风凛凛，栩栩如生，中流砥柱，最数孙文。两盏三杯，今日缅意可斟。一草半木，昔年碧血曾渗。城砖台瓦，累累弹痕。倚阑极目，追思献身。力挽狂澜，先生凭轫。英灵精魂，催予泪喷。

曾记否？清廷之末，烛残风飒，内政昏腐，外强凌压。国颜民生，惨遭践踏。先生振臂，应者如麻。倡民权，主共和，纾难毁家。张平等，宣自由，瘁心霜发。十七载征尘扑面，屡败屡战。十八省星火燎原，炼就菁华。前仆后继，声震华夏。舍生忘死，感动天下。侠女引刀，悲轩亭，愁煞秋雨。壮士取义，愤羊城，泣励黄花。俄而武昌炮响，长江饮马。摧枯拉朽，风云叱咤。落日清廷，顷刻土崩瓦解。千年帝梦，终归折戟沉沙。共和始造，救民约法。此先生所以尊国父者也。

若夫辛亥革命，里程之碑也。拂卷溯望，帝王将相，粉墨登场。周而复始，此兴彼亡。三家分晋，七国竞雄，诸侯逞志争强。秦扫六合，汉诛项楚，黔首流离罹殃。曹魏僭越，司马觊觎，野心痴膨妄胀。唐循隋制，宋承五代，独夫依旧朝堂。发号施令，无非皇冠龙床。一家天下，无关寻常陌巷。专制桎梏，封建锒铛。国势颓而山河裂，百姓苦而豪气丧。然辛亥枪鸣，如暗夜惊雷，一击而碎陋规，寰宇沸扬。民主火炬，如迷途航灯，一举而亮前程，五湖重光。亚洲楷模，神州彩章。开民智尚新风，树民权更镶张。虽袁逆复辟，终一枕黄粱。纵战乱割据，仍民心所向。时代所趋，深植国壤。无辛亥之激荡，则无今朝之共和政纲，更无今朝之生机盎盎、蒸蒸日上！此辛亥所以彪炳史册也。

至若共和元勋，中山先生，忧国爱民，昭昭若冰。观夫二十四史，揭竿立国之人，多如牛毛繁星。然与先生并驾齐驱者，寥似零丁。陈涉之徒，畏于苛政，志短而恋权柄。黄巢之属，失于科举，贪财而嗜血腥。李闯之众，迫于饥寒，骄横而少严明。一时豪杰，功败难瞑。扼腕叹息，发人深省。一言蔽之：胸无社稷，心无百姓。私心不纯，其事岂成？先生出于耕读华侨之家，无权位之欲，有温饱之盈。负笈修学于香江，悬壶济世于濠镜。生计小康，享誉盛名。然生不逢时，大厦将倾。先生志远：拯民以健体，不若以魂灵；救国以仁术，不若以革命。遂舍小家，奔走呼号。筚路蓝缕，为民立鼎。从容还政，宠辱不惊。周公旦犹不及，华盛顿亦难胜。一生所念：民之安居乐业，国之海晏河清。胸怀天下，心系苍生。备此志则百折不挠，行此道则光照汗青！此先生所以成伟业也。此先生所以永存于民心、景仰于万世也。

嗟夫！除暴政易，爱国如自家难；驭权力易，爱民如己身难。外侮之伤，分隔之痛，两岸共患。辛亥之功，先生之崇，两岸合赞。炎黄之血，神龙之魂，两岸齐传。祖国之兴，民族之立，两岸同担。望有识精英，以国为重，捐弃前嫌。祈开明领袖，以民为重，破镜重圆。相逢一笑，畅言鹏展。海峡生辉，中华昌繁。金瓯重修，凯歌而还。唯此，方不负辛亥英烈之碧血，方不负中山先生之嘱盼。雨歇月弯，予徐徐下山。但见武昌城内，万家灯闪。仰，星灿灿。俯，路漫漫。

诗叹曰：旌麾铁马整乾坤，百载流芳慰族魂。昨夜深羁专制锁，今朝屹立共和门。红棉泪恸英雄诀，杜鹃声闻国父言。慕得丹心凭伟志，临风把盏酹轩辕。

庚寅年十月某日于澳门灯下

（本文获 2011 年澳门地区中国和平统一促进会与孙中山基金会联合主办的“振兴中华——纪念辛亥革命一百周年”征文竞赛成人组二等奖）

生命的甘霖

我在澳门镜湖医院目睹过无数的生与死，无数的从生到死、由死到生的瞬间，对于生命的话题，我绝不陌生。

很多患者因我们医生而解除痛苦，甚至在我们手上获得新的生命。现代医疗手段的确很神奇！可是，媒体通常只报道成功的救治案例，不报道失败的个案。作为一名医生，看到成功固然很高兴，但也不能不面对失败。

去年12月，一名年仅四十岁的男性突发心肌梗死，他没有昏迷。在导管手术台上，我们还可以跟病人交流。我们用最快的速度把闭塞血管中的血栓抽吸出来，再稳妥地放上支架。病人症状完全消失，生命体征平稳。次日在重症监护室，他看似恢复良好。一切都顺风顺水，可就在转回普通病房后不久，他突发心室颤动、心脏骤停，虽经全力抢救，最后也只有在呼吸机的支持下勉强维持心跳和呼吸，一直无法苏醒，也无法脱机。作为医生，我们面临艰难选择。如果要“救”他，就要持续使用机器，直至他的生命征象完全消失，直至他的医疗费用钻成无底洞；如果不“救”，就要把机器关掉……

过去，我认为医学无所不能，我还记得刚当住院医生时，当时没有IABP（主动脉内球囊反驳），也没有ECMO（体外膜肺氧合）。那时候我们面对爆发型心肌炎的病人，根本束手无策，往往只能眼睁睁地看着一个年轻的生命就这样在眼前消逝。之后随着ECMO的引进、IABP的发展，原本让人束手无策的爆发型心肌炎，变成让医生充满了成就感的案例。尤其一连串成功病例在我和同行手上出现后，更让我以为，原来“人定胜天”果真如此。但当有时遇到失败的手术案例，家属问我：“为什么别人救得回来，我的亲人救不回来？”我几乎无言以对。慢慢地，在大自然面前我重拾谦卑之心。慢慢地，我又从科技回归到人性。慢慢地，我终于想通了一个道理：医生是人不是神，我们只能尽力，仅此而已。不管医学如何发达，就每一个时代而言，还是有其极限。以现在的科技水平，某些机器可暂时代替心、肺、肾，让病人“存活”，但是难道就这样装着机器，让他们在混沌中过完余生吗？全身上下只剩管子和机器的生命，还是不是生命？这样的肉体终究只是一团机器的冰冷合成，理应不是人类所想要的健康。

这就是我当一个心血管医生的心路历程。

有时候我想，生命就像是一条溪流，而医生就好比天上的霖雨。不管是溪流还是霖雨，不管是病人还是医生，沧海一粟，无非都是自然界的一环，无非都是造物主的杰作，无非都是自然规律的实现者和见证者而已。任何的溪流，都有过泉水汩汩的勃发，都有过清澈甘甜的惬意，但也有枯竭干涸的颓唐，甚至会有淤塞污浊的无奈，有的还会进入江海的怀抱，总之作为独立个体，它必然走向消亡。

霖雨偶尔可以影响溪流的活动轨迹，能不能改变自然的规律呢？当然不能，它甚至难以改变溪流的流动方向。霖雨只能让溪流更广更远，只能让它更洁净更充沛，只能让两边的芦苇水草更繁茂，从而让溪流更美轮美奂，更生机盎然而已。一个医生能改变生老病死的自然规律吗？很困难。医生只是让人在生老病死之间活得好看、舒适一点，仅此而已。他不能改变生命的本质和方向。

如此说来，医生只是替人世减少苦痛，不管是身体的还是精神的，让他们有尊严地生活。我们不应该过度期待医生具备挪移乾坤、扭转生死的伟力。

开篇讲过一个支架植入术后突然昏迷的患者，虽然我们全力以赴，竭尽所能，用尽一切手段予以生命的支持，但病人丝毫没有起色，仅仅在大剂量药品和机器的辅助下，才勉强维持心跳，随着病情的发展，已经不可避免逐渐出现脑死亡的迹象。长期以来，人们思想意识中的“死亡”概念是指呼吸、心跳停止。用科学来溯其根因，它是由脑干功能丧失后导致自主呼吸、心跳的消失，实质上是“脑死亡”导致了“心死亡”。过去之所以不存在“脑死亡”和“心死亡”之说，一是因为这两者统一于死亡之中，极少存在时间差；二是因为缺乏科学知识，只能用可感知的呼吸和心跳这两种表象来确定是否死亡。面对脑死亡的病例，我们对家属说，如果一个“脑死亡”病人能有感知的话，面对生活的无望，他一定会选择安静、体面、无痛苦、有尊严的死，而不同意在各种无效煎熬的干预下、在资金的白白浪费中“不得好死”的。让死人带着尊严地死，让生人保存体面地活，对双方都有交代，这样不对吗？

谢天谢地，病人的家属最终点头，放弃进一步积极抢救。

尽管如此，医生不是生命的判决者，却是生命的守护者，对于尚有一丝希望的病人，都应全力抢救，不惜一切代价。判断一个病人值不值得救治，准绳绝不在于金钱、地位。中国人的“人命关天”，佛家的“救人一命，胜做七级浮屠”，都是指生命无价。甚至倡道“进化论”的达尔文也说：“谁敢浪费人生一点滴，谁就是不懂得生命的价值。”

有一天晚上，住院总的紧急电话唤醒了我，说是一名四十七岁的男病人突发心肌梗死、心源性休克，危在旦夕，希望我参与抢救。我一路风驰电掣赶到心脏导管室，只见病人已躺在手术台上，脸色青灰，只有呼吸机打出的气体，使其胸廓一起一伏，看起来还像个生命。我换了手术衣，和主任一起投入到紧张的抢救战斗中。由于病人出现了休克，我们在他的股动脉插上了 IABP 导管进行辅助循环，接着开始进行冠脉造影和支架植入术。病人的冠脉病变非常复杂，我们耐心地运用各种器材试图打通梗阻部位……

时间一分一秒地过去，如果没有墙上的钟，我们简直没意识到时间的点点滴滴。从夜晚一直到清晨，身上铅衣像是从洗衣机里捞出似的。病人在鬼门关几度徘徊，我们又硬生生地把他的名字从阎王的勾魂簿上一次次划掉。借到门外与家人沟通之机，我看了看窗外，朝霞已把旭日烘托得雄光万丈，紫红微蓝的天际却仿佛透着一层厚重的汗水。

那次手术后，病人的病情仍时有反复，下一步该怎么办？我们不断和病人家属沟通，不断联系各个科室组织讨论，商讨最佳的治疗方案，因为我们觉得这是一个年轻而有希望的生命，绝对不应放弃！在取得共识之后，我们当机立断，再次对病人施以导管手术，冒着巨大的风险，把剩余没有再通的血管彻底打通。经此一役，病人的状况明显改观，一个月后便康复出院。

我认为，永恒不变的医学原则其实并不复杂，复杂的是能否坚守，如何坚守。大医之道，在志存高远，在自强不息。大医之行，曰无私奉献，曰虚怀若谷。一句话，就是大医精诚，大爱无疆！这里容不下一点功利，容不下一丝马虎，更容不下半点虚伪。你只有先成为良医，才有机会成为名医。

医生不是生命的干涉者，却是生命的抚慰者。我们只有敢于面对死亡，甚至开始凝视死亡的时候，才能感受到生命的热度，才能辨清人生的模样。面对生命不可挽回的即将消失，首要的选择就是善待，每个病人都有血有肉，既懂得全力抢救，又懂得适时放手，才是尊重生命。

很多时候，我们竭尽所能地奋力救治病人，但最终病人生存的机会越来越渺茫，甚至是在医疗的痛苦中继续煎熬时，我会婉转地向家人表示，该是放弃的时候了，该是让病人有尊严地离开的时候了。经过耐心细致的沟通，家属往往表示理解，还会感激地道一声“谢谢”。

回过头来看，生命的价值又是什么呢？我的个人看法是，生命价值应该像一个分数，一横之隔，上面的分子代表你对社会的付出，下面的分母象征你对社会的索取。每个人对社会的付出、奉献越多、越大，其生命的价值就越高；每个人对社会的索取、占有越多、越大，其生命价值就越低。只有每个人的分数越大，社会才会越有希望。医生这个角色，恰恰最能阐释生命的价值。

我们医生，应该做生命的甘霖！当小溪畅快地奔流时，甘霖定会欣慰鼓舞，当小溪最终或流进江河湖海或萎缩干枯，消失得无影无踪时，甘霖请不要悲伤，因为正是你曾有过的无私滋润，让它以另外一种方式，继续存在于天地间。

写于2015年夏

卢园的雨

没有雨的时候，卢园只是把倾城绣在旗袍上的张爱玲；有雨的时候，卢园便成了把乡愁写进皱纹里的余光中。

——作者题记

那天早上，岚清露白，我到了卢廉若公园。雨蒙蒙的，静静的。它细细的银丝，拂面微凉，触衣即润。园中小径，芳草芊芊。两旁树木，枝条扶疏。经过雨的微微一番梳洗，卢园更增添了一份活泼，两份翠绿。

步蜿径，过绿荫。玉亭浸凉，偎红依翠。我徜徉湖畔，振衣前行。清风做伴，默然相对，意逸神飞。走着走着，雨突然密集起来。于是我急忙地转入回廊，寻觅一避雨之处。三转两转，转到春草堂这个水榭之中。内有几张石凳。我便从容坐下，听着那滴沥滴沥。雨潺潺而动，在这儿最是回荡，似有憔悴，似有愤愤，也似有忧伤，让湖面弹奏起无数的涟漪，继而泛着莹莹的目光。堂外有雨，心内有雨，窸窸窣窣地编织着，我享受着。

那星星点点，抽打着我的肌肤，稍有点疼，敲打着我的魂灵，深深一恸。于是心中的土壤便植满了晶莹的种子，萌发着一个个憧憬……只觉得怡人的空气中，忽然渗进了泥土的潮香，跟着带来了轻轻的凉意。园中的树木和花草，都因雨而变得那么滋润与深浓。雨的脚步越来越快，仿佛它也是时也是光。它编织了整排整排的珠子，闪闪亮亮地喧哗着。急促的节奏，像小孩在嬉笑着。地面一下子就积满了盈尺的水。荷花最开心了，那粉红的花瓣，在来不及承接那些圆珠的荷叶旁边，笑得那么灿烂。雨带着诗意，也带着凄清。我爱它这诗意，正因它有这份凄清。习习的风，潇潇的雨，收着红叶和黄叶，还掺着绿叶和彩叶。细碎的叶子，纷纷的，层层的，铺着，卷着，扬着。我真舍不得让雨停下，只愿长坐在小榭内，听它在外面歌唱。走近时淅淅，又渐行渐远地离去，却跟着又扫来一排，潇潇又淅淅。在地面上溅起的水雾，多么空灵和迷离。

慢慢地，雨又变得细微起来了。湖面又重归静谧。忽然，我想起了故乡的田野。水田如镜，一牛一人镜中行，徐徐地。燕子低低地随风掠过时，那片绿色便羞涩地闪着一个个浅浅的酒窝。芦苇轻轻，小河哗哗，四野蒙蒙。远山在青黛中陶醉着雨的神韵，似乎正因为它的存在才显得那么圆润、温情。而雨则若有若无，如烟似雾。这是每个游子的梦。这些雨，曾经漫游在这海角的天边，鸟瞰着虹桥青屿、雪浪惊鹭，也曾在我的家乡上空徘徊、沉吟。它仿佛就是我——漂泊的游子，恋恋不舍地离去，又义无反顾地落在一个叫澳门的小城里，落在一个叫卢园的小世界中。而这座园林的旧主人，恰恰是来自我故邑的新会卢氏。将近一百年前，同样是如此湿润的季节，卢家人也许正用湿润的眼睛打量着这园中的雨，惦记着家乡那因雨而湿润的土地。有时我觉得，没有雨的时候，卢园只是把倾城绣在旗袍上的张爱玲；有雨的时候，卢园便成了把乡愁写进皱纹里的余光中。

我和雨的根，都不在这里，但最终都扎根在这里。我和它一样，在岁月里飘摇过，在南方的好几个城市里和命运擦肩而过。雨总是我的寄托。每次在异地碰上它，我那想象的羽翼便到处飞翔。看到它，思乡忆友怀亲之情便无数次让我的泪变成了它，虽然家乡并不是天遥地远，尽管乡音每每在路上街头都能轻拍我敏感的耳膜，纵使澳门这座城市包容着千千万万如我般的移民：新移民、旧移民、老移民、小移民。我们就栖息在这里，日复一日而将年复一年。每天在奔波和繁琐中，让岁月流淌在孤单的肩膀上，来无声，去无痕。澳门实在太小了，对我来说，除了霓虹和海浪外似乎什么都稀缺。于是，我总是忍不住用雨的身影化作自己的情愫。念起昔日的故乡、挚友，我曾写下这样的《临江仙》：

星汉遥遥聆雨弄，铅华东逝匆匆。
西窗烛热与君同。
天涯牵旅伴，咫尺阻归鸿。

对饮玉台耆旧梦，醒来枯酒残风。
一江思泪两行空。
今宵惆怅月，竟较别时朦。

雨翩跹的旋动，雨动情的放歌，我都看到了，听到了。它的身影，它的舞步，淘洗过许许多多岁月之后，依然感动着我的心。当撩开光阴的面纱时，我猛然惊诧于它的执著——润泽大地，润泽这个它深爱的、开满了莲花的岛屿，这片生机勃勃的沃土，这群淳厚善良的百姓。没有埋怨，没有攀比，没有永远沉浸在多愁善感中，没有终日迷醉在幻想和美梦里，它只有那份热爱和执著。我，为什么不能学学雨呢？虽然，草木无情，宇宙浩瀚，人的生命永远只是瞬间。但，有了这份热爱和执著，即使是一颗再微不足道的雨珠，也能够倾倒整个季节；有了这份热爱和执著，即使是一个再渺小再短暂的生命，也能够在时间的角落里点燃温暖无比的蜡烛，发出经久不衰的光芒，然后，倾倒整个世界。

写于 2011 年秋

澳门缘

很多年前的一个晚上，还在大学读医的我正守着一堆课本。那天是特殊假期，同学们都在欢庆的气氛中找乐，似乎只有我例外。

我身在教室却心猿意马，不是因为年轻人特有的好玩，而是因为桌面上那尴尬的成绩单。想起许多不眠之夜换来的，竟不过是七十分的解剖学，本要拼一把的我不禁潸然泪下。

这时，一张纸巾悄悄递了过来。雪白雪白的，透着淡雅的芬芳。

“男子汉不用这样吧？”声音带着几分幽默的轻嘲，又带着几分港澳人士特有的国语腔调。

我认出她是隔壁班的女生，棕黑的柔顺长发，水灵灵的深圆眸子，纤细的手指……我的脸瞬间烫烫的，一时语塞。

“看看报纸，轻松一下。成绩单是给老师看的，真功夫才是给自己和病人留的。”她送我一份报纸。

记得那报纸的头条是：“十二月二十，澳门回归周年志庆！”沾着澳门回归假期光的我，并没去想这座与我风牛马不相及的城市，它的历程与我的人生轨迹会擦出怎样的火花。

她叫珺，澳门生。后来因缘际会，我俩居然同在新会人民医院实习。那是我老家，说来真巧，也是她的籍贯。

我们在一起，话渐多起来。她有一种内地女孩少有的豁然俊爽。我谨小慎微，她热情开朗；我内向好文，她外向活泼。

我对历史如数家珍，她却对国史国情孤陋寡闻。她说她的母校叫“圣罗撒”，是澳门名校，让我莫名其妙；她说父母都是新会人，自己却不知“陈皮”和“梁启超”。当时我的唯一感觉就是《七子之歌》那歌词“我离开你太久了，母亲”。

有次她从澳门回来，带给我杏仁饼手信。她咳嗽频繁，说妈妈讲过，新会特产的“咸金橘”很有效。我二话不说，回家就张罗，终于买到一袋。看着她慢慢康复，心中有股从未有过的欢慰。那是缘分吗？

突然有一天，珺找到我，她脸色苍白，泪痕隐隐，声音干哑。

“我爸得了急性心肌梗死，正在镜湖医院住院，医生说情况很不好……”她越说越伤心，眼圈一红，哽咽起来。

我和珺遂匆匆赶往澳门。那是我生平的头一回赴澳。我和澳门的结缘竟是在这无奈、无助的时刻！第一眼的澳门，没有想象中的豪奢和现代，街道依旧保留着经营了数十年的老店，有的招牌字迹陈朽得难以辨认，只是寻常巷陌里，人们脚步悠闲，神情舒展，没有广州、香港那种被功利、势利逼迫出的浮躁。

在镜湖医院的旧住院大楼内，我们见到了珺的老父。他六十多岁，满脸、满头沧桑，脸色灰白灰白的，神志迷迷糊糊，带着一股不祥的沉疴气味。医生一再交代病情：随时有生命危险！当时澳门还没有开展“通波仔”（血管支架）技术，也没有先进设备维持血液循环。其时的医疗水准亟待提高，政府的医疗资源也很有限。很多时候，病人只能听天由命。

那天晚上，珺的老父不幸离世……

珺哭得像个泪人。我只能默默无语地把肩膀借给她，站在镜湖住院大楼那历经百年风雨拍打的栏杆边，透过拱形的斑驳窗门，遥望星际，朦朦胧胧而又清晰如昼。那天的一勾残月格外分明。

几个月后，我们本科毕业。我选择深造，报考了心脏科研究生，并非出于壮志凌云，仅是内心深处一声呼唤。珺则修读妇产科。

面试前，她送我一条浅蓝的领带，说浅蓝代表开朗和淡泊，她最喜欢。可我在内地长大，上学从没打领带的要求，笨拙得不知如何是好。她便用一双纤纤细手，拿领带在我脖子上比画，一遍又一遍……

相逢是首歌，同行是你和我。我相信，缘分会让命运牵起手来。

就这样，我和妻子——珺，开始了一路扶持。我爱好文史，常读给她“秦时明月汉时关”的韵味，教给她“秦皇汉武、唐宗宋祖”的华章。时至今日，虽然她还会把历朝历代的顺序说乱，但好歹对中国几十个省的地理位置弄清了。而她也教我澳葡历史掌故，讲给我澳门的神奇趣事和社会百态，娓娓动听。由此，澳门，这个书本上的符号慢慢变成我生活中不可分割的一部分。

三年后，在人生十字路口，我选择澳门作为自己的皈依。而镜湖医院，则是我俩的立脚点。

当我第二次来镜湖医院时，简直难以相信，几年间这里发生了翻天覆地的变化。旧住院大楼无影无踪，一幢新大楼拔地而起。车水马龙，医患接踵摩肩而井井有条。淡雅宁静，温煦整洁而人文关怀洋溢。大楼旁的庭园，一片盎然绿浓，几点灿然白素。步入病房，现代化的气息扑面而来。真是脱胎换骨啊！

我们开始编织生活，由于都很忙，聚少离多，在一起的时间弥足珍贵。十年来，我慢慢学会了做医生。这些年，澳门的经济也腾飞起来，一座东方都会展现在世人眼前。与旅游休闲业同时突飞猛进的，还有澳门的医疗水准和福利。政府资助的病人越来越多，手术开展也越来越多，两岸四地的交流更与日俱增。

尽管如此，崭露头角的澳门仍给我温婉小城之感。不管工作中如何大风大浪，日常生活中的你我他，都是那样和融和煦。澳门人早就习惯了从容恬淡。闲暇时，我和珺去松山散步，远眺伶仃洋的夕霞晚舟，俯瞰濠江城的万家灯火。我们还去主教山，看圣堂前的新人结合，也在鸟语花香间用相机记下点点滴滴。

小城生活平静如水，然而一池静水偶尔也泛起波澜。

今年中秋，我和珺都约好假期，打算一同出游。上午，手机忽然传来同事急切的声音：一位六十五岁的先生突发心梗，心跳骤停，急需抢救支援。

六十五岁，急性心梗！多年前那一幕在我的脑海中再次浮现！这是一个难得的休息日，但救死扶伤责无旁贷，带着深深歉意，我风驰电掣赶回医院，只见病人已躺在手术台上，脸色灰白，只有呼吸机打出的气体使其胸廓一起一伏的，看起来还似乎有一丁点儿生的希望。那神色，和珺的老爸像极了！

那一刻容不得多想，我便投入到紧张的救治中。由于出现了心源性休克，我们先给病人插上了球囊返搏导管，辅助循环，接着开始“通波仔”术。血管病变复杂，我们耐心地努力……

时间一分一秒地过去，病人死灰般的脸上开始冒出一点血色。当家属被告知病人已恢复心跳时，焦虑的脸上才掠过一丝轻松。我说：“医生用了许多器材才把他的梗阻血管打通，还安装了最好的支架。现在血压好多了。”他们热泪盈眶，但仍顾虑重重。我补充道，老人是满六十五岁的本澳居民，属政府资助对象，可享受无偿的心脏手术服务。这费用对大多数家庭来说都是天文数字，世界上只有澳门特区政府才能遵守这种承诺！

我冥冥中像是完了心愿，步出医院时，已盈月当空。珺在门口等候多时了。这不寻常的中秋夜！

我们缓步走到南湾湖，不远处，莲形的新葡京幻化成绚丽的画面，如蓝宝石在天际闪烁。和着曼妙音乐，永利酒店的喷泉如火山喷发，一飞冲天，又如杨柳扶风，婀娜摇曳。碧银的夜空，霓虹灯借着圆月清辉，携手遥远的星星翩翩起舞。

抚今追昔，念着故去的亲人，我说起今天的见闻。珺流下热泪。一张雪白纸巾从我手上递去，依然透着当年淡雅的芬芳。

“手术真难做！你累吗？”

“是你教我，成绩单是给老师看的，真功夫才是给自己和病人留的。”我想起了当年初次见面时。

她会心一笑。

“真是幸运啊！”我自言自语道。

“你说那个病人吗？”珺喃喃地问。

“不仅是病人，也包括医生，更包括所有澳门人……”

她困极了，偎依在我肩上。

我想说，只有在这个盛世，民众才能老有所养、病有所医，医生才能驰骋才华。澳门如海一般深沉的善良、如海一般博大的淳厚，给这纷扰的世界上带来一缕心灵抚慰，值得共享时代的荣耀！这些年来，伴着神奇的澳门——与我结缘的小城，我从爱哭的男生变成坚强而执著的医生，心中唯存感恩。

写于 2014 年年末

（此文在部分个人经历的基础上发挥想象，进行较多的艺术加工和改造，并非回忆录性质，具体时间、人物无需对号入座）

秋天的石排湾

——纪念澳门《基本法》颁布二十周年

想起秋天，第一印象便是范仲淹的“碧云天，黄叶地，秋色连波，波上寒烟翠”。脑海里浮现着碧云蓝天、黄叶满地的如画美景。只是南国之滨的澳门，四季界限极为模糊。这儿很难碰到冬天的慑人严寒，自然也很难见到秋天的遍野衰叶。一年四季，景致都是绿意融融的。

周日逢重阳，心飞扬，秋高气爽艳阳天，带上家人到郊外游玩是最合适不过的了。于是，我和儿子选择了路环的石排湾郊野公园。

由于工作的关系，我从内地迁居澳门已经三年了，但石排湾还是第一次去，说实在的，内心真是很期待从繁琐的日常事务中释放出来，在那片现实与想象的空间里获得精神的安逸和心灵的慰藉。

我们沿着门口的一排松柏慢慢前行。游人如织。高大蜿蜒的树木如同一个个屹立的老者，带着温和的笑意，风吹沙沙声，一霎间，惬意跃然心生。

儿子毕竟才两岁半，还离不开他喜爱的汽车玩具。他不时地把玩具车按在地上，使劲地推着走，在这一片开阔的地带似乎找到了让爱车驰骋的天堂。

我边走边看边思考。忽然，儿子“哇”的一声哭起来，让我大吃一惊！原来，他的玩具车不慎被推到湖边的草丛中，隐然消失了。那么微不足道的小玩具，那么浓密的草丛，那么深不可测的湖！我对儿子说，算了吧，不要找了，还是安全第一啊。儿子嘟着小嘴，挂着眼泪，极不情愿地被我小心拖着小手，继续前行。

走出一百米左右，一个陌生、清脆而稚嫩的声音从背后传来:“小朋友，这是你的汽车吗？”

我们赶紧回头一望。只见一个大约六七岁的小女孩，拿着那辆被遗弃的小玩具车，笑眯眯地望着我们。儿子顿时破涕为笑。我连忙教他道谢。女孩依旧笑容可掬。这时候，我才慢慢留意到她的容貌。

她的皮肤是黄的，但头发却是自然的棕色，而且微微地显得蓬松而卷曲。额头有着亚裔的宽阔，而鼻梁却高挺。她的眼睛很美，大而深，眼珠子很难说到底是蓝色还是黑色，像是两汪灵动的湖面，泛动着粼粼波光似的。眼睫毛长长的，俏皮地往上卷。她活像一个可爱的洋娃娃！

我明白了，她大概是一个混血儿，或者，就是一个土生葡人。

“姐姐，你叫什么名字？”我问道。

“我叫Maria！”

“你爸爸妈妈呢？”

“在那儿！今天我妈妈带我来玩。”

小女孩说的是地道粤语。顺着她的手指方向，我看见一个三十多岁的女士满脸微笑地朝我们走来。原来，Maria几乎跟她妈妈长得一模一样！

一阵道谢、客套和自我介绍之后，我们两家便一起闲逛。两个小孩好像认识颇久的好友似的，在花花草草之间寻找着属于他们的欢乐。我便和女士聊起天来。

不出我的所料，女士的粤语也非常流利，是地道的土生葡人。

她叫Santos，爷爷来自葡国，爸爸是土生葡人，妈妈是在澳门出生的中国人。她在澳门读完中学后便远赴葡国读书，在里斯本大学专修行政管理，目前从事环保工作。女儿在氹仔的中葡学校上学。

Santos很开朗和健谈，大概是职业的关系，她向我介绍起石排湾公园的历史和现状，如数家珍。此公园前身为一座农庄，在20世纪40年代曾为耶稣会修士们培育孤儿之处，直至1985年才更名为石排湾郊野公园，更由当时的葡国总统揭幕。“公园内有儿童游乐园、烧烤场地、中式园林、动物园和观鸟园。另外，还有一个展览中心，展出澳门各种动植物标本。自然博物馆也设在公园内，虽然不大，但很有趣，值得一看。当然，现在最吸引小朋友的，还是前两年建好的熊猫馆。”

我们沿着湖畔边走边说，谈得十分投契。这里的湖，袖珍清秀，绿波荡漾，小家碧玉般让人怜爱，又显得那样的幽微灵秀，静逸柔美，虽没有长河落日圆的壮阔，但树冠轮廓的起伏变化、蓝天浮着的飘逸白云，倒映在粼粼的湖面上，映衬着午后的阳光，更透露出一丝恬静的美感。

“前面还有飞机看呢！”Santos笑着说。

“是退役的军用飞机吗？”我满腹好奇。

“是一架小型飞机，名叫沙路士号。它常常让人误以为到了机动游乐场，有模型飞机可坐呢。如果你也这么想，那就错了。其实它是三名葡国人的杰作。1987年，他们从里斯本起飞后，在公园对面的工业区成功降落，但返航时发生故障，这小飞机就只好永久留在澳门了。”

我感觉到她似乎话中有话。

一排梧桐树，树叶翠绿如滴，仿佛一块块绿宝石高悬在空中。这些树木镶嵌在绿油油的草坪上，一直延伸于视线尽头，生机勃勃。草坪像是一大片自然而柔软的绿色地毯。软软的“地毯”上，孩子们嬉戏着、奔跑着。偶尔的一缕微风夹杂着丝丝月季香气，拂面而来，不得不让人感叹生活的美好和造物者的伟大。石排湾公园不仅是孩童们的乐园，也是成年人理想的休憩之所。这儿定是四季如春。

同行的两个小家伙一边捡着叶子和花草，一边叽叽喳喳地说个不停，像两只黄鹂鸟婉转地啼叫，可爱至极，不知不觉竟落在后头。前方传来了Santos的呼唤，Maria猛抬头，发现大人已经走远，无可奈何，只得拖着我儿子的手，匆匆追上来。

我们朝着熊猫馆的方向慢慢挪动着，不知不觉把话题转移到这国宝上。

“Maria天天缠着我要去看‘开开’、‘心心’。熊猫的样子的确可爱，可是不怎么像猫科的动物，总是一副懒洋洋的样子。”Santos说。

“大熊猫其实既不属于猫科，也不属于熊科。它是中国特有的物种。别看那样的笨拙，只会啃竹叶，它的祖先是凶猛的肉食动物呢！最早的时候，它被称为‘猫熊’，只是后来人们把汉字从左到右写时，把它的名字弄错了。不过，‘熊猫’的叫法早已深入人心，大家也就只好将错就错了。但在台湾，它仍被叫做‘猫熊’。”

“汉字的文化，真是高深莫测啊！可惜我不会写，也不会看。如果不是这样，三年前的熊猫名字征集比赛，说不定我能获奖呢。”Santos的语气多少有点遗憾，但仍熟练地用粤语说着“高深莫测”这样的成语。

“你能听懂普通话吗？”我越发好奇。

“我前几年就开始学习普通话了，断断续续地学，但因为害羞，说得比较少，不过大致能听懂的。”

“你们有没有打算过回葡萄牙生活和工作呢？”

“小时候想过的，但现在，一切都适应了。我爱澳门。这是一个非常多元化的社会。我们这些在澳门生根的人得到普遍的尊重，我们可以继续信仰自己的宗教，可以继续保持原有的传统和生活方式。对了，我们还可以过中国的传统节日，比如今天的重阳节。”

“十多年前，澳门回归前的那段时间，你们是不是还有很多顾虑？”

“是啊！主要的顾虑是在文化认同上，当时我有很多朋友回到了葡国。这也是一种心理影响。另一个问题来自家庭内部，很多土生葡人家中，爸爸是葡籍人，妈妈是澳门人，比如一家七口，可能有几个想留下，有几个想回葡国去，这样就会有争论和妥协。我在澳门一直按照葡国人的生活轨迹过日子，从小读的是葡国学校，长大去葡国读书，接受葡国文化。回归后我要接受文化上的转变，面对更多的融合和冲击，我当时觉得自己心理上还没有准备好接受中国的文化，这点很艰难，所以有很多顾虑。”

“但你最终选择留了下来。”

“是的！因为澳门是我的根。澳门既属于你们华人，也属于我们。”她沉吟半刻，很自豪地说。

……

我们陪着孩子们愉快地参观了大熊猫“开开”、“心心”。我相信，很久很久以前，这里很可能是荒芜一片。这对可爱国宝的到来，带着祖国亲人的深情和嘱望，让这里充满着热闹、祥和与欢乐。

二十年来，方圆狭小的澳门有着越来越宽广的胸襟，生活在同一蓝天下的澳门人，不管是老居民还是新移民，不管是土生葡人还是纯正华人，都受到应有的包容、尊重和保护，都获得平等的机会，去学习、工作和生活，并且在认同感上互相滋润。由此产生的多元文化与软实力，才是澳门最具魅力的地方。

这像极了澳门的四季：线条圆润但多姿多彩，没有冷峻、单调的界别，四季的元素都糅合在时时刻刻之中，而且恰如其分，温柔和气。

直到暮云合璧，我们才依依惜别，踏上归程，脚步中却注满了留恋。两个小孩还煞有介事地互相留下联络方式。

不知道夜色的公园会不会有“明月松间照，清泉石上流”的唯美景色，但明月捎带的甜蜜美梦，必然会让所有的游园者，在夜深人静时，在嘴角边上，挂上一丝不自觉的微笑。

那天晚上，我们每个人的梦肯定都不一样，Santos 也许会梦见到氹仔的中葡学校接女儿 Maria 回家，手上拿着大熊猫毛公仔，其乐融融；而我则梦见了广东老家的后院，居然长着一簇簇白色的水莲花，映衬着曼妙的南欧喷泉，晶莹剔透。不管我们的梦境有多么的不同，有一样是相同的，那就是一种融合之美，融汇之乐。内地—澳门，澳门—内地，谁也离不开谁，澳门梦，也就是我们的中国梦。

写于 2013 年年末

浅谈《病榻上的龙》之创作

2012年3月，借着参加心脏病会议的机会，我得以在百忙中重游北京，记得上次踏上古都这片神奇的土地，已是二十年前了。

那天晚上，我在什刹海内闲逛。沿街无数的酒吧食肆似乎在刻意让游人忘却历史，然而，我对它们的兴旺发达了无兴趣。尽管是阳春三月，湖面却依然结着一层看似薄如蝉翼的冰，在月光和街灯的映衬下，晶莹剔透，甚至灼灼生辉。湖上的石拱桥，仿佛是蜿蜒的臂弯，把路人带进灯火阑珊对岸，带进历史的深处。湖边那稀稀疏疏的柳树，随着夜风飘洒着自己柔美的秀发，混搭着清澈的草香，徜徉其间，让人心旷神怡、流连忘返。

半夜，一场新年以来最大的雪不期而至……

这里是北京，这里曾是明朝、清朝的京师。历史像片片大雪一样，在这块土地上积淀着，沉淀了一年又一年。远望着躲在暗淡中的鼓楼，想象着不远处那点缀着红墙绿瓦的紫禁城，谁可以忘记，明清二十多位皇帝、无数的王公贵族，在此处留下自己的身影和足迹。

清朝入关以后共有十位帝王在北京御宇，其中竟有五人死于严寒之中，在大雪纷飞的惆怅里永远闭上了眼睛。他们是顺治、康熙、乾隆、道光和同治。

而明朝，在北京生活的帝王几乎都不长寿。嘉靖活到六十虚岁，万历五十八虚岁，已经算其中较长的，其他大多三四十岁就撒手人寰。古代中国人的寿命大多不长，但如此短命也实属少见。

二十年前，当我还是一个小学生的时候，《中国历代帝王大观》一书曾令我手不释卷，对历史心驰神往，里面有金戈铁马，有尔虞我诈，也有酒池肉林和荒淫无道，更有带着一个个问号的死亡。他们的驾崩，除了个别被夺位、被弑杀之外，大多语焉不详。如果是自然离世，他们到底又是怎样病死的？为何长寿之帝屈指可数？带着这些疑问，我慢慢长大，直到有一天，走进了医学的神圣殿堂。

无论是曾经的囊萤苦读，还是现在的悬壶济世，我在闲暇之余都会想到一个问题：帝王们锦衣玉食，占据社会金字塔的顶峰，享受着普通百姓难以企及的物质和医疗保障，但为何如此容易身染重疴、一病不起？为何有些帝王的行为如此荒诞怪异、匪夷所思？他们的病痛值得我们这些从医者去思索，去探究，去发现。毕竟，在这个物质高度发达的现代社会，固然与古代社会有着天壤之别，而人类的躯体却并没有多少进化。古人，特别是富裕的古人，他们容易患的疾病，今人依旧容易重蹈覆辙。古人的经验教训，今人可以作为前车之鉴。

我不是文史类专业的科班出身，但我认为既然历史可以解读得妙语连珠，那么，科学乃至医学也可以宣传得妙趣横生。让民众有所得，有所悟，这不仅是我们的工作，更是我们的责任，责无旁贷。而历史以及在其中担任主角的帝王们，正是这种教育、宣传的理想载体。

记得那场大雪之后的清晨，我拉开“盘古七星酒店”那宽阔的窗帘，眼前那银装素裹、皑雪茫茫的景色把我镇住了。路旁高树上空空的枝丫，压着片片祥云般的雪块，房檐上、马路边，净是纯白一片，好像分不清哪里是界限，哪里是尽头。巨大的都市在大雪过后，竟然显得有点渺茫。也许个人的努力，在人类社会的进程中也是微不足道的，但是毕竟你做过，你来过，总有一天，会有人发现，会有人从中获益。

于是，我拿起荒废多年的笔头，在忙碌之暇写了又写，改了又改。我甚至在自己的书架旁，在《左传》《史记》《汉书》和《资治通鉴》等巨著中仔细寻觅，慢慢咀嚼。蔡桓公、汉文帝、晋景公、宋太祖、康熙帝……仿佛一个个向我走来，他们或嬉皮笑脸、玩世不恭，或正襟危坐、端庄郑重，有的脸上带着忧郁，有的脸上挂着狰狞。我又仿佛正拿着自己的听诊器，在静听他们的心跳。

日积月累，案头就有了那么一大摞稿子。日子是不乏艰辛的，生活是不乏痛苦的，但是重读自己的字字句句，却可以忘却这一切。

我让二十五位帝王悉数粉墨登场，他们的身影将伴随着那不甚严谨的考据，捎带着一串串颇有意义的医学常识，走近你、我、他。

此刻，我在农历新年前夕的南方。此时，电视的天气预报说，我曾经神往的首都，正雪花飘舞。我希望这是一场瑞雪，因为，俗话说，瑞雪兆丰年……

写于 2013 年年初

笔头上的冲动

拾起枯笔，摊开白纸。皓月当空，繁星缀河。

每天工作之余，拖着疲惫的身躯，我怀着一颗恬淡寡欲的心，把自己闭锁在房门之内，把自己固定在书桌之旁。我不断地写，不断地想，除此之外，似乎无事可做。那时，无论是生活还是工作，我都备感艰辛，未来显得迷茫。一切都是个未知数。

我写的是历史，也是医学。并没有人催我完稿，也没有赚取杂志社稿费的冲动，我只是自己给自己压力，我觉得是在和时间赛跑，时而在古籍的纸堆里寻寻觅觅，时而又在案头的书稿中苦思冥想，绞尽脑汁，直至江郎才尽。

恰恰在这最彷徨、最寂寞甚至最痛苦的时候，10月的一天，我突然灵感勃发，一气呵成写出了三千余字的《寡人有疾》——重温了蔡桓公讳疾忌医的故事，并从现代医学的角度仔细分析了可能的病因，当然也包含我自以为生动的想象。我忐忑不安地把它发送给同学和友人，忍不住把我的思路和观点告诉他们，以图分享，结果竟然出乎意料地收到他们积极的回复以及许多宝贵的意见。可以说，这篇小文是一个转折点，它使我明确了写作的道路和方向，更坚定了我继续写下去的信心。

从那以后，我就决定把我所研究和思索过的古人，尤其是帝王疾病全写出来，使之结集成书。我相信早晚有一天它会发光，人们会喜欢它的。广州的《中国家庭药师》杂志，就是我最早的投稿阵地。

历史和现实，中医和西医，其实他们之间并不是楚河汉界，社会科学和自然科学本来就不应该被鸿沟分割。我知道，以我那浅薄的知识和幼稚的见解，想成为沟通这条鸿沟的桥梁，简直就是不自量力、痴人说梦。但是，我很愿意成为这条鸿沟中时刻游走、滚动着的一粒沙子、一颗水珠，捎带着对科学的尊崇、对人文的关怀、对历史的敬畏和对生命的热爱。我也享受这样的状态。

每次辛辛苦苦完成一篇文章，我都会迫不及待地发给父亲、朋友和同学们。在他们的批评、指点和鼓励中，这些粗糙的作品有幸得到升华的机会，虽然远远谈不上凤凰涅槃，但这的确一次次地给了我克服困难、继续创作乃至达成心愿的动力和勇气。这比作品质量的提高，意义更非凡，也更让我感激涕零。他们，是我一路同行的伙伴，从某种意义上说，也是这本小书不可或缺的作者。

当写到《折鞭孤城》时，我竟然意外地发现这文章的结尾会不自觉地提到我的家乡——广东新会。这几个月来，反反复复在澳门和新会间穿梭往来，为了工作，为了家庭，也为了暂时的解脱。我颇感内疚，因为每次回到朝思暮想的故乡家中，大多数时间都在忙于写作，无暇多看幼小的儿子一眼，也无暇多向年逾花甲的父母嘘一声寒、问一句暖。

现在，我可以获得片刻的轻松了，至少儿子带着牙牙学语的腔调很娇气地再喊我一声“爸爸”时，我可以多回应他一个浅浅的微笑或者一个深深的拥抱。然而，路还很长，我还要继续走下去。

写于2013年年初

甲午正月初一感言

农历除夕，独自一人守在书桌旁忙碌了整个晚上。

窗外有欢呼声，有鞭炮声，门外有红对联，有红灯笼，一切节日的元素似乎仅仅是一个符号，并没有在我的内心泛起一丝的涟漪。脑海中，只有时空的光怪陆离，只有人间的世态炎凉，只有医者的良苦用心。这些混沌，遂转化成纸上的碎言片语，幸而我有一点点空闲而珍贵的业余时间，用那么一支难登大雅之堂的拙笔，把它们小心地串联起来，以博读者一笑。

昨日的病房已经开始接近空空如也的境地，病人也要回家休息，在医院里接受治疗，离开自己的亲人，原本也是不得不为之的苦差，不得不忍受的煎熬。可惜，医师并没有多少机会休息，纵使人是下班，心还有一根弦，一头牵挂着病人的状况，一头牵动着自己敏感的神经。

这几年来，全国各地的“医闹”案、伤医案乃至杀医案，层出不穷。

当一个人，甚至一个群体，被误读、被歪曲的时候，我总是告诉自己，不要愤怒，不要气馁，不要伤心，否则本人就将成为自己笔下，那些历史上郁郁而终的亡魂。

这里，没有道德修养的介入，这里，只有理性分析的过程，因为那些心怀恶意的人，实在是很可怜。很多年来，我都喜欢在晚上，甚至在夜间，在柔弱的灯光滋润下，翻开《左传》《史记》《资治通鉴》这类的书，细细品读。现实生活之中，再丑陋的人格，再卑劣的伎俩，再无耻的行径，再无聊的举动，都已经在司马迁他们笔下，暴露无遗，丑态百出。他们只是乔装打扮，混回我们的世界中，继续演绎着小丑的角色，他们活得其实很痛苦，他们活得很战战兢兢，他们总是用貌似强大的外表和阵势，吓唬那些弱小的心灵，他们总是用卑微的姿态，虚构那些空中楼阁般的崇高。他们其实本身就是病人，是人格和心理病态丛生的可怜虫，因此，不要看不透，不要看不惯，不要让他们影响自己每天原本万里无云的心情。用鲁迅的态度——“横眉冷对”，也实在是抬举他们了。而真正的强者，不需要恳求别人的怜悯，而只需要怜悯别人。

用历史的眼光，用医学的智慧，可以解剖那些在史册上或享受青史留名，或饱受千古骂名的灵魂。

昨天我给《中国家庭医生》杂志写的是大明万历皇帝。许多人仅仅看到了历史的某一面，就把明朝灭亡通通归咎于他一人，大肆指责他的失职怠政。在我看来，这实在是把历史简单化了，把历史人物脸谱化了。有没有想过这位名为天子，实为凡人、俗人、庸人的天子，内心莫大的苦恼？

历史终究不是电视连续剧。其实我们无须动不动就要吵着给历史人物翻案，我们要做的，只是静下心来，细细考量他们的真实状态，反思他们所作所为背后的动因，实际上也是在反省我们自己。因此，人物的身体安康与否，精神健康与否，非常重要，而医学正好是一个不错的切入点。

我这笔下的历史人物，几乎没有一个是一帆风顺、永无烦恼的，有的甚至还终生备受精神的折磨，就如同现实生活中的张三、李四一样。归根到底，人，总是要成为病人的，这只是程度问题，时间问题而已，而人的欲望却又总是无限地膨胀，但这种不健康的膨胀早晚会受到来自时代和生理的限制。因此，人生焉会不烦？

在我的求真过程中，笔下的历史人物鱼贯而来。

和珅对财富的贪婪，朱温对女色的沉迷，安禄山对天下的野心，吴三桂对权势的留恋，混杂着老朽、衰变和沉疴，这些都让他们死时痛不欲生。屈原、曹植、李白、李贺这些不世的才子，理想幻灭后，或沉沦，或放浪，只有一个可爱的白居易老头，小心翼翼经营着官场的生计，还保有一颗禅心，颐养天年，继续精雕细琢自己的诗文，但也总是抱怨自己的老眼昏花。范仲淹、王安石、张居正、林则徐、曾纪泽，个个都胸怀鸿鹄之志，发誓要澄清宇宙的浑浊，但自然的规律还是让他们蹉跎不已，这是比政敌更可怕的威力。马援、周瑜、诸葛亮、郑成功，人人都悬挂着崇高的理想，人人都拥有着震古烁今的才华，却几乎都在巅峰时刻被病魔拽下马来，扼腕痛恨，遗憾终生，葬身异地。倒是那位湘军老帅曾国藩，以文官起家，深谙着儒学的真谛，把玩着仕途的人情世故，以退为进，急流勇退，哀荣备至，安安稳稳地让自己的亡魂回到湖南老家。

至于皇家，除了亲情异常冷漠之外，其他也与寻常家庭没有什么本质区别。老百姓的烦恼，他们也是照单全收。汉朝的老刘家，妒妇、泼妇吕后的醋劲，隔了两千多年，还是让后人觉得酸气难耐、招架不住。明朝的老朱家，朱棣很不健康的饮食方式，几乎让老爸朱元璋又一次“白发人送黑发人”，还几乎改变了历史的走向；朱翊钧、朱由校这对祖孙，一个莫名其妙地懒惰，动摇了家族的根基，一个如顽童般沉湎于自己的游戏世界，让家族彻底败落，一蹶不振。清朝的爱新觉罗家，乾隆爷晚年的最后岁月，生活起居，让身边人既哭笑不得，又无可奈何。这一切，其实都有疾病的因素在作祟。

有哲学家说，人生是尘世间的一种幻觉。其实，死，与生同样是生命所达到的最完美的高峰和境界。不知道那些著名的灵魂在另一个世界里，生活了几百甚至几千年后，是否真的得到了这种生命的体验？尘世的每一个人，都在刻意幻想着一种永恒，其实，真正意义上的永恒是没有的，任何事物都是时光隧道中短暂的瞬间。或许，只有死亡，才最接近于这永恒。生活于世间的人类，如果普遍认识了这一点，一定会免去许多痛苦与麻烦。

此刻已日上三竿，作为凡夫俗子的我，还得祝愿亲人和朋友们身体健康，阖家欢乐。

今天是甲午年的大年初一，畅谈生死，似有不当，还望多多包涵！

写于2014年1月31日

文字、书籍与我

在澳门有一条著名的“水坑尾”街，街中曾有一间经营了多年的书店，招牌赫然写着“香港商务印书馆”。记得，我曾无数次经过这个店子，也曾进入过拿起本本佳作浏览一番，有时爱不释手。然而，在刚刚过去的那个秋季，书店关门了。在即将和街坊说再见的时候，剩余的书籍被打了很低的折扣卖掉。不久，取而代之的，是一间日本料理店，目前，还在“试营业”中。

每天总有成千上万的人路过澳门的繁华街道，居民或游客，他们对首饰店、服装店、小吃店、特产店趋之若鹜，却唯独冷落了一座城市除了图书馆之外，最有文化气息的地方。这是谁的悲哀？

我想，在台湾，在大陆，这样类似的情况应该屡见不鲜。有报道说，中国人每年的读书量在急剧减少。这又能怪谁呢？时下的生活节奏，时下的工作压力，能在空闲之余照顾家庭，再挤出一点点微不足道的时间去进修一些课程，已经是很了不起了，还能奢望什么？纸张上的文字，什么时候让人们如此厌倦？难道铺天盖地的网络信息、图文并茂的Facebook，无所不能的微博、微信，已经把人类所有发表和收听话语的权利都操控起来了吗？

其实不然，在欧美，在日本，情形却并非如此，尽管他们使用网络更是家常便饭。中国人缺的，是一分耐心和静气，多的是几分浮躁和功利。我很喜欢逛书店，除了浏览书籍之外，还不时观察一下书店里其他的人。遗憾的是，三十岁以上的人很少，即便有，也只是为了陪小孩阅读或是帮小孩买教学参考书，比较多的是十几岁的少年，他们真的是无忧无虑，无牵无挂，可以尽情地翱翔在书籍的海洋中，尽量多地汲取成年人弃若鸡肋的养分，尽管一部分少年只是为了应试教育，但大多数不是，他们确实是被兴趣爱好主导的。然而，当他们长到三十岁，逐渐成为社会的中坚力量时，当下的生活方式还能保持吗？这是一个值得打大问号的难题。

人们总是习惯用“社会发展太快”来解释一切存在的争议。其实，恰恰是因为社会发展太快，我们才更需要阅读。

书，可以不买，但不能不看。书，可以不看完，但不能不翻。报纸杂志，主要起到新闻传播的功能，严格来说，不算书籍；网络文字，良莠不齐，更多的是快餐文化，只有极少数值得你去慢慢咀嚼，细细回味，好好吸收。当然，这出色的“极少数”会有机会结集出版，登上大雅之堂的。

时下经营书店的人，不一定全部是文化人，甚至很多是自称“没有文化”的商人。在商言商，书店充其量就是他们的一棵摇钱树，被摇干了，没有利用价值了，自然会弃之如敝帚。

只有那些笔耕不辍的人，还算保留一丝文化人的气息。历史的反思，时代的进步，社会的考量，良知的召唤，靠的是他们，而不是靠地产商，不是靠口若悬河的政客。

我很想成为他们中的一员，虽然他们大多没有挥金如土的资本，也没有抛头露面的虚荣。可是，安谧，又何尝不是一种尊贵？于是，我选择写作，甚至走上写书的道路。

去年9月底，我去了一趟台湾，旅游之余，也顺便见见几位新朋友。在西门町，我们碰上了，聚在一块，畅谈甚欢，只可惜导游仅仅容许我一小时的自由活动时间，随后便催促我回下榻的饭店。人生路不熟，也只好从命。不过，一个决心就在这短短一小时之内被下定了。

写作，行医；行医，写作。日复一日地做同一件事情，并不是简单轻松的。我枯竭过、烦躁过、失望过，但从来没有气馁过、伤心过、后悔过。因为，我不是专业作家，我做的也不完全是作家的事，但我做的事，应该在我的同行中属于“不多见”。

不在乎别人的嗤之以鼻，在乎的只是心灵的那份笃定。我常常回忆起去年 12 月初，自己参加的那次半程国际马拉松比赛。没有名次，没有奖杯，有的只是腿部的伤痛，这痛楚持续了一个多小时，绵延了十几公里，但我自始至终都没有闪过一丝放弃的念头，直到终点，直到冲刺阶段还要超越一两个参赛者。每当在写作中遇到困难障碍时，我总会想到这不算遥远的记忆，或者是十年前的那场为了考取研究生的寒窗苦读。

每写完一篇拙作，都会有暂时如释重负之感，其实，这个“重负”，不就是我自己给自己的吗？为什么就不能算是一次愉快的旅程呢？

写于 2014 年年初

十月初五之缘

小珺终于康复出院了。为答谢一个多月来的照料，她母亲送我一本画册。“我业余时间喜欢绘画，这本拙作希望不要见笑。”珺妈妈脸上露出腼腆的笑。

我来不及细看封面便打开浏览一番，原来里面画着一条老街和她的沿途景观。那风格古朴的茶楼，看似没有熙熙攘攘的豪气，却有菜香熏人的温暖。那正襟危坐的庙宇，匾上炫目的“康真君庙”金字，堂内袅袅的香烟，似在庄严和世俗中徘徊。延伸下去，是老字号商行的遗存，他们仍做着数十年如一日的生意：茶叶、海味、粉面、中药，主人的老花镜与门面上的挥毫名号一样，在新时代中荡漾旧时代的情怀，在旧时代的痕迹中折射历史的背影……

“我从小就住在这一带。”她说。

其实，这条街我也无不陌生，但最早的相识是在十几年前，那时我刚到澳门定居，暂时在一诊所工作。听说镜湖医院招人，我便带着用大信封装好的简历前去。

记得那是一个雨天中午，我来到康公庙，却不知镜湖该往哪走，阴雨蒙蒙，行人寥寥，诊所上班时间已迫在眉睫，今又是应征截止日。万般无奈，在一间“顺德强记冰室”，我坐下避雨，寸心焦虑。

“阿女！快出来招待客人！别老在画画。”男主人嚷嚷道。

房间跑出一女孩，问我要喝什么，见我愁眉苦脸便主动打听。获悉后，她说自己恰在镜湖上班，可帮我把简历送到人事部。末了，她还笑着说：“相信我啦！我姓陈，老板的女儿。”

我半信半疑地把信封交给了她，冥冥中似乎把自己的命运也交给了她，便赶回诊所了。

几天后，我果然收到镜湖的面试通知，心存感激。后来，工作稳定了，我移居到新马路附近，康公庙近在咫尺，渐渐地才知道相邻那条给我带来好运的街道，大名赫赫——十月初五街！一百多年前，由于紧挨泗孟码头，她是澳门最繁华的街区，商铺林立，人潮涌涌，茶楼、档口各显神通，当铺、旅馆闻名遐迩。1910 年 10 月 5 日葡萄牙发生革命，澳葡政府为纪念此事，特将富甲一方的泗孟街更名为十月初五街，沿用至今。

平时散步，我偶尔会到那冰室前驻足，只是再没见到那女孩。我常走过这条街道，活在当下，又徜徉在昔日的眷恋中，心中不时感慨，原来繁华与沉寂，原来世纪的积淀和造化，就在眼前。曾经气势非凡的泗孟码头，随着填海扩张，早已荒废，如今仅门壁依旧残存，中西合璧的拱形门顶，浸泡着浓浓的南洋味，这是过去南粤码头的标志性建筑，只是上面的花纹已风蚀得影影绰绰，而几棵嫩草却在阳光下招展活泼的绿姿。当年门壁面向的就是一片浅海，有多少船只和客商或在蓄势待发，或回归到温暖的港湾中休憩、寻梦？

老街虽然老旧，但珍藏着文化烙印，保留着返璞归真，酝酿着真挚的人情味。

闲暇时，我也会逛逛康公夜市，在康公庙前地观看久违的舞狮。中华的传统与香火居然在这座地图上极微渺的地方完整地传承下来。大龙凤茶楼的绕梁粤曲，康公庙的青条路石，“德生按”当铺的木趟栊门，何处没有中国韵味？而广场前地的白色卵石、隐没在闹市中的高脚骑楼，又吐露着华洋杂处所孕育出的独特气质。

时过境迁，当年独占鳌头的繁盛早被洗尽了风雨铅华，老街几起几落，如今得到政府的“活化”政策滋润，重新呈现另一种更接地气的生机。食肆摊档守候着客人，也守护着家族的根脉与荣光。走在街上，不但怀旧的幽情能让人魂牵梦绕，现实的浮世绘更能使行者与游人领略一种别样的滋味。不久前，一间“十月初五饼家”开张大吉，生意红红火火，新的十月初五街正以新姿态、新风韵招徕过客。

我把画册合上，只见作者署名“陈衍婷”。哦！那似曾相识的脸容和永生难忘的微笑！她说：“十几年前，我曾在镜湖医院人事部当过文员。”她应该不记得我。

画册中最后一幅，描绘沙栏仔街直通圣安东尼教堂的斜坡。我想象着路面被走过娶亲大轿子，被驶过人力三轮车，被碾过奔驰小轿车，风物嬗变，而风情犹存，仿佛还要通向更高更远的地方。其实，很多年前的那个雨天，我要是再走两百米，从这儿爬上去，过了白鸽巢公园，就能到镜湖医院。

收到礼物那天，我手术做到凌晨，深夜，独自从白鸽巢走下斜坡，特意经十月初五街回家。“德生按”门前的肠粉摊档正要打烊，灯火微明，老板用五邑方言朝我打招呼：“还好吧？忙到现在才收工吗？”他宽广的额头，活像门前那只经历百年沧桑的石狮凸起的前额，上面凝结的汗珠和皱纹，映衬着“德生按”斑驳的墙砖，却没有幻化的唏嘘，只有平实的安详。我点头而坐，成为他今晚最后的顾客。

画册轻放，封面写着“十月初五之缘”，在月光下熠熠生辉。

这条与我结缘的街道正是老澳门的缩影，她低低调调，实实在在，人们生活简简单单，内心深处却热热乎乎。老街怀着悠久的淳朴和沉甸甸的美德，抬着时代的脚步，追着岁月的流逝，任浪花飞扬也好，海沫潜沉也罢，总是恬淡一笑。她润泽，包容，调和了无数南腔北调，融化了多少五湖四海的异乡情愫，只含情脉脉地向街坊说着一句话：此心安处，便是吾乡。

这就是温馨的十月初五街，温馨的澳门。

（本文获2015年12月澳门江门青年会主办的“我眼中的澳门”征文比赛公开组一等奖。另：此文在部分个人经历的基础上发挥想象，进行艺术加工和改造，具体时间和人物无需对号入座）

没有庇山耶的庇山耶街

庇山耶街并无葡国诗人庇山耶的居所，也没有文学气息，我一直都这样认为。

最近我按报刊指引要把一份稿件寄到《句号报》编辑部。一看地址就乐了，庇山耶街21号！这条街与我家结缘已第八年，目的地近在咫尺，不劳邮递员矣。闭上双眼，我努力在记忆的脑电波中寻觅这一带的文学蛛丝马迹。

每天我都在这里日出而起，日落而归，有时还得为生计而穿行于夜半的冷月街心。我与老街在岁月中浸泡，自以为一草一木皆历历在目，然而此地有编辑部吗？

从新马路的“德成按”当铺到草堆街的“永昌号”五金行，人潮涌涌，或匆匆而过，或流连光景，街头荡漾着亲子间的呼唤，街尾更喷来装卸货物的吆喝。时不时，一辆小轿车谨小慎微地挤来，顺带让茶餐厅的主顾们伸长了脖子，用审美的目光洗刷一番。

这是一条洋溢世俗味的老街。我带着稿件，茫然地站在21号门牌下，可这是“永栈建筑材料”公司，铁门紧锁，没有信箱，没有海报，也没有门铃，仅有深藏的神秘。我猛然发觉，这方闸门从来就没向我敞开过似的。

一位大胡子老者，右手拄着中式拐杖，左手牵着乖巧小狗，从铁门前缓缓踱步。他高挺的鼻梁上架着一双厚厚的镜片，棕发与浓郁的美髯融为一体，镜片后有如两孔深碧的井泉。我想打听编辑部的情况，但猜他是葡人，而我不谙葡语，只得眼巴巴地作罢。

望着他西装革履的后背，我打算放弃此行。忽然，他转过身来问："后生仔，你要找什么？"说的是流利粤语。我心中掠过一丝惊喜，便和盘托出。"这就是！"他用拐杖指着"永栈建筑材料"招牌，"刚搬到这里几个月，连门面都来不及装修！人家十点才上班。对了，他们出版的《MACAUCLOSER》杂志很值得一看。"说完，葡人径直悠然前行，而那小狗依旧好奇地回望，想一探究竟。

我心中豁然开朗。原来貌似市侩的庇山耶街，不但有粗犷的世俗，还有用心才能察觉的优雅。我们见过面吗？这远去的身影，仿佛穿越百年时空，从南湾街的寓所走来，像极了那位来自哥英布拉的葡国贵公子，边走边吟，回到住处便凭记忆把诗作书下，由此集成《滴漏》。

庇山耶街的居民似乎从来就不曾阔绰过。同善堂的香火，温暖的是贫家子弟；中药房的沉香，熏陶的是病恹之人；"协记洋杂"的廉价玩具，逗乐着衣冠简陋的幼童；"远和坚炭"的黑尘灰土，铸造了搬运工人赤裸上身的古铜肌肉。这固然跟风花雪月风牛马不相及，然而掀开浮夸的眼罩，这儿呈现的又是一股勃然生机、一道实在风景、一片真情实意、一轮文学色调。

我为自己戴着眼罩生活而羞愧！

铁门终于开了，我在职员的引领下走进店内。原来，一楼、二楼均叠好着一摞摞装潢雅观的杂志，建筑材料公司的踪影似乎仅存于窗台前那经年的"万年青"，它们易主，但长势喜人。

三楼则是现代化的构造。电脑、网络、书架、复印机、传真机和衣着考究的年轻女士，一应俱全。递完稿件，他们邀我坐下喝茶，或许无人知晓我是这里的街坊，正如我不知他们姓名一样，其实这又何妨？萍水相逢，恬淡如茶，逃离圆滑的人情世故，本身就是一种心灵上的雅致。

从窗门中眺望老街，前所未有的视角让我思绪绵绵。我一直以来对老街的偏见是如此的肤浅。尽管她不曾高调，但悠扬中，沉淀的可不是平庸无奇的似水流年，一如庇山耶的诗句。与她擦肩而过的草堆街，当年孙逸仙在此开办药局，悬壶济世，多年后，这位早已弃医从政的巨人真的与诗人庇山耶把酒言欢；与她一墙之隔的十月初五街，当年全澳首屈一指的码头矗立其间，车水马龙，富甲一方，那时起，康公夜市就让老街坊们乐也融融……

一只小猫从窗前忽闪而过，躲进了编辑部旁一处荒废的宅地中，舔着丢弃的速食面盒。这是惯常见到的一幕，不过今天我觉得特别鲜活可人，因为被掀掉了灵魂上的眼罩，因为在没有庇山耶的庇山耶街，我恍如碰见了庇山耶。

（发表于2015年12月22日《澳门日报·新园地》，入选《二零一五年度澳门文学作品选·散文卷》）

台湾，一本厚重的家谱

台湾，熟悉而陌生的地方。她是一个小岛，一颗明珠，一段传奇。对我这“80 后”而言，她也许还有更多的内涵。生在内地，长在内地，年近而立到澳门发展，我既是内地人，也是澳门人。比起内地朋友，我有更多了解台湾的机会，比起澳门同胞，我更有他们难以体会的历史沧桑和时代变迁之感。

读小学时，台湾是那么遥远而朦胧，她仿佛只存在于历史教科书中，上面写满了血与火。那时的大陆媒体基本上不会正面报道有关台湾的新闻，台湾的书籍和影视作品几乎都在严格审查下躲躲闪闪，机构、头衔名称还一律加上“伪”字。在两岸横眉怒目了四十年后，1990 年突然有一部叫《妈妈再爱我一次》的台湾电影在大陆异军突起，顿时万人空巷。当时每个从电影院里走出来的人，手中都攥着哭湿的手帕。这是读三年级的我，对台湾的首次真切印象！谁也没料到，一部台湾苦情戏、亲情戏在大陆获得如此深广的共鸣。今天看来，与其说是导演的成功，还不如说是切中所有中国人的传统情感，穿过了分隔数十年的藩篱，化作一条红丝带，让两岸民众成全了导演。时至今日，主题曲《世上只有妈妈好》仍是大陆最受欢迎的儿歌之一。

读中学时，台湾似乎在一步步朝我们走近。余光中先生的《乡愁》浮现在课本上，不管你爱不爱语文，那份割舍不断的愁和爱总会在心头荡起深深的涟漪：“小时候，乡愁是一枚小小的邮票，我在这头，母亲在那头……而现在，乡愁是一湾浅浅的海峡，我在这头，大陆在那头。”

读大学时，台湾文化在大陆已大行其道。男同学常常哼唱罗大佑的《皇后大道东》《鹿港小镇》，女生则钟情于低吟刘若英的《后来》《很爱很爱你》。而我，则很喜欢读白先勇先生《寂寞的十七岁》《台北人》等作品。

医学本科毕业后我开始攻读研究生，有天晚上我在内分泌科值班，工作之一便是给病区的病人检测指尖血糖，恰好当班助手是一位台湾学生，论年龄，他年长我好几岁且已为人父，论年级，则他低我几届。无论如何，我不好意思开口“指派”一位兄长，便欲独自把活儿揽下。不料这位学生非常主动地热情相助，动作虽不麻利，却一丝不苟，他口中连呼的“学长”让初出茅庐的我在尊长面前，脸烫烫的。近十年过去，至今我依然记得他姓高。

这就是我三十岁前对台湾的全部印象，她是似曾相识而又充满生命力的文化，她是久违的温文儒雅、谦恭礼貌，她又是浓浓的、欲言又止的乡愁。

后来，我去了澳门。在医学之外我还有另外的世界。工作之余，我喜欢逛书店和写作。澳门书店不多，在精神财富日益被物质享受压缩的时代，能够经营下去且时运不衰的，实在是少数。不过，我依然能在书店中看到大量的台湾书籍，有历史的，有文化的，有科学的，当然，关于“成功学”的也崭露头角，总之琳琅满目、百花齐放，随手翻来亦爱不释卷，可见台湾出版业之繁盛。

不久，对文史情有独钟的我萌生了一个想法。我想结合历史和医学知识，写一部古代帝王和疾病的书。我把完成的几节和写作计划发给了好几个内地和香港的出版社，但要么石沉大海，要么婉言拒绝。

有一天，我忽然收到台湾“时报文化出版社”资深编辑严瑾寄来的电邮，他先以“先生”称我，认为“题材内容很有意义，水平也很专业”，希望跟我合作出版这本书。于是，我们一回生两回熟，便频繁联系起来。这里固然有各自的利益考虑，但我相信随着时间推移，友谊也开始发芽。我慢慢改称他的外号“严大少”，他则称我“×× 兄”，初次见此不禁失笑，这在大陆正式场合、书面语均已不多见的称呼，好像只能出现在影视作品中那些国民党的军政人员之口。但细细一想，又觉颇为亲切，民国之前的那些亲朋好友间，不也常用这种称呼吗？而台湾的习俗用语，不就与我们先辈的传统文化一脉相承吗？

在讨论章节的编排和内容的润色之余，我特别注意到台湾人的真诚礼貌，每次信件结尾，“大少”都会写上类似“若造成您回信的困扰，还请包涵，静候佳音”的话。由于写的是帝王病，我开始时把书名定为文绉绉的《圣躬不豫》，而他则非常善意地劝我把名字改得通俗易懂些。最后，《病榻上的龙》成为我们反复讨论后的最佳方案。

9 月，“大少”邀我到台北一游并详谈。当我第一次踏上台湾的土地，身在台北的车水马龙中时，那种熟悉得不能再熟悉的感觉油然而生。这里很像是大陆的某个城市，但又不完全一样，而车上、路上走动的，是彬彬有礼、心平气和、热情有加的台湾人，与媒体上夸大的政客表演有着天壤之别。出版社的地址在“重庆南路”，猛一看这路名，我立即产生一种莫可名状的亲切感，然而当我打开台北地图时，我惊呆了！但见纵横交错的白线上，清晰地标注着这样的路名：由北到南，南京、长春、八德、市民、忠孝、仁爱、信义、和平（儒家的中正和平，即天人和谐、社会和谐、家庭和谐、群己和谐）路；由西到东，重庆、承德、中山、林森、新生、松江、建国路……再细看，陕西路、江西路、浙江路等以省为名的，赫然在目，至于长沙、贵阳、武昌、汉口、大同、迪化、北平、徐州、济南之类的街名更数不胜数！台湾人把中国传统的儒家美德融进他们的市政建设中，每个老百姓清晨走在路上，一张眼，便是这道德的熏陶和圣贤的提点，想必收到醍醐灌顶之效。那些城市的名字，固然包含很多政治的因素，但我更愿意相信，是台北人把对传统中国的眷恋镌刻在这些有着悠久历史的城市名中，看着"北平"（北京）、"迪化"（乌鲁木齐），我恍如隔世，今天的大陆年轻人对此称呼已完全陌生，而台湾却似乎在某个节点上，依然静止在昨日，深情款款地回望自己的过去，让无情的时光头也不回地奔涌向未来。

我在忠孝东路的餐厅终于见到了"大少"。餐桌上摆放的调味料，居然也是火红火红的"桂林辣椒酱"。

第一次相聚，已相见恨晚。正事谈完后，我们便从上下五千年聊到两蒋时代，从帝王将相聊到贩夫走卒，从古典的诗词歌赋聊到今天的流行歌曲，乐此不疲。

"你知道成语'差强人意'的意思吗？"他煞有介事地问。

"就是很不满意的意思吧？我想。"

"错了。我也常常收到许多大陆作者的文稿，都发现与你一样的问题，这是一个理解上的误差。其实，这个成语的本意是勉强令人满意，据说出自《后汉书》。"他用编辑特有的认真语气纠正我。

"你的书讲中国的历史，不是单纯的医学，这在台湾很有市场，有吸引力。我们台湾有大量对大陆历史文化感兴趣的人，他们也是你的潜在粉丝。""大少"充满期待地说。

“我因为用拼音输入法打字，所以有些繁体字打得未必正确。”我面露愧色。

“我们用仓颉笔画输入法，不过这不打紧。说实话，你若果使用简体字我也完全看懂。我们大学中文系有专门的课程讲解大陆的简体字规律。我有一次去大陆探望表弟，见到他使用拼音输入法，嚯！那才叫速度啊！神速！我发现，台湾跟大陆不仅通行的文字接近，就连汉语拼音的写法都极为相似，有机会我也要学学大陆的拼音输入法。”“大少”说得眉飞色舞。

“现在大陆的书店里出现越来越多的台湾作家的图书了。”我接着说。

“那是必然，前段时间大陆某出版社还希望我们公司把《陈立夫回忆录》的版权卖给他们呢。”

“文字上某些改动是不可免吧？我记得初中时，读过一本大陆 80 年代出版的《白崇禧回忆录》，当时出这本书不知道有没有版权之争呢？还有，我记得很清楚，那书首页有简介，除了介绍作者外还郑重声明，书中针对中共的‘匪’字一律删掉，其余保持原貌。”

刚说完，我们两人都忍不住哈哈大笑，似乎历史的恩恩怨怨都在这相逢一笑中迅速化解，消失得无影无踪了……

夜深了，我们才依依惜别。

这次台湾之旅，我还发现许多有趣的台湾用语。他们的交通工具上都有“博爱座”，把座位让给行动不便的人士，不正体现中华民族友善、助人为乐的美德吗？大陆的盲人学校、聋哑学校，在台湾称启明学校、启聪学校——它既不直言对方的生理缺陷，还让学生树立开启另一扇世界之门的信心，多好！此外，台湾人把死亡叫作“往生”，意为人生的新一轮开始，流产唤作“落胎”，意为叶落归根，假肢被称为“义肢”——

虽不是真肢，但却是不可或缺的好伙伴……既传神生动，又在不知不觉中蕴含着深厚的中华文化传统。

回到澳门后，我们继续联系，并进一步完善文稿。“大少”仍然提出了不少修改意见，大到题材的选择，小到文字的偏旁，力求精益求精。我曾以为大陆用简体字写的“三国志”，改成繁体应是“三國誌”，但“大少”的专业意见是：“古代有关地方志、府县志是用‘志’，不用‘誌’，另也以《史记》《汉书》的体例‘志’为准，所以用‘志’没错。”

最后，到了封面设计的环节。“大少”说他们出版社把这活揽下了，但嘱咐我自己设计一个，将来可以在简体字版上使用，我欣然应允。等到大家公布自己的设计方案时，彼此都乐了！原来，我们都不约而同地选择了黄色作为封面的主色调，“大少”他们在上面画了一只硕大无朋的龙爪，亮堂堂的黄色之中，隐藏着龙头、龙身、龙尾的图案线条，那个用草书故意写得东倒西歪的“龙”字极为传神。而我，则用一张黄澄澄的圣旨作为封面，盖着一个醒目的玉玺，里面是鲜红的“病榻上的龙”五个隶书字。

感谢“大少”的指点，感谢读者的支持，我的梦就这样实现了。在往后的日子里，我们继续合作，又完成了续集《历史课本没写出的隐情》，这本书有幸在网上被台湾读者评为“2014年十大必读推荐书”之一。目前，我的新书旧书都依然在台湾、香港的诚品书店榜上有名。我觉得，正是深植于人们心中的中国情结、中华历史、传统文化，成全了我，正是台湾朋友们对两岸共同历史与文化的认可、传承、发扬，启发了我、激励着我，并使我梦想成真。

回头再想一想，小岛、明珠、传奇以外，台湾到底还是什么呢？我冒昧地说，台湾是一本厚重的家谱，旧纸页的泛黄色，不仅仅是我们两岸同胞共同的肤色，还是我们炎黄子孙共同崇拜的图腾色彩，蕴含着流淌在我们血脉中的传统、智慧和勇气，象征着包容万物、吞吐宇宙、薪火相传，一切都那么生机盎然。打开她，里面每一页都镌刻着沧桑的记忆，每一行都记录着先贤的教诲，每一字都呼吸着祖先的气息，历久弥新。这本厚重的家谱，藏着我们中华儿女共同的精神家园，因为，里面有大历史碾过的痕迹，有温良恭俭让的菁华，有两岸民众共命运的蓝图，更有海阔天空的容量，她保留了中华民族的过去，也必将预示着我们的未来。

（本文发表于2015年6月《九鼎》月刊，获由澳门社会进步协会主办、《九鼎》月刊承办的“海峡两岸一家亲”有奖征文活动二等奖）

临海执笔

——一位文学爱好者与澳门的邂逅

夏日傍晚时分，加思栏花园万籁俱寂，只有粉粉蒙蒙的微雨飘洒而至，滴在花叶上奏出的沙沙声，是那样的沁人心脾。记得七年前第一次来澳门时也正好是这时节，也正好遇着这般的雨，我曾独自在此漫步。

今晚，心有一种莫名的冲动。几天前，我收到一封陌生人的电子邮件，来信者说，他阅读过我写的诗词和书籍，希望促膝长谈……其实我只是一名普通的医师，谈不上有什么惊天地的成就、泣鬼神的作品，简直受宠若惊。但是，我的确喜欢在字里行间纵横飞绪，有一股“可上九天揽月，可下五洋捉鳖”的豪气、气慨常驱使着我，欲罢不能。这一切，都与宁静可爱的小城澳门有着深深的渊源。

那时的加思栏花园和今天别无二致。记得我擎着伞，在半山上俯望。一座粉红色的圆形欧式塔楼掩映在苍翠中，夕照偎依着细雨，把它点缀得斑斑驳驳而又婀娜多姿。古老的西洋喷水池，清泉淘气而汩汩灵动。我有一种置身南欧的感觉，然而细看来，罗汉松、杨桃树、人面子、阔叶合欢、海南蒲桃这些浸润着中国气息的植物，环绕周围，与欧式建筑融为一体。晚风拂来，兰花的芬芳幽而深，净而远。不远处，昔日的海边，一个典雅别致的巴士站守候在马路旁，岭南的雕花窗棂配着葡国的航海图案，顶部是中式古典房檐，那柔和的屋脊曲线透着传统美，却涂成鲜活的绿色，而柱身则是热烈的红色。红绿是葡国的象征，按国旗的颜色解读，绿色代表民族希望，红色则代表为民族而献身者的鲜血。

今晚，我又沿着蓝白相间的鹅卵石路面，往塔石广场方向踽踽而行。那位与我神交的新朋友家住那一带，正在等候。

小时候，我喜欢背诵唐诗，长大一点，也偶尔写上几百稚嫩的文字，但都是零零碎碎的作文。当年，我在澳门的短暂停留，却无意间触发了文学的情愫。这儿有中西交融生辉的意象，有湖畔海边开阔的视野，有极现代的气息，也有很传统的风韵……温润怡人的澳门是一个很容易激发诗意的地方。

恰逢纪念澳门回归十周年，《澳门之歌》歌词创作赛征稿。2008年底，我想起与小城的初次邂逅，便突发奇想，仿柳永的《望海潮》“填”了首不通格律、不追平仄、不伦不类的“词”：“伶仃洋边，三巴门外，千里云浪飞雪。烟漠仙阁，弦歌岗顶，斑驳青苔城阙……扬帆十年追梦，听涛声不绝。”本来志在参与，不料第二年竟收到主办方的通知，获得入围奖，还邀请我赴澳参加颁奖典礼。很难得，在那次宴会上我有幸第一次见到了著名词作家乔羽先生、台湾词人林秋离先生，还有澳门作家汤梅笑女士。

雨渐稀薄，我边走边回忆。很多时候，长辈的勉励是后辈奋进的不懈动力，希望今天晚上也会成为我毕生难忘的记忆，因为约见的是位老先生，从报刊编辑的位置上荣休不久，著有散文集《秋庐漫笔》《望耕絮语》，是本地知名的文化人。

路过塔石广场，举目远眺，沉寂的松山在晚霞中昏昏欲睡，远空几只鸟儿习习地抖动着翅膀，似乎还发出几声哨鸣。山顶上伟岸的白色灯塔，大概也曾无数次欣赏过“落霞与孤鹜齐飞，秋水共长天一色”的景致吧？而那山，那鸟，又让我浮想联翩。

2010年，因机缘巧合，我来到澳门继续行医生涯，眼前是一个崭新而陌生的世界。那时在氹仔科大医院上班，常路经大潭山小道，甚至有时夜间回去值班，巴士停在山下，我得步行穿越山径。夜间独自一人，不免孤寂，甚至惶恐，山边一侧有片茂密的树林，林深夜永，风定云停，暮霭沉沉，冷月无声，却时常听到鹭鸟的扑动、鸣叫，偶尔还能瞅见一两只闪白的身影。后来我才知道，那儿是龙环葡韵的鹭鸟林。每当经过此处，我总是不自觉地把目光洒向那片并不沉静的树林，想寻觅那若隐若现的白色身影、那似有似无的悠扬鸟鸣。每次都有一种心灵的震撼油然而生。《诗经》云："嘤其鸣矣，求其友声。"我，一个他乡人，孤独寂寞，与鹭鸟何其相似？

澳门是座典型的移民城市，人们来自五湖四海、东西南北，这儿有迥异的乡音，也有不同的肤色，是各个民族、各种文化的大熔炉，其实到处都是外乡人及他们的后裔。漂泊者要生根发芽，要适应新环境，必有乡愁，也有纠结不清的挣扎，需有奋斗，更有割舍不断的情怀，就像鹭鸟一样，从各处飞来，定居在龙环葡韵一带的湿地树林中，开始新生活。他们内心有时很脆弱，很担心外界的冷眼相拒，但只有勇敢地面对生活，对心中的向往不离不弃，逆来顺受，甚至忍辱负重，才能生存下来。

诗言志，歌咏言，是现实让我的写作灵感源源不断。某天我按捺不住心潮的澎湃，为白鹭也为自己写下几句："江徘浪逐饮涯风，梦寄凌云向海东。……偶着寒愁栖夜雨，明晨露白觅曦虹。"很荣幸，在那段寂寞的岁月里，我依然和汤梅笑女士保持联系，也结识了本澳著名的诗词作家林宣扬老先生，他们的点评赐教，他们的丰富人生体验，总能让我茅塞顿开、眼前一亮。

搭上电梯，我来到门前，摁响了门铃。一位银发矍铄、红光满面的老先生推门而出，笑盈盈地伸出大掌，热情地和我握手。我们边聊边走进室内，但见里头一片书的海洋：窗橱中既有经史子集，也有杂文漫笔，雅俗共赏；既有线装旧刊，也有新版彩印，各自精彩。宾主徐徐就坐，简单的寒暄之后，老先生便烧开一壶热水，撒上一撮茶叶，泡在古色古香的紫砂壶中，与我分斟，品茗之余，我们古往今来、天南地北，无所不聊。

原来在《澳门日报·新园地》上经常见到的“石城”、“余荔人”两位作者，“他们”既不是姓石，也非姓余，两者其实一人而已，“他们”就是眼前的蒋忠和先生。他两年前从《澳门日报》副总编辑的位置上退休，今日依然笔耕不辍，目前担任澳门中华文化发展促进会秘书长。

“星熠浪间，舟徐月下，苍空镜海无涯。群鹭绕蒹葭。入松涛阵阵，香醉桂花。佳节难逢，广寒秉烛，照千家。悠闻一曲琵琶。涩了游子泪，似水年华……唯揾乡思缕缕，梦里叩篱笆。”他微笑地信口吟道，“偶然在报刊上读到你的中秋词作，深有同感啊！”

“惭愧惭愧。我只是业余诗词爱好者，并无钻研的本事，也欠缺火候。”

“你觉得澳门哪几处地方最有诗意？”蒋先生问。

我沉思半刻，坦言：“加思栏花园、氹仔的鹭鸟林，还有就是路环的十月初五马路海边。”

“大潭山、鹭鸟林……胡马依北风，越鸟巢南枝……”蒋先生吟出《行行重行行》中的名句，若有所思。

“我第一篇发表在报刊上的词就是写路经大潭山的《行香子》。”我想起五年前的创作，“玉露轻岚，蜿径晨山。湿平履，层叶萋菅。知音恨少，归绪嫌顽。醉风吟栈，蝉吟涧，雨吟寰……心高易倦，年少难还。羡朝云懒，午云散，暮云闲。”诚然是幼稚的拙作，却是内心的真实写照。

作为年轻人，我们不乏创作的激情，但有时不免故作老成。辛弃疾曰：“少年不识愁滋味”、“为赋新词强说愁”，只有生活的磨练、岁月的沉淀才能酝酿出好作品。一言蔽之，纯真为上。福建籍的蒋先生原是教师，来澳后见各校以粤语授课为主，遂只得改行从事新闻业。三十年往事，他娓娓道来，这刻骨的艰辛，却似云淡风轻。他忆述萩芦溪畔的祖居，那极为普通的农舍，住过几代人。每届清明时节，分散各地的亲人都相约于此，茶香绕室，共聚天伦。虽仅有山肴野蔌杂然而陈，但那洋溢着的温馨亲情，用“心”、用“真”去描述，也能与读者产生共鸣。

蒋先生问，你到过路环岛吧？我点点头。那儿十月初五马路的海景常萦绕在心头。去过好几次，每次都仿佛徜徉在历史的时空里，流连于前世的沧桑中。青石小砖砌成的路面，一边是浅浅的蓝海，与珠海横琴遥遥相望，一边是古旧的渔岛城墟里巷。偶尔，我走过圣方济各教堂，向它身旁一两栋雅致的老别墅投去好奇的目光。那些美轮美奂的花窗，轻轻挂着蛛网，那小巧玲珑的天井，早已堆满了落叶。深深的拱门似乎不再为现世开启，只有一大团旺盛的芭蕉绿叶仍在流露着生活的气息。“雁字回时，月满西楼，花自飘零水自流。”如果女主人还健在，她是否也吟出这般诗句？

在路环脚下，海水的脚步已放缓。水波时隐时现，退去时，我看见旧时的石阶，当年这里是繁华的码头渡口。不知有多少船只在此扬帆起航，不知有多少回“怒涛寂寞打孤城”的神韵打动过文人墨客，如今一切都安静了，沉睡了，阶石风蚀江削，渡口青苔斑斑，仍在静静守候曾经的主人。我不禁仰天长问，人间几度轮回？唯听见，鸥掠潮拍声声，烟幕沉沉。路环最可爱、最诗意之处，就在她的不事雕饰，纯朴自然，返璞归真。

这就是路环给我的写作启示：体会生活的真谛，细尝人世的苦乐，不作无病呻吟，不崇尚文字的绚丽浮华，以我心写日常事，这样才能孵化出好作品。从此，我不再仅仅局限于诗词创作，还写散文，糅合真情实感和人间百态，融汇历史与现实，最后结集出版。这本小文集也让我有机会认识了蒋先生。

先生说，他虽然喜欢诗歌，但不喜拘泥于格律的规范，他在乎的是自然天籁、浑然天成，看重的是发自胸臆的情真意切。

澳门是一座适宜写作的城市，不少文学意境都萌生于此。许多不起眼的景观都透视出这城市的胸怀、这城市的内心世界，不管外界如何变幻，澳门坚守的依然是自己的本质、自己的特色、自己的心态，珍藏最纯真、最朴素、最元典的风格，这也是澳门的灵魂、澳门的根。由此，她孕育出一群有执著梦想的写作人，他们不计名利，不浮夸，不浮躁，静下心来，品一杯清茶，秀口一张，就是一座魅力小城永恒的故事。

雨过月明，茶香四溢，蒋先生邀我共赏夜色，观松山郁郁葱葱，听海面潮起潮落。他半眯眼睛，喃喃自语般吟诵着晚年定居澳门的著名学者梁披云《月夜自永泰乘舟东下》的名句："乌篷隐约画中行，月色滩声尔许清。坐爱溪山眠未得，漫吹短笛待潮平。"

那一刻，我发现，蒋先生醉了，濠江小城也醉了……

（发表于2015年11月4日《澳门日报·镜海版》）

山居秋晚

深秋的一个傍晚，莫名的兴奋裹挟着风尘仆仆，二十几个毕业十周年首度齐聚的老同学，相约来到从化的“明月山溪”别墅。

暂别了纷扰的医疗工作，暂离了熙攘的城市氛围，一头钻进这三面环山、南临清河的如画清幽之地，心与神，俱融化于世外的漠漠烟林、嘤嘤鸟鸣之中。

车到山门，放下行装，男生开始热议活动规划，女生则张罗着饭菜果点，十多年前一起郊游的记忆依旧历历在目，跟眼下相比，似无两样——那熟悉的笑容，那爽朗的笑声，也许最大的外观差距，就是添了些许白发。

我独自登上二楼，凭栏望去。青黛的远山隔着雾霭，恍若宣纸上几缕闲淡的墨迹，惹人滋生挥毫之意。山庄小路由远而近，弯弯曲曲，沿途是起起伏伏的灰白小楼，粉墙被迟暮的日光泼洒得红晕层层，时而在夕阳中崭露不甘寂寞的边角，时而隐身在莽苍的绿树中，几分羞涩恰似待字闺中的少女。不远处的丛林还是绿浓浓的，仅仅是头顶略带草黄的斑驳，算是对秋天的致意吧！而近处的几棵矮树，却不理会大自然的戒律清规，执意地满身翠色，绿透的叶子密不透风，凑在烂漫的紫花身旁，落落大方，盎然得不让半点颜值。也许，四季不分的广东秋木，就是这般任性。

从二楼下来，正万家灯火时。门外，我透过窗户看到暖煦的厨灯，仿佛里头点燃着熊熊的炉火，热情而含蓄。有几个女生的身影在窗前晃动，似在洗刷餐具，家长里短和欢声笑语，隐隐约约。

同学端来洗干净的一盘枣子，大家分而品之。站在阳台，月上树梢头，拿着杯子，我们话语不多，但都是离别后的天南地北、风餐露宿。十年的辛酸和畅快，本不是三杯两盏淡酒就能承载得了的，而杯中的不过是清清的绿茶，透过汽沫和茶香，凝望脚下的温泉浴池，氤氲里有股坦然的悸动，而一切的龌龊与艰苦，似乎都跟心旷神怡一块儿浸泡于这茶中、水中、温泉中，迅即升华成时空难辨的静谧、安详。

诗人王维曾吟："空山新雨后，天气晚来秋。明月松间照，清泉石上流。"此时无雨，但人人心间，恐怕都是涤净的泉流。

夜间，大家穿着睡衣，围坐于客厅，听着秋虫的梦呓，把彼此往事和今遭，化作茶几上的一扇清风。我没多说什么，或许医疗业造就了喜欢聆听的习惯。那厨灯依然暖烘烘地亮着，颇有家的味道。

忽然想起客家人的围屋，大清早，家族成员启程耕作，当晚披星戴月地纷纷归家。我们何其相似？只是，这一早一晚，已是十年。

写于 2015 年 12 月

路环的厚礼

12月26日晚，小城澳门的圣诞气氛依旧浓郁。我放下医院的工作，带上礼物，和妻子驱车前往路环参加派对。那里有她在合唱团认识的朋友。

穿过路氹环形公路，这个曾经孤悬海中的渔岛慢慢浮现。如今填海后的路环，早已紧紧挨着氹仔，却始终没有金碧辉煌的娱乐场所，也没有鳞次栉比的高楼大厦，就像一位看透红尘、自得其乐的老渔翁，安详地打量着身边的璀璨金粉，只淡淡一笑，转身把目光投向苍茫的大海，让海风吹拂自己斑斑的老发，或许还点起渔民常吸的竹筒水烟，任潮起潮落、云来雨去，呼吸之间，是烟是雾？天知道。

小车驶过一片小树林，几间低矮的民房在我们身后迅速隐去。“你带去了什么礼物？”我问。“红酒一瓶。到时候，大家把礼物集中到一起再抽奖。不知道我们能抽到什么呢？”妻颇有期待。我保持着愉快的沉默。车灯所照，一条家犬正瞅着我们摆尾。

聚会的场所“英记鱼栏”，据说就在岛的岸边。我在澳门生活了好些年，登上这附属岛屿的次数却不多。从一个时尚的繁华都市忽然如穿越时空隧道般，身临这静谧的世外之境，似乎需适应好一阵子，只是小岛城墟的葡式广场前地、炉火熊熊的蛋挞店在提醒我们，这儿是澳门的后花园。

我试图停车，但在两柱之间挪来挪去，笨拙不堪。忽然，倒车后镜中出现一位陌生男士，用力打着手势，指挥我转方向盘，助我泊好位置。来不及听声道谢，他便隐没于深巷之中。

大概“英记鱼栏”就在那边吧？我和妻挽着手，沿着岸边的十月初五马路往南走，往远方灯火阑珊处走。此刻，右边是浅海远山，左边是村落里巷。萋萋的院草环绕着深深的拱门，主人早已不知身在何处，那几间花窗紧闭的阁楼，掩盖不住昔年贵气，好像时光就停留在昨天。钟声悠扬中，古旧的圣方济各教堂面朝着海，活像童话中的魔法堡垒，借着低调的街灯，用鹅黄的粉墙映衬素白的窗棂，在这个属于它的节日，竟有几番羞涩。一个流浪艺人坐在教堂台阶前拉着小提琴，乐韵绕梁，行人驻足陶醉。冬的晚风一点都不冷。山含黛色，绿荫曲径。远处的谭公庙烟霭漠漠。这个曾以捕鱼、造船传家的小岛，旧日踪迹依稀在眼前，更在想象的世界中。

潮水含着海沫一涨一落，只有落潮时还可见古老的残缺石堤露出水面，斑驳的身躯在月光下泛起乳黄的褶皱，像休憩多时，要一舒懒腰似的。岸的近边，长满青苔的数级渡口石阶，风蚀浪削，半身藏在海水江沙中，傍着一艘跟芦苇不离不弃的木船，仿佛在追忆昨日的舟楫相配、百舸争流、风樯遥度。

哪儿是“英记鱼栏”呢？走到谭公庙附近，有间“棠记鱼铺”正打烊。一位鹤发童颜的老伯正收起悬挂的海产。“可以问问他吗？”妻试探着。“我们没打算购物，却又打听另一间鱼铺。怕他不高兴呢。”我心存疑虑。老者见生人，便脸带微笑地询问来意，得知后他爽朗地大手一指：“在那边，往北走！你们走反了！”他大笑，笑声让我们无比温暖。

终于，我们来到了目的地，但见门口挂着一排排黄澄澄的鱼干，散发着腥鲜的鱼香。店面灯火辉煌，屋后欢声笑语。一位中年女士笑容可掬地站在门前。

“Chole！”妻打着招呼，和她热情拥抱，“幼滑虾酱、醇香咸鱼，果然名不虚传！”原来，Chole是“英记鱼栏”老板的女儿。今晚聚会正是她发起的。我们把礼物放下并拿回一张带数字的抽奖券。穿过店面，来到屋后，呵！原来这是用高脚铁皮棚屋改建的宽敞露台，如陆地人家的后花园，也有几盆古雅的盆栽、一堆陈旧的渔网，似在告诉访者，“靠海吃海”不仅仅存在于澳门的记忆中。露台正对着的，就是一片大海！

女主人准备了两桌菜，一众乐团的朋友基本到齐，妻向我介绍，里面有大学教授、摄影师和公务员等，虽是初次见面，但我依然有相见恨晚的感觉。Chole给每桌都端上了一大煲羊腩。“这是我今早八点起床就开始张罗的心血啊！”她不无得意地说，“我将几款酱料放米酒爆香，跟汆水后的原块羊腩一起放进煲内去焖，拿腊鸭头垫底，用来提味，又加了几小根甘蔗，去除羊膻。火候我会尽量控制，过火就没柔韧感了。”她说得眉飞色舞，我们早已垂涎欲滴。盖子一揭，果然香气四溢。Chole殷勤地给我们舀羊腩。这热气腾腾的肉块泡在金灿灿的汤汁中，皮脂肥而不腻，肉质则瘦而不柴，无不令人食欲大动。

“中午时分，我安顿好之后，自己赶快在电脑上写一篇小文，把今天的做菜美事好好记一记。”这话仿佛才是Chole最津津乐道的。

“Chole，原来你是美食家！”我赞叹道。

“岂止是美食家，人家是中学语文老师，还是报纸的专栏作家呢。”妻用佩服得五体投地的口吻补充道。大家开怀大笑。

席间，Chole闻说妻刚怀孕，便一个劲儿地给她添菜。

夜色已把露台的后海静静地笼罩着。远处的两条海岸线，一条抱着十月初五马路，一条围着珠海的横琴岛，只见山和树已融为一体，就像浓墨汁滴在清水中散开的层层墨晕。路环城墟依然散落着星点光亮：谭公庙的香火、圣方济各教堂的饰灯、海边的街灯，还有傍水而建的高脚铁棚屋透出的盏盏渔火……对岸偶尔飘来教堂微风般的钟声，似自天外，格外温馨。而海，而月，而繁星，都仿佛把我们的畅谈欢笑当作摇篮曲，自个儿静静睡着了，只有那轻轻的浪涛间或发出些许沙沙梦呓。海的另一边，横琴的长隆酒店灯如白昼，像极了氹仔的“银河”、澳门的葡京。

“Chole，你从小就立志从事语言文字的相关工作吗？还是受过什么熏陶？”妻很好奇地问。

“我父母都忙于鱼栏的生意，本身也没认识几个字。但我从小的确很喜欢路环，这儿有平静的大海，深邃的山林，还有沧桑的老屋。中学时，老师教我读宋人周邦彦的《西河》：‘山围故国绕清江，髻鬟对起。怒涛寂寞打孤城……燕子不知何世，入寻常巷陌人家，相对如说兴亡，斜阳里。’联想到故里，我便渐渐对文学产生了兴趣。”

我们彼此聊得一见如故。忽然，天边刮来了浓云，在夜风的裹挟下，冬雨联翩而来，先是雨珠，继而雨丝，紧接着就是雨帘。大家似乎训练有素，有条不紊，有人七手八脚把食物盖好，有人往屋里取雨具，有人拿晾衣竿把帆布勾连起来，拖到露台顶部遮雨。人们不慌不张，又全力以赴，不时还发出几声笑骂和调侃。接踵摩肩之中，别人随手递给我一把伞，也许我们之前并不相识，但这场来得“及时”的雨却让新凝结的火红友谊把冷与湿，悉数驱散。

这时，不知谁喊了一声：“我们抽奖吧！”于是，这项传统项目便把欢乐重新点燃。有的抽中了鲜花，有的抽中了巧克力，有的抽中了小音箱。大家事先约定，礼盒中不写名字，不让人知道手上礼物来自何方。我们抽中了十八号，这是一个红彤彤的小礼盒，我们暂时没打开。

热烈气氛中，客人们开始哼唱起来，伴着歌声、笑声、掌声，一位先生把抽到的红酒用分酒瓶先装满，再给客人斟得满满的，似乎要一醉方休，派对的愉悦被推到极致。那瓶红酒会不会是我们的呢？不得而知，其实不管是谁的，此刻进入大家肚子里的、血管内的，除了亢奋的酒精，应该还有淳厚的情感……那晚，我们兴味盎然。临别时，Chole 神秘地送给我两条章鱼干，说："用这炖汤喝能帮妈妈催奶，准灵，日后用得着。别说是我送的，就说是你买的哦。"

潮未落，灯未冷，夜未央。回家路上，妻几次催我把礼盒打开，但我没应允。里面是什么其实不重要，因为那份温良恭俭、那份难得的质朴和惬意，不正蕴藏在盒中吗？今夜身在返璞归真的路环、古道热肠的路环，就是最好的礼物。

写于 2015 年 2 月下旬

（发表于 2016 年 3 月 2 日《澳门日报·镜海版》）

福隆新街的饺子馆

福隆新街隐藏在澳门中区，直直的，不长不短，不新不旧，不宽不窄。这一带是清一色的青石砖路面，上面的脚步从晚清走到现在，虽是游客、过客芸芸，但路面依旧一尘不染，春天还能偶尔看见路旁长着一两株羞涩的嫩草。街道的建筑全只有两层，墙面刷成白色，而窗户、门板则漆得红彤彤的，仿佛茫茫大雪中点缀着的两排红灯笼，素雅和热烈同居一室，竟也丝毫不见突兀。

街道两侧有一些里巷弄堂，名字都刻在沧桑的石牌坊上，颇为吉祥，有福隆里、青云里、吉庆里等。当你置身于这些狭小的空间时，看着那些随意晾干的衣物、锈迹斑斑的铜锁、尘埃层层的木门闩、香烟缭绕的土地神社，还有屋檐下那一辆日晒雨淋、满身泥土的自行车——零件腐朽得不能辨认，犹如一具木乃伊，很难想象这是在繁华的东方拉斯维加斯，一处静静的角落。秋冬时节，屋顶瓦当上的衰草会随风摆动，一副看透沧海桑田和世间红尘的飘飘欲仙感，只是一两只瘦小的花猫从门壁间一蹿而过，提醒路人，这一带还住着普通人家。

福隆新街附近有李康记、礼记、顺德公等高档菜馆，无论是生鲜汁浓的粤菜还是香软娇嫩的本邦菜，生意都做得有声有色，除夕更是顾客盈门、车水马龙，自然这类地方收费不菲，而且价格节节攀升。

“北京饺子馆”有点不合群地镶嵌在福隆新街，显得孤傲而特立独行，它门口贴着几幅与饺子实物相关的彩照，因时间太长，已经褪色了，店牌像酒旗一样垂直插着，那五个红色大字倒也醒目，只是这塑料白底，满脸尘灰烟火色。玻璃门的扶手光滑锃亮，仿佛是唯一让人觉得干净的地方。

我第一次来澳门时，只身一人、囊中羞涩，在外就餐只能选择它。因为，这里能吃饱，而且还不贵。点了二十只饺子，老板片刻便热情地奉上。

我端详着眼前这面粉、蔬菜和猪肉搭配成的经典食品。饺子又大又圆，饱满的身躯委实诱人，表皮乳白色的光泽下面，隐约可见菜的绿色，热气裹着面粉的清香、猪肉的荤香，一下子扑向了我，抱住了我，钻入我几近扁塌的食道和胃肠。我顾不上滚烫，更不管那仪容，径直大口咬开，大口咀嚼起来，直吃得满头大汗，说实在话，这称不上美味佳肴，但那股升腾而起的热度、那股柔韧弹牙的粗犷嚼劲、那股单纯的泥土香般的质朴味道、那股家庭团聚般的脉脉温情，使我终生难忘……

后来，我便常去那里，为了生活。

时间如水珠一样一天又一天地滴着，饺子馆也不可避免地跟着经济气候慢慢加价，还好，它不算快也不算狠，人家三个月加两成，它一份饺子二十只半年才加上一块钱。

饺子热乎乎的，老板也是热乎乎的。有一次我自备筷子前去就餐，临走时忘记带走，几个礼拜后我再次光临时，老板居然把我的筷子完璧归赵。

七年就这样过去了。饺子馆成了我生活的一部分。老板的饺子依然让人提神、果腹，它们低调、原汁原味、简简单单，几乎没有调味料掺在其中，需要的话，客人在桌子上蘸点醋，舀点红红辣椒酱，搅在一起，自由发挥，自主搭配，自自然然，终归不似川菜的麻辣喧哗，不似粤菜的张扬奢华，不似正儿八经的西餐，拘束有余，闲适不足，不似葡国菜的妖冶浓艳，不似上海菜的甜腻圆滑……他的饺子只是还原人类最原始最朴素的食物情感——温暖、满足、实在。

我在店门口望着福隆新街，忽然觉得那些白墙和红框架，居然有几分亲切，这白，一如饺子皮的素色，朴实，简约；这红，好比饺子滚烫的内馅，还有那给人振奋的辣椒酱。

这老板就是他勺中的饺子：真诚、朴素而古道热肠，颇有温度，令人回味无穷，而且执著而不随波逐流。

后来我搬走了，福隆新街离我渐渐远去，同样离我渐远的，还有那饺子馆。澳门经济继续腾飞，所有的物价、铺租也跟着如同激昂的西班牙公牛，一往无前。但是，新闻每隔一段时间就报出老店、老铺结业倒闭的消息，街坊们无不摇头叹息：这样的铺租，谁能扛得起？

大半年之后，我再次故地重游。福隆新街格局没变，街道、里巷依旧散发着旧日的气息，只是经过一番精心整理、刷漆之后，穿上一层焕然一新的外衣。那些老房子被重新装修过，残破的瓦当、迎风的衰草、乱哄哄的晾晒衣物，还有那曾经殭尸般的破自行车，不见踪影了。红色的门窗，拼命抓着游客们的眼球，有一股不可遏制的蓬勃感，很强势地向人展示自己的风韵、魅力和富有。至于那些素墙，尽管干干净净，但给人空空如也的荒芜、单调、苍白之感，倒像孤零零地诉说着寂寞和沉郁，还有无奈。

我要找“北京饺子馆”，双脚似乎贴上磁铁，不知不觉地挪了过去，可是，在那个曾经熟悉的位置上，饺子馆荡然无存。原地建了一座富丽堂皇的海鲜饭馆，一碗鱼翅四百块钱。

游人如织，外地人和澳门人熙熙攘攘，可又有谁真正在意这儿曾经的兴衰、曾经的繁华与没落，又有谁在意过一间普通小店的生生灭灭呢？

繁华是否总在移情别恋呢？也许，繁华并不属于那些坚守的人，或者金钱阶级眼中的保守人士，也许，繁华并不属于我们任何人，它只存在于我们的记忆和印象里，当你把身心完全投入到繁华的打拼中时，繁华不过在远方召唤、诱惑你罢了。而只有钱味而没有情味的繁华，能够不断黄袍加身却又不停制造毁灭的繁华，真的是我们想要的吗？

写于2015年2月

寻浪龙爪角

澳门是座海滨城市，可人们并非随意就能亲近海浪与海风。数百年前，也许当时的澳人站在加思栏花园，举目一望，即将伶仃洋的微波收入眼中。不过今日即使身居氹仔，困在石屎森林中，穿行于填海区的光怪陆离间，眼前不过是宁静忧伤的湖湾与波澜不惊的内海罢了。

幸好，我们的后花园路环依然默默为澳门人守护着一片真正的海。

2015 年最后一个晚上，在极其忙碌的急诊中度过，凌晨驱车经嘉乐庇大桥，但见岸边已人头攒动，烟火自水中升腾，在半空化作璀璨花雨，映衬着新葡京不夜的莲花身躯，那是 2016 年的第一丛熠熠星光。我想，与海相约，当在今天。

上午，我们一家便来到路环的黑沙龙爪角海岸。穿越一段绿荫山路时，还没迎上大海，那惊涛拍岸之声已由远而近，让心怦然而动，还没碰到海风，发丝似乎已然纷飞。

在一条细长而峥嵘的石径引领下，青色的海，开天辟地般迅即把我们拥抱起来。石径尽管崎岖，但挡不住小孩好奇的冲动，他欢呼着，时而趴在栏杆边假作沉思，对着海浪的翻腾深深吸气，品一品海的味道，时而追逐草丛中灵活的昆虫，捕捉未果则怅然若失，时而又被嶙峋的海边怪石吓得呆若木鸡。

我回头看去，海边远处修筑着一列低矮的别墅。听着海浪的痴痴梦呓或开怀大笑，斗转星移，它们无时无刻与海偎依，从容而潇洒，灰白的粉墙在阳光下泛着鱼鳞的光泽，似乎一点都不羡慕那些待在现代化都市中的高楼大厦。

浪花，白色略青，携着雄风，傲慢地卷着时空而来，冲击着岸边礁石，似乎想一下子把世界整个吞没。然而，它们每次撞到赤褐的坚硬礁石时，却又瞬间变得温顺，幻化成哗哗作响的小儿闹声，旋又乖乖碎裂成退下的点点海沫。几个钓者闲庭信步般站在礁石上，脚下纹丝不动，一手眺望一手扬着钓竿，仿佛海浪不曾造访，或许，海浪的色厉内荏早就被他们洞若观火了。

龙爪角最吸引人的，就是那一堆堆形态各异的礁石，长期浸泡在海水海藻中的呈赤褐色；耸立在石径边的，享受着“野旷天低树”的熏陶，则一片嫩黄。那吸着海风泡着海浴的赤礁，大多娇小玲珑，但不乏多姿，其中有的体量稍大者，在一片白浪中孤傲矗立，像极了《西游记》中吸收日月精华、孵化出美猴王的那块卵形巨石。

如果说赤礁是凡世活泼的精灵，那么黄礁则是仙界不食人间烟火的庄重神灵，它们个大体壮，有的在岁月里演化成穴罅，有的则与山坡融为一体，直趋苍穹。在绿叶长藤的映衬下，它们被海风雨露雕琢成龙首、龙爪、龙鳞的模样，个别甚至修炼成老年人沧桑的面孔，恍若披着稀疏的斑发，迎海凝神。

这儿没有悬崖绝壁，更谈不上“大石侧立千尺”，但想起苏轼的《石钟山记》，大石“如猛兽奇鬼，森然欲搏人”，还是有几分神似的。“大声发于水上，噌吰如钟鼓不绝”，也的确如此，浪的余音袅袅，不绝如缕，不知苏子是否也能沉醉于此。

礁石的基质为花岗岩。据说这些花岗岩原本是光洁素白的，经自然界的常年侵蚀和化学反应才有这般景观。可是如果海岸全白茫茫一片，如同赌业一枝独秀，景致就未免太寡太单调，兴味索然，只有在海风海浪的鬼斧神工中，染得嫩黄，熬得赤褐，才显得多彩。

新葡京脚下的内海太平静了，没有激流，没有滚浪，仅有妩媚的波光粼粼，但从来没有大海的雄奇气魄，连这浅水的味道都是腥臊郁闷的。只有在龙爪角，我们才闻到舒爽的气息，才看见真正的海，在劲风骇浪中锤炼升华的海。那垂钓者就是弄潮儿，他们钓的不是鱼，而是挥斥方遒的自悦、主宰命运的启迪吧？

写于2016年1月22日

过年·遐想

年，是什么？我似乎很少想过这个问题。

小时候，听故事书说，年，是一头不受欢迎的怪兽，家家户户需用爆竹声将其驱逐。但我心存疑虑，既然不喜欢，为何又要为了这个“年”营造祥和热闹的气氛呢？

没有小孩不喜欢过年的。在我上小学的时候，过年是一年中最大的欢乐奢望。距除夕一两周时，我们已放寒假了。用最快的速度，我把布置的作业应付完，便开始等待着最开心、最放松的时刻。到了除夕下午，爸爸妈妈把灰尘彻底清除一遍，然后认真地张罗了一顿有鸡肉有发菜的丰盛晚餐。饭后，爸爸会上爷爷奶奶家，而妈妈和我，则漫步在城镇的大街小巷，选购过年的新装。在我开始孕育“好看”的意识时，买衣服是件费时的功夫。几乎，没有我一眼就钟意而笃定要买的。在挑来挑去之间，时针已慢慢指向了凌晨，于是，我们往往只能退而求其次了。

夜里睡梦中，新衣、糖果、红包和玩具，如万花筒中的景观，让我目不暇接，梦里的口水，似乎都是甜蜜的……

大年初一一早，我会穿起新买的衣服，套上崭新的波鞋，开始享受新年的愉悦。妈妈说，穿新鞋，踩小人。诚然，我没什么“小人”概念，而且也不觉得在这样一个喜庆日子有必要提及不好的人。

我从枕头底下掏出爸妈昨夜塞来的红包，无限期待地打开，然后把这些赋予了节日色彩的货币藏在一个特殊的地方，等待它们同类的鱼贯报到。

平素我吃糖不多，此刻，我会张开肚皮，尽己所好，印象最深的是大白兔糖，以及做成红包模样的“利是糖”。今天想来，那种化学工艺合成的味道，过腻，然而，一年一次的口福也不算过分。

过年最大的乐事之一，就是和同样放下功课重担的同学好友玩耍。我们会点烟花，会逛公园，会串门“揾”利是。有款叫“沙炮”的玩具很特别，记得是装在一黄色小盒中，远远摆在摊档中格外醒目，好像迫不及待地想让你把它收入囊中似的。打开，里面是一个个小蝌蚪样的白色玩物，用薄纸裹着轻盈娇小的身躯，被我们随意往地上一扔即发出响亮清越的爆破声，足以驱走包括怪兽在内的各种牛鬼蛇神，还闪出一小丝火苗，如心不在焉，的确能被大吓一跳。

新年玩具估计也不能闲着。记得我看中过一套塑料弓箭，只有真实弓箭的一半大小，但对于十岁的我来说，大小完全适中。我吵着要爸爸买，但他开始很不愿意，只是后来在姑妈的劝说下才让我得逞。记得当时的价格是十三元，在二十五六年前，十三元意味着什么，我当然不知道。时至今日，我虽不熟悉经济学，但每每忆起这段波折，酸甜苦辣的味道总会油然而生。

一年年地过去，我好像每年都在重温这种日子，直到有一年我不再对任何玩具感兴趣了，也对红包积攒的钱币不再抱有特殊的期待。爸爸妈妈依旧在过年前后特忙碌，而我，购买新物的欲望却在逐渐消减。妈妈曾给我买了一双四百多元的黑皮鞋，那是1996年夏天，广州。我几乎不舍得穿，在往后的几年，只有新春时节我才把它们隆重祭出，扮作新鞋，了一了那形而上学的心态。一年也就穿一两天而已。十几年后，它们款式落伍了，也腐朽得不堪穿下，但在我的心目中，永远藏进杂物房的它们才是最铨亮、最好看的。

再后来，我新年时好像什么私人物品都没买过了，一件刚读大学时买来过年的黑外套，居然一穿就是十五年！由于工作的特殊性，我春节和家人的团聚时间特别少，有时甚至就在病房度过。也许只有这样，我才学会什么才是珍贵，怎样才算珍惜。

年，到底是什么呢？也许没有标准的答案，也没有恒定的回答，但没有关系，在这样一个特殊的时刻，把亲爱的人认认真真往心里一放，把厚重的回忆重新梳理回味，那股暖暖的感觉，该是不错的答案吧？

写于2016年1月24日

阿根廷球服成长史

阿根廷足球队的主场球衣，众所周知，浑身是竖直的蓝白相间，两色分别象征着纯洁和虔诚。我对这个国家了解不多，只知道她的历史并不悠久，这片广袤的土地上生长着一群白人移民的后裔。说实话，我不太钟情这蓝白条纹，因为这种程式化的框架，与天马行空、飘逸绝尘的我心，与阿根廷球员不拘一格、纵横天下的身影，相距甚远。

我喜欢的是他们的客场球衣，一如我的渴望与追求。深蓝主色基调，是大海苍茫加纯净深厚，比浅蓝多了一丝凝重，不是泯灭自由跟烂漫，而是糅合了生活的历练与热度。

1998年的球服，是我与阿根廷，与巴蒂斯图塔相识的见证。那年法国世界杯，我十七岁。巴蒂生于1969年，与大表哥年龄相当，此时已处于巅峰后期，但依旧在绿茵场上壮怀激情。我虽然对他的辉煌过去暂时一无所知，但没有关系，相见恨晚从来都是我们心灵碰撞后迟到的火花。当年的客场球服，是我的第一件收藏，两肋设计成传统的蓝白相间，颈部呈菱形蓝白匕首状，显得潇洒而锋芒毕露，活似巴蒂他们飘逸的长发、灵动的跑姿。这印证了十七岁的我无法掩饰的意气风发。

2000年的球服，在深蓝的躯干上两条醒目的宝石蓝横杠穿越其中，显得四平八稳，却好像少了点活泼的神韵，只有领口的纯白在流露着本性的不羁。那时我告别少年时代，开始离开父母、背井离乡，远赴广州求学，冥冥中似乎有着一种岁月的默契。

2002年的球服极为老成，甚至风格有点老迈，就像队伍里的球星们，他们不再享受活力四射的青春年华。全衣深蓝，仅有两袖保留着六条夺人心目的闪白，不知道是否预示着球队出战韩日世界杯的不利前景。巴蒂已廉颇老矣，在与尼日利亚队的比赛中头槌攻入一球后，三十三岁的他再也无力从英格兰人、瑞典人脚下逆转乾坤。最终，阿根廷在“Don'tcryformeArgentina”的凄乐中小组出局，铩羽而归。球队何去何从？我在广州的新天地中，又何去何从呢？都是一片迷茫！

当2004年阿根廷新推出球服时，巴蒂已宣布退出国家队。球衣的基本设计没变，变的是球场上的背影。那年，我的日子过得沉闷，前途未卜，在未知与期待的朦胧中，我蛰伏着。

2006年，新的球服恍如我新的生活，横空出世。那水波纹的两翼设计，给成熟的深蓝色注入了动力和活力。巴蒂淡出我们的视野，直至退役。新陈代谢或许是自然界最残酷也最现实的规律。没有巴蒂的阿根廷居然一扫颓势，在德国世界杯上一路势如破竹，尽管最后惜败于德国队，但也绽放出惊艳的不俗战力。我相信，希望总在眼前，如同我刚刚开始的医疗生涯。

2008年时的阿根廷球服又恢复了庄重的深蓝，边饰再度简约。而我则告别了广州的求学日子，回家乡任职。日子就是这样，颠颠簸簸，兜兜转转，起起伏伏，起点变成终点，终点又是否变成新的起点呢？

2010年时，阿根廷的球服破天荒地设计成宝蓝色，领口与两肩重又闪烁着炫目的白纹，仿佛昭示着“日日新、又日新”

的气象。那一年，我移居澳门，开始了全新的生活，一切只能用带着陌生的崭新来形容，一切都在挫折与机遇中挣扎。这年的南非世界杯，阿根廷原已创得佳绩，不料拦路虎德国队突然把他们打得一败涂地。喜悦兴奋之后，又是一轮反思与沉寂，这也是处在人生拐点上的我，内心嵌合的观照。

2012 年、2014 年的设计，屡屡凸现蓝条纹的地位，力求在飘逸与稳重之间获得平衡，恰如我的生活。阿根廷在巴西世界杯夺得亚军，看似战绩创下近三十年的新高，但没有“战神”巴蒂的豪迈，没有“小毛驴”奥特加的鬼祟，也没有“野兽”特维斯的狂野，只有梅西一人华丽的独奏，整支球队把保守战术倒也运用得行云流水而又油滑乏味。稳打稳扎，步步为营，再听不到拍案叫绝的神曲，眼前不外乎白纸黑字的规则胜利。那段日子，我在一个公司里艰难生长、痛苦磨合。人事的漩涡几近淹没我，我领略到了没有削去棱角的职场角色是何等辛酸。也许，只有最保守的职场态度，才是保住饭碗的无聊方程式。在一个你改变不了的文化生态圈内，个性并不能稳操胜券。

2015 年的设计，只在上衣底端镶嵌了一横不大起眼的蓝白点缀。阿根廷在深蓝的情迷中，依然不甘让自己的独到之处湮没。或许，这也是一种不屈的诉求！而我则继续在平淡如死水的生活中，默默求索。没人能阻止地球的转动，正如巴蒂不能拯救阿根廷足球队一样，但每个人都应该珍藏内心那片独有的天地，因为只有这片天地，才让你真正成为你自己！当我偶然在 Facebook 上与四十六岁的巴蒂不期而遇时，他的长发飘飘已成短发苍苍，唯一不变的，就是那坚毅眼神。那一刻，泪水猛地阻挡了我的视线，却阻挡不了心潮的翻江倒海。

阿根廷足球队像一个长不大的孩子，凝着装起来的严肃表情，心里却是一片忐忑。她是每一个有梦、有情怀的人心中，一面永恒的镜子。这件件球服，浸透着一个不懈步行者的热汗情愫。

守着那堆球服，少年的纯真与勃发不曾远离，生活的畅快与苦涩不曾隐去，而希望之光的暗沉与迸射却仍旧轮替，这正是收藏阿根廷球服带来的乐趣。

写于2016年2月10日

师徒情，伴我行

——徜徉在《射雕英雄传》中的浮想

9月28日，相传是孔子诞辰。那天傍晚，我和邓医生从澳门坐船到香港参加国际心脏病论坛。

放下行装，我们把明日议程稍作浏览后便一起去散步。书店是好选择。扶梯升至八楼时，我看到一幅宣传画，上面是位慈祥老者，饱满的双颊配着文雅的眼镜，还有招牌式的恬淡微笑——金庸先生！原来今年是他武侠小说创作六十周年，书店特意安排了“武侠专区”。

“主任，我想去看一看。”

“好！去吧！你的讲稿我审阅了。早点休息，明天期待你的精彩演讲！”他刚一转身又扭过头来，“我还是爱看医学专著。加油！珍惜合作的机会！”他话里有话，我并未在意。

在一列大作中，我毫不犹疑地挑了最熟悉的《射雕英雄传》，当翻开时，往事便像倾泻的水浪般一涌而来。

我在20世纪末的广东度过少年时代，那时并无如今这般发达的传媒，许多人家还保留听收音机的习惯。有一段日子，我特别热衷于听粤语说书人的《射雕》“讲古”。还记得，开头先是一段豪迈的音乐序曲，接着就是那句歌词“依稀往梦似曾见，心内波澜现”。那是我与金庸武侠的首次结缘。

多年后，当精彩情节都随岁月慢慢发黄模糊时，人物形象仍历历在目。

我在似曾相识的书页中寻找当年的回忆，追寻郭靖的足迹。先看到了柯镇恶，这位失明的“江南七怪”老大，性格古怪，脾气暴躁，凶神恶煞，善使杖法，劲力至猛至刚。郭靖正是在他处最早接触侠客功夫。今天是孔子诞辰，我自然想到了自己的小学语文老师兼班主任。说实话，他和柯镇恶还真有几分相像。

我认识陈老师时，他年近半百，已白发苍苍，刻板严肃，有股拗劲，说话直来直去，不讲情面，脸部因过度板结而有点望而生畏。我受“讲古”触动，从图书馆借阅《射雕》，一发不可收拾。我惊奇地发现原来四年级的水平已能读完，不过那些深藏于故事中的玄机和暗寓，只有在多年后才能体会到。我有时在课堂上偷看《射雕》，他发现后便如柯镇恶责备郭靖般，一顿狗血痛骂，不过他收缴其他同学的玩具，却从不收我的课外书。

受小说影响，我萌生了写作爱好，但常在作文里杜撰虚假故事。陈老师一律打低分，但在一大堆苛刻评语里，总有一两句话让我看到希望之光，这也许就是我今天还笔耕不辍的原动力吧。

我数学很差，有次考得惨不忍睹。晚上，陈老师约我见面。我想象他冷酷地训斥我的懈怠，或嘲弄我的智力欠缺。但出乎意料，平日严厉得似乎不近人情的陈老师，却用平静的语调安慰我，具体词句早已忘却，只记得最后他用力拍了拍我肩膀说：“我相信你是行的！”

霎时间，我忽然想起柯镇恶和郭靖。在鲁钝的郭靖面前，恨铁不成钢的柯镇恶有时也会展露慈父的一面，也会用自己的耐心抚慰艰难成长的徒弟。

从此之后，我的智力虽未脱胎换骨，但毅力开始不断增长，像郭靖学艺那般，一步一个脚印地前行，带着执拗的劲头，怀着笨鸟先飞的自嘲，完成学业，用一颗笨拙的理科头脑读到了省内最知名的医科大学。

在背井离乡的负笈行囊中，《射雕》一直不离不弃。功课之余，我仍会读几页。那一片竞争更激烈的天地，我自然很难拔得头筹。不过也许我和郭靖一样，并无什么伟大构想，也没什么连世界都装不下的宏愿，只求超越自我。看看每次考试的成绩，比上不足比下有余，想想别人临时抱佛脚也收获不俗，想想自己每晚几乎都在青灯苦读，换来的不过如此，难免叹息几声：我是郭靖，郭靖是我……

离开书店，我穿行于杂货闹市。高楼悬月，华灯满目。路边熙熙攘攘，有人为闲逛，有人为生计。一个街头摊档正在打烊，主人六十岁左右，满脸风霜，一边收拾那堆未能卖出的玩具，一边哼唱着："依稀往梦似曾见，心内波澜现……逐草四方沙漠苍茫，哪惧雪霜扑面。射雕引弓塞外奔驰，笑傲此生无厌倦……"我猛然记得，这是"83版"的《射雕》港剧主题歌。在纷繁芜杂、变幻莫测的世间，浮浮沉沉，起起落落，浮华似曾掠过，然而一切又都归于平静，人生何尝不如此？

我回到酒店，坐在十八楼咖啡厅，独自一人望着窗外。星光熠熠的维港总是耐不住寂寞，那灼灼生辉的路灯，那兴高采烈的霓虹，那蓄势待发的船只，那依旧车水马龙的街道，还有那不夜的天空，好像谁也静不下心来。这座诞生过射雕英雄的都市，这座糅合了太多嬗变、繁彩、沧桑和风尘的都市，失眠了吗？这时一个稍胖矮的身影在眼前闪过。我多么希望能在此处，借着论坛见到他！

虽没有"射雕引弓塞外奔驰"的本领，但我也偶尔能在同学面前笑傲几下。记得当我拼尽全力，以最高的分数考上研究生时，他是我最早遇见的导师——心脏科柳教授。郭靖学武的法门不就是“人家练一朝，我就练十天”吗？那一刻，一年来为考研付出的辛勤汗水，化作激动的热泪。

柳教授个子不高，脸胖圆，总挂着真诚和善意的笑，活似弥勒，无论你是恼怒还是忧郁，无论你准备暴跳如雷还是泪如雨下，看见他，只会心平如水，甚至泛起几层愉悦的涟漪。他语调轻快，常带幽默和谐谑，貌似玩世不恭，但遇有不平事或黑暗面，必以激愤和嘲讽严加抨击。在一个官本位社会，他对行政岗位并无兴趣，最萦怀的只是医学与病人，有着医生最本质、最实干的淳朴。我越来越觉得他像小说里的一个人——洪七公！

门下三年，我得到他的悉心教导，一招一式，从学生过渡到医生，慢慢学会了处理一些常见病例，如心律失常、心肌梗死。这不就是洪七公传授给郭靖的“降龙十八掌”？诚然，我在短时内并未全学精，却也打下基础，以后就靠这“行走江湖”了。

在毕业的谢师宴上，大家都喝得醉醺醺的，自己心头不禁涌起感恩和不舍。我想，柳教授会给我留下祝福的客套话吧。我们一路走，在路灯暗淡的小巷，他绯红的脸忽然失去了往昔的喜剧色，淡淡地说：“职场不同校园，要当心，这世上有人喜欢见着你好，也有人喜欢见着你倒霉。”

这就是他对我的赠言，想起洪七公曾对郭靖的点化和忠告，那一夜，我彻夜难眠……

香港的心脏病论坛完满结束。我和邓医生坐在回澳的船上，他悄悄说，他准备离职，经营诊所，要去很远的地方。我瞅见那三十年的废寝忘食、为病人的殚精竭虑都化成丝丝白发，刻在双鬓。“知道你喜欢文学。记住，千万别放下你的笔！”他嘱我。

我愕然，默然，想起五年来在他身边的点滴。正是他手把手地教我血管介入等高难度手术，正是他一次次地在复杂的人事漩涡中为我斡旋，让我这只笨鸟缓慢成长，我想说声谢谢，却话到唇边直打转，我恨自己人笨嘴也笨。

船到码头，我开车送他回家。在到达的那一刻，也是我们即将离别的时候，他关上车门走向深巷。我用力旋开车窗追望他瘦长的背影，但泪水竟比隔着玻璃更模糊。他走出了十多米，忽然回过头来，冲我挥了挥手，然后坚定地往前。我一句话也说不出，脑海中浮现着蒙古大将哲别——郭靖循循善诱的箭术师傅，在追兵将至的草原上将自己的弓箭宝马交给郭靖，催他启程的情景。他和邓医生都有刚毅的脸庞、坚忍的眼神，都有为徒弟遮风挡雨的伟岸。我眼前，恍如一漠天苍苍、野茫茫，金雕高飞，而人在何处？

这一别，怕是天南地北，这一别，又凝聚了多少老师对学生的关爱。他如同哲别，是身怀绝技的好汉，又是奋不顾身的战士，心藏大爱，怀揣执著梦想与侠客情义。他交给我“弓箭”和“良驹”，助我披荆斩棘。

在车厢后座，静静躺着新买来的《射雕英雄传》，它和我生命中的恩师们，将继续陪伴我，一路前行。

写于2015年夏

（此文在部分个人经历的基础上进行较多的艺术加工和改造，并非回忆录性质，具体时间、人物无需对号入座）

写给夜雪的梦

澳门的秋雨，时大时小，忽来忽去。下午的太阳在浓云背后依旧恋恋不舍地吐露暖光。公交车缓缓靠站，我匆匆跳下，没带伞，只带着兴奋和期盼便快步走进《濠江日报》总部。难得穿一回衬衣佩领带的我，身上被雨水泼洒得斑斑点点。

职员把我领到会客室。十分钟后，一位中年女士走了进来，镜片极厚的眼镜衬着一头素雅而夹带白丝的短发，脸上挂着欢迎的微笑。

“您好！李主任。很高兴见到您。”我在媒体上见过她，这位《镜海日报》副刊科的主任，也是小城闻名的作家。初次见面，我伸出了拘谨的手。

“幸会幸会，谭医生。”李女士的手纤细但颇有力。我们稍作寒暄。

“我从电邮上看过你寄给报社的文章和旧体诗，有意思。”

“谢谢，我喜欢文史，但只是门外汉，也算有个小小的梦想吧。”我的脸一阵滚烫。

“看来你在医疗之外还有不少爱好，能告诉我你的梦想吗？”

我沉默了好一阵子。

“我猜猜，也许我不能让你实现梦想，但至少我会让你向梦想靠近，哪怕是一点点。在澳门这个物欲横流的小世界，能有执著的文学梦，我很欣赏。”她徐徐道来，像早有准备，像看穿了我的心。

我微微点头。窗外的雨开始倾盆起来，把玻璃点击得嘀嘀哒哒，好像是键盘不停歇的打字声，这让我想起了很多很多，还有那不算遥远的时光。

“我们每天都会收到大量稿件，有本地的，有内地的，甚至还有海外的，我知道你这几年投过不少稿，但我让你发表的并不多。医生都很忙，而你的坚持打动了我。”

……

每个人心底都有一个梦，可又有谁在追梦的路上持续奔跑呢？

望着慈眉善目的李女士，我平静地道出一桩故事。其实只有极少数人能生而坚强，生而坚韧，是生活中的点点滴滴、日常中的平凡过客不经意间使人学会锲而不舍……

我是镜湖医院的医生，不过心底确实对文史有着一种特殊的爱好，大概源于家庭的熏陶，大概源于老师的循循善诱。爱好也是一份来之不易、割舍不断的缘。幼时看《西游记》连环画，我竟想着给这部名著写一个续集，还真拿起笔来，用认识不多的字凑成开头一小章，当然这异想天开的计划很快就搁浅了。稍大一点，我开始在长辈的引导下尝试读白话版的《左传》《史记》等书，这个习惯一直保留下来，慢慢地，随着语文知识的积累，我也能读一点文言文原著。

父亲是理工科出身，在他的坚持下，我大学报考了医科，从此开始了十多年的学医、行医历程。而看了报刊上的散文、诗歌后，我总会忍不住自己撰一些拙作寄到编辑部，限于水平极少发表。我甚至想结合历史和医学知识，写一部古代名人和疾病的书。我把完成的章节和写作计划发给了好几个内地和香港的出版社，但要么石沉大海，要么婉言拒绝。虽然我相信世界上有意志从不消沉的豪杰，但我毕竟不是豪杰，我只是普通得不能再普通的人。

每天一大早守候在电脑旁又是一场煎熬，因为带着期望，我必须看看报刊电子版有无自己的成果，但往往是空空如也、失望而归。我甚至一度不敢打开自己的电子邮箱，因为害怕婉拒的言语和无奈、无果的等待。像一匹跑得身心疲惫的瘦马，我停了下来，停的是笔，还有我那颗心。

一个雷电交加的夜晚，我在住院部值班，一阵急促的手机铃声让黑夜越发紧张起来。护士报告，有个女孩腹部肿痛得很厉害，且无尿。

我随后翻阅病历，得悉病人因关节痛已就诊多次，确诊“系统性红斑狼疮”，最近因小便减少，身体浮肿入院。女孩穿着自己的睡衣而不是病人服，一头长发，久未梳理显得有点凌乱，脸虚肿，血色像被吸走了大半，一副疲惫不堪的模样，只有一双水灵灵的大眼睛仍在告诉我，她有挣扎活下去的欲望。我耐心问诊，头脑中有一种不祥的预感，这是一种全身性免疫疾病，患者肾脏极易受损而衰竭。

护士说，她叫宇君，年仅十五岁，生在一个单亲家庭，在母亲眼中，她品学兼优，可惜不幸受病魔侵害多时，被迫辍学。不出我所料，她的肾功能正急剧恶化，水分和毒素都无法排出，我们建议在她脖子上插静脉管，进行血液透析，方有一线生机。这对母女惶恐不已，暂未应允。

我和护士不厌其烦地给宇君做思想工作。这时，我发现她的桌面上摆着一本不薄的笔记簿，封面画着一个托腮沉思的动漫女生，装饰得美轮美奂。

“宇君，等你康复了，再把功课追回来好不好？但前提是，你必须把身体养好。”我安慰道。

宇君一把将笔记簿收起，苍白的脸色忽然掠过一丝红晕。

“这不是功课簿！”她似有不悦。

“没关系，我知道这里面一定藏着你的梦。听话，把病好好地治，让身体恢复起来才能去圆梦呀！”我耐心劝道。

那晚，雨下了一夜，凉透了，母女俩也商量了一夜……

第二天，她们终于答应了，血透过程很顺利，但还得间断进行好几天，管子不能拔。我有空的时候便去探望宇君。她的脸依旧苍白，倒是浮肿消退之后显出一缕的活泼，右颈留置着透析管，正伏案写着点什么。

“你为什么不穿病人服，老是穿自己的呢？”我很好奇。

“我害怕。你们的衣服可能有死人穿过的，我怕。”她的眼睛流露着对厄运的惊虑。我再次注意到那本笔记簿，目光投射到那里。宇君立即警觉地把页面合上，小心翼翼放回身后。

“你们医院的护士姐姐，帽子好漂亮！为什么男护士就不戴帽子呢？”她试图转移话题。

“他们头发短，哪能hold住白帽子呀？”我不假思索地应对。

她听罢发出一串开怀的笑声，我们一起乐了。

后来，我们慢慢熟络起来。每天巡房的时候，我都看见她的案头摆着那本精致的笔记簿，都有翻动的痕迹，尽管她常常脸带倦色，但仍不时在写写画画。我实在很好奇，想探个究竟。

“宇君，你究竟在写什么？抓紧时间休息才对嘛。”

“你可以玩猜猜猜，但是，你只有答对问题，我才能告诉答案。”她最近精神许多，越发调皮起来。我点点头。

“考你宋词，‘问君能有几多愁’，下一句是什么？”她很得意的样子，大概估计我这医生一定答不上。

“恰似一江春水向东流。”我理所当然回答得很从容。

“‘只恐双溪舴艋舟’呢？”她不甘心，又顽皮地问。

“载不动，许多愁。”我的知识储备尚能应付她。

她的脸，浮起一丝惊讶，接着又是一缕兴奋。那一刻，我们彼此知道，大家找到了知音……

原来，那本笔记簿是她的临时诗词集，她爱好古典文学，梦想当一个诗词大家，空闲时，想到佳句就随手记下。我怀疑她是否在沉疴来袭、痛不堪言的时候也会留下“语不惊人死不休”的佳作。这种状况，很让我想起中唐的李贺，那位仅活了二十六岁的天才诗人，常是骑着瘦马，边想边走边吟，觅得佳句就赶紧录下，投进锦囊，集腋成裘，回家打开锦囊一整理，便是千古妙作。

十五六岁，花季年华，正是最有梦的时候。一个对病人衣服产生恐惧的孩子，一个病中依旧没有忘记梦想的孩子，该是对生命有着何等的眷恋与执著，对生活寄予何等的厚望啊。我不敢告诉她，系统性红斑狼疮这种病目前还无法根治，最好的情况也就是长期服药，控制病情，不至迅速恶化。我不敢告诉她，以她的肾脏穿刺病理结果——四期狼疮性肾炎，肾功能定会越来越差，过渡到永久透析依赖，只是时间问题，她们家可以承受吗？她的身体还能支撑多久？

虽然宇君一直没让我一窥笔记簿中的诗句，不过，我们倒是气味相投，每天下班后，我都会再探望她一次，顺便聊聊大家的共同爱好。她的母亲总是陪伴左右，沉默寡言，斑白的头发、憔悴的脸庞，是否早已悟透了人生的苦难？不得而知，但主治医生已把女儿的病情毫无保留地告知了这不幸的母亲。

宇君说，她以前最喜欢上的便是语文课，她的班主任能用流利的粤语把唐宋名家的诗词倒背如流，而且诵读得抑扬顿挫，韵味十足。她说，古代中原人士大致就是用今天的粤语腔调交流的。

“你最喜欢哪句诗？”我忍不住问。

“唐朝岑参的‘忽如一夜春风来，千树万树梨花开’。”她是那样的毫不犹豫。

春风、繁木、鲜花的意象，不就是生命的勃发气息吗？而这一切，竟然是以鹅毛冷雪为背景，不无残酷吗？宇君还说，她有两个心愿，一是出一本诗词文集，一是能亲眼看一看真正的漫天飞雪，长这么大，她还没出过远门，没领略过北国飘雪的感觉。

“你一定有机会的，到时候你给我写首诗，或填首词吧，我等你。”我拍着她的肩膀，喃喃自语。

过了一段时间，宇君的身体有所恢复，病情暂时得到控制，管子拔掉，医生终于批准她出院。临别时，我们依依不舍，互相留下通讯方式。我觉得最大的遗憾就是没打开过那本临时诗词集，不知我们何时还能再见，不知我们还能否再见。我嘱咐她不要让自己的思绪、灵感停下来，不要让自己的笔停下来……

我们保持着联系，两年弹指一挥间。我常关切地问她近况，她总是在微信上说好多了，没什么大事，准备重回校园，而且还在创作诗歌。只是发现，每次我发出问候，她好久才回复，甚至隔上一两天。

而我，依旧被繁忙的医疗工作包围着，至于心底的所有爱好，就像小时候被抱过、玩过的洋娃娃似的，随着时光荏苒，只能收藏在早已忘却的柜子中，用层层旧衣覆盖压住，久久不再问津。

3月到来了，我和同事到北京开会。记得那是一个寒冷的夜晚，白天还是和风煦日的首都，此刻寒风逼人。云层浓黑漫漫，把月色厚厚地遮掩，只有城市炫目的霓虹灯、车灯、路灯，依旧照得如同白昼。我们信步走出酒店大门，忽然，我觉得脸上一阵清凉，湿润的感觉油然而生。

抬头一看，哦，竟然是漫天飞雪！朵朵雪花被夜风裹着，在街灯的映照下，摇曳着身姿，潇潇洒洒，纵横挥斥。我一刹那想起了岑参的“忽如一夜春风来，千树万树梨花开”。它们有的在树梢上垒成团团银花，晶莹剔透，有的又在地面上化成点点冰水，沾湿我们的鞋袜，大多数雪花在半空中演出完自己的芭蕾舞之后，还是悄无声色地回归地面，把老北京妆点得素白一片，俨然是一个纯之又纯的世界！

来自南方的我们欢呼着，奔走着，兴奋地从钟鼓楼走到什刹海，顾不上大衣被雪花融水点得湿透，也无暇理会很不习惯的深一脚、浅一脚走路。浓云渐退，月儿开始露出模样，仿佛古代待字闺中的少女，害羞地偷瞅客人。湖面一半已结冰，在月色笼罩下，显得格外温婉柔和。我立刻想起了宇君以及她的心愿，于是打开手机，把这段美妙的视频拍下，捎上我的祝福问候，一起发过去。

回到下榻处，我彻夜等候她的回音，但是杳无音信。第二天，我焦急地拨打她的手机，对面传来的回话是：客户已停止服务。怅然若失之余，我无可奈何，心灰意冷。那场让我回味的雪，残留着一个巨大的遗憾。

回到澳门，过去的见闻逐渐淡淡隐去，我不再联系她，过去的记忆也似乎与我渐行渐远。直到有一天，我意外收到一个邮递包裹。仔细拆开，我心中升起一股莫名的期待和冲动。

里面是一本书，还有一封信。信上用娟秀的字迹写着：“谭医生，您好！我是宇君的妈妈，谢谢您上回对宇君的照顾，很遗憾地告诉您，宇君半年前因病情突然加重，在香港去世了。女儿生前常提起您，这本书是我给她收集整理的诗词集，自费出版，赠您一本以作留念。”

我的视野顿时模糊，摊开封面，上面印着“写给夜雪的梦”，背景是街灯、飞雪、白树、城墟，很像那年3月的晚上我在北京的所见！

我忍不住打开集子读起来，她在《点绛唇 · 白衣天使》中写道:“急步轻轻，素颜薄汗娇眉透。倚门梳首，一笑搓纤手。”有点少年李清照的味道。最让我难忘的是《鹧鸪天•雪之幻想》:“月掩窗扉云湿纱，闲风夜半雪飞花。伶仃落叶银银树，自在流萍处处洼。喧暖阁，静凉椏。心似宁淡一清茶。沉浮天地南柯梦，只羡晨波抚岸沙。”

宇君的确笔耕不辍！不知道她是否了解自己的病、自己的病情，但在这本不薄的集子中，我几乎找不到她关于病痛的描绘，我只看到她对生活、对美好的热忱和向往，也许真正有梦想的人，其心灵也会这般洁净、可爱、单纯，却透着坚毅，没有世俗的污迹，毫无现实的羁绊。

人一辈子能有梦想的本就不多，有梦想又去追的人更少。宇君短暂而病痛的一生，居然是追梦的一生。晚上，我想着想着，觉得敬佩而自惭形秽。打开抽屉，我找回尘封的稿纸和笔，同时也开始召回那尘封的梦。

在中断了若干年之后，我的稿件再次发出，一篇又一篇，不再在乎能否见报，只在乎心灵的表白。我不再以生活中的忙碌、压力等外在因素和个人情绪为借口，使自己失去对梦想的热诚。

去年秋天的一个清晨，我从电邮上收到《镜海日报》副刊科的邀请，前往他们总部面谈。

……

就这样，我把故事分享给李女士，我们聊了很久。那天下午，她正式建议我在《镜海日报》上开立一个叫《杏林广记》的专栏，每周一篇，撰写医学与历史的散文杂谈。

望着窗外，秋雨依然滂沱，丝丝凉意和潮湿之感，又使我想起北京那场漫天飞雪。雪固然是冷的，但又是美的，而只有带着对美好的不懈追求，万物才能经受考验，从而复苏、重生、萌芽、茁壮，就像人的心灵，因有梦想而高洁，因有梦想而闪亮。

写于2015年2月中旬

（此文在部分个人经历的基础上进行较多的艺术加工和改造，具体时间、人物无需对号入座）

鉴古赏今

叹息，没有翅膀的青铜鸟

当年生活在中原地区的西周诸侯们大概对岭南一无所知，对他们而言，那儿充其量就是一片住着纹身土蛮的荒芜森林。周王、晋侯、郑伯……坐拥精美绝伦的青铜器和剔透碧玉，在觥筹交错、编钟悠乐中尽享人生。也许他们做梦都不曾想到，三千年后，那些豪华的生活器具竟然会出现在南海之滨的展室内，让芸芸大众一饱眼福，一窥他们的神秘生活。

周日下午，我带儿子到民署参观《正经补史——西周霸国文物特展》。霸，何许“国”也？东西二周，诸侯遍布，你方唱罢我登场，叱咤风云如齐、晋者，人们如数家珍，弱小无助如虞、虢者，好史者亦有所耳闻，在传世文献记载中，却未曾见到与“霸”相关的蛛丝马迹。

推开展厅门，略读了考古资料，我试图以一个非专业人士的身份探寻这个尘封了数千年的古国。展品全部出土于山西南部，想必这块封地与周王的宗室——晋，有着千丝万缕的关系。

青铜爵，一尊又一尊，斑斑驳驳，裹着沧桑的绿锈，但丝毫遮盖不了骨子里雍容华贵的气质，体表纹饰，或龙腾或波涛，或简约或繁复，或明或暗，或深或浅，自有一番贵族范儿。它们与过去出土的秦晋之物、周王所好，并无太大区别。周人始重礼，宴会、庙堂上君臣常借诗来咏唱对赋，铺垫他们的心理诉求，当年晋公子重耳（后来的晋文公）避难秦国，宴饮中作《河水》诗，秦穆公则作《六月》诗和之。那一瞬间，手中青铜爵若有知，定能记下可藏之《诗经》流放万古的佳作。是粗犷质朴还是典丽精工？天知道。

有一件青铜卣，盖内和器底都铸有铭文“燕侯旨作姑妹宝尊彝”，意为“燕侯旨为他嫁到霸国的小姑姑专门制作的青铜礼器”。还有好几件青铜鼎刻有铭文，记载了霸伯——霸国最高统治者与周王互赠礼物的往事，看来，霸国一度和天子甚至遥远的燕国都保持良好的外交关系。

最惊艳的是一尊青铜鸟盉！商周时期，盉是一种注水的容器。按贵族礼仪，在祭祀、宴饮、典礼过程中，参与者均需先盥洗，侍者便用盉将水倒出。在既往的考古发现和传世器物中，都未曾见过这样的鸟形盉。但见此鸟昂首直立，夸张的鹰雕之喙弯而有力，锐而紧绷，蓄势待发之态伴着圆睁的凤目，显得高傲不可一世，两足雄健，胸前长流，尾下象鼻，倒看似四平八稳，只是全身的羽毛尤其是翅膀，没有刻意塑造，仅用云雷单线纹饰象征勾勒。鸟身红褐蓝绿相间，这蓝绿色就是千年铜锈的今貌。想当初，典礼上金黄灿灿的青铜灵光，终究抵挡不住历史长河的洗刷。

我儿子不足四岁，尚未有沧海桑田的感悟，他只一门心思在展厅旁用笔在勾有展品轮廓的图纸上，使劲涂上各种色彩。这是展方专为儿童设计的游戏，优秀作品会被贴在墙上。我正沉思霸国的兴衰，儿子已不耐烦地嚷嚷:“爸爸！快把我的画挂起来！”他的水平固然有进步，但较之墙上那些哥哥姐姐的杰作，毕竟相形见绌，不过我还是微笑地顺从了他的要求。

从这些青铜重器看，霸国大概也曾辉煌一时，奈何国运衰竭，泯然史册！西周时期，像霸这样的小国多如牛毛，没有脱颖而出的原因很多，但我认为，至少地缘政治是一个不可忽视的因素。山西南部，不仅诸侯林立，而且戎狄虎视眈眈，更可怕的是强晋一枝独秀，在这块不算很大的区域内，跻身于超多竞争者之间，拓展空间相当狭小，谁都不会轻松。霸国君主的爵位是“伯”，次于“侯”，按理说可在晋国君主（晋侯）面前不卑不亢，秦君也不过是“伯”，楚君则是更低等的“子”爵，可历史证明，身居蛮荒之地的秦、楚最终出人头地，因为他们虽偏远，但却拥有广阔的发展空间，身边没多少级数相若的竞争者！反观霸国，处四战之地而无长远良策，霸伯们就像那只没有翅膀的青铜鸟，只死守祖宗的高贵而没有“飞”的想法和能力——既无带领族人迁徙的勇气魄力，又无周旋敌国间的长袖善舞，生存空间每况愈下，数代之后，最终如虞、虢之流被强晋吞灭，可能性极大。

我把思绪从历史深处抽回。看着儿子得意洋洋的神色，我善意地把他的涂鸦之作从墙上取下，躲开那些精雕细琢的画作，他的东西才有点像样。呵呵，人生、职场……又何尝不是如此？

（发表于 2015 年 1 月 25 日《澳门日报 · 新园地》）

红与黑：漆器的宿命

甲午除夕，应友人之约参观澳门艺术博物馆主办的“朱艳增华——故宫珍藏清乾隆漆器精品展”。乾隆漆器大驾光临，千载难逢，我虽对古玩文物尚未入门，但也不敢怠慢。

漆器源于中国，至少有七千年历史，内胎多木质，一般髹朱饰黑，或髹黑饰朱，以优美的图案在器物表面构成绮丽的红黑世界。

战国是第一个漆艺高峰期。庄子便当过漆园的小官。楚国“朱画其内，墨染其外”的漆器更异军突起，普遍内涂朱红，明快热烈；外髹黑漆，沉寂凝重；红黑对比呈现出强烈的装饰效果。此后两千年，漆器色调都与楚文化一脉相承。

当年一鸣惊人的楚庄王大概案前就有精美绝伦的漆器，他举着红黑耳杯，试图用声色犬马的假象试探群臣。至于落魄江汉的屈原，披发吟唱《离骚》，行囊中是否也装着漆器木琴呢？东晋书法家王羲之的传世名作《兰亭序》记载他与众友在兰亭“曲水流觞”的雅事，时河中放酒，酒杯顺流而下，飘至谁前谁须作诗，不能者罚酒，因漆器多为可浮水的木胎，故使用的当为漆器酒杯。

乾隆帝一生好风雅、迷收藏，又正值帝国巅峰，其所爱的漆器囊括各种生活用品和趣味把玩，体现出多样工艺结合、花样翻新及追求完美的特点，在使用价值及文化内涵上均超越前代，达历史最高峰，此次展览可谓尽收眼底。

总体印象，红黑色调依旧是乾隆漆器主色。除了材料原因外，内涵值得深思。红，饱和强烈；黑，博大稳健。它们的结合产物——漆器，与青铜器、陶瓷、玉器相比显得卓尔不群。

红色意义非凡，它与血液颜色相同，古人视红色为生命象征，在他们的色彩意义中红是一种神圣色彩，反映一种内在色彩生命本能的表达，是与人类生命共生的历史积淀，最容易激起生命情感的力量，更演化成喜庆革新的代表色。

黑色则更玄妙。在阴阳五行中，黑是北方和冬天之色，《史记·封禅书》云："以冬十月为年首，色上黑。"古代天子即坐北向南。在传统色彩文化中，黑色是单色崇拜时间最长的色彩，具有沉重的神秘感，其象征意义被神圣化，被赋予等级观念，衍化成尊卑、贵贱、礼教的保护色。

法国司汤达著有《红与黑》，据称红色象征拿破仑革命力量的冲动，黑色代表教会上层阶级的腐朽。我觉得类似概念用在漆器身上也恰如其分。

乾隆漆器从技艺角度看固然至臻完美。史载，皇帝根据作品好坏奖惩下属。内务府造办处的工作强度、压力恐不输于军机处。如此折腾，瑕疵品焉能存世？但乾隆漆器有如温庭筠等人的五代花间词，绮错婉娇，香软妩媚，雕砌有余质朴不足，给人矫揉造作、涂脂抹粉之感，生活气息和生命力度上都没产生出令人感动的作品，也没有楚漆器原始初萌的勃发艺术感染力。

这些展品其实正折射出乾隆朝的红与黑。不能说乾隆朝无任何革新发展，他的瓷器、漆器、玉器无不精益求精、巧夺天工，他的专制帝国把皇权统治的各项制度撑到极致，他招徕远客、怀柔各部、武力平叛，把大清版图和影响力扩大得前所未有。这是红的一面。

然而，乾隆朝思想文化的禁锢、固步自封的愚昧同样登峰造极。专制秩序森严保守，全社会“万马齐喑究可哀”，一个没有生气的国家徒有日益固化的四书五经、君臣父子、天朝上国，只等待着高峰过后的低谷，万劫不复的低谷。这是黑的一面。

展品中较有趣的是一款超前设计的乾隆眼镜漆盒——外形两圆相交，下层泛黄，上层鲜红，内壁髹黑漆，以金彩描绘蝙蝠，铭文为“五福宝盒”。一副玳瑁框架的眼镜缀有两水晶，赫然在目，相信这是乾隆爷的老花镜。可以想象，老人家在昏暗烛光下，戴这眼镜欣赏曹文植的书法，把玩稀世珍宝，兴味盎然之余又提笔赋诗几首，命造办处刻于心爱漆器上，陶醉在自己的全盛帝国中，沉浸在“十全老人”的美誉中。而外面的世界早已天翻地覆。

皇帝有心经营自己的玩具，却无心顾及国防。皇家拥有大批性能优良的御用枪，可惜不过作狩猎或收藏之用。八旗绿营兵手上的还是沿用明代技术的粗陋火绳枪、鸟枪，日后在西方军队面前勉强算是玩具罢了。边疆叛军从沙俄或英夷进口大量燧发枪，让平叛的清军屡屡死伤惨重，但帝国中枢置若罔闻……今日中国早已不是君主专制国家，但某些不良惯性依旧若隐若现。走出艺术博物馆，只见美高梅和新葡京在夕阳西下中让霓虹灯高高挂起，显出迫不及待的模样。澳门赌业还会辉煌多久？漆器的宿命，也就是国家的宿命、社会的宿命。

（发表于2015年2月23日《澳门日报·新园地》）

方寸间的大历史

这天，我参观了民政总署的“见小曰明——孙蒋涛藏解放区邮票展”。说实话，我对集邮一窍不通，但凭着对历史的浓厚兴趣，还是踱进了展厅之门，那一刻，恍如迈入了时空隧道。

展品均为孙先生收藏的中国人民革命战争时期，中国共产党领导的政权下使用的邮品，时间跨度从1927年至1950年。其实以“解放区”统称之，值得商榷。土地革命战争时期（1927—1937），红军控制的区域一般简称“苏区”；抗日战争时期（1937—1945），八路军、新四军掌握的领土常常叫“敌后根据地”；解放战争时期（1945—1949）才正式出现“解放区”的称谓，对应的是国民党政权的“国统区”。

红军时代，军队和政权建设皆于草创阶段，朱毛红军常流动作战，苏区也经常处于和敌占区犬牙交错的状态，生存环境极为恶劣。尽管如此，苏区依然十分重视邮政事业。“苏维埃”邮票风格，多以战士像、镰锤、红五星为主图，有的还出现红旗飞扬地球的图案，构图简明，设计简朴，制作简单，但不简陋，鲜明地反映出处在幼年时代的中国共产党，其早期的政治理想和主张，再现了战争频仍的峥嵘岁月。邮件在极艰苦的条件下制备，不免显得有点幼稚，但正如一个新事物的诞生，总有牙牙学语的阶段，只要具备旺盛的生命力和强大的意志力，光明便在前。

抗日战争时期的邮票，大多见到的是“晋察冀边区”发行的。该区是中共领导的重要敌后抗日根据地，范围含山西、河北、内蒙古、辽宁等省各一部。八年中，边区军民创造了地雷战、地道战等游击战法，击毙过日军“名将之花”阿部规秀，参加过著名的“百团大战”，为抗战作出了重大贡献。在一张边区发行的“抗战军人纪念”邮票上，赫然出现国军士兵头戴钢盔的形象，另一些类似题材的邮票也印有国民党青天白日徽章，这显然是国共合作的产物。“渡尽劫波兄弟在，相逢一笑泯恩仇”，山河破碎，中共跟国府捐弃前嫌，共赴国难，赢得民心，为日后的大发展垒下坚实基础。该时期的邮票除有军事题材，还有农业生产的描画，体现了根据地重视经济建设。自力更生，丰衣足食，一个新时代即将到来。

解放战争时期的邮票最为精彩。这一时期，“东北邮电管理总局”发行的邮票是当之无愧的主角，大放异彩！东北物产丰富、人口众多，经日俄长期经营，又是中国当时最重要的工业基地，得东北者得天下，抗战胜利后立即成为国共争夺的重点。毛泽东把家底精锐中的精锐悉数派出，放手一搏，十几万子弟兵从山东、河北出发，占领广大农村，开展土改，大力剿匪，最后农村包围城市，席卷黑吉辽。东北的发达经济在邮票上得到充分体现，上面的毛泽东、朱德头像印刷得精美绝伦，栩栩如生，不仅如此，其题材也相当广泛，有纪念“五卅”运动、“五四”运动甚至“西安事变”的，有纪念国际劳动节、妇女节、儿童节的，有宣传战果、歌颂解放的，印制无不精益求精、赏心悦目，其中，“旅大邮电管理总局”还发行一款独一无二的纪念中华人民共和国成立的彩色邮票，以毛泽东的新闻照片为蓝本，弥足珍贵。一切均显示出一个成熟政党的独具慧眼，一支人民军队的所向披靡，一个新生政权的欣欣向荣。

值得注意的是，从旧邮票得知，当时解放区依然沿用民国的“双十节”作国庆日，儿童节则沿袭国府定的四月四日，这说明辛亥革命推翻清廷、建立共和的历史记忆深入民心，至于重视、关爱儿童，也是文明国家发展的必由之路。

邮票不过方寸大小，制作也有精有粗，但其承载的历史分量却重如山、深如海，中国近现代史上最波澜壮阔的二十几年，居然可浓缩其中，昭示后人。今人观之，除了有沧海桑田之感，更觉一股激情澎湃的奋斗精神，在冥冥中，喷薄欲出。

（发表于 2015 年 6 月 2 日《澳门日报·新园地》）

匪气英雄

岁晚的影院因一部事先并不张扬的电影而万人空巷。导“蜀山”的徐克导了“威虎山”，拍“黄飞鸿”的香港人拍了“杨子荣”。本来3D噱头近年频频抢抓观众眼球，早有江郎才尽的颓势，可这《智取威虎山3D》却与众不同。

“穿林海，跨雪原，气冲霄汉！抒豪情，寄壮志，面对群山。”家喻户晓的红色题材，小说、现代京剧、黑白电影中耳熟能详的经典情节让人们与其说是看电影，不如说是品一种文化兴味。中老年人更多的是对岁月的追怀，年轻人则多是对“解放军007”的猎奇，但不可否认，故事中的土匪、英雄，正是擅长展示武侠和大场面的徐克能同时把几代人的心捏在一起的法宝。

中国人自古脑子里就相信有英雄豪杰、绿林好汉，带着几分仰慕和羡慕，不管他们在哪儿，不管他们离自己也许已很远。于是一大堆文学、影视作品中的“匪气”英雄，成为大家回味无穷的谈资，这“匪”自然不是指无恶不作的穷凶极恶之徒，而是指带痞子江湖气，带点玩世不恭，带点个人英雄主义，游离于体制外，调侃、蔑视现有社会秩序，但仗义公道、崇尚正义行为准则的侠士豪杰，古代如《水浒》的鲁达、李逵、武松，《西游记》的孙悟空，《三国》的张飞；现代影视作品如《亮剑》的李云龙、《狼毒花》的常发、《卧虎藏龙》中张震饰演的罗小虎、《十月围城》中甄子丹饰演的沈重阳，再就是这东北解放军剿匪卧底杨子荣。

土匪:“天王盖地虎!”

杨子荣:“宝塔镇河妖!”

土匪:“脸红什么?”

杨子荣:“精神焕发!”

土匪:“咋又黄了?”

杨子荣:“防冷涂的蜡!”

……

土匪黑话就是口令,杨子荣只有深谙这套密码才能过关,同时他的气质和习惯也必须深染匪气,否则光靠乔装打扮,停留在演技层面上又如何瞒过当了半个世纪土匪的座山雕的法眼?国人每每看到上述情节即兴奋不已,津津乐道,比土匪更像土匪的杨子荣令人钦佩不已。

我尝试先用精神分析学家弗洛伊德的理论分析一下人们的匪气英雄情结。

在心理动力论中,“本我”与“超我”是弗洛伊德所提出的精神两大部分。本我是在潜意识形态下的思想,代表人最为原始的、属满足本能冲动的欲望,如饥饿、生气等。本我只遵循一原则——享乐原则,意为追求个体的生物性需求以及避免痛苦。超我则是人格结构中的管制者,由完美原则支配,属人格结构中的道德部分。超我以道德心的形式运作,维持个体的道德感。

有人说,中国社会存在儒、“匪”、道三种心理层次。人们的自我意识,具有冲破牢笼和束缚、以个人为中心的基因,类似道家的出世;而超我意识则类似儒家的入世,要像曾国藩那样以修身齐家治国平天下为己任,讲秩序,积极干预现实。匪或叫武侠、侠盗,正好是两者间的平衡点,如同孙猴子既藐视天庭、大闹天宫又西天取经、普救众生一样。由此可见，匪气英雄情结暗合中国人的社会心理。

其次，从现实角度考虑，侠盗痞子更能成事。道德君子往往只会耍嘴皮子功夫。正气与匪气不同，前者可做道德楷模，但难以处理复杂实际事务，必须借助后者的圆滑变通、通晓人情世故、熟悉江湖潜规、长袖善舞而无沉重的道德包袱和迂腐的积习成见，才能解决问题。明万历年间，朝廷虽提倡海瑞的风骨但只将其束之高阁，并未委以重任，真正担当起改革重任的是有重大道德瑕疵、办事干练而不择手段的张居正！

再次，匪气英雄更加直率真诚可爱，没什么虚情假意，勇于承认自己的缺陷乃至丑陋，不伪装不掩饰，直宣人类情绪，很接“地气”。世间断无高大上的人为塑造英雄。我们更愿意接受张涵予扮演的杨子荣——满脸络腮胡子、粗鄙而有点自由散漫，反倒觉得“文革”京剧样板戏的杨子荣，虽气宇轩昂、正气凛然、义正词严但人造成分太浓，与历史已相当隔阂了。

据照片看历史上真实的杨子荣，他精瘦、其貌不扬，留小胡子，眼神机警，稍显文弱，没有张涵予演的那样粗犷，但很有泰山崩于前而色不变的气质，在拍下这张庆功照不到一个月，就在另一次剿匪战斗中牺牲了。真英雄其实就是平平凡凡之人，有缺点有缺陷，甚至有七情六欲，有小肚鸡肠，但必有过人之处，危难时能力挽狂澜，“哪怕是火海刀山也扑上前”、“迎来春色换人间”！

（发表于2015年2月16日《澳门日报·新园地》）

左手神圣，右手世俗

绘画从来都是心灵的真实写照。

在澳门艺术博物馆，“绘画传奇”——法国经典名画特展，带来的不仅是法兰西艺术盛宴，还有艺术家与参观者的心灵对话，纵然这番对话相隔世纪沧桑，相距千山万水。

十二幅珍藏，有皇室的雍容华贵，有市井的风情万种；有细致入微的勾勒，也有神似抽象的魔幻。圣徒在黑暗中虔诚的炯炯目光，散发着年轻与娇媚的丰腴身躯，共处一室。唯我独尊的千古一帝，羞涩稚嫩的平民少妇，也不过咫尺之遥。

在人类的内心深处，神圣与世俗并存，约束和自由俱在，前者代表人类的社会属性，后者象征人类的动物属性，即生理本能。古今中外，莫不如此。人们在意识形态上对神圣和权威顶礼膜拜，实际上是通过宗教或政治，宣扬规范和秩序，从而获得安全感和认同感。在中国，历代帝王图、孔子的牌位，乃至现代政治领袖的巨幅画像，就是这般润物无声。

在展区，画家笔下的“太阳王”路易十四，他自信、傲慢的目光，“朕即国家”的非凡气度，足以让任何参观者，哪怕是背向他的人，无不战战兢兢、如履薄冰。这正是画家和国王刻意传递的信息。这位与康熙皇帝同时代的巨人，从四百多年的历史深处款款走来，头发仍然梳理得一丝不苟，盔甲依旧锃亮得一尘不染！

与尊贵的国王一墙之隔，一对偷情的男女正要欢度今宵，女子裹着睡袍，精妙的光线表达手法使她的婀娜多姿若隐若现，让人浮想联翩，男子壮实的肌肉把妖娆之躯搂得严严实实，一只手正要把门闩死死关紧。这就是卢浮宫珍藏的名作《门闩》。一股肾上腺素的冲动喷发之感，油然而生。青春和欲望在这一刻燃烧，流俗但不低俗。画廊中，年轻人走过，会心一笑；一位母亲带着幼女走过，却唯恐避之而不及。这画面，自然让人想起明代晚期的《金瓶梅》，它的作者是谁早已是千古之谜，但此人饱读诗书，极有可能曾在庙堂之上正襟危坐、指点江山，或在科举考场之乎者也、非礼勿视，夜间却点起一盏油灯，在纸墨间释放着压抑已久的激情、人性与渴望。

人们不自觉地维护和尊崇权威，却又厌恶权威的条条框框和矫揉造作，无时无刻都想挣脱，代之以自由和洒脱，这就是人的矛盾和悲哀之处。画像、文学家，一切的艺术家，他们之所以永恒，恰恰在于把人的这种情感加以酝酿和发酵，最终在才华的光芒下一蹴而就。

诗画相通。走到画廊的尽头，我不禁想起东晋陶渊明。他不为五斗米而折腰，蔑视权贵，一生追求着“春秫作美酒，酒熟吾自斟”、“采菊东篱下，悠然见南山”的隐士生活。然而，他笔下的《桃花源记》不也正好透露着诗人向往着平静和睦的儒家美政思想吗？这种思想的载体，在古代士大夫心里，不外乎就是他们理想当中的明君、圣人而已。

如果在万众一心、群情激昂的节日，我希望自己是克洛德·莫奈笔下的一面舒展而绚烂的国旗；而在宁静安逸、百无聊赖的周末，我则希望自己成为奥古斯特·雷诺阿笔下荡着秋千的小女孩，恬淡悠闲。

（发表于2014年8月20日《澳门日报·新园地》，《二零一四年度澳门文学作品选·散文卷》入选作品）

舌尖上的感动

在光怪陆离的世界肆无忌惮地刺激着观众的年代，美食节目早已是娱乐业的拿手好戏。港澳鲍鱼、法式鹅肝通过美轮美奂的色彩和朵颐大嚼的声音，让屏幕前观众的舌尖蠢蠢欲动。

吃，是人类的本能，遗憾的是没有多少节目探讨过“吃”的精髓，却老是在奢华和享乐的氛围中把芸芸众生带入歧途。中央电视台《舌尖上的中国·第二季》让“吃”返璞归真。如果说，这个风靡全国的节目在第一季时，还多多少少在色、香、味的欣赏上精雕细琢过的话，那么事隔两年，当第二季面世时，展现在我们眼前的已是食物的洗尽铅华，伴随着人世沧桑，酸甜苦辣不再仅是味蕾的感受，还是普罗大众心灵上最真挚的回响。

从4月中旬开始，每个周末我都守候在荧屏旁边，让天南地北的食品跟随着主人匆匆的脚步，在我的心头泛起涟漪，却无法让我的味蕾垂涎欲滴。今天，八集的节目即将进入尾声，但我实在想不起来那些“美食”的具体名称和它们试图诱人的外表，在我的脑海中，只有那些与食物有着千丝万缕的生活，日复一日地忙碌着，没有怨恨，没有愤懑，只有对艰难的默默抗争，对美好将来的憧憬。

《舌尖二》讲述的全是中国最普通的人和他们再普通不过的食物。为了资助弟弟上学，一个藏族青年辛勤地采集天麻和灵芝，冒险采得的、金灿灿的野生蜂蜜是他最开心的回报；为了养家糊口，老谭夫妇二十年来过着养蜂人颠簸漂泊的生活，在自搭的帐篷里，妻子巧手张罗的川菜是老谭最美满的生活体验；为了能在遥远的广东中山品上家乡的味道，一位来自云贵高原的苗族妇女在难得的假期中做了一坛“鱼酱”，这酸酸的佐料，蕴含着多少她对留守家中的儿女无限的愧疚和思念……

这是一个不再需要“高大全”人物形象的年代，但通过那些简简单单的家常菜，那些短小精悍的故事，我对这群极其普通的人肃然起敬，尽管他们平凡甚至毫不起眼。我相信这是因为生活的本质在感召着我们每一个人。每天走过连胜街，走过那一间间简陋的茶餐厅，看着汗流浃背、在辛劳之余“叹”下午茶的人，谁会认为这简单的奶茶、蛋治是一种卑微呢？谁知盘中味，味味皆辛苦。

吃，就是生活的一部分，没有必要绚烂，没有必要豪奢，更没有必要猎奇，这些浸泡着阶级身份、沾染着人类劣根性的外衣，实在不应该遮盖吃的本质精神！

《舌尖二》并没有让我们产生成为饕餮的冲动，这是它的高明之处，也是它与其他美食节目的根本区别，它只是让我们对家，对亲人，对难忘的记忆，涌起一股温暖的爱流，对今天拥有的保留一份珍惜，对昨天逝去的刻下一种敬意，对明天面对的困难也好，快乐也罢，怀揣一丝期待和宽容。这才是我们普通人本该有的生活，本该有的真切和点点滴滴。

（发表于2014年6月4日《澳门日报·镜海版》）

从《南征北战》的道具谈起

连续两周读到一位老前辈谈老电影《南征北战》的拍摄经过，掩卷遐想，感慨不已。一部经典之作，实来之不易！

作为一个“80后”，我本该和许多同龄人一样，对这类与我父辈一起成长的黑白战争题材片，要么一无所知，要么毫无兴趣。不要说战争，就算是“文革”，这些“遥远”的历史与我们何干？不过，本人幸亏又是一历史迷、军事迷，这就注定我与众不同，黑白片如《南征北战》《红日》，彩色片如《开国大典》《大决战》等，均能娓娓道来。

不少人看电影只关心情节，但当你对台词都熟悉得倒背如流时，可看之物就会有所转移。我觉得《南征北战》最值得称颂也是令人无法超越之处，就是其道具的准备！影片中出现的一些内战时期兵器，在今天的银幕上已经见不到了。美制M8灰狗式装甲侦察车、美制M5斯图亚特轻型坦克、美制M101式105毫米榴弹炮、美国威利斯吉普车……蒋系国军步兵的装备何其真实！再看解放军，由于只能靠缴获敌军武器武装自己，因此五花八门：日造九四式山炮、日本三八式步枪、美制汤姆森冲锋枪、美制M1卡宾枪、捷克ZB-26轻机枪……完全忠于历史！

反观近年来的不少影片，题材庸俗暂且不说，粗制滥造之弊比比皆是，触目惊心，有用1947年方诞生的苏联AK-47“分发”30年代国军步兵的，有用大陆五九式坦克“装备”蒋军“五大主力”的，林林总总，不一而足。至于日军、国军的服饰则更是天马行空、创意无限，“蒋委员长”身穿30年代的军服，头戴台湾时期的军帽，令人啼笑皆非、莫名其妙，进而举起遥控器愤然“转台”！

化妆师能把毛泽东的发套、林彪的眉毛做得栩栩如生，而服装师却屡屡在细节上犯低级错误。前些年一部非常火的连续剧，重播重拍无数遍，里面的“李团长”在建国后荣获少将军衔，可是他礼服上的三枚勋章却阴差阳错地被戴反（正常应在上衣的右侧），这并非导演刻意表现主角的个性，而是纯粹粗枝大叶，因为同一镜头中的刘伯承元帅也戴反了！真实的历史照片，网上多如牛毛，可他们连搜索的念头恐怕都没有。

也许你觉得有些细节太专业，外行人不知道也无须知道，不必吹毛求疵。但是我要问，不吹毛求疵能叫尊重艺术吗？不吹毛求疵能叫尊重历史吗？

我还看过20世纪60年代初拍的《红日》，其反映的历史事件与《南征北战》大致一样，至今我仍对片中插曲《谁不说俺家乡好》念念不忘。由于故事以1947年孟良崮（山东沂蒙地区）战役为背景，著名作曲家吕其明遂深入生活，到山东采风多时，音调参考了胶东民歌《王二小赶集》，歌曲带有浓郁的山东地域特色，如“得儿哟依儿哟”，就充分体现了沂蒙山区的语言特点。人家又是怎样地对一首插曲吹毛求疵？说实话，如果你是广东人，那么调子是山东还是山西的又有啥重要？这就叫艺术家负责任的创作精神，这就叫细节决定成败！

一部优秀的作品，必然拒绝细节上的得过且过，必会杜绝对历史的无聊揶揄，国外名作如《泰坦尼克号》《霍比特人》《阿凡达》等，除了情节取胜，其服装道具取景，工作室均精益求精、独具匠心，甚至呕心沥血。试问，中国电影令人自惭形秽的，究竟是技不如人，还是“心”不如人？

写于 2014 年年末

深隐在森林血与火中的意象

那天走过广州东山口影院，一部新上映的影片突然让我止步。那是俄罗斯的翻拍电影，二十多年前，我看过它的1972年苏联版，还读过它同名的原著——《这里的黎明静悄悄》。

为何会选择看一部格调忧伤的战争电影？不知道。或许，是想寻找当年的感觉，是想寻觅自己心灵的足迹。那时候，我看到的是苏联人愿意表达的爱国主义和浪漫主义，今天，我还能看到什么？

在一片莽莽苍苍的森林里，准尉瓦斯科夫带领五名女战士，寻歼入侵的两名纳粹德军。这其实是一个艰巨而危险的任务，因为战斗分队的主体不仅是女性，还是缺乏实战经验的女性，而他们面对的敌人却并非预料中的两个，而是十六个！沉郁的森林，尽管偶尔见到甘泉和鲜花，但到处危机四伏，到处是充满死亡气息的沼泽，这像极了我们要踏入的社会。当你满怀喜悦和天真，带着丰满的理想涉足时，会想到现实的骨感乃至残酷吗？那荷枪实弹、杀气腾腾的德军士兵，难道不正好比人类将要遇到的困难和苦难吗？萨特曾说，他人即地狱，我却想说，银幕上的那片森林，即苏军士兵的炼狱，而社会，即我们整个人类的炼狱。

丽莎是最早牺牲的女兵。她眼里曾闪烁着情窦初开的喜悦和纯真。在执行任务时，她坚决服从瓦斯科夫的派遣，独自穿越森林和沼泽回去报信。几度迷途，在那片笼罩着死亡的寂静沼泽中，她慌不择路，陷身于无底的淤泥中。无力的呼救在赤褐色沼泽上空孤零零地回荡。孤独、无助、迷惘，正是现代人内心深处最无言的苦涩，可活在当下，在一个信仰丢失、纷繁复杂的世界中，脆弱的我们除了无所适从，又能怎样？

嘉莉娅严格来说还是个小孩，常惘然若失，夜里甚至偷偷哭泣。当突然面对敌人时，由于极度恐惧，她精神崩溃，失声惊叫，抱头狂奔，嘴里喊着“妈妈”！结果被德军射杀。恐惧，就是藏身在每个人心中的恶魔，世间没有绝对的勇敢，尤其是当一颗弱小的心遭遇强悍、凶残和无情的时候。没有人有权利斥责胆小者，因为人性如此，也许你不畏惧敌人的枪口，但你会畏惧癌症降临时的无助和幻灭感。

索尼娅是个才情横溢的姑娘。她爱好文学，酷爱诗歌。即使在战争中她也写诗，并为战友们朗诵，歌颂自由、光明。她不幸遭遇德军，死在敌人的匕首下，只留下一本带血的诗集。她象征着人类美好而纯洁的理想、信念。

热尼娅为了麻痹敌军，曾在敌人眼皮底下伪装成平民，边唱着《喀秋莎》边游泳。在后来的激战中，为掩护负伤同伴，她机智灵活地引开敌人，与之周旋，中弹后仍继续射击，直至弹尽，坚贞不屈，壮烈牺牲。这是最光彩照人的形象，她象征着人类在危难中迸发出来的勇气和大无畏精神！

中士丽达是班长，她性格内向、沉默寡言，却精明干练、勇敢顽强。腹部受伤后，为了不连累战友，她嘱托瓦斯科夫照顾自己幼子后，义无反顾地取走他的手枪，用一声闷响，结束了自己的生命。她是最后牺牲的人，也是女兵里唯一的母亲，象征着人类可歌可泣的仁慈、母爱和无私。

老兵瓦斯科夫是最接近我们普通人的角色。他其貌不扬，平凡得甚至有点平庸，也没有大英雄的身手和智慧，可就是这样的人，凭着坚韧和执著，最终完成了任务，活捉了剩余的残敌。他绝对不是作者和导演眼中最鲜活的形象，却是千千万万战胜法西斯的苏联人，甚至是一切迎难而上的人士，最朴实的代表。

有时候我会叩问，天地之间有永恒的东西吗？是俄罗斯文学悲天悯人的情愫还是胜利者固有的姿态？似乎没有永恒可言，产生这部小说的政权已经消亡，她的国歌叫作《牢不可破的联盟》；但好像也有，人类内心深处的幽暗和光芒永远不会消逝，只有朝着自己的目标，朝着人性的亮点，像那些坚毅的军人一样顽强拼搏，或许才是应对社会的虚无、自身的局限，唯一的有效方式，这应该就是作者瓦西里耶夫和新版导演达夫列吉亚罗夫的心声吧？

（发表于2015年10月6日《澳门日报·新园地》）

邂逅方大曾[①]

在一片茫茫的夜色中，塞外的寒风混杂着冰凌碎石，不时刮向我的脸。我朝着远处那一堆若隐若现的篝火，东倒西歪地踽踽独行，不时还得躲避日军哨卡的探照灯。狼嚎从远处传来，毛骨悚然。

在这荒冷恐怖的绥远草原上，孤独的异乡人随时要么死于猛兽的尖牙利爪，要么死于日寇的子弹刺刀。正当我惶恐不安时，一匹黑骏马呼啸而过，在我面前忽地停下，鼻孔喷洒着白气，蹄子上满是草泥，身上载着一人，头戴钢盔。我惊愕不已，但又逃脱乏术，心想此命休矣。

“喂！兄弟！去哪儿？”那人豪爽地一喊。中国话，顿时帮我压惊。我说，自己刚从日军的集中营里逃出，正漫无目的。对方慷慨地把我拉上马，“走！咱们一起去百灵庙找傅作义将军！”他看我坐稳，便扬鞭策马疾进。

这时，我才看清他虽然戴着军盔，但身上只穿普通旅服，胸前挂一具硕大的摄影机，并无武器，不像兵士。我们遂一路闲聊。

---

① 方大曾，笔名小方，1912 年 7 月 13 日，生于北平，中法大学毕业。战地记者，全面展现绥远抗战、“卢沟桥事变”报道第一人，1937 年失踪。他曾是抗战初期最活跃的战地记者之一，与范长江、徐盈同负盛名，有人称，他是“抗战时期第一个为国捐躯的记者”。其摄影遗作展 2015 年在澳门举行。

“我叫方大曾，你也可叫我小方，战地记者。”他自我介绍并侃侃而谈，“拍下苦难中国每个角落的受难者，拍下日寇铁蹄下的罪恶，拍下四万万同胞的奋勇抵抗，这是我的神圣职责！”内蒙古草原之上，响起了一溜烟的马蹄声，还有那发自肺腑的激越声。

天边破晓，在中国军队防区一侧，硝烟弥漫，战斗正在激烈进行。我们下了马，匍匐向前移动。一队队头戴棉帽、身穿薄薄灰布棉衣的中国士兵整装待发，没有电影里经常出现的杀敌口号，只有默默的擦拭枪械、擦亮刺刀。他们的眼神不再飘荡着冷漠和怯懦，只滚动着愤怒、刚毅和视死如归。小方迅速举起相机摁下快门，一下又一下。

突然，一发日军炮弹在我们身旁炸开，掀起的泥尘让我产生濒死的恐惧，气浪直接把我弹出几丈之外。小方二话不说，把他的头盔取下，扣在我脑门上，这时，我才看清他的外形和脸蛋——身材健硕修长，面庞红润，头发有着斯拉夫人式的黑棕带黄，略蓬松。那顶沉沉的钢盔——特有延长帽檐和枕后曲线，显然是德制M35型，属于装备德械武器的精锐中央军！小方全神贯注地举着相机，继续捕捉着那些珍贵的瞬间：有的士兵手持“汉阳造”步枪抵进射击，用的是仅有的几颗子弹；有的战士扛着“捷克造”轻机枪朝空中耀武扬威的日军飞机狂扫；不少战士中弹倒下，血流成河……小方依旧镇定如故，他手中的相机仿佛就是中国士兵身上须臾不离的驳壳枪。

在战斗的间隙，四野一片恶战前的窒息肃静。小方却不像大家那样困顿，他打开随身携带的相册，向我展示他的杰作。在里面，有他充满朝气的妹妹脸上未脱的稚气、有火车站各界人士欢送英雄出征的壮怀，有绥远蒙古包星罗棋布的江山多娇，也有野狗啃咬死尸的惨不忍睹……

不知道过了多长时间，我在昏昏欲睡中又和他乘着黑骏马向东飞驰。“我收到电报，北平、卢沟桥要出事了！快！”他急切地挥鞭。

走过长城边的喜峰口，我们勒马。只见曾经伟岸的长城，到处是破损的壁垒，伴着野草丛丛，零落的砖石无奈地苔藓斑斑，这就是我们的祖国母亲啊！几个在寒风中瑟瑟发抖的幼童缩在城角。一股辛酸的苦泪在我眼眶油然而生。小方二话不说，举起相机朝着城角摁下了快门。

跑到永定河上的卢沟桥时，已经拂晓，乾隆皇帝亲书的“卢沟晓月”四字赫然在目。此时，日军隆隆的炮声裹挟着装甲履带声，仿佛一片压制而来的黑云。中国守军们纹丝不动，他们灰蓝的制服早就跟那座马可波罗赞不绝口的古石桥融为一体，只有他们背上的钢刀在晨光中摇曳着闪闪寒光。

小方嘱我帮他拍下头戴钢盔的英姿后，便扛起相机消失在队伍之中。我正要追，却被一波子弹扫中……

从惊异的梦中，我刹那间醒来。掌上手机依然显示着白天参观“为了正义与良知”时拍下的方大曾遗作，枕边的报纸上清晰地写着：“我站在卢沟桥上浏览过一幅开朗的美景，令人眷恋。北面正浮起一片辽阔的白云，衬托着永定河两岸的原野。伟大的卢沟桥也许将成为伟大的民族解放战争的发祥地了！”当年，在说完这句话不久，小方就从前线永远消失了。

（发表于2015年9月9日《澳门日报·镜海版》）

归来的大圣

我在十三岁后就极少再看动画片，不过今夏例外，除了陪伴儿子的缘故，更主要是这部片子确有深意。也许在儿童的眼里，这无非就是正义战胜邪恶的故事，但对成年人来说，抛开那些Hollywood制作技巧，《大圣归来》本身的寓意就非同寻常。

从如来的五指山中侥幸逃脱的孙悟空真的“大圣归来”吗？难道还是“身如玄铁、火眼金睛、七十二变、一个筋斗云十万八千里”？错了，那不过是吴承恩的构思。在影片中，这只猴子除了尚有打不死的体质外，几乎一切高超本领荡然无存，令人大跌眼镜。这正是导演的匠心之处，如果仅重复小说情节，在半个世纪前还能用动画《大闹天宫》赢得掌声，在今天这个绚烂而多元的时代则必会走滑铁卢。

在童僧“江流儿（幼年唐三藏）”面前，悟空孤傲而自卑、自私而怯懦，又带点市井油滑。他对解救他、崇拜他的流儿不屑一顾，但又毫无生活目的，对友善冷眼旁观，对危难明哲保身，对战胜妖怪、挽救无辜的正义行动总以黔驴技穷来搪塞。这就是现代人内心消极面的典型体现——丧失信仰，充斥着幻灭、空虚、危机，徒剩诗人T.S.艾略特所吟的一片“荒原”。

好在有两个人促成了悟空的觉悟。一个是流儿，他无知但无畏，有着儿童特有的心怀坦荡和朴素真挚，代表了人性中最光辉的、圣洁的品质，象征着人类善良的普世价值观，若问，人到底是性本恶还是性本善，我想，导演会选择后者，或是愿意想象成后者。流儿的举动与感化，一步步把悟空这个堕落者从灵魂上拯救出来，最终更用自己的身负重伤，让良知未泯的悟空产生感动的泪。这泪水就是人类忏悔、觉醒的结晶，最终成为化解悟空身上诅咒的灵丹妙药。

而另一促成觉悟者，则是魔头“混沌”，他是大奸大恶的化身，在貌似儒雅的衣袍里面居然藏着丑陋无比的巨虫身躯，导演想告诉人们，世间最狠毒最恶劣的本质往往以“正直”、“体面”和“优雅”的外表进行包装，一如雨果《巴黎圣母院》中的副主教克洛德。而这魔头与悟空又是一对辩证关系，他无恶不作、卑鄙无耻，而悟空则力图摆脱人性弱点的枷锁，力图恢复作为人至善至美的一面，可以说，正是混沌对悟空的肉体打击、精神折磨，正是他对美好人间的恣意糟蹋，对无辜生命的残酷蹂躏，激发了悟空内心残存的正义之火，并燃成燎原之势。这就好比歌德笔下的魔鬼梅菲斯托，总想作恶，却总是把善做成，总要摄取浮士德的魂魄，却总能让他探索出真谛，最终打造出浮士德高贵的灵魂。

至于悟空手上那把令他法术尽失的诅咒锁链，则是社会所谓权威、秩序的桎梏象征，好比那些“肉食者”无处不在的控制。如果说小说中的紧箍不过是摧残悟空肉体的酷刑，那么这电影里的锁链就是打压、腐蚀、囚禁大圣精神的魔掌。悟空领略到人生的至善至美后，也就从锁链的人性压迫下彻底解脱，获得“归来”，重现神威，这寄托了导演的理想。

影片在江流儿英勇负伤、大圣恢复原态后戛然而止。若有续集，编者将有何考量？这得大费心思。因为，按照《西游记》的脉络，悟空固然勇敢正直，而成年后的唐僧却猥琐、懦弱、保守、蒙昧，而这一切又是在宗教虔诚下对圆滑世故的掩饰。可叹，在社会这个大染缸里，精神总会或多或少沾染污秽，这恐迫是悟空挣脱一条又一条锁链也无法改变的事实吧！

（发表于2015年11月25日《澳门日报·新园地》）

冰火上的裂纹

——“洁素莹然：景德镇永乐官窑瓷器展”随想

他们曾经是中华文化的精髓之一。他们有着素白的底色，一如儒家传统顶礼膜拜的高洁、淳朴和含蓄。他们透着温润的光泽，映衬着我们民族温情脉脉、睦邻友善、恭谨谦让的君子风范。他们也用各种式样的纹理装点自己的肌肤——五爪神龙在滚滚云涛中翻腾、瓜瓞蝙蝠在缠枝花卉间偷闲，就像在自己身上写满了三千年的历史，比史官的笔法更传神生动，里面有威武的皇权气派，也有世俗的农家小调。

但，他们更曾经是一堆堆深埋土壤中、无人问津的碎片。

也许，这是另外一种方式的回归。瓷器，本就来自粘土，经过釉彩的点缀包装，他们在熊熊数千度的烈焰中，冰冷软弱的身躯被炼成硬朗而有文化温度的脊背。他们白糖般的胴体，是巧匠们几千年的心血结晶，也是中华民族追求素雅的跋涉，在明代终于有了一个色味俱全的名字——甜白。他们青蓝色的纹饰，据说源于一种产自西域的染料“苏麻离青”，这淡妆矜持的青花瓷印证了中国人在历史的长河中凭着开放的胸襟，善于交流与借鉴的本能。

这就是瓷器们的第一次浴火涅槃。然而，很不幸，他们被匠人们打得粉碎，因为，他们被认定不够完美，身上有瑕疵！从火炉中腾空出世后，仅有极少数的同类能进入到皇家的法眼、迎合住消费者挑剔的口味，继而被堂而皇之地供奉，余下的只能惨遭粉身碎骨的命运。

被捶碎的瓷器们可曾哭泣？也许，他们的泪水早就跟生长他们的泥土融为一体，一百年，两百年，三百年……他们的躯体不曾衰朽，重归冰冷，却依旧流淌着顽强的生命潜力，毕竟里头承载着不朽的基因密码。

六百年后，当他们被考古人员从土壤中清理出来的时候，固然伤痕累累，但绝不是锈迹斑斑！在一双双饱含文化关怀的大手中，他们再次变得温暖。当年，生产他们的，是一炉炉或许裹挟着功利势利、捎带着享乐主义的火焰，蔓延的是欲望；今天，拯救他们的，是一只只清心寡欲、废寝忘食地努力重塑历史的手指，那沾满文化符号的手指，最有温度。

经过数年的不懈拼贴，瓷器们迎来了第二次涅槃。尽管，他们身上残存着抹不去的裂缝伤疤，但毕竟，他们重见天日，重生再生了！由此，古人的生活情趣、祖先的爱恨情仇、史书上漏记的点点滴滴、历史课堂听不到的回音，就通过这些残损而美丽的瓷器，带回了中国，带到了南方的边陲澳门，带给了现代的炎黄子孙，乃至世界的每一个子民。

没有谁生下来就完美无瑕，那些被敲碎的瓷器难道就不像我们每一个普普通通的人吗？我们不应该害怕被捶打和叩问，更无须畏惧煎熬与漠视，只要珍存最美好的本质，人人都有涅槃的机会。

从根本上说，挽救残瓷的，是他们骨子里的生命密码，它永远跟中华民族回归历史记忆的文化基因，无比嵌合且一脉相承。瓷器上无数的冰火裂纹，就是一本厚重的、命运多舛的民族史，弥足珍贵。

写于2016年1月初

（发表于2016年4月5日《澳门日报·新园地》）

在澳门轻叩紫禁城

视觉盛宴，其实不止一种。去过紫禁城两回，置身其中，领略的是满汉全席般的排场、日月星辰气吞万里的恢宏，还有自身的渺小卑微之感，或许这正是帝王家和设计者苦心孤诣营造的效果吧。

这种观赏着眼的是格局，且随着挪步，眼前孤零零的一座宫殿、一处楼阁无法瞬间连缀成整体画面。更可惜的是，太和殿进不去，养心殿跨不入，伸长脖子在槛外张望里面的案头、雕椅，光线阴暗得双目晦涩，只能在电视剧的虚幻中想象其神妙与美丽。

此番“太乙嵯峨——紫禁城建筑艺术特展”莅临澳门艺博馆，实乃幸事！它提供了另一视角，从细枝之微中折射雅致的情怀、考究的情思，还有多彩的情愫。

如果说木质的门柱是中国古建筑的骨骼，那么瓦和砖就是她的血肉。太和殿铺设的“金砖”，在历史长河的浸泡中依旧浮现出乌黑锃亮的光泽，它由泥土烧制，没有金碧辉煌的外表，只有温文儒雅、恬静内敛的书卷气，看似质朴的身躯却有厚实的肩膀、棱角分明的体形，不碰则已，一敲而金石浑重之音，绕梁袅袅，据此得名。这方正的金砖竟让我想起了曾匍匐其上的林则徐、曾国藩，这些其貌不扬、木木讷讷的知识分子，内心蒸煮的常常是火辣乾坤，不鸣则已，一鸣则岩浆迸发，铸成时代的熔炉。

然而，像金砖这般气质的构建毕竟在末世皇朝中属于凤毛麟角，宫内随处可见的是柳永的华丽、周邦彦的淳雅、李清照的温婉。那三希堂地面的青花瓷砖，素白的颜面上涂抹着婀娜的身姿，清幽的蓝青色既显得孤傲又是那样的灵动妩媚，当年乾隆就于此驻足，品味王羲之父子的书法名帖，或许脑子里还筹划着与纪晓岚的文字游戏呢。

紫禁城的琉璃瓦又是另一番派头。他们竭尽所能地喷射出神圣不可一世的光环，这是其固有职能，然而在那些橙黄的颜料背后，却又是一副世俗的嘴脸，屋檐上与之相伴的琉璃龙凤、神兽、仙人，尽管要么正襟危坐要么昂首挺立，不过华彩已被忽冷忽热的风雨侵蚀得锈迹斑斑，挂着玩世不恭的神情、圆圆滑滑的神态，徒有仙风道骨，却无震慑古今、顶天立地的神威。是啊！他们毕竟站得太高了，以古人视力，仅略知其形，又有谁能像我们这样仔细地近瞅呢？他们何必装得那么严肃辛苦？就像古人看待皇帝一样，心中隐约供奉一个模糊的偶像罢了，而天子能耐高下、功过是非，乃至真实嘴脸，当时谁能知晓？

至于锦窗绣户、槅扇门锁，伴随着上面的书画、镀金、木雕，早已把巧夺天工的富贵气精雕细琢到配件的每一丝纹理，俨然是帝国悠然自得的枕边，一个个绚烂极致却即将破碎的泡沫呓梦。

唐人杜牧遥追秦朝阿房宫，曾有“五步一楼，十步一阁，廊腰缦回，檐牙高啄。各抱地势，钩心斗角”的幻想，那是诗人忧患意识酝酿出的悲歌，若他能到紫禁城一游，不知该作何感想。

诚然，紫禁城凝聚了中华数千年建筑文化的精髓，对照前人，已登峰造极。不过她的气势在历史上并非首屈一指，早她八百年诞生的唐大明宫，规模便远在紫禁城之上。那是海纳百川、有容乃大的盛世，一个昂扬向上的民族，笔下的神韵、手中的雄奇、脚下的沸腾，无不出自心中的豪迈与开放。反观明清两代，总有一股万马齐喑的晦气，精巧有余而神气不足，难怪宫阙亦如此。

阿房宫、未央宫、大明宫，如今安在？幸运的是，紫禁城没遭遇前代“楚人一炬，可怜焦土”的厄运，虽然清廷的铁骑、英法的炮队、八国的仪仗都曾耀武扬威地闯入，及至民国政要在此踌躇满志，但他们都放过了紫禁城一把，原因固然众多，而跳出改朝换代的陈规，汇入文明时代的潮流，又何尝不是她继续存在的理由？

写于2016年1月初

皇城一角的错彩镂金

冬日，南国小城的体温已降到令人哆嗦的9度，而一份令澳门人期待已久的礼物，却足以让我冒着冷雨和寒风，在晚夕的街灯中兴冲冲地前往领取。

这是一份视觉和精神的珍品——莅临澳门艺博馆的紫禁城建筑艺术展览，她从细枝末节中传递皇家气韵，流淌历史幽思。

穿过一对温和的石鼓，双手就仿佛推开缀满圆钉、镶嵌瑞兽铺首的宫门。原本乌黑锃亮的金砖早已被时光浸润得灰白，但依旧坚实，更吸引眼球的是三希堂青花瓷砖，青蓝的身段飘洒在素白的瓷面上，似是一碧万顷的玉湖上泛起的嬉戏涟漪。当年，乾隆就驻足其上，焚香、作画、题诗，间或抬头欣赏墙上的王羲之父子书帖，生活情趣和文化情致，让泉下的宋徽宗都艳羡不已。

宫殿的屋檐上是金碧辉煌的琉璃瓦，瓦当里蜷缩着蓄势待发的螭龙，他们庇护着梁下的天子、普世的万民，又背负着苍天的分量，扮演着沟通天与地、神跟人的角色。结伴同行的是一列琉璃龙凤、神兽、仙人，或巍然直立或安然倚坐，曾经的橙黄色几经风雨，泛起了斑斑暗淡却不失风韵和圆润，是的，他们是超脱的精灵，见证过无数的宫廷恩怨、人间悲喜、朝代更替、战火纷飞，一切沧桑在他们眼中，不过是浮云。

紫禁城的锦窗绣户、屏风门锁也是一绝，里面的书画、镀金、木雕无不飘浮着精致和雅致。一扇硕大的嵌珐琅博古槅扇上，装饰着几位大臣的书法和绘画作品。诗句自然流于歌功颂德，唱和太平盛世，而字写得恭恭敬敬、规规矩矩，似无个性风格却又像追摹柳公权、颜真卿。也许，在那时做官也如出一辙——平平庸庸、恭恭顺顺，不随意透露棱角，嘴上净是圣贤古风，这样就可平步青云，甚至把个人书画镶嵌在皇帝的家什上，荣耀而俨然“万古流芳”。

展厅深处，悬挂着不少乾隆的御笔对联和匾额。这位“十全老人”的墨迹，敦厚之余更多的是潇洒，行云流水间，一股志得意满、驰骋今古、傲视万方的心气跃然纸上。乾隆爷的幸福感是溢满的春池，他享健康高寿，他有“文治武功”，他擅琴棋书画，更重要的是，他不了解西方，不知道天朝之外那沸腾的世界。

乾隆书法之侧，有他曾孙咸丰帝的御书，拘谨中带着几分矫揉造作的庄重，一如他的长相、为人和性格，相由心生，而心之波澜又是时代大潮的一朵浪花。咸丰之世，熟谙历史者恐怕只有唏嘘。

更妙的是，一墙之隔悬挂着慈禧的题款“体和殿”，与丈夫的书法同步展览，那是她五十诞辰时的笔迹。为其庆生的体和殿应运而建，老佛爷焉不心安理得、心旷神怡？字写得端庄但欠秀丽，雍容华贵却无过人气质，仿佛一笔一画里都流露着苛刻与冷傲，想起慈禧众多存世照片中的真容，该有相通之处吧？

每一处皇城的角落都错彩镂金，而每一处的绝代风华，又都是历史车轮碾过后，封存的记忆。

写于2016年1月初

画册背后的圆明之殇

《圆明园四十景》画册在加思栏花园身边展出，虽是复制品，但经现代科技的高超润色，真伪已肉眼莫辨，也算小城的一桩盛事。

其实，只要在网上一搜，四十景连同各自的乾隆御诗均能尽收眼底，笔墨之毫和彩绘之风已跃然纸上。何须亲临现场？恐怕更多的是思古幽情在驱使吧！

有一部老电影叫《火烧圆明园》，我只略看片段，从来就没有完整看过；也曾多次游北京，但圆明遗址我从来都避而不去。一切，皆因不敢看，怕伤怀；不忍看，怕动情。

此番展出的是圆明园绚烂的身姿，没有民族的屈辱，没有沉重的历史包袱，只有大清统治者踌躇满志、意气风发、得意洋洋的仙境。在很多人心目中，那一堆象牙白的残垣断柱就是她的象征。其实，这不过是园内一角西洋喷泉的遗骸。整个圆明园，原本糅合了北方建筑的质朴方正以及南方园林的温柔雅致，恢宏大气而又碧玉小家。从这一幅幅有如解剖图的画面中，“正大光明”、“勤政亲贤”、“九洲清晏”宫殿群的皇家气质喷薄欲出，庄严与神圣弥漫于绢帛上；而“镂月开云”、“碧桐书院”、“杏花春馆”、“武陵春色”、“淡泊宁静”后花园式的闲情逸致，则温温婉婉，似把读书人的才情、渔翁樵夫的懒散，乃至江南名媛的婀娜都熔为一炉，衍生成传诵今古的传奇故事，再向观者娓娓道来。

盛世兴土木是古代帝王的传统，但这些宫殿园林的下场都极为悲惨。秦朝建阿房宫，未完工而灭于兵灾，大火三月不熄；汉朝筑未央宫，早已人去宫毁，现今仅存瓦当；唐朝修大明宫，历经战乱，泯然天地间，只有残存的地基昭示后人。圆明园，清帝最重要的行宫，也在劫难逃，只是她的幽灵时常萦绕在图强的国人心中。

纵观画作，建筑物都采用西洋的立体勾勒描绘而成，而周围山川地形，以及构图装裱、题诗落款，均为传统的国画式样，这跟乾隆时代的人物画像如出一辙。亦中亦西，各取所长无可厚非，而同在一画之上，却未免突兀。说到底，都是傲慢保守的国人对外部世界的先进之物，并未全盘接纳之故。

姜夔曾作《扬州慢》，云："过春风十里，尽荠麦青青。自胡马窥江去后，废池乔木，犹厌言兵。渐黄昏，清角吹寒，都在空城。"他把金兵南侵后宋朝宫殿的残败荒凉和人们心灵上不可磨灭的创伤，幻化成冷僻幽独、凄凉呜咽的号角。

如今，我站在画作复原图前，想起万园之园残存那几块大理石的柱雕，又怎会不吟起"残碑断桥仍在，波心荡、冷月无声"呢？

写于 2015 年 12 月初

沙利文之约

五年，据说可以改变很多，但总改不了沙利文的气质，也改不了我们进餐的心情。

第一次认识这间西餐厅时，纯粹随缘。那时，妻怀着第一胎八个月身孕。我们缓慢地经福隆新街，穿过红窗门，吸过了南湾湖潮湿而静谧的空气后，便和沙利文有了一面之缘。

当年的沙利文已年届“知天命”。记不清当时点了什么菜，只记得有一盘西洋烩鱼，鲜嫩的肉质，甘香而浸润着海鲜特有的弹性与微咸，被几片红番茄片恰如其分地点缀。鱼的做法，不论东西南北，做成甜味的，并不多，然而日后每每从沙利文门前匆匆走过时，内心深处泛起的，却是比舌尖上的甜腻，更升华的、徜徉在心窝上的甜蜜。那一晚，怀着喜悦的妻，毫不客气地大快朵颐。

在随后的日子里，跌跌宕宕，坎坎坷坷，拮据的我无数次经过沙利文门前而不入，无暇无心。巴掌大小的澳门，日子也永远是风尘仆仆。记得曾对妻许诺，有一天将再续沙利文之缘。

一晃就是五年。今晚是妻的生日。我觉得，该是信守承诺的最佳日子。

我们先点了“虾多士”。风牛马不相及的剥壳虾肉，跟脆焦的方包一角，这差异性的搭配，居然也碰撞出色香味俱全的火花，融合成一种莫名的鲜美。正如我和她，各自品性、爱好纵使有天壤之别，却在岁月的磨合中，走在一起，走的愈加紧密，走得如胶似漆，不分彼此。

侍应小心翼翼端来英国的李派林喼汁，这是一种黑醋辣酱油。别看黑不溜秋，其貌不扬，却酸甜微辣，发酵的气息催促着食指大动，颇有异国风味。它用大麦醋、白醋、糖蜜、糖、盐、凤尾鱼、罗望子、洋葱、蒜、芹菜、辣根、生姜、胡椒、大茴香等三十多种调味料熬制、过滤而成，独步英伦，内涵不小！得到喼汁的点化，虾多士与搭伴的红番茄均喜上眉梢。

接着，我们舍弃传统的牛油，让面包与茨茸青菜汤混搭，二者相得益彰。菜汤清香幽幽，没有诱人的夸张口感，只有朴实的家庭手艺风格。那一口淡淡的菜香，温暖软滑，流淌着芸芸众生的生活点滴，在喉咙瞬间释放出家的依恋，家的思念。

与五年前相比，西洋烩鱼的味道依旧浓郁。剖开了烩鱼金灿灿的外衣，素白的内肉便袒露于前，那鲜嫩占据了视野，而香暖则融化了我们的心。也许，有的味道，只有日久才能弥新，只有日久，才能酿出厚重和淳真。

今天是她的生日，作为已是两个小孩的母亲，理应得到犒赏。我们道明来意，陌生侍应的一句“生日快乐”仿佛让客厅不甚夺目的灯光忽地光亮起来。褐黄的墙面，几经风霜，透着一缕淡雅的简素，一丝焕然的平和。两碟甜品端上：焦糖的浓烈，居高临下地笼罩着葡式鸡蛋布丁，而嫩滑的蜜感则顺着蛋黄的甘润，自下升腾；恍若千层的木糠布丁，暖融融的糖木屑包裹着冰爽的牛乳雪脂内板，在唇间幻化成冰火奏鸣曲。

这就是一对普通夫妻与沙利文的最甜美约会。

写于2016年2月3日

奥地利名画的诗与歌

“一千个人眼里有一千个哈姆雷特。”相传，这是莎士比亚的名言。当迈进澳门艺术博物馆时，展现在眼前的那一幅幅油画，让观者徜徉于19与20世纪交汇的奥地利世情风光，心中泛起的涟漪该是多么精彩。

《公园风景》在柔和的灯光下，把画家的笔触和情愫流露得若隐若现。只见一条微弯的小路，在两旁绿树红花的映衬下，拐向绿荫深处。北宋晏殊有一首《踏莎行》，曰：“小径红稀，芳郊绿遍，高台树色阴阴见。春风不解禁杨花，蒙蒙乱扑行人面。”这是相隔千年的默契。画家和词人都倾心于暮春景色，蕴含的淡淡闲愁，将大自然春之气息表现得淋漓尽致。小径深处，隐藏着不可名状的阴影，折射出丝丝忧虑，居然跟“一场愁梦酒醒时”的晏殊那无奈和哀伤，有几分契合。

《游戏的儿童》浮现着田园气息。在这维也纳近郊一角，“野旷天低树”，略带浮躁的天空烘托着静谧古老的林木，旧石桥边、芦苇湖畔，一个小童在聚精会神地垂钓，无惧世间变幻，哪管宇宙变迁。湖中睡莲默默，花与影俱销魂。想起徐志摩的诗：“软泥上的青荇，油油的在水底招摇；在康河的柔波里，我甘心做一条水草！那榆荫下的一潭，不是清泉，是天上虹；揉碎在浮藻间，沉淀着彩虹似的梦。”如果时光倒退千年，如果大唐的土壤能与中欧的山野相吻，那么，王维的《青溪》将会是维也纳郊区的写照：“声喧乱石中，色静深松里。漾漾泛菱荇，澄澄映葭苇。我心素已闲，清川澹如此。请留盘石上，垂钓将已矣。”

我没见过鸢尾花，但墙角的《鸢尾花》却让我滋生相见恨晚的感怀。素白绽放的花瓣，裹着嫩黄的花蕊，在微霞的吞吐中，影影绰绰，不知道舒婷在创作《会唱歌的鸢尾花》时，是否脑海中也泛起这般倩影。“理想之钟在沼地后面敲响，夜那么柔和；村庄和城市簇在‘她’的臂弯里，灯光拱动着。”轻风吹拂，舒婷，已变成会唱歌的鸢尾花。

《萨卡山谷》又是另一番景象。山谷怀抱之下，两棵老树恍如趋往苍穹的两缕直烟。农舍和草木交相辉映，寻常巷陌之中，俩村民拉着家常，一头毛驴缓缓前行。这情这景，忽让王维的《渭川田家》映入我的眼帘：“斜阳照墟落，穷巷牛羊归。野老念牧童，倚杖候荆扉。雉雊麦苗秀，蚕眠桑叶稀。田夫荷锄至，相见语依依。即此羡闲逸，怅然吟式微。”

《普朗肯山秋景》，是斜阳的杰作。山郊小道，农妇拖着小车踽踽独行，树影的横斜暗示着黄昏的来临。谢灵运说：“林壑敛暝色，云霞收夕霏。”李商隐则云：“夕阳无限好，只是近黄昏。”诗人与画家胸中的沟壑，在晚霞中糅合成金灿灿的意境。

樱桃的鲜花常在三四月间绽放。那《盛开的樱桃树》描绘的正是此番景观。粉白透着微红的花雨，云聚成背后小屋绝妙的房檐。白居易的《大林寺桃花》写道：“人间四月芳菲尽，山寺桃花始盛开。长恨春归无觅处，不知转入此中来。”诗人曾为春光的匆匆不驻而怨恨，而恼怒，而失望。当始所未料的一片桃花春景冲入眼帘时，他的惊异和欣喜倏忽跃然纸上！诗人倘若见得此画，笔下估计大同小异。

《港口城市》临摹的是欧洲小城港口的傍晚。远处，浓云黑雨跃跃欲试。山峦在无奈地等候。港湾中的几艘艇，彷徨而无序，无向。近处的旧城墟依然怀揣着昔日的繁华，但更像沉浸在记忆中。北宋大政治家王安石曾赋《桂枝香·金陵怀古》一词，云：“千里澄江似练，翠峰如簇。归帆去棹残阳里，背西风，酒旗斜矗。彩舟云淡，星河鹭起，画图难足。念往昔，繁华竞逐，叹门外楼头，悲恨相续。千古凭高对此，谩嗟荣辱。六朝旧事随流水，但寒烟衰草凝绿。”经历了几个世纪的辉煌之后，奥地利乃至整个欧洲，在“山雨欲来风满楼”的背景下，跨入战乱频仍、纷繁芜杂的20世纪。时代在变，不变的也许只是心中那份难以割舍的依恋，对往昔的依恋。

古与今，中与西，诗人与画家，心灵碰撞迸发的，莫非都如此？

写于2016年2月16日

素菜的情谊

大年初七中午，我刚从外地归来，好友便热情邀约到素菜馆一尝新鲜。那里的消费不算便宜，但是用斋菜制作的点心、面汤、馄饨、甜品，的确色香味俱全，望之而食指大动。仆仆的风尘、疲软的胃口，居然在蔬菜的诱惑下，迅即荡然无存。

我不是素食主义者，跟世界上绝大多数食客一样，素菜只是厌烦厌腻了日常饮食后，一种寻欢作乐般的猎奇宣泄。

有点怀念十年前第一次品的那次素菜宴。那时我在广州一所高校的附属医院读研究生。有两个轮科的实习同学，一位来自台湾，一位来自马来西亚，为了答谢我的“带教”，她们执意邀我吃一顿风味素菜。也许，地球上只有华人的舌头最刁钻，不管生在大陆，还是宝岛，抑或东南亚，对食材无比敏感的基因，总是在我们血液中流淌。席间有一款“素羊肉串”让我味蕾流连，至今记忆犹新。

“它是怎么做的？吃起来真有羊肉的嚼劲和丝丝的羊臊味！”我百思不得其解。那两位小姐只管在旁偷笑，并未解答。

很多年过去了，由于手机的更换、工作生活环境的转变，她们早已失联，不知身在何方。我只知道自己仍在飘荡，飘荡的孤影中依然藏着一颗飘荡的心。那份美味的羊肉串是假的，我心知肚明，然而凝固在上面的味道与情谊，却不能用虚假来形容。想起数年前的“三鹿奶粉”事件，不禁哑然失笑：牛乳确源自奶牛的乳房，可全天下再无人相信这是“真”奶粉！

此刻，朋友夹起了几片红彤彤的素羊肉片，上面镶嵌有许多细黄的芝麻粒，小心翼翼地放到我的碗里。

我没有立刻大快朵颐，而只望着窗外。这曾经熟悉的街道，这曾经被我们玩转的小巷。几十年就这样过去了，天空还是那般湛蓝，而房子旧得发黄，河涌老得干涸，我们不经意间也长大得发福不少。彼此没有任何血缘关系，不是真的兄弟，然而却胜于兄弟。

把“肉”片放入嘴里，甘香爽脆，比起货真价实的红烧羊肉，毫不逊色。

在新春佳节里，满足一下自己好奇的胃，不算过分吧？我们点了素馅小笼包、要了素馅馄饨，又尝了药膳淮山素骨煲。这清素世界中的荤味从何而来不得而知。朋友说，那些“肉”馅、“肉骨”其实主要来自菇类巧夺天工的乔装改扮。

真真假假，假假真真。素菜自有它的健康道理和营养价值，肉吃得过多也不符合当今的保健观念。我们的舌头也许欺骗了我们，然而素菜本身却无任何欺诈，它只是善意而得意地把自己以假乱真的本事钉在餐馆的牌匾上、刻进餐厅的菜单中，大张旗鼓而不是鬼鬼祟祟。素菜没有作伪的心思，只有邀你赏识的真诚冲动。

朋友说，素羊肉的做法其实并不复杂。把香菇用大火灼煮，加入食盐、白胡椒粉、白糖、花椒，还得撒入孜然粉。据说，孜然粉一定要多放才能调出羊肉味。接着，把腌好的香菇用微波炉脱水。最后，将熟白芝麻与香油用筷子搅拌，均匀涂抹在香菇上即大功告成。菇类特有的谷氨酸，与动物氨基酸有几分相似，能在高温下幻化成令人难以忘怀的鲜味，或许，这就是它充当假羊肉的资本吧？

香菇和肥羊，看似风牛马不相及，谁能料到，那画龙点睛的并不是高调的孜然粉，而仅仅是微不足道的谷氨酸！交友之道岂非如此？酒肉财气固然热闹，但无论如何也替代不了真朋友心间那交汇的热泉。

我也把一片“肉”放进朋友的碗中。那些年月，我们一起长大，一起被老师罚站，一起坐着绿皮火车畅游，甚至一起追过同一个女孩子……也许只有太多的沉淀才能酿出浓稠的花蜜。谢谢你！没有血缘的兄弟。

写于2016年2月17日

悬壶谭史

“不朽”的帝王齿

隋炀帝杨广是中国少数几位能在现代科学的介入下，遗骸得以重见天日的帝王。2013年4月10日，扬州曹庄隋炀帝墓以高票入选该年度十大考古新发现。

除了标有“故炀帝”的墓志、与帝王身份匹配的十三环蹀躞带，两颗牙齿也在佐证着墓主人正是饱受争议、被过度妖魔化的隋炀帝，因据专家鉴定，这两颗牙齿属于五十岁左右的男性个体。炀帝生于公元569年，即位后东征西讨、大兴土木，搞得民怨沸腾，被部下弑于618年，享寿和“牙齿年龄”吻合。

近距离观察，牙齿一颗是右上颌第三臼齿，一颗是右下颌第二臼齿。近一千四百年过去了，上段乳白的牙釉质居然还在，呈象牙色，而下段的牙根却已变质，呈青铜色。至于炀帝身体的其他部分，则随着他朝思暮想的帝国，灰飞烟灭了。

在既往的考古发现中，古人的遗骸里，牙齿往往保存得最完好，而骨架则常常腐朽不堪。隋炀帝死后，一再迁葬，尸身估计被扰乱多次，最后朽化得仅仅遗留两颗牙齿，更是不能幸免。

牙齿的独特结构造就了它的不朽。牙冠是它显露在口腔的部分，发挥咀嚼功能。牙根则是它固定在牙槽内的部分。牙釉质位于牙冠表层，半透明乳白色，是牙中高度钙化的最坚硬组织。牙齿成为人类身体最硬的器官，正得益于此。经测算，世上最硬物质金刚石的硬度为10分，而牙釉质高达9.6分，它也不会被细菌轻易分解，容易在复杂环境中保存下来。

古人对牙齿亦百般呵护，我国在公元前三千年就有护齿记载。《礼记》曾说："鸡初鸣，咸盥漱。"先民使用的漱口剂有酒、醋、盐水、茶等，可解毒杀菌。茶又含氟和维生素，可防蛀，保持口腔清洁。公元前数世纪，古人已开始用简单的牙刷，如"杨柳枝"，这是一种将杨枝一端打扁成刷状的牙刷，形如扫帚，可蘸药刷齿。当年，生在钟鸣鼎食之家的隋炀帝想必就长着一副又白又硬的好牙。

炀帝固然难称"不朽"，但亦不宜抹杀、全盘否定，没有他，就没有贯通南北的大运河，更没有身后的大唐盛世。同时，你能想象"寒鸦飞数点，流水绕孤村。斜阳欲落处，一望黯销魂"竟出自这"荒淫无道"的暴君齿间吗？几千年来，雄才大略而又文采斐然的君主，真不多见。千古一帝，只遗两齿，不胜唏嘘！

可惜，炀帝恃才傲物，刚愎自用，只进不退，好大喜功，像暴秦一样滥用民力，也像暴秦一样二世而亡，最终身死国灭，身败名裂，应了孔子那句老话："齿刚则折。"

（发表于2014年10月31日《澳门日报·新园地》，原文题目是"隋炀帝的牙齿"）

一方水土养一方药

有人老抱怨中医疗效欠佳，其实当下中药质量的下降难辞其咎。中医理论盛行数千年，肯定有它存在的价值，而中药产地亦举足轻重，同一原材料，产地不同甚至可致药性的天壤之别。

以李时珍和屈原为例，一个实证主义的医药家，一位浪漫主义的文学家，看似风牛马不相及，岂料缘分竟跨越近两千年。李医师自幼博览群书，医药经典更烂熟于心，“前人之述备矣”，但无奈中药“品数既烦，名称多杂，或一物析为二三，或二物混为一品”，于是他“读书十年，不出户庭”，决心“穷搜博采”，纠正古人谬误。

古代医书中常出现“鹜”与“凫”，似乎都是鸭。有何不同？历代药物学家众说纷纭，争论不休。李医师读书破万卷，发现屈夫子的《楚辞·卜居》云:“宁昂昂若千里之驹乎，将氾氾若水中之凫乎？”（是宁愿昂然自傲如同一匹千里马呢，还是如同一只普普通通的凫随波逐流，用偷生来保全自己的身躯呢？）又云:“宁与黄鹄比翼乎？将与鸡鹜争食乎？”（是宁愿与天鹅比翼齐飞呢，还是跟鸡鹜一起争食呢？）诗人把“鹜”、“凫”对举并称，证明它们不能画等号。诗中出现鹜跟鸡争食的意象，又描绘凫在浩浩江上浮游的景观，由此，李时珍证明“鹜”是家鸭而“凫”乃野鸭。

二鸭药性不同，凫“肉肥而不脂”，“凡滞下泄泻、喘咳上气、失血产后之症，服此最宜”。鹜则“补虚除热，和脏腑，利水道，主小儿惊痫”。它们的差别主要源于生活环境的差异。

类似事例很多，当年晏子使楚时就以橘子反击楚王的侮辱:“橘生淮南则为橘，生于淮北则为枳，叶徒相似，其实味不同。所以然者何？水土异也。”同样的种，长于淮南则甘甜可口，长于淮北却苦涩酸牙，而果子外貌难辨彼此。

由此我联想到家乡广东新会知名的陈皮，此物入药必以新会柑之皮为最佳，晒干后以陈久者为上品，具“理气健脾，燥湿化痰”之效。南方柑橘遍地，论肥大多汁、色红肉嫩亦有优于新会柑者，奈何论果皮药效，只有新会柑首屈一指。同理又如云南文山之三七、吉林白山之人参，产地至关紧要。

新会人爱吃蚬，而清明前后新会睦洲镇的黄沙蚬，身圆大，肉肥嫩，味清甜，远胜他乡之蚬，舍此一处，别无他家。盖因蚬生活地域不同，体内元素有别，终致口味大相径庭。

一方水土养一方人。生灵的品性、天赋、体格除受先天制约，还会被环境熏陶，以致各具面貌，一切生物皆如此。大自然的奇思妙想、鬼斧神工幻化成精密得无与伦比的生命密码，不仅区分出赤橙黄绿蓝靛紫，还有每寸肌肤上各个毛孔感受到的冷暖阴晴、舌尖上每簇味蕾品味到的酸甜苦辣，直至天地间所有微量元素的生老病死、兴衰荣枯，远非现代科学可以一一详细解答的。

（发表于2015年2月20日《澳门日报·新园地》，原文题目是“鸭性与药性”）

早逝的七步诗人

曹植是曹操第三子，曹丕胞弟，曾受封“陈思王”。这位“思捷而才俊，诗丽而表逸”的公子，在创作数量和艺术成就上堪称三国时期之冠冕。民间传说，他能七步成诗。可惜，他长期受皇兄的政治猜忌和打压，年届不惑就郁郁而终。细细阅读浩浩的文献，笔者惊奇地发现，他居然出现过两大症状。

其一，吞咽困难。《太平御览》载：“陈思王……食饮损减，得反胃病。”中医学认为，此为饮食之后，脘腹胀闷，或朝食暮吐，或暮食朝吐，吐出之物，完谷不化。曹植《释愁文》中也提到“临餐困于哽咽，烦冤毒于酸嘶”，反复恶心呕吐、吞食不畅，这是关于他病况的重要资料。

其二，明显消瘦。曹植去世的前一年，魏明帝曹叡召见他，见到叔叔的潦倒之状，甚为惊讶：“王颜色瘦弱，何意耶？腹中调和不？今者食几许米，又啖肉多少？见王瘦，吾惊甚，宜当节水加餐。”（《太平御览》）于是乎，明帝恻隐之心偶动，赐予食品。为此，瘦骨嶙峋的曹植上表：“寻奉手诏，愍臣瘦弱。奉诏之日，泣涕横流。”

综合分析，这些症状与食管癌很是吻合！从曹植生平及作品来看，他确实存在患此病的高危因素。

首先，和大多数癌症病患一样，曹植长期被严重的不良情绪控制着，苦闷不欲生。像“形影忽不见，翩翩伤我心”（《杂诗六首·其一》）、“弦急悲声发，聆我慷慨言”（《杂诗六首·其六》)、“路人尚酸鼻，何况骨肉情”(《鞞舞歌·圣皇篇》)，这样浸透哀愁的诗句在遗作中可谓俯拾即是。面对曹丕的迫害，他沉痛地写道:“郁纡将何念？亲爱在离居。……鸱枭鸣衡轭，豺狼当路衢。……心悲动我神，弃置莫复陈。……忧思成疾疢，无乃儿女仁。仓卒骨肉情，能不怀苦辛！”(《赠白马王彪》)

其次，长期酗酒是曹植易患食管癌的第二重要因素。他年少得志，受到过父亲的宠爱，纵情游乐，嗜酒成性，甚至到了大军出征前“醉不能受命”的地步，令试图委以他重任的父亲曹操大失所望。《三国志》评论他:“任性而行，不自雕励，饮酒不节。”他也留下大量如“置酒高殿上，亲交从我游”(《箜篌引》)、“归来宴平乐，美酒都十千”(《名都篇》)这样的诗句，正是他生活孟浪放荡的真实写照。

一代才子承受着沉重的心理负担，在美酒的麻醉下，人生越走越黯淡，诗歌越写越悲凉，终于在四十岁的时候走进了自己的坟墓。

写于2013年11月

羊年说羊

乙未羊年伊始，大年初九，跟大家聊聊跟羊有关的医药趣事。

今天姓羊的人很少，但在古代，这可是名门望族。魏晋三国时的名将羊祜，官至镇南将军，其外祖父是著名文学家蔡邕，姐姐是司马师之妻，但这并非他深得司马家族信任的主要原因。

身处晋吴前线，他以杰出的军政才干为西晋吞并东吴一统江山立下了汗马功劳。两军对峙时最著名的事件是东吴主将陆抗（陆逊之子）得了重病，羊祜派人送去良药，下属怕药中下毒，劝陆抗勿服，陆抗服之不疑，并说:“羊祜岂鸩人者？”（羊祜这种光明正大的磊落君子，难道是专用下毒手段的卑鄙小人吗？）这是羊祜的人格魅力所在，连对手都钦佩不已。死后立碑，百姓“望其碑者莫不流涕”。将军当了一回医师，狮心杀伐与仁心回春集一身，非为挽回敌酋健康，实为换取敌方人心，不是宋襄公的愚昧慈悲，而是政治家的高瞻远瞩。

姓羊的也真有人从事高端医疗行业。南北朝时的刘宋政权出了大堆心理变态的疯狂皇帝，孝武帝刘骏就是其中之一。刘骏的淫暴此文按下不表，某回他死了爱妃，就多次领群臣到爱妃坟前痛哭，并以哭的悲痛程度作为衡量忠诚的标准。御医羊志刚好在场。刘骏让他哭妃，以重赏为诱，这羊医师竟应声号恸，捶胸顿足，涕泗交横，痛不欲生。昏君大悦。事后有人问："你哪得此副急泪？"羊无奈道："哭亡妾耳。"原来羊的爱妾也刚死，他只是圆滑地触景生情兼移花接木罢了。医师当了一回哭丧人，非悬壶济世，不过欺世盗名，越表演到位，越可见人格扭曲、政权腐朽，刘宋岂能持久？

姓羊的还有人当过统帅的贴身司机兼战车队长。春秋时郑、宋开打前，宋军主帅华元犒军，不知为何，替他驾驶战车的羊斟却没分到肉羹。羊斟遂怀恨在心，到了作战时，羊斟载着华元开足马力冲向敌阵，对不起，不是奋勇杀敌，而是一溜烟阵前叛变，直接将华元当战俘献给郑军。好大一份献礼！于是，宋军大败。军人不以尽忠国家为职守，纠缠于私心。这司机莫非是敌军卧底？不得而知，反正史上骂声一片：罪大恶极、枉为人也！顺便补一句，那天华元杀的是羊，羊斟耿耿于怀的是一碗羊羹！

至于作为动物的羊，则浑身是宝。"羊食百草，其乳滋补。"羊乳自古就被视为极佳的营养补品。古今医学都证实，羊奶不但营养价值高，而且具有消炎、护肤、抗衰老的保健功能。世界公认最接近于人奶的奶就是羊奶。羊血性味咸平，有止血、祛瘀之功效，可用于吐血、妇女崩漏、产后出血、外伤出血、跌打损伤等症的治疗。羊角有镇静、退热、安心、安神、益气、明目、平肝、益气的功效，适用于头晕目眩、经痛、产后腹痛、惊风癫痫、高热神昏、头痛目赤、惊悸抽搐及高血压等症。羊骨性味甘热，具有补肝肾，强筋骨，补精血的作用。

羊肉更是古代的高尚食材，不仅鲜美，而且映衬食者的高贵，难怪心胸狭隘的羊斟会干出如此不耻的闹剧！其实，羊应该是一种尊贵动物，因其肉既可满足人类刁钻的口舌，又可入药，《本草纲目》载，羊肉"暖中补虚，补中益气，开胃健力，益肾气”。相传，隋朝名医巢元方给开凿运河的麻叔谋瞧病，以羊肉为药，药未尽即愈。较之那些医生不像医生、军人不像军人的家伙，朴实无华的羊，一身多用，比他们可谓有天壤之别了！

（发表于2015年2月27日《澳门日报·新园地》，原文题目是“另类的不务‘正’业”）

血腥而尴尬的研究

解剖学是现代医学的基础，也自然是医学生的必修课程。当年我负笈广州中山医科大学，刚接触这门学科时，为众多以外国人名字命名的骨骼、肌肉而不胜唏嘘。中华文明源远流长、博大精深，曾几何时也在该领域独步一时啊！

中国古人发明了不少“车裂”、“斩首”甚至“凌迟”这样的酷刑，历代统治者“发扬光大”并一直沿用到清末。按理说，行刑者也算专业人员，不深谙解剖学恐难胜任吧！比如凌迟，受刑者被千刀万剐，有史书载，某犯被剐了数天，最后成了一架骷髅而心脏尚动。必须让罪犯慢慢咽气是刽子手的高超之处，他的某些解剖能力和知识定然在今天许多专家之上。

确实，中国解剖学起步很早。司马迁笔下的神医俞附，割皮肉，疏经筋，洗浣肠胃，漱涤五脏，神秘兮兮。而陈寿笔下的华佗则“断肠湔洗，缝腹膏摩……一月之间，即平复矣”言之凿凿。

公元16年，皇帝王莽捕获一罪人，对他进行了极残酷的杀戮，“使太医、尚方与巧屠共刳剥之，度量五脏，以竹筳导其脉，知所终始，云可以治病”。难得的是，他们在虐杀之余还想到了医用价值，搞清了血管的来龙去脉。可惜这份血腥的解剖学资料，因年代久远而佚失。

北宋时，广西有一批以欧希范为首的反叛者被处死。宜州推官吴简对五十六具刑尸进行了解剖，并与画工一道，将所见绘成图谱，名为《欧希范五脏图》。文字记录曰："胃之下，有小肠，小肠下有大肠。小肠皆莹洁无物，大肠则为滓秽，大肠之傍有膀胱。……肾则有一在肝之右微下，一在脾之左微上，脾则有在心之左。"虽与现代医学有部分出入，但大体位置描述是正确的。首领欧希范在"农民战争"史上名不见经传，但居然在解剖学史上留名千古，不知道方腊们、宋江们会作何感想。

此后一直到清末，有兴趣者大多还是沿吴简的路找死尸（最常是刑尸）研究，前进的脚步越来越慢。虽然有不少医师参与其中，但碍于中国的文化传统，尸体解剖依然只能在遮遮掩掩中进行，于是我们不难发现在这个过程中存在许多官方的身影！

往好处看，这可以运用官方的公权力拓展研究，利用话语权传播成果；但往坏处看，由于官员们（非专业人员）的介入，这样的研究有时难免和自然科学发展规律相悖，而且在一个权力至上的社会，他们的"成果"往往板上钉钉，人们不敢轻易质疑，这又使得科学，尤其是自然科学的发展停滞不前。

中国近代的科技被西方远远抛离，原因众多，但中国解剖学史上的坎坷经历值得我们深思，特别是对照当下国内某些大学的办学模式和管理方式，这种借鉴意义实在不容忽视！

（发表于 2015 年 1 月 16 日《澳门日报·新园地》，原文题目是"刑场上的中国解剖学"）

李贺的“病”诗

近日读到《李贺的马诗》一文，感慨良多。脑海中，瘦弱不堪的李贺正骑着一匹比他更瘦弱的矮马缓缓走来。伟大的文学家往往历经坎坷，也不乏疾病的煎熬，李贺正是如此。

在诗歌创作中，由于他可能长期患肺结核，在不知不觉中，把自身患病体会跟感官世界糅合在一起，融入到那些精雕细琢的字句中。

李贺的诗常出现“病”“瘦”的意象。如“病容扶起种菱丝”（《南园十三首》）、“病骨伤幽素”（《伤心行》）、“向前敲瘦骨”（《马诗》）、“病骨犹能在”（《示弟》）、“归来骨薄面无膏，疫气冲头鬓茎少”（《仁和里杂叙皇甫湜》）……枯瘦、病弱的他，用移情的手法观察、感悟外界的事物。

李诗还反复透露死亡信息，正好反映了他长期罹患恶疾，充满了恐惧和忧愁。“虫响灯光薄，宵寒药气浓”（《昌谷读书示巴童》），正是他半夜煎药的真实写照。那些暗藏不祥意念的诗句往往又最能打动读者，如“酒客背寒南山死”（《河南府试十二月乐词并闰月・二月》）、“竹黄池冷芙蓉死”（《河南府试十二月乐词并闰月・九月》）。

李贺诗里出现过不少“湿”的意象，如“露脚斜飞湿寒兔”（《李凭箜篌引》）、“湿萤满梁殿”（《还自会稽歌》）、“玉轮轧露湿寒光”（《梦天》）、“小树开朝径”（《南园十三首》）……笔者不禁联想到肺结核病人常有的症状——夜间盗汗。也许正由于经常一觉醒来，浑身湿透，他便把这种体会寄托到诗歌的意象中去。

此外，李贺也很喜欢用“血”字，如“神血未凝身问谁”（《浩歌》）、“恨血千年土中碧”（《秋来》）、“杜鹃口血老夫泪”（《老夫采玉歌》）、“暗洒苌弘冷血痕”（《杨生青花紫石砚歌》）、“金虎蹙裘喷血斑”（《梁台古愁》）……他似乎很熟悉红色。李商隐曾说，李贺临终前梦见一个穿红衣的人骑着一条红龙召他去见天帝。为何又跟红色有关呢？看来，红色对李贺而言是不祥之物，这很可能指代鲜血，因患肺结核而经常咯出的鲜血。

带着怀才不遇的遗憾，带着苦不堪言的病痛，二十六岁的李贺早早地结束了人生之旅，留下了两百四十多首冷艳、瑰丽、奇绝的诗歌。

写于 2013 年 7 月

执拗的诗人政治家

初春时节，一位两鬓斑白的中年人来到了瓜州渡口，他才五十多岁，如果活在当下，应该还处在政治家的黄金年龄，但在那时，他有点憔悴，有点颓唐，因为政治已经抛他远去，曾经的努力和热望已付诸东流。此刻他心中只有一颗似箭的归心，牵挂着金陵的钟山寓所。不过，他必须先坐船横渡长江，然后到京口上岸。

渐次黄昏，船就要靠近南岸了，他不禁兴奋地眺望着，只见峰峦重叠，绵延不断，伸展到远方，最后被云雾遮裹。刚靠岸，一阵春风便忽然吹来，夹带着一阵沁人心脾的花香。而脚上，正是江南特有的那片绿色！回望北岸，那苍苍的暮霭和滚滚的烟波似在挥手相送……这时，一轮明月徐徐升起，它将伴随行者连夜赶回家中，与亲人团聚。这位先生终于诗兴大发，信口吟到：

京口瓜州一水间，钟山只隔数重山。

春风又到江南岸，明月何时照我还？

如果作诗到此为止，那么今天不是专门研究文学或历史的朋友可能会对此诗闻所未闻。然而事实上，这首名为《泊船瓜洲》的绝句却能传诵千古，童叟皆知，尤其是脍炙人口的那句“春风又绿江南岸”！

“绿”与“到”，一字之差，竟让作品的意境得到极佳的升华。然而许多人不知道的是，诗人为了找到这个“绿”字，付出了无比的艰辛。他先后想过“到”、“过”、“入”、“满”等字眼，都不满意，日日夜夜苦思冥想，连头发都想白了好几条，胡子都被烦躁地扯断了好几根。最后，他想起在船上望见绿色的山、绿色的水、绿色的田野，灵机一动，别出心裁地用上那个形容词，终于点石成金。

炼字炼到如此“语不惊人死不休”的地步，是不是过于较真、过于执拗呢？不！对他而言一点都不，因为，他是王安石。

根据沈括《梦溪笔谈》的记载，有一次，王安石“病喘”，估计病情反复，很多药剂都用过，但疗效欠佳。这时候，王府上下都开始急了，古人的寿命毕竟比较短，要是万一病情加重出个三长两短的，可就是家族的天崩地裂了。

这时候总会有名医伸出援手。难道有人会提出一些稀奇古怪的药方或药引，如什么“经霜三年的甘蔗”、“平地木十株”、“成对但要原配的蟋蟀”之类世间不知有无的“药材”？没那么夸张，医生这次是建议王安石用“紫团山人参”入药！

紫团山在今日山西省壶关县，在唐宋时代属河东地区。紫团山人参可能产量很低，又可能当时河东地区距离大宋的国境线很近，一般人难以前往采集，总之，普通药材店找不到，官老爷想吃上一回也不容易。王府的人们还是继续犯愁。

正好这时，薛向（字师正），同是青史留名的高级官僚，到河东地区出了一趟差，顺便带回了一些当地特产——紫团山人参。一向办事认真的王安石曾称此人“精力强果，达于政事”。看来，小薛是甚得领导欢心的，还时时琢磨投桃报李之事。这回，他碰巧有了可乘之机。

于是这小薛便上门送礼，说要孝敬王相公几两紫团山人参。王府上下一片欢腾，喜出望外，好比大旱望霖雨的枯苗。不料，王安石居然严词拒绝收礼，让小薛碰了一鼻子的灰，灰溜溜地自讨没趣。

有人劝王安石说：“相公您的病不用这味药就没法治啦。您的身体著实令人担心！真没必要拒收！”王安石冷冷地说：“我一辈子没用过什么紫团参，不也活到今天吗？”人们反复劝说均无功而返，这位“拗相公”就是不肯收礼，就是不肯尝试这种新药。

《梦溪笔谈》大约成书于1086年至1093年，基本属王安石逝世后不久的作品，收录了沈括一生的所见所闻和个人见解，可信度较高。

拒绝收礼，一方面，这是王安石高尚的道德情操使然，另一方面，可能是他觉得还有其他廉价的医疗办法可以尝试。但我们也不能排除王相公不相信紫团山人参功效的可能。当然换作其他人，推几下就半推半就地接受算了，可惜，王安石，是一头与众不同的犟驴啊！

王安石的老上司包拯包龙图，本来也是以犯言直谏的执拗个性为世人津津乐道的。此人不仅气场很大，而且确实口若悬河，一站在皇帝身边就神情激昂，唾沫星子横飞，估计那皇帝得遭殃了：局部地区雷阵雨啊！

但是，光就“拗劲”而言，还是他的晚辈王安石青出于蓝胜于蓝，独占鳌头。同仁聚餐，上司光临，人家主动邀他干杯，不料王安石自称没有酒量，不喝就是不喝，打死也不喝，完全置领导的面子于不顾，完全违反重视人情世故的中国官场。对待自己的健康问题，他居然也采用常人难以理解的执拗态度。

今人想起王相公，除了他那些绝好的文章、诗句之外，就是他那场举世争议的大改革。他炼字炼句时的那股“拗劲”，无疑与他的治学态度一样，是可取的。不过，这样的人去当政治家，注定了会固执己见，会凡事偏激，会一叶障目，但不会以迂为直，不会妥协让步，不会懂得有舍有得。

北宋中后期，弊政积重难返，国家内忧外患。1070 年，宋神宗任命王安石为同中书门下平章事，位同宰相，主持变法。王安石的“执拗”，充分表现在他的“熙宁变法”上。他有著名的“三不足”说，即“天命不足畏，众言不足从，祖宗之法不足用”。这些对王安石而言，都是为了实现他的理想——建立一个富国强兵的大宋王朝而矢志不渝的信条。

设想很美好，执行却很残酷。一往无前和一意孤行，有相似之处，但过犹不及。变法开始后，王安石性格中的“拗”劲暴露无遗，发展成一种实践理想的狂热，让他看不到政策执行中的问题，让他轻信那些善于投机的门生，让我们今天看到他可爱又可悲的背影。

由他领导的政治变革，最终失败！

公元 1076 年 10 月，他无可奈何，孤独地离开相位，次年退隐江宁（今南京），去过闲居的生活，于是便有了那首著名的《泊船瓜洲》。

写于 2013 年 11 月

曾国藩挠痒

有人说，晚清曾国藩开启了中华文明的转轨时代。他以镇压太平天国闻名，锻造出一支骁勇善战的“湘军”，平定江南，对再造大清可谓居功至伟，最终位极人臣。

“不为圣贤，便为禽兽。”这是曾国藩的名言。人们研究他的成功之路时，大概都不会忽视他的修养功夫。其修养之法便是时刻检讨自己，力求自律，努力上进。某次，他在朋友家和一女子随意说几句笑话，回家后竟忏悔不已，简直到了捶胸顿足的地步，在日记中狂骂自己“与禽兽何异”。

然而，就是这样一位道德圣人，身上竟也发生过不可思议的事！

咸丰十一年十月中下旬，正与太平军对峙的安庆湘军大营里，忽然传出小道消息：曾大帅纳妾啦！果有其事？十月二十四日的曾国藩日记如此说：“旋韩正国在外访一陈姓女子，湖北人，订纳为余妾，约本日接入公馆。申刻接入。貌尚庄重。习字一纸。中饭后，陈妾入室行礼。”其时，咸丰皇帝驾崩不足百日，全国服丧未满，一切娱乐活动都被禁止，此时纳妾简直就是违制失德！另外，前方战事吃紧，大帅军中纳妾，有影响军心之嫌。最后，曾国藩不是一直提倡节俭、节欲、戒色吗？怎么可以如此地言行不一？

其实，曾国藩纳妾，并不是为了满足什么“生理”需求，他的越轨行为，实在由于无奈的“病理”需求。

事前，曾国藩在给弟弟曾国潢的信中这样写道："余身体平安。惟疮久不愈，癣疾如常，夜间彻晓不寐，手不停爬。人多劝买一妾代为爬搔。季弟代买一婢，现置船上居住，余意尚未定。大约此是积年痼疾，非药饵所能愈，亦非爬搔所能愈也。"

原来，曾大帅饱受"疮"、"癣疾"的困扰，自己的手又不像刘备那样长得"手长过膝"，勾到后背，纳妾是为了找人晚上给他挠痒痒，以便保持良好的睡眠休息状态。

早在咸丰帝死前的几个月，曾国藩的皮肤病就加重过好几次，这也许正是导致他不得不赶紧纳妾搔痒的重要原因。如五月十四日，曾国藩在家信中说："余遍身疮癣，奇痒异常，略似丙午年在京，惨无所苦。"

皮肤病，几乎折磨了曾国藩一辈子。在他的日记中，关于日常生活，最常见的记录是下棋、会客、习字、读书，此外就是这恼人的疮癣。

同治十一年（公元1872年）二月初二日，曾国藩突然"手执笔而如颠，口欲言而不能出声"，似是脑中风，两天后便与世长辞于两江总督府。直到去世前一天，他的日记习惯依旧保留着，甚至还"阅理学宗传中张子一卷"，只是那天没有"癣疾"的记载，而这种病痛，随着他的驾鹤仙去，永远不再困扰这位喜欢静心思考的老人了。

近两百年前，在湖南湘乡老家，在北京皇城，在安庆前线，在南京督府，导致曾国藩苦恼不已，甚至焦头烂额不亚于太平天国的，就是这皮肤病。可惜，他终究没能治好，倘非如此，或许他的军政、学术成就会更杰出，或许就不止调教出一个李鸿章，或许"洋务运动"的面貌将略有不同。

其实，不管皮肤病有多瘙痒难耐，都不是曾国藩一生的最大苦楚，靖港之败的奇耻大辱、满蒙猜忌的压抑愤懑、天津教案的朝野不谅乃及群起攻之，哪一样不比皮肤病更难受？他只能把属于私人小事的挠痒痒，吝啬地留给黑色的夜晚。

就算他活在当下，患上这种病，也绝对不会像普通感冒那样被轻而易举地“剿灭”干净的。而中国近代史的进程是不是也因这一身的瘙痒，或多或少地改变了自己的航向？

不知道曾大帅看了上文，会不会也觉得“积年痒疥，为君一搔，忧患余生，得少快慰”呢？

写于2013年11月

鸦片，北洋水师的殉葬品

鸦片来自罂粟，这是一种美丽的草本植物。罂粟花惊人地美艳，而形同黑色小球的果实则骇人地丑陋！

这种反差不仅在生物形态上，更在黑果实汁液熬成的鸦片命运上。没有人天生要当坏蛋。鸦片也大体类似，最初是以悬壶济世的中药面貌面世的，《本草求原》说它：“止痢止痛行气之效尤胜。”鸦片膏气味恶臭，吞服需莫大勇气，但聪明而好闲的国人日后竟发现把它当烟草一样吸食，却是一件解百忧、叹逍遥的乐事，且越抽越上瘾。于是晚明至晚清，原本靠外销茶叶发财的中国渐渐被鸦片吞噬了一箱又一箱的白银，而中英贸易之战则把古老帝国最后的遮羞布都扯下了。

国人又恨鸦片又须臾离不开它，贩夫走卒、王公贵族里到处是它飘飘欲仙的鬼影。甲午战争，中国人又一次战败，北洋水师提督丁汝昌、“镇远”舰管带林泰曾吞鸦片自尽，“定远”舰管带刘步蟾炸沉爱舰后吞鸦片自杀。偌大一支舰队，除了少数高级将领直接战死疆场外，其余在威海卫军港中，选用军人最壮烈的自裁方式——吞枪自尽的，好像只有护理左翼总兵兼署“镇远”舰管带（代理舰长）杨用霖一人。亚洲规模首屈一指的“现代化”海军舰艇上，怎么会有如此多的鸦片烟？

有人辩解，说备藏鸦片是为药用。果真如此？当日军包围威海卫军港时，清军将领卢毓英和沈寿堃因怕被俘受辱，赶紧上岸购买烟土准备以此自裁。但当两人购得后，眼看馋人的鸦片，旋即改变主意，决定先喷云吐雾抽掉再说，强敌、国耻、名节又被甩在一边。由此可见，鸦片作为消遣品随处可见，那些泡过洋墨水的军官对鸦片诱惑的抵御力也并不比他们的对日实战能力强。

末了，鸦片在饱受正人君子的指责唾骂之后，又堂而皇之地粉墨登场，成为败者殉国、殉节的陪葬品。宁死不降终究没损中国军人的气节。但鸦片也没能挽回替罪羊丁汝昌的声誉，他直至清廷倒台才被平反。鸦片倒帮刘步蟾赢得嘉奖和体恤，可惜这种自我了断能对敌军构成皮毛之损吗？

鸦片的罂粟碱成分能解痉，故能治腹泻；吗啡成分能镇痛，过量则能抑制呼吸致死。丁汝昌、刘步蟾等人当然远未知这复杂的现代化学药理，他们只知表面功效，如同他们只知战败，却不知为何战败一样。

（发表于2015年4月3日《澳门日报·新园地》，原文题目是“殉国的鸦片”）

郁郁不欢的朱棣

明朝皇帝大多都不够长寿，这或多或少都与遗传了明成祖朱棣的基因有关吧。在他身后，没有一位君王能活过六十岁。

朱棣身体素质不算好，一辈子活得并不自在，疾病常常与他如影随形，青年时代就曾从死神的魔掌中苦苦挣脱过，到了中老年时代，又饱受关节疼痛之苦，甚至下床活动都大受限制。那些来自敌人的明枪暗箭，就更不用说了，这里有骁勇的蒙古军铁骑，还有忠于建文帝的旧臣，躲在朝班之中，藏着利刃，时刻试图置他于死地。

屡屡与死神擦肩而过，使朱棣变得生性多疑，冷酷暴虐，残忍好杀，颇有虐杀狂的迹象，当然，这也部分受父亲朱元璋的性格遗传。

朱棣攻取南京，从侄子建文帝手中夺得皇位后，对那些不肯归附自己的大臣严加惩治，无所不用其极。建文帝削藩的主要谋士黄子澄，先被砍去双手、双腿，然后方将其杀死，齐泰亦被“族诛”。朱棣对战场上抵抗最为坚决的铁铉非常仇恨，命人割下了他的耳鼻后才将其杀死，妻女充为官妓。

这些事件中，以方孝孺的“诛十族”最为惨烈。方孝孺是当时最有名的读书人。朱棣召方孝孺为其写即位诏书，方孝孺坚决不从。朱棣以诛灭九族相威胁。方孝孺大义凛然，朗声回答:“便十族奈我何！”朱棣盛怒，竟果然将其灭门十族。所谓十族，就是在九族之外将朋友、门生也牵连在内。自古以来，最严酷的惩罚莫过于诛九族，从来没有诛十族的先例。方孝孺一案，朱棣可是开了先河，空前绝后。

公元1424年夏天，在不为人熟知的榆木川，第五次亲征的朱棣，已经六十四岁了，多病之躯终于一病不起。英雄与暴君集于一身的他，带着对未竟事业的遗憾，面对如血的残阳，在北国的草木之间默默地走完了自己的人生路。

当他的遗骸在炎炎烈日下，从蒙古草原被匆忙运回北京时，人们都猜想到，这位皇帝的结局和秦始皇有点相似——崩于外地，丧礼未行之时，尸首就已腐臭不堪。

文献记载，一共有三十多位妃嫔被强迫为朱棣殉葬。

像唐太宗李世民那样，朱棣的皇位也来路不正，他极想用自己的政绩来彰显皇位的合法性和正统性，于是不免日理万机，制造政绩，还得多次御驾亲征，试图彻底消灭蒙元的残余势力。多累！更有甚者，自己亲生母亲的历史档案，被他授意的官方刻意抹去，以致湮灭于史册中，取而代之的是朱元璋的嫡皇后——马氏，目的只有一个，那就是为了让人相信自己是马皇后的亲儿子，有继承的法统！在朱棣内心深处，这又是何等的痛苦和无奈。

朱棣的气量和个性，注定了会给同时代许多无辜的生命酿成惨剧。他自己，也终究活在一个悲情和孤独的世界中，心里头那个自己造成的伤疤，不时滴着自私、狭隘与猜疑的冷血，魂魄在荒原上闷闷不乐地徘徊。

写于2013年年末

文如其人，性情中人

一代文学巨擘苏东坡，一生坎坷。中年受诬陷，冤贬黄州，晚年的他更一度跌至人生谷底，五年间连降十几级官阶，沦为九品芝麻官，更被政敌和皇帝一脚踢到天涯海角的海南岛。

南方瘴疠之地，吞没了多少迁客骚人！那些战战兢兢的政坛失败者往往九死一生。“食无肉，病无药，居无室，出无友，冬无炭，夏无寒泉。”这就是年逾花甲的苏轼对海南琼崖生活的真实写照。然而，他终究活了下来。

除了求生的勇气和坚韧的毅力，挽救苏轼的重要力量正是他的豁达心态。苏子为人，一如其作品，刚健含婀娜，豪放加平淡，一语道破，即高风绝尘，超逸旷放——“竹杖芒鞋轻胜马，谁怕？一蓑烟雨任平生。”“回首向来萧瑟处，归去，也无风雨也无晴。”

在翻阅史籍的过程中，使我惊讶的是，苏轼创制的不少美食都源于其困苦的环境。从贬谪黄州开始，他就像是在黑暗中寻找出口一般，从东坡肉到山芋玉糁羹，不但改善了自己的生活，也为我们开启了一条美食的道路。不因环境的不顺而自甘堕落，反而能以顺处逆，活出自我，苏轼那潇洒的人生态度令许多人甘拜下风。黄州期间，苏轼脱下文人的长袍，穿上农夫的短打，自己动手，带领家人开垦荒地，播种大麦，作为口粮。不过大麦饭吃多了不好消化，且酸不溜丢的，于是苏轼改革大麦饭，将大麦与红豆掺在一起，口味独特。在黄州，猪肉是一种很低贱的食材，但对苏轼来说，猪肉却是最棒的美味，有颂文为证，曰："净洗锅，少着水，柴头罨烟焰不起，待它自熟莫催它，火候足时它自美。黄州好猪肉，价贱如泥土，贵人不肯吃，贫人不解煮，早晨起来打两碗，饱得自家君莫管。"（《猪肉颂》）

后来去了惠州，那儿没有猪肉，地方规定每日杀一头羊。他在写给弟弟苏辙的信中就提到，由于被贬之身，不敢与仕者争买量少的肉，只能吃大家都不要的、微带一些残肉的羊骨。苏轼自创了烹调方法，看来即便是大家都嫌弃的羊骨，他仍能吃得津津有味，比海鲜有过之而无不及："骨间亦有微肉，熟煮热漉出，渍酒中，点薄盐炙微燋食之。终日抉剔，得铢两于肯綮之间，意甚喜之，如食蟹螯，率数日辄一食，甚觉有补。"（《与子由书》）这就是后世流传的美味"羊蝎子"原型。

再后来，被贬海南岛，生活条件更差，喜欢吃肉的苏轼连像黄州的猪肉、惠州的羊骨这样的食材都找不到。而他到底如何解馋呢？答案是土人推荐的烟熏老鼠和烧烤蝙蝠，甚至以前苏轼听了就呕吐的"蜜唧"，他也吃了。蜜唧又叫"三吱"，是指生吃刚出生还活着、未开眼的小老鼠……如此艰苦，他仍能自我调侃："相看会作两瞿仙，还乡定可骑黄鹄。"依然是"胸中超然自得，不改其度"。

早在《书海南风土》中，苏轼就说："岭南天气卑湿，地气蒸溽，而海南尤甚。夏秋之交，物无不腐坏者。人非金石，其何能久？然儋耳颇有老人，年百余岁者，往往而是，八九十岁者不论也。"比较了广东和海南的艰苦环境，他进一步论证："乃知寿夭无定，习而安之，则冰蚕火鼠，皆可以生。"看来，人之寿命长短和所居环境并无必然的关系。

于是他倍感坦然，在《与王庠序》里又说："瘴疠之邦，僵仆相属于前，然亦皆有以取之，非寒暖失宜，则饥饱过度，尚不犯此者。亦未遽病也。若大期至，固不可逃，又非南北之故也。以此居之泰然，不烦深念。”既来之，则安之吧。

有时候，疾病的根源，就是内心情绪的波动。“此心安住”，疾病也就失去为害的着力点。苏轼相信，“安然”才是真正对抗瘴溪、瘴气、瘴毒的良方。

文如其人的苏轼一口气活到六十四岁，在那样一个医药匮乏的年代，居然硬生生地在长寿竞赛中把许多帝王和当朝大官一一比下去。相对于那些死于贬所的名臣、文人，如唐朝李德裕、柳宗元，宋朝的寇准等，苏东坡更显得卓然不群！

豁达的人心若明镜，不强求，不执著，不计较细枝末节，更有“兵来将挡，水来土掩”的豪气，即使到了山穷水尽，依旧看到柳暗花明。豁达的人不为外物所阻，不受内心的情感羁绊，事事乐观，时时快乐，无忧无虑。心灵没有阻碍，似天空般纯净，似草原般辽阔。如此心态，百病难侵，胜过灵丹妙药，焉能不长寿！

否极泰来终有时。就在苏轼以为将终老海角之时，旧皇帝突然驾崩，新皇帝登基，一朝天子一朝臣，政敌倒台，苏轼被调回内地。他在《六月二十日夜渡海》中写道：“九死南荒吾不恨，兹游奇绝冠平生。”他真的完全做到“不以物喜，不以己悲”，超然物外吗？

苏轼路过江浙一带，据《冷庐医话》云：“时方酷暑，公（苏轼）久在海外，觉舟中热不可堪，夜辄露坐，复饮冷过度，中夜暴下。”因为纵情冷饮，导致腹泻不止，落下病根，不久，大文豪便撒手人寰，没有死在蛮荒之地，却倒在鱼米之乡。

东坡懂得一些医学常识，此时却无法节制。一个六十四岁的羸弱老者，冒着患病之险，暴饮冷品。理智何在？这种豪放的率性而为背后，隐隐约约透出那股曾经的压抑之气。

由此看来，他尚未能迈入不食人间烟火的圣人行列，豁达之余，隐有愤愤不平，一旦喜从天降，咸鱼翻生，高压释放，又无力自控自律，乐极生悲。至情至性，固然可爱，却不幸让一台喜剧演成悲剧。

（发表于2014年10月3日《澳门日报·新园地》，原文题目是“性情文豪的生与死”）

秃子狂想曲

头发从来都不是小事，对古人来说，如果一部浓黑的胡须象征着尊贵和威严，那么一头茂密的黑发就意味着健康和美观。这后一点男女相同、古今相通。

可惜不是人人都完美无瑕。胡须稀疏短小倒也罢了，充其量你不去当颐指气使的贵族或官僚，倘若头发薄了、掉了、在显眼的地方过度“透支”了，那就真的有失雅观，轻者引来嘲弄，自尊受损，重者人生大事，如求偶婚娶等，便一概免谈了。这一点，男人最为深受其害。

古人很早就注意到这个头顶上的严重问题，据庄子说，上古时期，有虞氏替人治疗头疮，毛发脱落而成秃子的病人，他会敷设假发遮丑，正如有了疾病方会去医治一样。(《庄子·天地》:“有虞氏之药疡也，秃而施髢，病而求医。”)有虞氏，是中国古代五帝之一——舜帝的部落名称，舜帝，姚姓，名重华，号有虞氏，谥号曰舜。原来，鼎鼎大名的舜帝不仅具备政治头脑，而且似乎也擅长医治民间疑难杂症，更录制了中国历史上最古老的假发广告，传之后世，难怪国人不仅把假发当作一块必不可少的遮羞布，更对假发的审美乐此不疲！

假发，对男人来说是雪中送炭，对女人来说，则是锦上添花。

从此，假发成了美女们增加回头率的资本。春秋时假发就极盛行，《左传·哀公十七年》记载，卫庄公在城墙上看到戎州人己氏的妻子长发乌黑亮丽，甚美，竟然命人把她的头发强行剃掉，给自己的夫人吕姜制作假发，此装饰品遂称为“吕姜髢”。髢者，假发也。

汉朝皇太后以假髻来承载多种沉重而复杂的头饰，这后来演变成华丽的凤冠。宫中对假发的需求很大，为了找人发做假发，有些官吏甚至强行砍下人头取发。《太平御览》引《林邑记》提到，朱崖（也作珠崖，今属海南岛）人多长发，当地郡守贪婪残暴，把妇女的头颅割下来摘取她们的头发制造假发。可见假发在当时被视为珍品。这种恐怖而未经消毒的假发制作，不知道所戴者了解与否，若然知晓，想必也会毛骨悚然而拒之千里。当然，自愿买卖估计仍是主流。有些穷人把自己的头发剪去卖掉，以换钱或粮食，例如东晋名将陶侃，年轻家贫，其母就曾剪下自己的头发卖给假发店，换得数斛米，再把竹柱砍了、草席剁了做柴火，给来投宿的陶侃友人做饭。《世说新语·贤媛》记载了这件事，后世引为美谈，也是成语“陶母邀宾”的典故出处。由于真发所制的饰品得来不易，早在汉朝早期就开始出现以黑色丝线制成的假发，湖南长沙马王堆一号汉墓就有此物出土，它成了汉初那位侯爵夫人——辛追千年不腐的尸身上，弥足珍贵的饰品。

和中国一样，早在罗马帝国时期，许多欧洲人也使用假发，就连皇帝也戴着假发。战争时敌方军民的头发也常作为战利品进贡宫廷。一些贵族会把奴隶的头发剃去做假发。有些贫农会把自己的头发束起结成发辫，长到足够的长度就剪下卖给假发市场。这不免让笔者想起美国短篇小说家欧·亨利最为人传诵的杰作——《圣诞礼物》。这是一个充满了小市民笑与泪的故事：一对相爱的小职员夫妇，在圣诞节来临时，各人都想买一件最理想的礼物送给对方。丈夫知道妻子很珍视她那一头秀润的长发，便决定买一套精致的梳具送她。可自己手上钱不够，只好将心爱的一只挂表拿去变卖。同时，妻子也知道丈夫最心爱的那只挂表一直没有表链，可自己根本没有钱，只好将自己头上的长发剪了卖给一家理发店做假发，将卖得的钱买了那条表链。这已是19世纪末20世纪初的故事了！

言归正传，头发稀少、秃头秃顶，主要困扰的终究还是男人。

这种情况，古今中外皆如此。古希腊、古罗马有些人认为秃头者是受到上天的惩罚，把秃子视为罪人。头发稀疏或秃顶的军官会被一些希腊领地的长官歧视，拒绝为他们安排工作。古罗马人甚至曾经打算让议会通过“秃子法令”禁止秃顶男子竞选议员，秃顶的奴隶也只能卖到半价。秃子们为了免受歧视，也戴假发遮掩不雅。法国著名的“太阳王”路易十四原本就是一名头上长着“地中海”的患者，为了维护皇帝的威严，他理所当然戴上了假发，而且还是蓬松异常的假发，于是在现代流传下来的所有路易十四肖像中，我们看到的都是那位精神勃发、雄武轩昂的伟大君主，一切都被假发掩盖的严严实实，一切都被假发装饰得冠冕堂皇，只有在历史文献中才偶尔出现一两句道出真相的记述，不过已鲜有问津。从历史的跨度来看，路易十四骗过了后世绝大多数人，他是胜利者。至于当时，由于皇帝的模范作用，许多臣民尽管头发完备甚至郁郁葱葱，但也为了跟风模仿，竟也戴起了沉重闷热的假发，忍耐里面虱子、跳虫的骚扰，忍受其中难闻的汗油臭味，从时效的角度看，路易十四引领了欧洲时尚界，也是流行文化界的佼佼者。

其实，路易十四绝对不是发型风尚弄潮儿的始作俑者，在古老的中国，一千六百多年前就有一位皇帝干过类似的事情，不过人家不使用假发。

东汉末年学者蔡邕曾著有《独断》，里面对当时的服饰研究作了一番论述。他谈道："王莽头秃，乃施巾。时人云：'王莽秃，帻施屋。'"

汉代时，上层人士所戴头布全用黑色的巾子，更准确地说，应该称为"帻"，帻在古时本是劳动人民用来扎裹头发不使散乱所用，两端有带子可以从头上系于颌下，相当平民化。后来，帻的使用范围越来越广，已不仅限于平民，统治者的影响是一个重要的原因。这时的帻质料和做工当然就讲究起来。西汉人常戴帻，但并不把头顶全包住，因为帻也常是空顶的。

公元8年，王莽篡汉，建立新朝。这位老兄过去依靠姑母家族的外戚势力逐渐干预朝政，又将女儿嫁给汉朝天子，让自己升格为国丈，大玩权谋之术，把政权牢牢控制在手中，一步一步地过渡，最终逼迫皇帝"禅让"下台。在这个漫长的"和平演变"过程中，王莽故意把自己装扮成一个仁孝忠信而大义灭亲的正人君子，配合社会舆论造势，暂时拉到不少士大夫心中的"选票"。

不过自己是什么料，自己有多少斤两，王莽本人最清楚。终究来路不正，做贼心虚，他心中没底气，毫无自信可言，对治理国家也只是瞎子摸象。在这种心理阴影下，偏偏他合并一种生理缺陷，那就是秃顶。

其实秃顶并非老年人的专利，现代医学发现不少三十出头的男性也开始出现这种尴尬的情况。但王莽当皇帝时年纪已经不轻，或许是自然规律无情，或许是操劳国事过度，或者是饮食作息不良，头顶上的荒芜越来越扎眼。如今头上掉一条发丝他都敏感得难以入睡，毕竟身份大转变嘛，一朝贵为天子，容貌岂容瑕疵？于是，他故意把软帻衬裱使之硬挺，套在脑袋上，将顶部升高做成介字形的"帽屋"，这样就可以把秃顶掩住，这种有介字形帽屋的帻就是“介帻”。群臣自然跟风，一时间仿效者芸芸。王莽心满意足，自以为权威巩固，遂放心用复古的理想主义，大胆实施社会改革。

当然，社会经济规律是不以个人意志为转移的，本质上属于迂腐书生的王莽，他对政治、经济的“天才”构想，显然只是空想，接下来就是大灾难。国家经济崩溃，人民流离失所，天怒人怨，群雄并起，风起云涌。最终王莽的新朝，毫无“新”意可言，徒剩早衰，迅速在风雨飘摇中土崩瓦解，王莽本人被杀，尸身大卸八块，秃头被割下枭首示众，挂在城头上饱尝民众愤怒的石头和唾沫。

王莽的改制，注定要和他的光秃头顶一样，一场“空”。

史书上也有王莽染发的记载，又云其长相“鸱目虎吻”，肯定不是潘安、周瑜之类的俊朗型，看来他肯定对自己的仪表非常在意，又对本人外貌不大满意，不知为何拒绝使用假发，可能觉得那是妇道人家的玩意儿吧。不过同样是弄虚作假地遮遮掩掩，这又何必呢？一个又戴头巾又染发的王莽，一个很珍爱自身形象的王莽，内心深处，造假作伪、掩耳盗铃的纠结连同风光不再、令人喷饭的尊容，时刻烦恼着他，委实可怜。结局如此，自在情理之中。

令人觉得幽默的是，也有的人竟然会嫌弃头发太多！王莽出生前数十年，汉朝出了一位汉元帝刘奭，就是把王昭君嫁给匈奴和亲，后来懊悔不已的那位。蔡邕的《独断》云：“元帝额有壮发，不欲使人见，始进帻服之，群臣皆随焉。”原来，元帝前额的头发特别厚，而这被认为是不聪明的表征，因而他也用帻将头裹住。那些大臣自然是有样学样，自觉地东施效颦起来。值得一说的是，这位汉元帝的正宫皇后王政君，恰恰就是王莽的亲姑妈！

笔者又想起秃顶、不留发的蒋介石，其统治台湾时期，有些学校为了取悦他，居然动员学生个个去剃光头，美其名曰“中正头”，今天不免让人哑然失笑。

秃顶，表面上是一个仪容问题，实质上是一个健康问题。

作为中年男性脱发中最常见的一种，雄激素性脱发或脂溢性脱发，其病患的头发会过早“凋谢”，还伴有头皮皮脂溢出、较多的头皮屑。公元前400年，医学之父希波克拉底就已注意到男性脱发与雄激素有关。他发现被割掉睾丸的“阉人”不会秃顶。现今的医学研究也已表明，头发的真正杀手恰是男人的标志性荷尔蒙——以双氢睾酮（DHT）为代表的雄激素。DHT过高，就会导致毛囊萎缩、头发生长期缩短。

DHT为何会升高呢？原来，毛囊内含有一种还原酶。它像一个“二传手”，能将睾酮（testosterone）转化为DHT。二传手一旦增多，DHT便相应升高，脱发也将不可避免。这种还原酶在头皮毛囊中的分布也有讲究，相对于头顶和前额部的毛囊，头颈背部的毛囊较少发生脱发现象。因此，我们通常看到“马蹄形”头发——头的外圈保留有头发，中央和前额形成孤岛，这就与“二传手”的选择性分布相关。

怪不得男人这个群体是秃顶的最大受害者。

恢复茂盛的头发，不但是脱发男人的由衷愿望，也是众多医学专家力图攻克的堡垒。恼人的是，面对这小小的毛发问题，人类的有效招数却寥寥无几。当然，戴一顶假发最直截了当，但假的永远是假的，不会改变脱发这一根本性的尴尬问题。此外，内分泌系统紊乱、种族和心理等因素都可能影响头发脱落。不良的生活方式、欠合理的饮食结构以及滥用头发相关的化妆品，也可能加速头发的脱落。

王莽称帝前长期为自己的政治野心处心积虑、朝思暮想；

称帝后又为他的政治蓝图“呕心沥血”、如履薄冰，等到改革失败、统治失控后又变得丧心病狂、如坐针毡、夜不能寐，这样紧张、焦虑的心理状态肯定对头发的生长不利。何况，他还有染发的“好”习惯呢，虽不能说那时的染料含有多么剧毒的现代化工原料，但极有可能是混杂炭墨之类的合成品，终究是有损头发的异物。

有些学者认为，秃顶的男人一般比较聪明，还列举了不少言之凿凿的科学研究自圆其说，的确，雄性激素能促进大脑右半球的发育，而右脑主要负责识别图像、几何空间等形象思维，从这个角度说有点道理。可惜，从王莽的例子看，他的“聪明”也许仅在于帮助他成为一个产生奇思妙想的设计师，但对他成长为一个成熟的政治家，则于事无补。

任何时代都会有秃顶男人。若可以选择的话，有的秃男可能很愿意“穿越”到南北朝时代，那时的南方，宋、齐、梁、陈轮流坐庄，但是“南朝四百八十寺，多少楼台烟雨中”，佛教在这时的兴盛，尤其是梁武帝时期，真令好多信徒激情澎湃不已。那时候，和尚多如牛毛，街上巷里接踵摩肩，而且还有政府供养，衣食无忧，如果男人对头发密度不满意，可干脆剃掉，去装一回和尚算了，反正走在路上能和僧尼混迹其间，鱼目混珠足矣。

不过，笔者认为，最利于秃子生存的朝代是清朝！当时全国的男人必须学满族，把前颅、两鬓的头发全部剃光，仅让后脑留下头发，编成一条长辫垂下。清帝说：留发不留头，留头不留发！那些有秃顶毛病的男人们，是否会有些沾沾自喜、幸灾乐祸呢？假发是否该绝迹了呢？这种高压统治，竟然逐渐演变成生活习俗，衍生出发辫情结。两百多年后清朝瓦解之际，不少奴化的汉人竟然对辫子不离不弃，完全忘记了满洲贵族在明末清初“扬州十日”、“嘉定三屠”的反人类惨案！他们拖着油光可鉴的大辫子，敝帚自珍，心满意足，辫子稀疏了、枯朽了、被剪掉了的，还要专门去店铺里认认真真挑选一条假发辫，好好装扮一回，沉浸、缅怀一下做大清国民的快感。

看来，假发从来都是有市场的。

写于2015年年初

亘古男儿一“粥”翁

高寿放翁，尚有遗憾

南宋嘉定二年岁末，寒风凛冽，一位老人正卧病在床。他须发皓白，风烛残年。儿孙们坐在他身边，泣不成声。

老人的神智依旧清醒，只是很虚弱。他半眯眼睛，小声吟诵着刚作的诗句：“死去元知万事空，但悲不见九州同。王师北定中原日，家祭无忘告乃翁。”

“爷爷！您心头藏有什么尽管说吧！”孙子一头枕在老人怀中，两眼被泪水浸泡得红肿。

老人一手抚着孙儿的嫩发，一手摸着自己的肚皮，半开玩笑地用微弱的声音轻轻说：“生老病死，人之常情，不必难过。我已享高年，家事不足牵挂。若问尚有何等心事，除报国之外，还想吃一碗粥……解解馋……”

他就是陆游，字务观，号放翁，越州山阴人，是我国古代文学家中著名的颐养天年者，高寿八十五岁。直到耄耋之年他仍“耕牧犹能力，痴顽每自惊”，不仅能从事体力劳动，“荷锄终日在园扉”，且头脑清楚，继续胜任文学创作，生命力极为顽强！

陆游体质禀赋其实不高，带病常年，但深明“流水不腐，户枢不蠹”之内涵，注重体力锻炼，擅长用诗歌抒发抑郁情绪，又喜欢吃素菜，这无疑对长寿有利。而他恰恰有个很普通的习惯，在别人身上是好事，然而在他身上却未必。

一个老“粥迷”

陆游的牙齿首先就很不健康。

他对牙病曾有过深刻的体验，如《龋齿》云：“龋齿虽小疾，颇解妨食眠”，接着对牙痛的描写绘声绘色：“昨暮作尤剧，颊辅相钩联。欲起嬾衣裳，欲睡目瞭然。恨不弃残骸，蜕去如蛇蝉。”痛得恨不得抛掉这无用的躯壳，像蛇和蝉蜕皮一样，另找一个躯体来承载这残损的生命，简直痛不欲生！

龋齿虽是小病，但痛起来无人能抵御。这首诗表明，陆游患龋齿后引发了急性牙髓炎。中年之后，陆游牙病缠身，诗作中有一百多首与牙病（可能发展到了牙周病）相关。牙周病得不到治疗，发展到最后就会脱牙。陆游的《老态自遣》云：“似见不见目愈衰，欲堕不堕齿更危。”《老叹》云：“一齿危将坠，双瞳久已昏。”后来，牙齿掉得多了也就发生齿豁，牙齿漏风，嘴巴变得像个干瘪的囊袋，“衰残口两齿，困厄家四壁”。

也许正是因为这样，他滋生了一种生活习惯——吃粥。

陆游对粥是情有独钟，有诗为证：“世人个个学长年，不晤长年在目前。我得宛丘平易法，只将食粥致神仙。”（《食粥》）陆游晚年退休，回山阴老家隐居，每天早起，起床后第一件事就是熬粥，熬好后喝一碗，再睡个回笼觉，等到日上三竿醒来，接着吃早餐。

陆游认为“粥在腹中，暖而宜睡，天下第一乐也。”简直舒服得无与伦比！原诗所说的“宛丘”，即苏门四学士之一的张耒，字文潜，人称宛丘先生。张耒认为“食粥可以延年”，对粥的好处给予了极高的评价：每天早上喝一大碗粥“最为饮食之良”，能“畅胃气，生津液”。陆游对这番话显然极为欣赏。

除了口感愉快、浑身舒服，陆游在许多诗句中，还常常提及食粥对延年益寿的好处。在《薄粥》一诗中他说：“薄粥枝梧未死身，饥肠且免转车轮。”意思是说，靠食粥不但支撑年迈的身躯，也能够免受饥饿。

陆游还发现，豆粥味道最好，他的《悲歌行》称：“紫驼之峰玄熊掌，不如饭豆羹芋魁。”在其眼中，豆羹（豆粥）、芋头完全可以媲美骆驼的驼峰和黑熊的熊掌！大豆含有大量的不饱和脂肪酸，营养价值极高，也是优良的健康食品。

中医认为，人随着年岁渐长，脾胃功能会退化，不宜食过硬食物，陆游独爱食粥，原本正合中医养生之理。粥，绵长而细软，易消化吸收，有养胃健脾之效。

然而，这吃粥真的百利而无一害吗？

不堪酒渴兼消渴

并不是所有人都适合长期以粥为主食的。

从中年开始，陆游就得了慢性疾病，困扰余生！这在他的诗词中多有反映。

五十多岁时，他的《铜壶阁望月》有这么一句：“十年肺渴今夕平。”其后，他还有一首《过忠州醉归舟》，云：“不堪酒渴兼消渴，起听江声什雨声。”

所谓肺渴，中医又叫消渴症，类似西医的糖尿病。由此推测，陆游大概在四十刚出头时就罹患糖尿病了。消渴症，常见多饮、多食、多尿，而体型消瘦。

糖尿病不仅有多饮、多尿的症状，陆游四十多岁时写的一首诗，还涉及视力受损，曰：“昏眸云雾隔，衰鬓雪霜新。”看东西如隔一层云雾，朦朦胧胧。因为视力不好，他后来连眼睛都不愿意睁开，就像诗中说的：“放翁游蜀十年回，病眼茫茫每懒开。”长期的糖尿病对视力也颇有影响。

糖尿病饮食，能掉以轻心？

在陆游生活的年代，人们还未了解“消渴”的真正病因，更不能有效地控制血糖、科学地监测血糖。

对血糖不稳定的糖尿病患者来说，像米粥这类淀粉含量较多、升糖指数较高的食品，其实不适宜多喝、常喝。

大米、小米这类粮食，煮的时间越长，做出的粥就越黏稠，这其实是淀粉糊化的过程。淀粉在人体中可转化成糖，糊化作用会破坏淀粉的的包膜，让糖份变成分子更小的能量物质，让人体更易地吸收。加热时间越长，这种作用就越彻底，进食后越能广泛与消化液接触而被吸收。因此，吃粥比吃饭的血糖升得快，粥越粘稠，食用者血糖升高得就越快。

而且，粥和乾饭含水量不同，分别为半流和固体状态，粥因此在胃内停留时间短，进入小肠快，小肠是食物消化吸收的主要场所，粥就自然比干饭消化吸收得更容易，血糖水平自然更快出现高峰。

另外，粥中放豆子，如绿豆，可能对糖尿病患者来说是雪上加霜，让血糖飙升得更厉害。很多人喝绿豆汤虽未必加糖，但绿豆本身含丰富的淀粉，一碗绿豆相当半碗饭，所以即使没加糖，淀粉也会迅速转化成糖份，仍会推高血糖水平。

糖尿病饮食调理的原则中，很重要的一点是要控制血糖的升高速度，这对糖尿病的管理至关重要。可见，糖尿病患者不适宜长期大量喝粥。陆游这糖尿病老患者恰恰在此处犯了大忌而“执迷不悟”。

试想一下，他虽然有着多种较为科学的养生办法并持之以恆，但体内血糖水平一直控制欠佳，这种慢性血糖侵袭的毒性过程，对眼睛、肾脏、心脏器官等都能构成不可逆转的伤害，他的晚年恐怕也是百病缠身，未必真正潇洒自在。

如果不嗜粥，糖尿病老病号陆游，或许能活过九十岁呢！

不过，瑕不掩瑜。我们也不能用现代的科学知识苛求古人。陆游的摄生之道，可取之处仍然很多。

面对肉体的病痛和精神的伤痛，他没有被愤懑不平和忧郁悲苦的情绪淹没，而是以笔为武器，用诗歌挞伐侵犯中原的敌人：“逆胡未灭心未平，孤剑床头铿有声。”不断宣泄和释放如潮激情，从而得到一点慰藉，求得心理平衡，这可以说是他长寿的一个重要原因。

疾病是人生旅途中不可不见的不速之客，若可防，则最好。不能防者，不能消灭者，也无需害怕，人皆有瑕疵，与病和谐共存，努力把疾病的影响降到最低而维持尽量好的生活质量，难道就不是正确的人生观？即便今天，许多慢性疾病，如糖尿病等，限于科技水平，还远远谈不上征服，但换一个角度，保持乐观心态，带病而不受制于病，未尝不可。

新会梁启超先生曾对陆游发出由衷的赞叹：“集中十九从军乐，亘古男儿一放翁。”除了对其爱国情操、尚武精神深表赞许外，恐怕对他的养生之道、长寿之法也佩服得五体投地吧。

写于 2015 年年底

红颗珍珠诚可爱

小时候，爸爸经常教我背诵古诗文，也许正是这潜移默化的影响慢慢叩开了我的文学之门。除了《木兰辞》外，印象最深的就是白居易的《荔枝图序》。

作为广东人，我本对荔枝一点都不陌生，但是白氏这篇朗朗上口的小文却有着非同寻常的价值，背后大有故事。乐天开篇直说，“荔枝生巴峡间”，可不是岭南哦，估计身为北方人的白居易并不知道两广、福建一带也出产荔枝，且质量一点都不逊色。荔枝乃宫廷珍贵果品，历代皆是。读罢晚唐杜牧的“一骑红尘妃子笑，无人知是荔枝来”，我也不禁对唐明皇、杨贵妃的贪乐误国愤慨不已，不过又心生疑问：既然荔枝“若离本枝，一日而色变，二日而香变，三日而味变，四五日外，色香味尽去矣”，那么以古代的运输、保鲜技术，岭南荔枝运到数千里外的长安，无论如何快马加鞭，总赛不过时间和造物主，这荔枝到达长安时恐怕早就腐烂不堪吧？

幼年的我对巴峡一无所知，带着问号勤翻书才得知，那是重庆与湖北交界处。后来我才知道，唐朝进贡的荔枝正是主要产于巴峡，而且皇帝严令当地使用军马和军用高速公路，以八百里加急的火速，日夜兼程，飞驰转送！这比起岭南，距离要大大缩短，辅以阴凉的竹筐运载，勉强保持新鲜还是可以的。《新唐书·杨贵妃传》载：“妃嗜荔枝，必欲生致之，乃置骑传送，走数千里，味未变，已至京师。”可惜，这种军事效率没有用在对抗安禄山的叛军身上啊！

古人很喜欢把政治腐败跟红颜祸水挂钩，多少有点为尊者讳的意味，明明心里知道皇帝应负主要责任，却不好意思直说。于是杨贵妃、妲己、褒姒之流便背上了历史大黑锅，被某些文人深恶痛绝，好像必欲除之而后快的样子，幸好我们的荔枝没有遭受此等厄运，它依旧老少咸宜、人见人爱。

白氏比喻的妙笔生花，可谓居功至伟，“浆液甘酸如醴酪”还不让你食指大动？“瓤肉莹白如冰雪”，光这卖相也足以让人垂涎欲滴、浮想联翩吧？“壳如红缯，膜如紫绡”，如果有点文学历史情怀，大概你会在品尝之前，先把玩一下，将穿越时空的、华美精致的绫罗绸缎放到想象的海洋中，闭上眼，神游一番。

北宋苏东坡被贬广东惠州时也尝到了荔枝的鲜美，立刻赞不绝口。相信他肯定读过白居易的《荔枝图序》，本人又好美食，绝对会对荔枝的色香味抱有美好的幻想，此时，想不到在那样一个连肉食都难以寻到的蛮荒之所，居然有如此的美味在守候着大文豪，他焉能不喜？那段日子，他是否也想到了该嘲笑一下那些远在中原腹地的政敌呢？呵呵，尔等可无福气尝鲜荔枝也！据现代研究，荔枝最适于在年平均温度 21 ～ 23℃的环境下存活，20℃以下便不能生长结实。在西安、开封等冬季有霜雪的地方，它无法生长。

东坡难以自抑对荔枝的偏爱，魂牵梦绕，也就笔下大书特书了，如《新年五首》:“荔子几时熟，花头今已繁。”《赠昙秀》:“留师笋蕨不足道，怅望荔子何时丹。”最脍炙人口的就是《食荔枝二首》其二:“日啖荔枝三百颗，不辞长作岭南人。”

我初读之不禁一惊，广东人有所谓“一颗荔枝三把火”之说，就是从民间中医的角度看，吃荔枝过多是会“上火”的，大概是指口舌生疮之类。可这苏轼也太狂了吧？据说，他在南方的穷乡僻壤中，家徒四壁，为了解馋，竟然收购店家偶尔宰杀山羊后丢弃的羊骨，烹熟剔得残余肉渣，大呼美味！难道他要把廉价的荔枝当饭吃不成？

后来，我发现，有人居然足以让自负的苏东坡自愧不如。

据著名作家梁文道先生介绍，此君便是明代宋珏，福建莆田人，自号“荔枝仙”，彰显自己对荔枝的痴迷，著《荔枝谱》一本，对荔枝夸得玄之又玄：“荔枝之于果，仙也，佛也，实无一物得拟者。”似乎任何人间美味与之相比，均望尘莫及。他还说：“余生于莆，既幸与此果遇，且天赋啖量，每啖日能一二千颗。值熟时，自初盛至中晚，腹中无虑藏十余万。”原来，这位“荔枝仙”肚量如海，好像专为荔枝而设，自夸每日食一二千粒也是等闲之事。荔枝成熟时节，从初上市到采摘完，他腹中至少有十几万粒荔枝进账！真是快活似神仙！

其实，品尝任何食品都应该适可而止。我们无从知道这位“荔枝仙”生平的细节，更无从寻觅他生老病死的瞬间，只是从现代医学的角度分析，暴饮暴食终究有损健康，荔枝也不例外。希望他只是在文章中发挥文学的想象，夸下浪漫主义的海口罢了。

鲜荔枝的含糖量很高，空腹大量食用会刺激胃黏膜，出现腹胀等不适，而过量的糖分存在于血液内，导致粘滞度过高，也会产生高渗性昏迷，糖尿病患者尤其需要小心。

还有些人大量进食荔枝、饭量减少后，突发低血糖症，呈现头晕、口渴、恶心、出汗、肚疼、心慌等征象，严重者会晕倒、抽搐、昏迷。医学上称为荔枝急性中毒，也叫“荔枝病”。

任何事物都是利弊相存的，看你如何运用取舍而已。中医认为，荔枝果实补肝养血，健脾理气，主治肝血亏虚，眩晕失眠，脾气虚弱，大便泄泻，胃脘寒痛，呃逆，产后水肿等。《本草纲目》记载：“荔枝核治疝气痛、妇人血气刺痛。”《本草备要》也载：“荔枝核入肝肾，散滞气，辟寒邪，治胃脘痛，妇人血气痛。”看来，荔枝这种植物也不仅仅能满足人类的口福。

明代还有一位著《荔枝谱》的文人，叫徐渤，他说：“当盛夏时，乘晓入林中，带露摘下，浸以冷泉，则壳脆肉寒，色香味俱不变。嚼之，消如降雪，甘若醍醐，沁心入脾，蠲渴补髓，啖可至数百颗。”文笔颇为优美，不输白乐天。他补充说，要是怕吃得太多腹胀，可以略略加点盐，有消滞之功。这种民间方法是否奏效？见仁见智。即使有效，也不该有恃无恐，暴吃荔枝。徐渤能一次吃几百颗不出事，但不代表你也能。

荔枝是大自然演化而来的一种独特生命，它并不是生来特意为人类效忠的。人类要采之为食，则必须合理地取其精华，扬长避短，食之有道，吃之有度。

白居易撰《荔枝图序》妇孺皆知，可你曾读过他的《种荔枝》吗？“红颗珍珠诚可爱，白须太守亦何痴。十年结子知谁在？自向庭中种荔枝。”他说，荔枝像一颗颗艳红的珍珠般，煞是可爱！可那白发苍苍的太守也未免太痴心了，荔枝树种下来，十年后才会开花结果，到那时他都不知道身在何处了？这会儿还在庭院中种着荔枝树，自得其乐呢。

白氏是在重庆一带为官时写作荔枝诗文的，这段时间不长，不久他就调任他处，估计再也难以与荔枝相见欢了。但这没关系，真正有修养的人，喜欢一物，不会用无休止的占有去满足自身的欲望，有时候隔着时空，偷偷想念一番，追忆一下，品味一回，也是人间大乐事、大雅事。白居易大概也是这样的人吧？

写于 2015 年夏

飞驰在古道上

春秋时，齐国国都临淄出现了一种叫“击毂”的危险娱乐方式。毂，车轮中心的原木，用来插轴。击毂，即在马车奔跑的过程中，用马车车轴互相碰撞，以此取乐，类似碰碰车和飙车游戏。齐国富庶天下皆知，看看齐桓公一次性慷慨地赠予落魄公子大量马车就能猜到了。临淄是当时的一座国际化大都市，据战国时纵横家苏秦的描述，市区居民达七万户，按每户有三个成年男子推算，户均人口六名，那么临淄市应该拥有四十万以上的人口，能临时征集二十余万兵力，这还不包括常住外来人口。两千多年前的城市能有如此个规模，已经相当大了。

临淄经济繁荣。富有娱乐精神的临淄市民居然将撞车这种交通事故发展成娱乐活动，车主们驱使马车狂奔着相互碰撞，玩的就是惊心动魄，讲究的就是过把瘾就死。

可以想象，这给当时临淄的交通形势带来了多大的麻烦。临淄政府也下了飙车碰车的禁令，然而，屡禁不止。人们觉得这是一种刺激的娱乐，何须禁止？

作为齐国国相的晏子，忧心忡忡，他眉头一皱计上心头。某日，他特意在市区高调亮相，坐着崭新的高级马车，前面是神龙一般的骏马，引来围观。就在这时，晏子刻意安排了一起碰车事件，与另一辆马车当街相撞。晏子随即公开宣称，这是自己的生活态度不好，惹恼了神灵以至于遭神灵抛弃，运气烟消云散了。说罢，他竟弃车而去。

古人特别重视鬼神。国相道出飙车的根本危害：让保佑老百姓的神仙和列祖列宗不高兴了！迷信的齐国飙车手们在这种危及家族、个人命运的风险面前，终于止步了。

从心理层面上讲，飙车其实不单纯是一种炫耀财富的行为。

人，不管贵贱，在日常生活中必然会遇到压抑，这些压抑积累到一定程度便具有破坏作用，飙车就是一种释放的途径，也成为一种真实的体验。弗洛伊德在《超越快乐原则》一书中提出，人都有“生的本能”和“死的本能”，死的本能对应着生的欲望，是指人性中趋向毁灭和侵略的冲动。死的本能，与生俱来，伴随人一生不变，它是一种潜在的破坏力量。在加大马力、追求高速、相互追逐碰撞嬉闹的时候，临淄车主们有钱有时间，无所事事，其飙车的确是一种非常危险的活动，极有可能车毁人亡。

当生存的基本需要得到满足后，人们会产生更高一层的需求，其中，自我价值的实现，便是最高的层次，这是指个人理想、抱负等得以发挥、伸展到最大的程度，达到一种自我实现的境界。众所周知，事实上很少有人能够做到，但是人人都渴望进入这一层次，都幻想、梦想自我价值的实现。

从历朝历代的飙车人群来看，很多都是富家子弟和狂热的飙车迷。他们现实生活中的物质享受已极大满足，但热爱挑战，喜欢去追求更高层次的心理需要，去体验这种自我价值的实现，从而达到一种炫酷和被人羡慕的满足感。而飙车的确能在某种程度上获得这种快感，这又是物质所不能取代的。说到底，他们所追寻的就是这种精神层面的尊重和价值感的实现。

以下个案更典型。

“醉里挑灯看剑，梦回吹角连营。八百里分麾下炙，五十弦翻塞外声，沙场秋点兵。”这出自辛弃疾的《破阵子·为陈同甫赋壮词以寄》，可谓脍炙人口，但初学者可能有点模糊，因为不知道典故。老师课堂上说，辛弃疾醉梦里挑亮油灯观看宝剑，梦醒时仿佛听见军营的号角声响成一片。他幻想着把牛肉分给部下作为犒劳美餐，让乐器奏起雄壮的军乐以鼓舞士气。这个“八百里”，其实指的是牛。据《世说新语》记载：西晋富豪王恺有良牛，名“八百里驳”。后世诗词多以“八百里”代称牛。

不要以为牛车就一定不如马车，它四平八稳，倘若驾驶得法也能驰骋纵横。

王恺乃好牛、好车之人，他贵为西晋外戚，少无品行，但却有才智。祖父是曹魏司徒王朗（就是在《三国演义》中被诸葛亮临阵骂死的那位），姐姐是皇后。本人是晋武帝司马炎的舅舅，身份显赫，十分富有，且性格奢侈，他与暴发户石崇斗富的故事可谓家喻户晓。王恺的出身注定他要成为一流的富豪，但如果说富甲天下，则未必，因为出身官宦世家、靠巧取豪夺和杀人越货积累巨额资产的石崇总能在“财”气上把国舅压住。

王恺的官职和社会地位比石崇高，听到石崇的豪富生活水准后心理极端不平衡，石崇是名副其实的土豪，也丝毫意识不到和国舅比富的后果，居然很自信地接受了挑战。两人斗富从厨房开始：王恺用麦芽糖涮锅，石崇便用蜡烛当柴烧；然后斗到了路上：王恺在四十里的路面用绸缎作帷幕，石崇就针锋相对地把五十里道路围成锦绣长廊；最后又回到房子上斗：王恺用花椒面泥房子，石崇则用赤石脂作涂料……每次王恺都屈居下风，委实不甘。

和许多贵族一样，王恺也痴迷于飙车和养牛。他有一头膘肥体壮、雄姿英发、动如疾兔的骏牛，即世传的“八百里驳”。此牛大概飞奔起来与神驹不相上下。王恺疼爱有加，每天命人把“八百里驳”的角和蹄都拭擦得一尘不染、晶莹剔透。

石崇家养的牛，无论体形或力气看似都比不上王恺的牛。有一天，他和王恺出去郊游，因为出发很迟，怕归来太晚城门关闭，所以他们回城时争先恐后地往洛阳城驾车狂奔。王恺本来自以为胜算在握，根本不把石崇的牛车放在眼里。不料，他跑着跑着就惊呆了。只见石崇的牛刚走几十步后，就猛然加速，快如飞禽，一溜烟似的风驰电掣。王恺的良牛拼了老命也追不上，他只得又输掉了飙车，唯有扼腕长叹。百折不挠的王恺于是暗中买通了石崇家赶牛车的人，问是什么原因。车夫支招说：“牛跑得本来就不慢，实在因为车夫赶牛时唯恐不能取胜，操之过急，反而牵制了它。其实紧急时让辕偏向一边，仅使一轮着地，从容让牛放开蹄子自然发挥，就能跑得更快了。”王恺满心暗喜，全然照做，终于可以在飙车中与石崇不相伯仲了。石崇听说实情后，就把泄密的人杀了。

从王恺、石崇的飙车来看，他们富足的生活加上空虚的心灵，必然滋生出心理层面上追求强烈刺激和更高个人价值的狂热冲动，这多多少少都与当年临淄城里那些吃饱了撑的、游手好闲的“中产阶级”有几分相像。

这些飙车族经常人为地体验对死亡的恐惧，当战胜这种恐惧时，就能得到极大的满足感和快感。他们又与围观者在相互刺激中，获得了病态的心理满足，这种速度毒瘾与药物毒瘾、网络毒瘾的心理需求很相似。

心理问题是用医学仪器、科学设备测量不出来的。可怕的是，飙车也不仅仅是心理问题。

一项研究指出，有危险驾驶记录的人，在社会认知和同理心（empathy，即换位思考与共情）方面比较不活跃。专家结论认为，脑部颞叶活跃的人拥有更强的共情能力，也更在意他人。那些不顾他人生命的飙车党们，则缺乏共情能力，不在乎他人的生死。由此可见，爱飙车的不良人群，其负责社会认知和共情能力的脑区（颞叶）相对不活跃，因此常常漠视规则，不把别人的生命放在眼里。

上文的主角之一石崇就是一位极度残忍的人。前文说他私自处决家中车夫即是一例。他在荆州任官时就曾以暴力掠夺财富，手段凶残，令人发指。更骇人听闻的是，他对自家的女仆也磨刀霍霍，如对猪羊。《世说新语》中记录，石崇每次宴客，都令美人给宾客斟酒、行酒。若客不饮尽其酒，石崇就立将美人斩首。有一次，石崇宴请丞相王导与大将军王敦。王导不善饮，但不忍美女被害，勉强喝了几杯，颇有醉意。王敦能饮却故意不饮，试探石崇。结果石崇已连斩了三美人，堂外血流成河。

石崇之流，难道天生就有漠视他人生命的病态人格？他们驾车狂飙而不顾一切，应该是在情理之中。不过，这种丧心病狂、草菅人命的禽兽终究会遭人唾弃乃至多行不义必自毙。石崇最终得罪了权贵，被诬陷致死，全家也被处斩。至于那位王恺，也好不了哪里去，死后被封给一个“丑”字作为谥号，遗臭万年，真是罪有应得，令人拍手称快！可怜的是他那头“八百里驳”，在一次赌博中被输掉，结果卖身成肉牛，惨遭大卸八块，成了餐盘上媲美当今“和牛”的佳肴，成了西晋富豪们荒唐行为的殉葬品。

人类本来就不该和动物一样，更何况是君子呢？

东晋灭亡后，南朝宋政权取而代之。有刘瑀、何偃二人，互相嫉妒。宋孝武帝举行郊祀，当时何偃担任吏部尚书，地位后来居上，而刘璵原本想做侍中，却未得逞，心中愤恨。他们一同随从皇帝出发，一场另类飙车随即发生。

何偃乘车在前，刘璵骑马在后，两人相距约数十步。刘璵策马追上何偃，不怀好意地说："你的车怎么跑得这么快？"何偃也暗含敌意地说："拉车的牲口很强壮，而驾驭者的技艺又很精悍，当然跑得很快！兄台，你的马怎么这么慢？"刘璵暗喻道："千里良驹遭到羁绊，所以落在后头。"何偃又讽刺地问："何不快马加鞭，使它致千里？"刘璵轻蔑地说："我一踢脚便会直上青云，何至于与驽钝之马争路。"胸臆狭隘，竟致如此！

人在情绪激动或者处于战备、紧张状态时，体内的激素水平随即发生变化。外界的警报讯号刺激脑部进入警戒，进而刺激肾上腺素上升，引起心跳加速、血压上升、肌肉拉紧等，准备随时应付危急情况。这本是一种机体的自我保护机制。对于动物来说，无非是 fight 或 flight 的问题罢了，可我们人类还会选择克制和沉默。上文的那两个路上争快的官员，一番指桑骂槐般的唇枪舌战后，体内肾上腺素早已飙升，虽然没有粗暴的动作相向，但横眉怒目、唾沫横飞、心怀怨恨看来是少不了的。飙车路上充满火药味。

圣人面对不愉快乃至羞辱，可以修炼得连肾上腺素都涨不起来；君子虽然体内肾上腺素攀升，但外表纹丝不动，面无改色，语无改调；俗人呢，随着身体内环境的变化，则很容易暴跳如雷，动不动就会恶语相向，甚至大动干戈。

那些在路上争一时长短的飙车族，大多自诩为勇士。其实，这不是勇敢，这是鲁莽。没有任何勇敢不伴随着智慧和理智。最低级的蛮勇，就是空凭一腔血气的赌注，猛干。大勇必须伴随大智。鲁莽之徒，他们实际上丧失了掌控自己生活的能力，撒手把自己交给命运去摆布，大多走上一条不归路。

春秋时，孔子曾听到一则不快的传言，有人说他虽然身材高大，学了很多东西，但并没有在社会上扬名立万的资本。面对这种评论，孔子从容地对自己门下的弟子说：“我靠什么立足？驾车呢还是射技呢？我看还是回去驾车好了。”

面对质疑，心平气和；面对自身，了如指掌。孔夫子有这般心境，自然开车开得四平八稳，自然生活过得豁达逍遥，难怪他在那样一个缺医少药的年代居然可活到年逾古稀了。

写于2015年夏

漫谈将军肚

古人和今人在习惯和观念上存在的差别可谓林林总总，有关男人仪表形态的审美就是一例。近日我观看宋人始绘的《中兴四将图》，上有岳飞、刘光世、韩世忠、张俊四位南宋开国名将的画像，连同各自的侍卫，一共八人。显然，画师是要尽量表现他们的勇武俊爽，可是八人中竟有六人鼓着“将军肚”，尤其是岳飞和刘光世！岳飞被临摹时也不过三十多岁罢了，如果掀开袍服，里面肯定没有万众期待的六块棱角分明的腹肌，却藏一摊肥油。画家自以为了得的传神之笔，在我们今人看来竟有点忍俊不禁。倘若今天有人要在凌烟阁上悬挂画像，除了容貌会被电脑软件修饰外，其体态也必然会让专业人士在图片上努力“塑形”一番。

将军肚，在古人眼中不仅无须吐槽，而且似乎颇值得炫耀，隐含着健康和社会地位。秦始皇兵马俑的出土有机会让今人一睹秦军的风采，但我看到的那些栩栩如生、披挂整齐、生前战功显赫的军官俑，几乎都瞪着丹凤眼、挺着将军肚。可能在秦人眼中，这还是一种美。至于普通兵士，也不乏腹中微鼓之辈。作为威武的御林军，秦王肯定觉得这丝毫不影响军容，或许还增添了男性的阳刚美。

当下，这个鼓鼓囊囊的富态肚子虽然是某些成功人士的标志，但也让一些爱美的男士苦不堪言。“将军肚”、“啤酒肚”，今人和古人有无相同的原因？

在日常生活中，我们的确看见一些嗜酒如命的男士，其腹中块垒的确很丑陋。也有人想当然地认为，古时军人多好酒，战斗发起前又需要用酒精来激发斗志和狠劲，长年累月的过量摄取导致了脂肪肝，使肚子膨大。可不是吗？三国刘备口中时常追怀的先祖——中山靖王刘胜，汉武帝的同父异母兄弟，他的金缕玉衣被考古学家完整地复原，可见腹部玉片还特意制成隆起状，想必酒色主人生前就挺着“将军肚”。他的陵寝还出土了大量的酒器和酒缸，两千年后依然透着诱人的酒香，仿佛还依稀听到刘胜与宾客们在未央之夜觥筹交错，他们猜拳、行酒令、投壶，玩得不亦乐乎。联想起司马迁在《史记》里介绍他的“乐酒好内，在子枝属百二十余人”，这一切似有道理。

酒精固然难辞其咎，其主要成分乙醇属高热量物，易转化成脂肪堆积于肝脏和腹部，但从解剖学角度看，肝脏长在我们的右上腹，一部分还被肋骨遮盖，肝病（包括脂肪肝）再严重、肝肿物再大，也很难直接达到整个腹部均匀鼓圆的“将军肚”或“啤酒肚”效果，除非是罕见巨瘤。肝病导致的腹腔积液，倒可间接出现腹膨隆，但此时患者已病入膏肓，恐怕无人相信媲美凌烟阁功臣的中兴大将、所向披靡的虎狼之师，竟是一群病夫吧？

我们年幼、年少时，身体能量代谢快，脂肪固然沉积得少，但到了三十岁左右，情况就开始逆转了。

其实，男人“将军肚”的根本原因在于腹肌的松弛与脂肪的过厚，很大程度上还是与缺乏腹部锻炼有关。有的人并不喝酒，自以为不会发胖，但由于久坐办公，缺乏必要的活动，不知不觉，天长日久也会出现腹部脂肪囤积，年龄越大越明显。

防病治病、延年益寿是传统中国人的健康追求，但古人讲究养生，却不讲究健身，武将自不例外，况且力能扛鼎、百步穿杨到底不等同于塑造体形，更不等同于有意识地锻炼腹部肌肉。

此外，睡眠减少、睡眠质量的下降也会使内分泌失调、激素紊乱，诱发脂肪沉积，令身材走样。在压力的作用下，机体神经—内分泌状况发生改变，肾上腺皮质激素和性腺激素分泌增加，促使脂肪积累在腹部，造成向心性肥胖，也就是“将军肚”。深度睡眠时间会随着年龄增高而减少，必然会影响生长激素的分泌，而生长激素的主要作用便是促进骨骼及肌肉生长，同时加速体内脂肪燃烧，客观上保持体形的健美。因此，睡眠质量下降容易导致身材的臃肿。

那些深谋远虑的将帅，如岳飞等人，他们一方面人近中年或年逾不惑，一方面肩负着国家的重任，既要运筹帷幄、绞尽脑汁抵抗北方敌人的进攻，又要小心翼翼提防朝廷内部的小人算计，生生死死、兴亡盛衰，或封侯挂印，或身败名裂，往往就缘于一念之间，其内心承受的压力不是一般人可以想象的，寝食难安恐怕是常态，除非像唐朝郭子仪那样功成名就之后又长袖善舞，且交出兵权安度晚年。

那些出生入死的下级士卒，难免有紧张、恐惧、迷茫、兴奋、狂热，这些和平年代的老百姓难以体验到的异常心理状态，会时常困扰着他们，他们的作息时间又往往因为作战计划而再三变动，由此使人体的生物钟不免紊乱，即使不喝酒，光是苦练拼杀技术，身材也未必能保持健美。

至于那位彻夜饮酒博弈的刘王爷，纵情娱乐又饭来张口、衣来伸手，其睡眠自然不同于普罗大众，长成“将军肚”更在情理之中。

今天，把古人“数落”了一番，但其实古人中也有值得我们学习的榜样呢！南北朝时东晋的陶侃，就是一位古代少见的主动健身者，这老兄主政广州期间，据《世说新语》载，每天没事就把一堆砖从这屋搬到那屋，傍晚又搬回原位。这持续的屏气下蹲、站立抬腰、弯腰四十五度斜角的动作，恰恰是对腹肌进行有效的有氧锻炼。由此，他在健身之余还提升战备意识，终成名将，且位极人臣。可惜后人很少记住他，只记住他那“采菊东篱下”、“平生不止酒”的慵懒曾孙——陶渊明。陶大诗人，想必也是人到中年，大腹便便吧？

写于2015年年初

SARS 十年祭

一、那些年，我们一起守望的日子

十年前，春天，一所医学院的女生宿舍楼，大门被临时森严地关闭。里面的人几乎被悉数转移到陌生的住处。留下的几个，据说是被一种正在肆虐的病毒感染了的学生。而旁边的男生楼内，生活仿佛依旧，只是这群男孩子每天都会用好奇而焦躁的眼光打量着对面的女生楼，思索的是那些不幸的病人如何解决吃饭问题，思索的是何时可以解除隔离、何时可以重新到对方的窗下一展歌喉或琴声相挑。

没有恐惧，没有疑虑，也没有彷徨，因为大家少不更事，虽然这里有许多人今天已经是医疗生死线上的马前卒。

那些年，大家关心的是考试成绩，在意的是个人幸福，思考的是职业未来，很少人真正在医院里直面过惨淡的人生，很少人知道什么是生离死别和九死一生。社会上谈虎色变的疫情，似乎离他们很遥远。

在那个难忘的春天，其实有许多人的生活被打乱，有许多人的命运被改写。

我就生活在那堆男生的中间，我就生活在十年前的广州——在 SARS 的妖焰中哭泣、高歌而终于凤凰浴火的城市。曾几何时，我们和甚嚣尘上的 SARS 是那样的触手可及，而我们中的大多数只是和它擦肩而过，幸免遇难。蓦然回首才发现，这当时的“幸”，实在是浑然不觉的侥幸。

二、那一年，我们一起抗争的瘟疫

SARS 是严重急性呼吸系统综合征（SevereAcuteRespiratorySyndromes）的英文缩写，在 2003 年 2 月底，由意大利籍传染病专家欧巴尼医师提出和命名的。这是一种通过近距离空气飞沫或密切接触而传播的烈性传染性疾病，其病死率约百分之五至百分之十五。在中国，又称传染性非典型肺炎，即大名鼎鼎的“非典”。2002 年 11 月 16 日，中国内地发现首例 SARS 患者；2003 年 4 月 16 日，世界卫生组织(WorldHealthOrganization，简称 WHO）宣布：SARS 的病原体是 SARS 病毒，属冠状病毒科。SARS 病毒在常温下，可在物体表面生存二十四小时以上，在人类垃圾中和病患的分泌物与排泄物中可生存四至五天，在寒冷气候中存活时间更长。

从那时起，人类疾病谱上又增添了一种可怕的传染病，人类的健康和生命又面临着新的威胁，受到新的挑战。

刚刚踏入 21 世纪，SARS 就给了我们当头一棒。大灾期间，有三十多个国家和地区被卷入，尤其是东亚和东南亚，疫情尤为严重。受害者、殉难者有青壮年，也有老人，有普通市民，也有在前线浴血奋战的医护人员，还有那些置生死于度外的科学家。欧巴尼医师就是这样不幸地倒在救死扶伤的路上，永远闭上了他睿智而警觉的双眼。正是他，首先意识到这种严重肺炎即将爆发、肆虐全球，并为此发出警讯。

从发现这种新疾病的第一天起，欧巴尼就一直守在病人身边。当有人因为 SARS 而害怕在医院工作时，他每天都到医院去收集样本，与医护人员交谈，指导医生们加强对这种传染病的控制。他还一边亲自救治病人，一边给其他医师讲解治疗方法。在连续紧张工作了三个星期后，欧巴尼要到泰国参加一个会议。3 月 11 日，他到达泰国，刚下飞机就病倒了，症状与 SARS 一模一样。他立即被送往医院接受隔离治疗。十八天后，即 3 月 29 日，四十六岁的欧巴尼死于自己一个月前新发现的疾病。

他十七岁的儿子曾这样说:“一切都发生得那么突然，我甚至都没能和爸爸道一声别。爸爸时常教育我，要成为一个对他人有帮助的人。”

让我们永远记住并缅怀欧巴尼医师，以及千千万万像他这样工作的人!

回到生死场上。

冷血的 SARS 病毒威胁着社会上每一个人，哪怕是一声哈欠，一个喷嚏，都可能让人在鬼门关徘徊。它们随着空气或飞沫进入人体的呼吸道后，便大量繁殖复制，开始了沿途不断的侵袭破坏，一直把灾难带到肺部。那令人毛骨悚然的“白肺”，就是肺部弥漫性炎症、受损引起的影像学改变。在严重病例的典型胸部 X 光片上，正常的肺部结构荡然无存，医师看到的只是一团白色的雾霭。这意味着病人的呼吸功能已经油尽灯枯了! 遗憾的是，疫情初期，人类尚未研制出针对这种新型冠状病毒的疫苗，像预防结核和 B 肝那样把病魔拒之门外; 直到今天，人类也没有发明出消灭进入人体的 SARS 病毒，像使用青霉素那样把感染的细菌彻底剿灭。在疫情的高峰期，病人们绝望地发热、咳嗽、咳痰、气促，直至呼吸困难和窒息，医师们除了隔离病患、切断传染源，用药物和呼吸机进行对症、支持治疗，减轻病人的症状、让其度过危险期之外，并无任何高超的手段把肇事的病毒一击即中。在春季的艳阳中，一想到在新鲜的空气中会随时飘来可能使人致命的SARS病毒，许多人感到前所未有的惶恐和无助。

整个大中华圈、整个东亚、整个世界，都被动员起来。没有敌人真枪实弹的攻击，却有病毒无声无息的偷袭；没有可怕的战争，却有殊死的搏斗。应该说，大疫期间，许多故事都充满着正能量！

就在广州、北京、香港等大城市人人自危的时候，由于大多数SARS病人被有效地集中隔离并得到适当的治疗，传染源被控制，传播途径被切断，到了四五月间，也许觉得无从下手，SARS悄然无声地消遁而去。

尽管类似“黑死病”和天花这样骇人听闻的大瘟疫没有在人类社会再次猖獗横行，尽管SARS的逞凶早早收场，可是，我们并非虚惊一场，在这场看不见硝烟的战争中，许多鲜活的生命离开了我们，离开了这个精彩的世界。

截至当年8月7日，全球累计SARS病例八千四百二十二例，其中死亡九百一十九人，平均的病死率接近百分之十一。

中国内地累计病例五千三百二十七例，死亡三百四十九人；

中国香港一千七百五十五例，死亡二百九十九人；

台湾地区六百五十五例，死亡一百八十人；

加拿大二百五十一例，死亡四十一人；

新加坡二百三十三例，死亡三十三人；

越南六十三例，死亡五人；

……

SARS虽然狂虐一时，在当时也算是传染病家族中的新人，不过，它的施暴手段并不见得有多么的高明，它的传染方式和普通的流感病毒也如出一辙，可以说，它真的没什么创意。倘若你一定要问，普通民众如何躲避SARS的突袭？医师也只能很无奈地回答：多洗手（建议使用酒精洁手液），勤戴口罩，少接触病人，注意休息和锻炼身体以增强体魄，搞好卫生清洁，疫病流行时尽量不去人烟稠密的地方……不知道你会不会满意这样乏善可陈的回答。

SARS病毒从何而来？循何种路径在全球传播？缘何会有将近两成病人都是医务人员？它又为何突然销声匿迹？它是否已经消失？它是否还藏匿在人类所不知的某个角落里，韬光养晦，伺机而动？这些，我们今天仍旧没有找到准确的答案。

也许，纯粹医学和科学以外的世界，更值得人们关注。也许，探讨如何预防疫情的爆发，比研究如何治疗更有价值。

三、那些年，你是合格的公民吗？

经历了SARS肆虐的香港市民曾经喊出了一句肺腑之言："要有一颗公德心！"这不仅是SARS疫情向人们发出的警唤，更是现代社会提出的最起码的道德要求。生死界的踯躅，让人感到生命的脆弱，也引发了人们对生存模式及道德意识的重新思考和深度反思。与SARS的这场战争，是对中华民族的一场洗礼。这场突如其来的瘟疫击中了我们千百年来的生活陋习，也暴露出了我们生活方式中存在的种种弊端。必须清楚的是，陋习的根源大多源于公德的丧失与欠缺，这也为病毒的流行和传播提供了土壤。

据资料显示，SARS的最早病人是一名来自广东河源的厨师。正是他，把病毒传播给身边的许多医务人员，把病毒带到广州，尽管他也是无辜的。

有没有想过为何疫情首先爆发在广东？为何偏偏是一位广

东厨师点燃了导火索？一切都要从我们的饮食文化和生态观说起。

美联社驻广州记者对广东的饮食文化有这样的评价：广东省拥有八千万人口，是中国目前比较发达的地区，但是在这里却保留着中国传统文化许多落后的一面。“我刚刚被派来广东的时候，就听说广东有人吃野味，吃老鼠，吃猴子，甚至吃昆虫！后来我亲眼看见过一个广东人在酒楼里吃白色的老鼠。但实际上远不止这些，在广东人的食谱里，天上的孔雀、地上的梅花鹿、土里的穿山甲，以及河里有毒的河豚，他们都吃。广东本来是中国政府宣称的文明发达之地，却在饮食上非常野蛮。”

这是香港科技大学的社会学家丁学良先生谈到他的一次亲身经历。1995年年初，他和几个以色列教授在香港吃饭。教授们对香港存在现场“活宰”、“点杀”鸡、鸭、鱼、鳖、蛇等活的动物大惑不解。他们问：为什么香港这么发达的地方还有这种市场？这样容易引起传染病，大都市尤其不能如此。发达国家在这方面的管理很严格，这种屠杀方式基本上是看不到的。丁先生事后认为，发达国家的公民在“生猛鲜活”和公共卫生方面作出了文明的选择。

就抵御严重传染病而言，一个国家的国民素质比物质的基础设施更重要。英文infrastructure（基础设施）不仅指“物体”，在现代社会，它更指国民素质，包括健康素质和教育素质，这才是所有基础设施中最重要的基础，是真正的国家工程。

而我们的素质到底是怎样呢？在没有发现SARS和果子狸的关系之前，在广东的市场上，人们不时见到一个个笼子里装着一只只这种可爱而可怜的“花脸”小动物。它们不是家居的宠物，而是餐桌上供有钱人朵颐大嚼的美食。这是一种躯体和四肢灰棕色、头部灰黑有白斑、体长四十五至六十五厘米的灵猫类动物。在野果熟透的秋冬季节，它们体胖肉肥，煞是味美，一直是广东食客的心头所爱。在得知果子狸有重大传染嫌疑时，数以千计这样活生生的小动物被迅速集中捕杀。

专家们已经从蝙蝠、猴子、果子狸和蛇等数种野生动物体内检测到冠状病毒的基因，并且已测出的病毒基因序列与SARS病毒的基因序列完全一致。据此，中国农业部动物冠状病毒疫源调查组初步推定，SARS病毒或类SARS冠状病毒很可能存在于部分野生动物，尤其是果子狸体内。虽然医学界到目前为止尚未做出最终判定，但吃野味吃出怪病却时有所闻。上海人食用毛蚶造成的A型肝炎流行；哈尔滨人吃蝗虫、甲壳虫引起了严重过敏；杭州市民生喝蛇血“进补”，结果竟补出了鞭节舌虫病来……林林总总，听着不寒而栗。

除了饮食恶习，我们的国人还存在种种道德、行为缺失。

调查显示，导致疫情的主要因素，首先是源头病人的出现造成第一批感染个案；第二是人与人之间的直接接触和间接接触；第三是经过特殊渠道。如排污系统以及环境污染等。

当河源的SARS病人进入广州的高等医院接受治疗时，他体内的病毒就已经无情地大量扩散到每一个茫然不知的医务人员身上，这几乎是不可避免的。不久，广州一位患有轻微“感冒”的医学教授偕妻前往香港探亲。后来他被证实是SARS患者。而病毒，正是通过他进入了香港。当其时，疫情尚未引起关注，这也许是不可避免的。就在他下榻的那家酒店，病魔开始张开血盆大口，卷起了几乎吞没维多利亚港的狂风恶浪，宾客们、市民们接连倒下，疫情迅速蔓延，紧接着是全港、全世界的惊悚。光是香港“淘大花园”住宅小区，就共有三百二十一人感染了SARS病毒。事后发现，酒店的某位服务员在清洁了教授的房间（房门号居然是“911”）之后，没有及时更换和清洗抹布，用沾满病毒的工具，原封不动地继续清洁下一间套房，一间接一间……这本来是可以避免的！

香港如此，内地更甚，随地吐痰远未绝迹，公民意识亟待提高。

一家专门从事社会工作的公司，调查了 SARS 对中国社会的影响。他们对北京、上海、广州的三百一十四名十八至六十岁的当地居民采用随机抽样方式进行了问卷调查，结果发现：百分之七十的人减少了与亲朋好友的迎来送往，百分之四十七的人停止了与亲人之间的拥抱、亲吻等亲密接触，百分之六十以上的人更愿意待在家里读书看报，家庭似乎比以前更和睦了。但有百分之五十左右的人士减少了与人握手，甚至有人还呼吁要重拾中华民族打躬作揖的老礼。

更残酷的事实是，有的病人康复之后居然受到家属和同事的冷遇甚至歧视，他们感受不到亲人的温暖和关怀，心灵的伤害甚至远甚于肉体，至今仍生活在 SARS 的阴霾之下，生活在别人的有色眼镜底下。

令人扼腕叹息的是，一向标榜自由民主的现代化香港，面对 SARS 的进攻竟然显得措手不及、手忙脚乱。埋怨、推诿、诅咒的声音比比皆是。政治理念至上的政客们在议会上忙于指手画脚、口无遮拦、唾液横飞地攻击政敌，一盘散沙的港人在与 SARS 早期的攻防战中阵脚大乱，当年的“狮子山下”精神仿佛荡然无存。只有心无旁骛的科学工作者和医务人员，在工作岗位上夜以继日地默默耕耘、暗自承受，做出了非凡的贡献。

然而，一江之隔的澳门却迥然不同。在这个人口密度超高、人员流动超频繁、以旅游业为唯一生命线的小城，当年的澳门人是那样的众志成城、未雨绸缪。结果，SARS 在海岛旁边“逡巡畏义”，终于没能踏进这个世界上赌徒最密集的城市。

在 SARS 的灾难中，我们看到了无私奉献者的忘我牺牲、前仆后继，也看到了怯懦者、自私者的无知、卑微和猥琐。其实，既然我们能看到阳光，也肯定能看到阴影。

四、这些年，我们反思过吗？

曾有一位诗人这样唱道：

苍天在人们前行的路上
用单向透明玻璃
将幸福的人与苦难的人分隔开
痛苦的人虽步履艰难
但他们不仅能品尝人生的痛苦
也能看到快乐是什么样子
……

从某种意义上来说，不幸的人生更加丰富。虽然，我们绝大多数人并非不幸者，但我们更应该从人类的痛苦当中汲取经验教训，为的是不让自己和更多的人沦为痛苦的不幸者。

SARS 的流行提示我们，人类滥捕滥杀，无限地扩大“食物链”，有可能使病毒对人类构成侵犯。中华民族传统文化的精髓之一便是天人合一的自然伦理观。人对自然应保持着和谐与尊崇。但在以往的一段时间乃至今天，人的开拓欲望过度地膨胀，以征服者的姿态傲慢地对待自然，肆意捕食野生动物，结果是搬起石头砸自己的脚。一位哲人这样说：有节制的路才是宽广的路。我们不要过分陶醉于我们对自然界的胜利。对于每一次这样的胜利，自然界都会报复我们。

世上万物，编织成生命之网。“地球村”里的人类为了和平与发展，更应对自然界保持几分敬畏。我们做到了吗？

没错，现在是很少有人再去品尝垂涎欲滴的果子狸肉，但这些年，贪婪的人们并没有完全戒除饮食上的陋习，还有其他不幸的动物继续成为一些人的口福。人类对大自然的伤害依然日复一日，依然触目惊心。动植物在哭泣，它们的生存空间在一天天缩小，它们的物种在一天天减少。

《瘟疫与人》的作者麦奈尔（William.H.McNeill）说，当人类的行为扭曲了大自然的动植物分布模式，致病寄生物便趁机占据新的生态区域。目前，全球人口已从20世纪初的十五亿增加到六十多亿。人类急速膨胀中，种种盲目的不良动机和习惯，成为致命病毒、细菌繁殖、变异、蔓延的培养体，它们将更频繁地惩罚人类自身。SARS、禽流感、人流感、猪流感等疫情，一次次向我们敲起警钟：人类在发展物质文明的同时，必须首先关注环境问题，必须学会与大自然和谐相处！

自然界是仁慈的，她提供给生命所需要的阳光和空气；但自然界又是冷漠的，甚至是残酷的，因为她只用小小的伎俩就使生命之花在盛开之际就突然夭折，给活着的人带来无穷无尽的思念和哀痛。虽然坚忍不拔的人类永远不会停止与病原体的抗争，但小小的病原体却告诫我们切勿妄自尊大，因为，天地造化何其微妙！人类何其渺小！

SARS过去十年了。当年，灾难中的人们没完没了地打电话，也接到了许多电话问候，其中不少来自一些多年都不联系的人。曾经有人说，如果人类在下一小时就要毁灭，大家都会扑向电话亭，他们说的最多的一句话将是：“我爱你！”人们突然发现，自己是这样地爱家人、爱朋友、爱自己生活的城市、爱这个苦难多多的家园。当年，灾难空前地纾解了以往紧张的医患关系，那些冒着生命危险尽着自己本分的人赢得了全社会的尊重和爱戴。人们重新体悟到中国古人为什么会说“医者父母心”，体悟到为什么中国从来就有“不为良相，便为良医”的古训。作为一个群体，医护人员的形象犹如浴血重光。

今天，人们似乎又开始松懈了。社会的好风气并没有持续多久。不少人重新啸聚酒海肉林、彻夜不归，不少家庭又失去了依偎、对视、沟通和嬉戏。冷漠的眼光重新成为隔离人与人之间冰冻的墙壁。我们的社会总是缺乏温暖与诚信，但不缺乏冰寒与虚伪；我们的医务人员总是缺乏体谅和尊重，但不缺乏压抑和惶恐；我们的生命总是缺乏理想和意义，但充斥着欲望、空虚和浮躁。

人作为生物圈中的一个组成部分，既与许许多多的微生物相互依存，又与许许多多的微生物和睦共处，但同时，还与许许多多的微生物进行抗争。这是人类生存和发展过程中难以回避的一个永恒主题。

人作为社会的一个组成部分，既与许许多多的其他人相互依存，又与许许多多的其他人和睦共处，但同时，还与许许多多的其他人产生矛盾。懂得原谅和宽容，用和谐的方法化解矛盾，而不是激化矛盾，这原本是人的一个最基本的生存技巧，但也是人类生存和发展过程中时刻面对的难题。我们应善于看到友爱和和平，学会珍惜已经拥有的，学会用冷静、理智的眼光衡量自身与他人的价值。

迄今为止，历史上最重要的传染病大规模流行，不少都是工业化所带来的恶果，它们使人类在文明的进程中付出了非常惨重的代价，同时也对人类本身提出了严重的挑战。然而，人类文明每战胜一次这样的挑战，就又获得了更强有力的技术手段和社会组织方式。特别是随着人类文明进程的加快和科学技术的不断发展，某种传染病威胁人类健康和生存的时间从几十年、几百年，甚至成千上万年被缩减到几个月，这的确值得我们庆幸并引以为荣，同时也使我们深刻地感悟到科学技术力量之强大；而且，凭借当今发达的医学、生命科学技术，科学家可以研制出各种特效药，甚至破译出了部分生命的遗传密码。人类的确可以通过种种努力来提高抵御各种风险和危机的能力。

然而，这毕竟是物质世界的胜利，我们需要反思的是自己的精神世界！历史的规律就是这样：人类每一次的道德进步都是以重大危机的出现为契机的。尽管这个进步可能微乎其微，但是谁又能忽视？如果人类只是在物质文明的框框内打转转，只是满足于口腹之欲、一己之私，在建设高度精神文明的目标上败北，那么，比 SARS 更大的灾难随时可能降临。

因为，我们只不过是“邂逅”了 SARS，实际上我们的身边并不只有 SARS。作为与人类共同生活在同一个地球上的各种生物病原体，基于其生存繁殖和生存竞争的生物本性，它们仍会对人类的健康构成现实的或潜在的威胁。如何有效预防瘟疫或传染性疾病，特别是用一种全新的科学视角和世界观去看待、预防它们，仍将是人类在公共卫生和自身健康问题上面临的巨大挑战。

2013 年 1 月，WHO 全球预警和应对系统督促各成员，中东出现一种新型冠状病毒。研究人员测定它的基因组全部序列，结果显示，它与 SARS 冠状病毒密切相关。这难道是 SARS 病毒进化后的升级版吗？难道沉睡了十年的 SARS，一朝苏醒了吗？当年率先找出 SARS 病原体的香港专家警告，这种新的类 SARS 冠状病毒，其致死率比 SARS 病毒更高，全世界都应提高警惕。截至 7 月 22 日，全球录得的新型冠状病毒（中东呼吸综合征冠状病毒，MiddleEastrespiratorysyndromecoronavirus，MERS-CoV）感染个案增加至九十例，其中四十五例死亡。受影响的中东国家包括沙特阿拉伯、卡塔尔、约旦和阿联酋。法国、德国、英国、突尼斯和摩洛哥亦有病例报告。目前资料显示，该病毒可通过密切接触传染。

2013 年 2 月，一种新型的 H7N9 禽流感病毒在上海悄然登陆，华东地区确诊的病例数持续和迅速增加。4 月 24 日，一名长期往返于苏州与台湾之间的台商被确诊为台湾第一宗 H7N9 病例……

历史上，人类无数次迎战过无情的瘟疫。我们已经认识了那么多的受害者、抗争者、不屈者和牺牲者。十年前，我们更是亲身经历过那一场没有硝烟的战争，虽然当时的我，一个尚未踏出校门的大学生，只能为前线的医务人员送上一个匠心独具的口罩、一幅弘扬正气的海报。今天，我们理所当然不能忘记过去，过去的辉煌，过去的伤痛。毕竟，疫病永远是人类世界的常客，毕竟，书写历史的，不仅有青史留名伟大的人物，不仅有高尚的欧巴尼医师和他的同道们，还有平凡而不可或缺的你、我、他。

写于 2013 年夏

流感启示录

公元1918至1919年，注定是极其不平凡的一年。

巴黎，注定是一个弥漫着狂喜、愤懑、压抑和抗争的城市。第一次世界大战，像一台恐怖绞肉机，史无前例地把无数人的生命化作成河的血流。1918年11月，战争终结，胜者为王，败者为寇。

次年1月，那些所谓的战胜国代表云集香榭丽舍，一边尔虞我诈地谋划着瓜分战败国的财产，一边雄心勃勃地规划着战后的势力划分和秩序制定。中国，幸运地站在战时的协约国一方，成为了巴黎和会的战胜国之一；然而，非常不幸地，中国是以一个积贫积弱的“东亚病夫”形象，站在趾高气扬的列强中间，成为了大国博弈的牺牲品。

中国代表团的全权代表之一顾维钧博士，代表中国慷慨陈词，提出战败国——德国归还山东问题，演讲取得巨大成功。然而，早在中国参战之前，英法就已私下与日本达成协定，将德国在山东的特权交给日本，虽然此后顾维钧多次义正词严地据理力争，但列强依旧视若无睹、我行我素。6月中旬，外交总长陆徵祥以生病为由请辞并躲进了医院。顾维钧临危受命，挺身而出，成为代表团的实际负责人。6月28日，中国代表团毅然拒签合约。面对列强，顾维钧以出色的外交能力和昂扬的爱国情怀，勇敢说“不”，赢得了世人的敬仰，书写了“弱国也有外交”的神话。

但是，有谁知道，顾维钧当时正处在伤心欲绝之中，临去巴黎前还一度递交了任命辞呈。正是凭借着一腔爱国热忱，他才擦干眼泪，铭记着四亿中国人的嘱托，肩负起维护国家尊严的重任。到底是什么导致了意气风发的顾维钧如此痛不欲生呢？

顾维钧，生于1888年，1912年在哥伦比亚大学获得法学博士学位，回国任袁世凯的英文秘书兼外交秘书。1914年他与唐绍仪之女唐宝玥结婚。唐家显赫，唐绍仪为清朝邮传部尚书、民国第一任国务总理。唐宝玥受过良好的西方教育，端庄大方、性情温柔。两人可谓郎才女貌，实乃天作之合。

1915年，二十七岁的顾维钧奉命出任驻美公使，贤内助唐宝玥同往。他们育有一子一女，生活幸福美满。然而天有不测之风云，1918年10月的一天，产后不久的唐宝玥外出归来，竟染上当时横扫美国的大流感，几日后便撒手人寰。顾维钧心如刀割，他厚殓爱妻，将她的遗体置于玻璃棺中，运回国内，停放于老家嘉定的顾氏宗祠内。

天妒良缘！爱妻之死，对顾维钧而言犹如晴天霹雳。为此，他曾万念俱灰……

当年唐宝玥所罹患的大流感，就是令人闻虎色变的“西班牙流感”，是1918年至1919年席卷全球的、人类历史上最致命的传染病。世界十七亿人中约十亿受感染，约两千至五千万人死亡！而一战中的死亡人数也不过一千万左右。1918年秋季爆发的正是死亡率最高的一波。仅10月份就有二十万美国人死去。是年，美国人平均寿命骤减十二年。这场流感也是第一次世界大战提前结束的原因之一。无论它的确切死亡数字是多少，有一点是毋庸置疑的：这场瘟疫在这么短的时间里杀死的人数，超过了人类历史上任何一种疾病。

今天，1918年在人们的记忆中是模糊的。那年头，一战造成了生灵涂炭，人们流离失所。在经历了四年之久的惨烈自相残杀后，人们盼望着和平宁静的生活。然而就在此刻，一场更大规模的灾难使得一战的死亡幽灵相形见绌。

“西班牙流感”，也被称作“西班牙女士”(SpanishLady)，不过它却名不副实。首先，它并不源于西班牙。其次，这场流感绝对没有它的名称那样温柔。

现有的医学资料证明，“西班牙流感”最早出现在美国堪萨斯州的Funston军营。1918年3月11日午餐前，这个军营的一位士兵感到发烧、喉咙疼和头痛，就去部队的医院看病，医生认为他患了普通的感冒。然而，接下来的情况出人意料：到了中午，一百多名士兵都出现了相似的症状。几天之后，这个军营里已经有了五百名以上这样的“感冒”病人。

之后几个月里，美国各地都出现了这种“感冒”的踪影。在一场世界大战尚未结束时，军方很少有人注意到这次流感的爆发——尽管它几乎传遍了整个美国的军营。流感肆虐的方便之门，就这样不知不觉地被打开了。更没有人意识到，在这寒意逼人的日子里，一场最可怕的瘟疫悄然降临世间。

随着美军加入欧洲战场，如影随形的流感也迅速登陆。不久，流感传到了西班牙，总共造成约八百万西班牙人患病，这次流感也就得名“西班牙流感”。9月，流感出现在美国波士顿，这是“西班牙流感”最严重阶段的开始。10月，美国国内流感的死亡率竟达到了创纪录的百分之五。战争中军队大规模的调动为流感的传播火上浇油。当时有人怀疑这场疾病是德国人策划的细菌战。

这次流感呈现出了一个相当奇怪的特征。以往的流感总是容易杀死年老体衰的人和儿童，死亡曲线为“U”形，而这次的死亡曲线却呈现出一种诡异的“W”形——二十岁到四十岁的青壮年成为了死神追逐的主要目标。

在那些恐怖的日子里，几乎谁也难以幸免。美国死亡人数约五十万，仅10月10日费城就有七百五十九人死于流感。无人认领的尸首散布数日，马车穿行在街上，呼唤活着的人走出家门，带走亲人的遗体。在西班牙，包括国王阿方索十三世在内，马德里三分之一的市民都受到感染。英格兰和威尔士死亡人数达二十万。英国国王乔治五世也因此卧病在床。皇家舰队三周无法入海，严重影响作战计划。传奇五星上将道格拉斯·麦克阿瑟（DouglasMacArthur），当时的美军旅长，也被流感折磨得奄奄一息，只好让四名传令兵用担架抬着他指挥战斗。加拿大渥太华有轨电车没有乘客；学校、歌舞、电影院毫无灯光；游泳池和保龄球馆空无一人。南非一个小镇由于缺乏棺木，尸体被裹着毛毯草草下葬，白天满街出殡，夜晚救护车穿梭。阿拉斯加的原住民部落出现了整村整村的集体死亡。在大洋彼岸的中国，疫情也广泛蔓延，从南到北，由西向东，商店关门，学校停课，人心惶惶。大流感甚至入侵了宝岛台湾，造成约四万余人的死亡。

幸存者回忆，美国费城医院的院子里摆满了一排又一排的病人，他们身子蜷成一团，痛苦地躺着。无论多厚的毛毯都无法让他们感到暖和。很多人浑身是血，可怕而奇特。这些血不是外伤所致，大部分是鼻血。有些人还咳血，另一些人是耳朵出血。有的人咳嗽异常剧烈，死后尸体解剖表明，剧咳甚至导致他们的腹肌和肋软骨撕裂。很多人受发烧折磨而乱语，几乎所有尚能交流的人都抱怨说头痛欲裂，就像有人在他们眼睛后方拼命将一根楔子敲进脑袋似的。他们还觉得全身剧痛无比，似乎连骨头都快要痛断了。

死神步步逼近，病人们疯狂地喘息，只为苟延残喘，嘴里吐出血色的液沫。他们最后死于窒息。医生解剖尸体时发现，本该鲜嫩的肺脏如同肝脏切面一般，暗红又肿胀，还充满了红色的浑浊液体。一些人皮肤颜色出现异常，有些唇边或指尖发青，还有少数人浑身发黑，以至于根本无法分辨出他到底是白人还是黑人。他们看上去几乎就是黑色的。

一名护士日后被噩梦苦苦纠缠。她记得“停尸房内的尸体像薪柴垛一样从地板一直堆放到天花板”。

大流感更让一战中你死我活的交战双方没法继续打下去。士兵们的枪械已经成了拐杖。德国在协约国和流感的双重夹击下，精疲力竭，只好举手投降。

在全球肆虐了十八个月之后，大流感悄然隐退。许多国家，尸体早已堆积如山。无数人家破人亡、妻离子散。然而病魔不曾死亡。它只是潜入地下，就像残留在树根处燃烧的林火，慢慢变化，伺机死灰复燃、卷土重来。而这病魔也并非首次大开杀戒，它换掉的也许只是盔甲和兵刃。

流感，全称是流行性感冒。也许有人觉得，不就是区区一个“感冒”吗？有何能耐？有什么值得大惊小怪的？谁没有感冒过呢？但是，正是这不起眼的小毛病，却酿成了人类历史上最惨重的灾难。其实，人的一生可能患过很多次普通感冒，俗称“伤风”。它多由鼻病毒引起，出现打喷嚏、鼻塞、流涕等症状，大约七天痊愈，极少引起流行。流感与普通感冒是完全不同的，它由流感病毒引起，是较严重的急性呼吸道传染病。潜伏期短，传染性强，传播迅速。一般突然发病，出现全身明显不适，合并高烧（多39℃以上）、畏寒、头痛、乏力、肌肉酸痛、咽喉痛、干咳等。体弱者会发生并发症（如肺炎）而死亡。一旦爆发，往往一大片人都会倒下。

流感是一种古老的疾病。翻开人类传染病流行史，早在公元前4世纪就有类似流行性感冒发生的记载。这出现在古希腊时代“医学之父”希波克拉底（Hippocrates）的著作中。1658年，意大利威尼斯城的一次流感大流行便使六万人死亡。惊恐的人们认为这是上帝的惩罚，是行星带来的厄运所致，所以将这种病命名“Influenza”，意即“魔鬼”。今天，虽然科学已经证明流感病毒是罪魁祸首，但这个名称一直沿用至今。

由于流感症状和白喉、肺炎、伤寒、登革热以及斑疹伤寒等其他流行病较为相似，当时的医学技术还不足以将这些流行病一一鉴别开来，因此，19世纪以前关于流感的记录都不够确切和详尽。但是，流感病毒和其他病毒、细菌一样，在自然界早已存在，它的逞凶发难肯定是人类诞生以来长期挥之不去的梦魇。

经过多年的潜心研究，科学家初步揭开了“西班牙流感”神秘的面纱。2005年，美国公布的报告说，1918至1919年肆虐全球的凶手正是A型H1N1型流感病毒，其本身就是一种传染给人的禽流感病毒，该病毒亚型与近年在亚太地区流行的禽流感H5N1病毒拥有同样的基因变异。

20世纪，继“西班牙流感”之后，先后由H2N2亚型病毒导演了1957年“亚洲流感”（最初发现于中国贵州南部，全球至少一百万人在此次大流行中丧生），由H3N2亚型病毒导演了1968年“香港流感”（全球约七十五万人丧生），由变异的H1N1亚型病毒导演了“俄罗斯流感”，三次表演均称得上世界级。而级别低一点的表演，在世界范围内几乎每隔几年就上演一次。1997年，香港爆发H5N1禽流感的同时，有十八个人感染了这种H5N1禽流感病毒，六人死亡。禽流感病毒竟然跨过了种属屏障，感染了人类，这个事件震惊了世界！

2003年末，高致病性H5N1禽流感席卷整个亚洲和部分欧洲国家。尽管采取许多积极的措施，但H5N1禽流感病毒已在亚洲顽固地生存下来，禽传人导致发病的个案不断出现。虽然迄今尚无确凿证据证明H5N1禽流感病毒可以发生直接人传人，但已经出现受感染者传染给接触者的迹象与可能。新流感大流行的脚步正步步逼近。

每次流感的大流行都给人类生命财产和经济发展带来灾难性打击。中国是流感的多发地，每年的流感发病数估计可达上千万人。几次大流行的病毒毒株均首发于中国。1988年以来，WHO每年公布的流感疫苗病毒株约一半来自中国。中国已成为世界流感监测的前哨。

一波未平一波又起。

2013年3月31日，春节的鞭炮声刚刚散去，中国对外通报：上海市和安徽省发现三例人类感染H7N9禽流感病例。上海市发现的两名病例，一名为八十七岁男性，2月19日发病，3月4日死亡；另一名为二十七岁男性，2月27日发病，3月10日死亡。安徽省发现的病例为一名三十五岁女性，3月15日发病，病情危重。三病例的临床表现均为早期出现发热、咳嗽等呼吸道感染症状，进而发展为严重肺炎和呼吸困难。3月29日下午，中国疾病预防控制中心从相关病例的标本中分离到H7N9禽流感病毒。3月30日，三名患者被确诊为人感染H7N9禽流感病例！

几天后，上海十多万只羽禽被连夜扑杀。标志性的白鸽已不见踪影，而H7N9的底细在当时依然是一个谜。华东的病例逐渐增多，甚至连台湾都出现了个案。在遥远的广东，人们在鸡身上检测出疑似的H7N9！世界又一次紧张得屏住了呼吸。潘多拉盒子即将被打开了吗？世界级的流感大流行又将把人类推向万劫不复的深渊吗？

真是一个多事之秋！当人们还没来得及细细回想十年前与SARS的抗争时，一场新的禽流感疫情，像一只凶恶而贪婪的饿鬼，已经站在人们的家门口。当年穷凶极恶的SARS在大流感面前，简直连“小巫见大巫”的资格都谈不上。

历史告诉我们：传染病的危害绝不亚于战争。至今，传染病仍是造成全世界未成年人死亡的首位病因。虽然大部分致病菌在19世纪的后三十年被发现，人类在20世纪30年代发明了磺胺类药物，40年代把青霉素应用于临床，以后不断研制出新的抗生素，但80年代以后，抗药的细菌也随之增多。在21世纪的今天，像流感这样道高一尺、魔高一丈的传染病惯犯，现代医学仍没有找到可以把它一网打尽的特效药。

在分享流行病的相关知识前，我们有没有想过，为什么人类已经消灭了天花，降伏了小儿麻痹症，遏制了结核，却依旧对流感如此疲于奔命呢？为什么人类总是和这些病毒、细菌纠缠不清呢？为什么我们的流行病谱里，不速之客越来越多呢？

无论是初出茅庐的AIDS和SARS，还是倚老卖老、花样百出的流感，它们几乎都是原来只在动物间感染或传播的疾病，现在为什么却改头换面、粉墨登场，开始向人类发起挑战呢？其实，这种状况和我们的地球生态环境变化有着千丝万缕的联系。

目前人类罹患的传染病，主要有这两种情况，一是原来就存在于动物或环境中的病原体（病毒或细菌等微生物），由于人类活动的广度和深度大大超越以往，破坏和接触自然界和生物的机会大大增多，因此感染了人类；二是病原体在与人体的免疫系统和药剂的长期斗争中吃一堑长一智，适者生存，自身发生了变异和进化，引起新的疾病。

自然界和野生动物本身就是庞大的病毒库、细菌库。但是病原体进入动物体内，可以和平共处，未必蜕变为病魔，而人类过度猎食或亲近野生动物，无限制地闯进自然界的领地，却可以直接受到病毒和细菌的攻击。据调查，新发传染病中有四分之三与野生动物有关。还有，水源污染会引发霍乱和疟疾。经济全球化、人员流动频繁化、交通快捷化，都将会促成新老传染病的不断发生、变异和蔓延。

人类过去的鸡、鸭、鹅，只是几只、几十只地养。现在，家禽是可以几十万只地大规模、集中饲养的。有的人还用速成法，像吹气球似的将它们喂养大，并在食物中添加抗生素，美其名曰“未雨绸缪”，这都违背了生物正常的生长规律，而目的仅仅是为了用更小的代价和成本去攫取更多的利益。这都为禽流感的爆发种下了祸根。

流感的发生虽是坏事，但具有震撼性的提醒功效。它提醒我们要保护动物、善待动物，提醒我们要珍惜环境、敬仰环境，提醒我们要懂得自然规律、尊重自然规律。它告诉我们，地球是一个生物圈，各种动物、植物、矿物、水圈、气圈、生物圈是相互联系的，你中有我，密不可分。一旦我们做得太过分了，大自然就会举起“流行病”这条惩罚性的上帝之鞭！我们真的不该好了伤疤忘了痛。

病毒、细菌这些病原体是一群古老的生物，我们和它们并非一定就是谁战胜谁的关系，因为地球是一个多种生物共存的体系，人类现已走到了所有物种的最顶端，但人类要学会和各种生物和平共处，因为倘若要问谁是地球更早的主人，那些结构简单、微乎其微的病原体，一定比我们人类更早。

对疾病的无知，比疾病本身更可怕。对自身力量的无知，比罹难本身更可悲。迄今为止，人类依然以生命为代价在向大自然交学费。我们，在大自然面前，还是把“人”字写得越小越好。

传染病与人类的恩恩怨怨，本身就是一部写满了教训和启迪的历史，一部值得深思和反省的历史。

……

1985年11月14日，慈祥的顾维钧先生在纽约的寓所内去世，享年九十七岁。最后一天的日记，他只写了一句话:“这是平静的一天。”然而，外面的世界并不平静，也永远不会平静。因为这一年，人类第一次发现了具备传染性的、耸人听闻的“疯牛病”，此刻，科学家、政客、农场主、牧民正忙得不可开交。

2013年5月16日一大早，我打开电脑，浏览美国医学刊物《新英格兰杂志》关于新型禽流感H7N9的报道。文章最后一句话，让我久久不能忘怀: Wecannotrestourguard！

是的，传染病与人类的关系将生生不息。我们最迫切要做的，就是睁大眼睛，保持警惕，警惕疫病，也警惕我们自己。

写于2013年夏

司马相如，期期艾艾

说起西汉时期的司马相如，有两件事令人津津乐道，一是他的鸿篇巨制横空出世，在朝野引起轩然大波，连挑剔的汉武帝都读得拍案叫绝；二是他的琴挑文君传为佳话，有情人终成眷属。司马相如以擅长写赋著称，重铺排，重夸饰，极赋文采美和音乐美，而内容“趣幽旨深，谈者非师传不能析其辞，非博学不能综其理”，风靡一时，皇帝父子均为之倾倒。

而司马相如与卓文君的爱情故事也颇有传奇色彩，据记载，他曾有一段时间无官无业，孑然一身，投奔四川临邛（今邛崃市）县令，参加当地大富豪卓王孙的宴会。在会上，司马相如抚琴曲《凤求凰》，富豪之女卓文君一听动心，一见钟情，遂与相如私奔。

如此才情恣肆之人，不管是两千多年前消息闭塞的汉代，还是两千多年后媒体爆炸的当代，都必然成为大众偶像。如果司马相如能够穿越时空来到选秀节目炙手可热的21世纪，想必也能呼风唤雨一番吧！然而，真实的情况很可能令人大失所望。

史书并没有详细记载司马相如的长相，但估计就算没有达到玉树临风的境界，也应该是相貌堂堂，否则情窦初开的富家大小姐也不会迅速坠入情网。真正可能令宅男宅女们大跌眼镜而吐槽不已的，是相如的语言表达状态。

司马迁与司马相如虽然并非同乡，但都生活在汉武帝时代，他比相如大概年轻三十多岁，有成为忘年之交的可能。然而，这位太史公却在《史记·司马相如列传》中毫不掩饰地记录：“（司马）相如口吃而善著书。”

口吃是一种言语障碍，发音困难是它最主要的症状，说话的时候失去流畅性，常在某个字音上表现停顿、重复、拖音等现象。

很多口吃患者在说话时有第一个字说不出来的现象，而且越急越说不出，必须经过一番挣扎，并借助于其他动作，如摇头跺脚、手足乱舞等伴随动作，才能把第一个音发出来。这称为难发性口吃。不过只要第一个字音发出来，接下去就暂不口吃了，可是他们不敢停下来，因为一停下来，下一句话第一个字又可能发生口吃，所以说起来又急又快，恨不得把所有的话都一口气倾吐出来，日子一久，说话又急又快的习惯加深，口吃症状也随之加重，并最容易惹人取笑。

此外，呼吸紊乱、肌肉紧张等，都是病人的伴随症状。司马相如口吃时，想必也会摇头、跺脚、瞪眼、咬牙、吐舌、嘴唇乱抖、搔头抓耳、用手拍腿、脸红脖子粗，甚至会一边说话一边拿东西乱敲，或紧握东西不放。这是他想摆脱口吃而做出的各种挣扎表现。可以想象，假如皇帝命司马相如把新作的大赋当众朗诵时，大文豪定会吞吞吐吐，汗流浃背，该是何等狼狈；如果穿越到今日，当司马相如拿起麦克风，面对传媒和观众，打算畅谈创作灵感时，竟然弄得结结巴巴，又该是何等的形象扫地！

是什么原因导致口吃呢？很遗憾，目前的医学尚未找到造成口吃的单一、确凿因素。目前一般认为其形成可能和复杂的遗传、神经生理等诸多因素有关，心理和情绪因素只起部分作用，我们并不能简单地把口吃理解为当众紧张才引起的。

司马相如大概从小就出现这毛病，但是当时并没有什么正确的矫正方法去解除他的苦闷，他一辈子也就这样了。幸好，上天总是公平的，你在这方面出现弱化，他就会在另一方面帮助你予以强化。司马相如的如椽大笔以及一手高超的琴技，不仅掩盖了口吃的负面形象，而且让他闻名遐迩、名利双收、青史留名。

口吃对许多文人来说也许是福，正由于口头表达困难，他们才会在书面表达上酣畅淋漓，在行文上修炼得汪洋恣肆，就像盲人虽看不见，但听觉、触觉异常发达。战国时的韩非子说话也结巴，但走笔汹涌，著有卷帙繁浩的《韩非子》。电视剧把纪晓岚塑造成“铁齿铜牙”，但事实上据他的好友朱𬭊说，纪晓岚也“口吃善著书”，足以证明他并无口若悬河之能。

口吃实在太常见了。法国杰出统帅拿破仑、英国著名政治家丘吉尔、现在的美国副总统拜登……都是能说会道之辈，可偏偏都患有口吃的毛病。他们打动听众的，不是优雅，不是油嘴滑舌，而是实在，而是推心置腹。这些政坛上的老油条发表激情洋溢的演说时，或许语句有时不大流畅，但他们才不会紧张呢！

写于2014年年末

受惊创伤后遗症

恐怖和震吓，不仅仅是对人的瞬间刺激，有时候还会引起持久的伤害，导致病患难以自拔。可见，“吓死人”并非只是文学的修辞或者民间的俗语，在医学上，这并非绝无可能的。

汉惠帝刘盈，自幼就生活在母亲吕后的阴影下，当了天子也不例外。父皇刘邦驾崩不久，某日，一个宦官带着他路过一所臭气熏天的茅厕时，阴阳怪气地对他说：“陛下，太后请您去看一件‘人彘’。”

彘，猪也。惠帝大惑不解，人是人，猪是猪，如何合体为一？于是他战战兢兢地走进茅厕，一看立刻吓得毛骨悚然：但见一只只有躯体和脑袋的怪物，秃着头，既无两手，又无双足，眼内无珠，只剩两血肉模糊的窟窿，嘴开得甚大，在苟延残喘却不能发声。惠帝惊怕得浑身发抖、大汗淋漓，追问宦官是何物？宦官故意推托再三，方说出“戚夫人”三字。一语未了，惠帝几乎晕倒，勉强定了定神，想问个仔细。太监附耳低语，这戚夫人手足被断，眼珠被抠，两耳熏聋，喉咙药哑，扔入厕中，折磨待死。

戚夫人，刘邦生前的宠姬，也是惠帝情同手足的同父异母弟赵王刘如意的生母！惠帝听罢大怒，斥责道：“何人胆敢如此？”宦官诚惶诚恐地说：“此乃太后之命也……”

惠帝一听，顿时如五雷轰顶，随即瘫倒在地，那一刻，母亲在自己脑海中已完全蜕变成一只嗜血如命、吃人不吐骨头的白发狂魔！他痛苦万分地哀叹："此非人所为。臣为太后子，终不能治天下。"

每个正常的母亲，都不会有意让自己的孩子生活在恐怖、痛苦和忧愤之中的，吕后为了立威，却冒天下之大不韪！受到突然惊吓和重大精神打击的惠帝，从此一蹶不振，自暴自弃，不理朝政，日夜淫乐，在位七年就驾崩了，享年仅二十三岁。

南宋第三任皇帝，宋光宗赵惇也曾经历过血淋淋的惊悚事件。这些从小生长于深宫之中，过着养尊处优、锦衣玉食生活的天潢贵胄，与那位在金戈铁马、血雨腥风中拼杀的祖先宋太祖赵匡胤相比，最缺的就是心理精神层面的磨练。

父皇宋孝宗认为三儿赵惇"英武类己"，便舍长立幼，诏立赵惇为皇太子。这位宋光宗学识渊博，也关心民生疾苦，本来具备当贤君的潜质。可惜，一切都被他娶的太太搞砸了。

光宗皇后李氏，此人在嫉妒成性和心狠手辣方面，一点都不比前代的吕后逊色，偏偏皇帝又是一个"惧内"的胆小鬼。有一次，光宗在宫中盥洗，看到伺奉的宫女递来纤纤玉手，一碰，玉滑无比，一看，白嫩可人，他禁不住赞了一声"好"。第二天，有内官给光宗上了一个食盒，谓乃皇后所送。光宗并未在意，以为是什么精巧点心，便随意打开一看，顿时被吓得魂飞魄散，惊叫不已，连滚带爬才被扶上龙床。原来，盒子里面一双血肉模糊的玉手赫然在目。受此一惊，光宗精神恍惚，"目瞪不瞬"，"忧惧不宁"，常在梦中暗自哭泣。

光宗本来就身体有毛病，经受严酷的刺激后，"心疾"加重，精神逐渐崩溃。他只好待在宫中养病，时好时坏。由于李氏在父皇孝宗面前说三道四，父子关系越发紧张，光宗不愿探视年老的"太上皇"孝宗以尽孝道。群臣百姓都谓之"不孝失德"，但他不听劝谏。直到孝宗病危乃至驾崩，光宗都无动于衷，坚持“潜水”不露面，连葬礼也不肯主持。这也太过分了。那次精神刺激对他畸形心理的形成确实造成了不可估量的影响。

这样的皇帝怎能治国？于是，太后和群臣便密谋把他“废掉”，强迫他禅位于儿子赵扩，是为宋宁宗。那倒霉的宋光宗赵惇在位不足五年，很快也在郁郁寡欢中驾鹤西去了，享年五十三岁。值得一提的是，他后来被软禁，禁内多以“风皇”视之，大家都觉得他脑子有问题啊！

他们老赵家的心理素质的确不怎么样。宋光宗有一位远房亲戚，辈分高他许多，叫赵元偓，为宋太宗幼子，颇有文学、音乐才华，宋真宗赵恒自即位后，多次以学术要求宗室子弟。赵元偓作为藩戚，更加注重修励，真宗每制篇什，必令弟弟元偓属和。不料，四十一岁时，元偓遭火灾惊悸，“暴中风眩薨”。古代中风的概念当然与现代医学不同，脑部血管的病变按理和外界刺激的影响不很密切。元偓很可能是被突发的火灾吓得神志失常，继而去世的。

在大部分古人看来，病人出现精神异常错乱，乃至理智丧失，多半是由于魔鬼附体所致。

据《孙公谈圃》记载，苏辙之妻史氏“遇祟”（中邪）两年，称有四鬼环守。家人延请精于天心正法的何殿直来收妖，何道士先造天狱、筑坛，然后追捕鬼祟。是夜，史氏苏醒，家人询问她两年来的历程，她说：“皆不记，但如梦中耳。”面对妻子的行为异常，苏辙一家也如凡夫俗子，认为乃鬼怪作祟使然。至于为何能苏醒，倒是一个谜。

正由于人们有神怪思想，有的居心不良者便打起了小算盘。《师友谈记》讲了一则故事，某日，苏轼次子苏迨的乳母突然发狂，“声色俱怒，如卒伍辈唱喏甚大”，还自称鬼附身。

东坡便与之辩论，认为人间自有人间之道，鬼祟自有鬼祟之理，双方必须遵守互相的游戏规则，就连神明也不例外。人若为恶不善，神鬼才可“狂发遇祟”，否则不得无故作祟害人。东坡先生对鬼祟的要求一概拒绝，最后鬼祟不得已，只得讨一杯水喝。喝完之后，这乳母腿软倒地，随即苏醒。然而，乳母的奶水“因此遂枯”。难道是这淘气之鬼以枯竭奶妈的哺乳能力，让苏迨无奶可喝作为惩戒，报复苏轼的坚持不让？

从事情的前前后后来看，那位乳母更像是在演戏，但表演技巧比较拙劣，也许是有些不可告人的诉求吧，总之东坡看在眼里，大概猜到三分，只是不便戳破那层薄纸而已。苏轼可能是古代为数不多的唯物主义者，对鬼神之事至少持怀疑态度，没有一味迷信。

从现代医学的角度分析，汉惠帝、宋光宗他们极有可能是患了创伤后压力障碍症（PostTraumaticStressDisorder，简称 PTSD）。所谓 PTSD，是指人在遭遇剧烈身体或心理的创伤后，出现的持续精神压力症状。有不少病人症状持续数月之久，甚至更长。

他们亲历或目睹他人生命遭受威胁的严重身心伤害的事件，包括战争、抢夺、性侵、施虐、绑架或监禁，还有重大意外或灾难如地震、海啸、火灾等，都可以导致 PTSD。

恶性事件发生后，病患会不断感到恐惧、无助、麻木、记忆力减退、注意力不集中、噩梦连连、容易激动恼怒、反复想到当时可怕的情景。

病人经历创伤时，因事件突然，且对身心产生严重威吓，他们便很难“消化”这些负面情绪，形成“情绪消化不良”，并衍生各样逃避行为，试图让自己好过一点。可惜，愈是逃避，这些负面情绪就愈是根深蒂固，对病人的影响亦日益加剧。近年有关大脑的研究发现，PTSD病患的大脑海马体异于常人，而海马体对人类的情绪和记忆十分重要，因此科学家推论，重大的创伤压力影响了患者的记忆系统，使之出现混乱和创伤事件不由自主地经常在脑海中闪现的情况。

许多病人原本合并其他疾病，一旦不幸患上PTSD，一切生活规律均被打破，他们无法继续原先的生活，于是身心状况极易每况愈下，加速走向死亡也是预料之中的。而严重的负性精神状态，如萎靡、惊恐、忧郁等，本身又会滋生其他恶疾，甚至诱发自杀倾向。

可怜的少年汉惠帝正是遭受“人彘”的强烈刺激，心理伤害过大，无法回到正常的生活轨道上，以至于放浪形骸，走上了慢性自杀的不归路。这是满脑子醋意、野心和权谋的吕后怎么也没想到的吧！

宋光宗也好不到哪里去。自从被砍下的美人双臂吓倒之后，他的日子如临深渊，如履薄冰，时时风声鹤唳，草木皆兵，简直有如惊弓之鸟，一闭上眼睛，那血淋淋的、白白的双臂便浮现在脑海中，还不断滴着浑浊发臭的腥血。他每逢遇到要打开的柜子、盒子、箱子，心里面都会恐慌不已，疑神疑鬼，害怕一揭开就让那双血手猛地伸出来，仿佛要抓住自己的脖子、捂住自己的嘴巴似的。皇帝的生活也就无法进行下去了，自然，这位光宗也加快了走向崩溃的边缘。

皇帝、贵族和社会名流遭遇到这类不幸尚且命运如此坎坷，普通百姓就更糟糕、更悲惨了。不管是皇家还是黎民之家，有精神异常的病患存在，并不算光彩的事，于是他们多将病患留在血缘组织之内，最好悄无声息，没有任何外人知悉。此外，也有少数病患会被家人所遗弃，沦落到乞食于市的地步。毕竟，宋代尚未出现精神病患集中管理的机构，帝王更是不可能进入其内接受治疗。宋光宗们纵使患病后依旧衣食无忧，甚至可以颐指气使，但由于他们的怪异行径，客观上已经被家族和政权所抛弃了，在压抑情绪无法科学排遣的时代，他们的日子只能是雪上加霜。

写于2015年年底

酒造孽？人造孽？

酗酒，不是正道

酒，在文人心中有着特别异样的地位，就好像妖艳的美女，本能上常常会把持不住，可一旦聊到庙堂之上，又义正词严、堂而皇之地表示不屑。明代遗老张岱在《石匮书后集》中总结明亡教训时说："古来亡国之君不一，有以酒亡者，以色亡者，以暴虐亡者，以奢侈亡者，以穷兵黩武亡者。"这把明朝灭亡归因得特别简单直观，或许，这就是古代知识分子的认识水平和认知传统吧。

古文献中可见夏人嗜酒的传说，如《尚书大传》云："夏人饮酒，醉者持不醉者，不醉者持醉者，相和而歌。"这折射出当时人们酗酒的情景。这种不良嗜好甚至影响到邦国和族群的命运。据说，夏、商两代末君的亡国都与酒脱不了干系。夏桀"作瑶台，罢民力，殚民财，为酒池糟，纵靡靡之乐，一鼓而牛饮者三千人"，最后被商汤放逐。《史记·殷本纪》说商纣王"以酒为池，悬肉为林，使男女倮，相逐其间，为长夜之饮"。他纵酒七天七夜不歇，他的酒糟堆成小山丘，他的酒池大得可运舟，这样的想象力只能用疯狂来形容。纣王的结局众所周知，他被周武王推翻，自杀于熊熊烈焰中。

西周在推翻商纣之后，发布了中国最早的禁酒令《酒诰》。

这是一篇著名的带有政令性质的历史文献，传为周公姬旦所作，约成文于公元前11世纪中叶，里面提出：“无彝酒”（不可经常喝酒），“饮惟祀”（只有祭祀、为父母、老人祝福时才可以喝一些），“德将无醉”（饮酒要有节制）。在周人看来，贪酒是大乱丧德、破家亡国的根源，酒精的坏处主要在政治层面，这个认识高度实在是高瞻远瞩。

不过，周王室的统治到了礼崩乐坏的春秋时代，早已如同明日黄花，他们的警告也不过是一纸空文。诸侯弃酒礼于不顾，史籍多有记载，如《左传》云：“郑伯有嗜酒，为窟室而夜饮酒，击钟焉，朝至未已。”《晏子春秋·谏上》云：“齐景公饮酒七日七夜，不纳弦章之谏。”《新序》载：“赵襄子饮酒，五日五夜不废酒。”按照古礼，夜饮为淫乐。新的社会形态开始出现，而新的道德生活方式还没有在社会生活中确立起来，无怪儒家忧心忡忡。

对于个人而言，酗酒也毫无益处，除了那虚幻的感觉之外。在魏晋时代，由于士人精神极度空虚，对酒精的依赖便达到了惊人的程度。于是，许多和酒精相关的“行为艺术”传闻不胫而走。

“竹林七贤”之一的刘伶喝酒后脱光衣服，裸露着酒气熏天的身体，扬言以天地为衣物、床铺。又有一次，谢鲲、胡毋辅之、毕卓等名士聚众喝酒，喝高了之后索性也脱了衣服，赤身裸体地继续喝，连续几天，大家都是在屋内裸身纵酒，还干了什么史书上没说，神神秘秘的。末了，那个毕卓总结说：“一手持蟹螯，一手持酒杯，拍浮酒池中，便足了一生。”此君后来因酗酒而废职。“竹林七贤”中的另一位神级大师阮籍也是嗜酒狂人，这是一纯粹文人，并无领兵打仗的本事和经历，听说朝廷缺步兵校尉（相当于营长）一职，又听说那府衙中藏着数百斛美酒，竟辞去了司马氏的幕僚职务，主动应聘校尉。因此，阮籍有了“阮步兵”的称号，他的文集也叫《阮步兵集》。军队系统里大量养着这样的人，要是真发生战争，国家可要遭殃了。

知识分子们终日沉湎于酒，使他们无所作为，是酒误了他们一生，也到头来误了整个国家和民族。

值得注意的是，在唐宋以前，尽管酗酒者不绝于书，但喝酒致死的记载好像不太多，这又是怎么回事？

原来，这和中国人的酒品酿造技术有关。

孔老夫子对于饮食之道颇为在意，所谓“食不厌精，脍不厌细”，虽然经历过“少（小时候）也贱，故多能鄙事”、“匡城受拘”、“陈蔡绝粮”、“惶惶然如丧家之犬”等不幸遭遇，但本性难移。《论语》上就记载他“沽酒市脯，不食”。何意？原来孔子是嫌弃外头买来的酒太浑浊，很不干净的样子。那时候并没有蒸馏技术，人们用糯米、黄米发酵酿酒，所以酒精浓度很低，并且酒渣（类似“酒糟”）很多，酒水很浊。这种酒就叫“浊酒”，也叫“浑酒”、“醪”、“醅”。

杜甫晚年赋有登峰造极之作《登高》，诗云：“艰难苦恨繁霜鬓，潦倒新停浊酒杯。”范仲淹在《渔家傲·秋思》里也说：“浊酒一杯家万里，燕然未勒归无计。”浊酒酿制工序简单，价廉，出自农家，也别有风味，陆游在《游山西村》曾写道：“莫笑农家腊酒浑，丰年留客足鸡豚。”可见，至少到了唐宋时期，民间的浊酒还是酒类行业的主流。

那么，古时候有“干净”的酒吗？也是有的。在浊酒中加石灰等物能使酒糟沉淀下来，这样，酒就清澈如泉了，这被称为“清酒”，但其价格要高很多。

随着酒水制作工艺的进步，其纯度越来越高，它的危害性也就好像一只慢慢睡醒的饿虎，逐步向人们逼来。

酒宴上的“因公殉职”

在五代十国时期，北方契丹人建立的大辽国雄极一时，军事实力尤为强大，对当时中原的局势有举足轻重的作用。由于契丹人生活的地区高寒，不管是男人还是女人，都喜欢饮酒御寒，特别是高纯度的蒸馏酒，并形成了民族的风尚。因此，契丹人善于酿酒也就不奇怪了。据文献记载，契丹宫廷内较著名的酒有菊花酒、御容酒、法酒、卮酒、茱萸酒和千秋万岁酒等。同时，契丹人还会酿制葡萄酒。由于饮酒成风，酗酒事件也常有发生，史书说:“醉则缚之而睡，醒而后解，否则杀人。”

不论是官方还是民间，人们均嗜酒成风，酒文化相当浓厚。辽穆宗耶律璟曾“微行于市中，赐酒家银绢”，又“观灯于市，以银百两市（买）酒，命群臣亦市酒，纵饮三夕”，不管寒冬还是盛夏，只要心血来潮，他便去游猎，游猎之时必须喝酒，每次都要玩七昼夜才肯甘休。此外，他还喜欢搞宫廷派对，喝酒如牛饮，接近黎明时才允许散场，什么政务也不管，只顾呼呼大睡，常常是一睡便睡到中午，为此得了个“睡王”的雅号。

在那段诡异的历史时期，后晋的石敬瑭就用自污为“儿皇帝”的闹剧拉拢过辽国。

公元 951 年，后汉灭亡，节度使刘崇在晋阳建立了北汉政权，这是“五代十国”中十国的最后一朝。为了能与中原地区兴盛的后周抗衡，他极力与契丹人抛媚眼、拉关系，不断地向契丹派出使者请求结盟、庇护。

于是，北汉派出主使郑珙厚赂谢契丹，刘崇谄媚而谦卑地自称“侄皇帝致书于叔天授皇帝”，请行册礼。“主使”郑珙是何许人也？原来，他是北汉皇帝的心腹大臣，职务是礼部侍郎、同平章事，相当于宰相级别。但是，郑大人可能怎么也没想到，此番出使的虎穴狼巢其实并没什么刀光剑影之灾，却有美酒佳肴之祸。

郑珙到了辽国，按照事先设定的套路，又是送巨款厚礼又是表达无限景仰之意，尽一切巴结之能事。辽世宗被戴了很高的帽子，心里特高兴，接待的规格自然就很高，虽然没有商纣王酒池肉林的气派，倒也摆出了国宴的架势，山珍海味、琼浆玉汁自然也琳琅满目。带着崇高使命而来的郑珙当然知道契丹的习俗，况且有求于人家，不喝酒就是不给蛮横的契丹人，尤其是契丹主子的面子，所以契丹人的酒一定得喝，而且最好是“来者不拒、一饮而尽”，既表达结盟攀亲的诚意，也多多少少流露点中原人士不逊色于酒场的气概。

郑珙身材魁梧，在北汉也算酒名赫赫，本来想要大显身手一展汉人的雄姿，但是在这异国他乡里，在强手如林的宴席上，毕竟是小巫见大巫。生性好酒的契丹人来势太猛了，又使用人海战术，他们争相邀请郑大人喝酒，而且要干尽才肯罢休，郑珙一个也得罪不起，照单全喝。唉！古今的官场酒局都这副德性。真是悲哀！《晋阳见闻录》记载：“虽不饮酒如韦曜辈者，亦加灌注。纵成疾，无复信之。”这契丹人也太恶心了，简直有恶作剧的嫌疑，连那些称病不能喝酒、不擅喝酒的北汉外交人员都不肯放过，一个“灌注”之词，写出他们丧失人性的虐待狂德行。

宴会结束后，辽国同意北汉的请求，果然派军队协助北汉进攻后周。北汉得逞了，然而他们付出的代价就是喝倒了、病倒了一大批杰出的外交官员，而主使郑珙被困于契丹人酒精的狂轰滥炸，居然还为此付出了生命的代价！《新五代史·卷七十·东汉世家第十》记载："珙素有疾，兀欲（辽世宗耶律阮乳名）强之饮，一夕而以醉卒。"

带病赴任，视死如归。从某种意义上说，他完全可以媲美战场上冲锋陷阵的殉国者，是北汉的大烈士，有资格进入"忠烈祠"啊！

按照《晋阳见闻录》记载，郑珙参加狂欢宴会的下场是"罹无量之逼，宴罢，载归，一夕腐胁于穹庐之毡堵间，舆尸而复命"，第二天，随行人员发现他僵卧在契丹的豪华帐篷之中。"舆尸而复命"，怎么看都有点"马革裹尸还"的悲壮味道，而"罹无量之逼"却实实在在地道出了郑珙和他的北汉政权无奈的可怜境地。毕竟，实力不行，就得俯首称臣、寄人篱下、仰人鼻息。郑珙的应酬，对他本人来说，毫无欢乐可言，只有悲哀和屈辱！

乐极生悲，悲从酒来

当然，也不是所有的宴席都充满了上述的负面情绪。

几乎同一时期，吴越最后一任国主钱俶以臣服的姿态，经过多年与后周、北宋的磨合，终于取得中原皇帝的信任，而后他更主动把领土献给宋朝，博得大宋皇帝的一片嘉许。端拱元年（公元 988 年）八月二十四日，钱俶六十大寿，宋太宗遣使至南阳，赐他生辰礼物。钱俶感恩戴德。当天傍晚，"久被病"的他"与使者宴饮至暮，有大流星堕正寝前，光烛一庭，是夕暴卒"（《宋史·卷四百八十·列传第二百三十九》）。年暮的钱俶猝死，和急性酒精中毒或者酒精诱发的心脑血管病变有着扯不开的关系。

不过，由于事件的另一位主人公宋太宗赵光义为人狡诈而伪善，惯常使用毒酒杀死投降宋朝的前国君，如李煜、孟昶等人，所以，上述记载的真实性有点打折扣，或许那些美酒之中同样暗藏宋太宗不可告人的毒药。

另一起喝酒猝死的案例则较为可信。

蒙古大汗、元太宗窝阔台，成吉思汗第三子，继承了父业，也是一代雄主，一生南征北战。不过和大多数蒙古贵族一样，他也嗜酒如命，到晚年更是溺情酒色，每饮必彻夜不休。大臣耶律楚材多次劝谏无用，便拿着铁酒槽对窝阔台说："这铁为酒所浸蚀，所以裂有口子，人身五脏远不如铁，哪有不损伤的道理呢？"但窝阔台秉性难改，依旧是沉湎饮乐。灭亡金国之后，他指派朝中大将率师征伐，自己则不愿再受亲征之苦，便更加在不断酗酒和亲近妖娆美姬中打开纵欲的大门。

公元1241年冬天，当时前线大军正往多瑙河畔的维也纳推进，后方的窝阔台出猎返回时，"奥都剌合蛮进酒，帝（窝阔台）欢饮，极夜乃罢。辛卯迟明，帝崩于行殿"（宋濂《元史》）。他因为酗酒而暴毙，年仅五十五岁，蒙古西征的进程被迫中止，自此以后，蒙古大军再也没有踏足这片土地。要是窝阔台没有酒后猝死，或许历史将要大大地改写了，我们今天的世界面貌将可能完全不一样。

宴会上真正的杀手

《灵枢·营卫生会》指出："酒者，熟谷之液也，其气悍以清。"《灵枢·论勇》说："酒者，水谷之精，熟谷之液也，其气慓悍。"《素问·腹中论》记载："酒气盛而傈悍。"《东垣十书》还指出："酒者大热有毒，气味俱阳，乃无形之物也。"历代医家都认为酒属湿热有毒之邪，味甘、苦辛，性温，有毒，入心、肝、肺、胃经，并分别以“伤酒”、“胁痛”、“酒癖”、“酒疸”、“酒臌”、“酒痨”等病命名之。可见，酒对人体的危害，古人素来有所警惕，且潜心研究过。

现代医学认为，酒精是脂溶性的物质，可迅速透过中枢神经细胞膜的屏障侵入大脑。急性酒精中毒能引起中枢神经系统异常兴奋及随后的抑制状态，严重者可因呼吸衰竭及循环衰竭而死。

酒精还可诱发冠状动脉痉挛、急性心肌梗死及恶性心律失常，进而导致心源性猝死；也能过度兴奋交感神经，造成血压急剧升高，继而导致脑出血。这些潜在的杀手，有时候比鸿门宴上暗藏的杀机更可怕。

此外，饮酒者胃内往往存有大量食物，呕吐时胃内容物易进入气道，可导致病人窒息死亡。

郑珙、钱俶、窝阔台们，本来就是长期病患者，由于各种原因纵身于酒海之中，自然也就难以自拔而全身而退了。

蒙古人当时喜欢喝的是马奶酒，酒精浓度如何，不详。不过，他们吸收了契丹族的蒸馏技术，这是很有可能的，由此，美酒的刺激程度和危害程度也必然大增。纵酒的大汗、帝王以兴致勃勃入宴，却以凄凉的呜呼哀哉收场，病也？命也？酒也！

写于2015年年底

路边的美味不能摘

大自然馈赠的口福

提起食用菇类，笔者就不禁垂涎欲滴。一碗热干面或者兰州拉面，如果配上香菇肉片，尽管已是饱食终日，自己脑海中依旧能浮现出诱人的卖相，那深藏的味蕾顿时便蠢蠢欲动。内地曾在前些年拍摄过一部不错的纪录片——《舌尖上的中国》，开篇第一辑“自然的馈赠”中首个场景，就是介绍香格里拉的松茸。它又名松口蘑，被誉为“菌中之王”、“野生菌中的贵族”，是世界上珍稀名贵的天然食用菌，目前仍无法人工栽培。据说，它富含蛋白质、氨基酸、不饱和脂肪酸及稀有元素，有特别浓郁的食材之香，口感如鲍鱼，极润滑爽脆。

铁锅上，松茸被烈火烹油灼熟的那一瞬间，虽然只是在荧幕之前，但笔者的食指已不能自持，至于那些所谓的熊掌、鱼翅之类，滚到一边凉快去吧！

南宋绍兴二十一年十月，宋高宗赵构驾临清河郡王张俊的府第时，张家进贡的“时新果子”里就有“切蜜蕈”（野菇）一项，这恐怕也是一道难得的美食。同样是“中兴四将”，张俊的结局比岳飞好很多，或许就跟他善于逢迎有关，而美味香菇在其中也有一份“功劳”。

食用菇很多都生长在大自然的怀抱中，只有少部分是人类在温室中种植栽培的。不过，就如同游莺野妓那般，貌似妖艳动人，实质常常包藏祸端，菇类也一样，于是民间常对它们有小小“死亡草帽”之称。毕竟，路边的野花不能摘，路边的野“菇”也不能摘啊！

寒山寺灭门案

中国历史上的地方志、史书、笔记等文献中，大量记载了民众误食野菇中毒的案例，可谓不绝于书，有的惨不忍睹，令人不寒而栗。其中最为惨烈的一次，恐怕得数发生在清朝道光年间的苏州枫桥镇“全寺灭门案”。

对中国文化有所了解的朋友一定会对上述地名非常敏感，没错，就案发于唐诗名作《枫桥夜泊》的诞生地——苏州寒山寺！当年，寂寂无名的文人张继夜宿枫桥，听到寒山寺的钟声，满怀惆怅地用失眠的痛苦化作名震一时的诗篇：“月落乌啼霜满天，江枫渔火对愁眠，姑苏城外寒山寺，夜半钟声到客船。”寒山寺在南朝萧梁时期就已建造，在“四百八十寺”的芸芸建筑中，本来名气不算太大，不料被失意的漂泊诗人用平生唯一的真传点化了一下，便立即名声大噪，从此，那些既有文学历史情怀又对民间信仰不离不弃的人们均到此一游。寒山寺遂络绎不绝，香火大盛，一直延续到一千多年后的道光皇帝时代。

某天，老方丈和尚过生日。由于是闻名遐迩的宗教名刹，前来祝贺者接踵摩肩。寺院内张灯结彩，仿佛过起了盛大节日，小和尚们更是欢呼雀跃，到处打点，忙得不亦乐乎。寺庙为僧侣和访客准备了丰盛的晚宴，不过，因为身处佛门，许多荤腥的山珍海味不能登堂入室，于是人们便在素食上大张旗鼓，一碗碗热气腾腾、香气四溢的汤面被端了上来……

入夜，寺院内先是人声鼎沸，后来又鸦雀无声，神秘地归于死寂，而寺院依旧灯火通明。翌日，有访者敲门，但毫无动静。他们大为诧异，推门而进，入得内堂，随即被吓得魂飞魄散，只见里头横七竖八地躺了许多僧人和平民，大概有一百多号人！餐桌上还有吃剩的素菜，而一摸他们的皮肤，冰凉如水，一闻鼻息，早已气息断绝矣。

官府闻讯大惊，赶忙立案调查。捕快在后厨房发现一名晕厥后苏醒的厨师，正是昨晚负责烹饪的那位，一查才得知，原来这是一起重大集体食物中毒案，“寺僧之老者、弱者、住持者、过客者共一百四十余人”殒命！可能是史无前例。

原来，厨师被分配了“特设素面，以供诸僧”的任务，他“见后园中有蕈二枚，紫色鲜艳，其大径尺”，觉得暴殄天物太可惜，“因撷以调羹浇汤”。面煮出来，香气扑鼻，厨师很有职业道德，没有偷吃汤面，只是负责地略微舔了舔汤汁，大概连他都对此赞不绝口吧。于是，他将面条盛出让大家用餐。回到厨房后，厨师忽然头晕倒地，不省人事。遗憾的是，厨师虽中毒不深，得以苏醒，活了过来，但其他人吃了野菇熬制的汤面，全都深度中毒，魂归地府。更可悲的是，由于厨师的无知和疏忽，全寺僧侣均死于野菇中毒，“吴下一大禅院……由此亦废”。很长一段时间，这一代名寺香火熄灭，庭院冷落，几近荒芜，花了很长时间才恢复元气，令人不胜唏嘘。这件惨案，被记载于晚清散文家薛福成的《庸庵笔记》中。

千奇百怪的蘑菇中毒

中国僧人自南朝以后即开始奉行素食。食用菌属于素食，营养丰富，味道可口，因此僧人采食它们是很自然的事，但僧人们缺乏有效的方法避免误采毒菌，由此中毒事件屡屡出现。北宋黄休复《茅亭客话》记载：“（宋太宗）淳化中有民支氏，于昭觉寺设斋寺僧，市野葚有黑而斑者或黄白而赤者，为斋食。众僧食讫悉皆吐泻，亦有死者。”昭觉寺位于四川成都北郊。“野葚”实际上就是野菇。晋张华《博物志》云：“江南诸山郡中，大树断倒者，经春夏生菌，谓之椹。”其中“椹”即指菇；而“葚”与“椹”二字有时互通。可见在清代以前，僧侣误吃野菇中毒就时有发生。上述肇事的野菇为“黑而斑者或黄白而赤者”，病患的症状为“吐泻”。

毒菇中毒的类型有不同的划分方法，按中毒的症状可有六种分型。“昭觉寺案”的病患显然属于最为常见的为胃肠类型。严重者，由于水分大量流失，有可能出现循环枯竭，继而休克死亡，类似霍乱的直接死因。

有一种叫“光过敏性皮炎型”。野菇的毒素进入人体后可使细胞对日光的敏感性增高，凡日光照射所处均出现皮炎，如红肿、火烤样发烧，伴针刺般疼痛。该毒性潜伏期较长，一般在食后一两天发病。

南宋周密的《癸辛杂识》记载：有一个“德明”和尚，“游山得奇菌，归作糜供众。毒发，僧行死者十余人，德明亟尝粪获免。有日本僧‘定心’者，宁死不污，至肤理拆裂而死。”僧德明食粪便得以解毒，该方在古籍中很常见。而日僧定心吃野菌导致“肤理拆裂而死”，说明这是一种能导致皮肤异样等反应的光过敏性皮炎型毒菌，如叶状耳盘菌之类。

另外，又有一种“神经精神型”。有些菇类毒素可引起类似吸毒的致幻作用。病患可有神经兴奋，或神经抑制、精神错乱以及各种幻觉。有的人合并视力减弱，甚至模糊不清、支气官痉挛、急性肺水肿。严重者还会躁动不安、谵语、抽搐、昏迷或木僵，可因窒息而死。更奇怪的是，部分病患还可能出现色彩幻视、极度愉快、狂歌乱舞，或如同醉者那样手舞足蹈、喜怒无常、哭笑皆非，视物大小、长短多变，东倒西歪之感，或进入如痴若呆、似梦非梦的状态。现代记载引起幻觉最著名的毒菌是墨西哥裸盖菇、古巴光盖伞等。过去，美洲墨西哥的印第安人将这类引起幻觉的毒菌称之“神物”，用于祭典活动。最奇特的是，有些牛肝菌类毒菌可引起“小人国幻视症”，其特点是病患能幻视到高不过尺、形象离奇、性格活泼的小人，甚至还有小动物！

在安徽地区，南宋赵不悔曾修有《新安志》，其中记载:“菌之为物，美而类甚多，或能杀人，亦使人善笑。其最下者曰‘麦熟菌’，所谓软湿青红者也。”“新安”即今安徽歙县，其中所说的“能杀人”和“使人善笑”的菌就是一类毒菌，具有神经性作用的致幻真菌。“麦熟菌”可能即松乳菇，该菌又称“谷熟菌”，因多产于谷物成熟时而得名。

南宋洪迈的《夷坚志》也保留了一故事，可称为“资圣寺案”:“台州资圣寺僧觉升，筑庵巾山上……是日，偶行松径中，见数菌鲜泽可爱，即摘以归。烹饪犹未熟，蛇以百数，绕釜蟠踞。升大惧，急入室坐榻上。方欲就枕，则满榻皆蛇，不可复避，而同室僧皆无所睹，升即死。”

这是一则十分值得注意的“神经精神型”中毒事件，罹难者精神错乱。那觉升和尚是浙江台州资圣寺的一名僧人，擅自采摘野菌，“烹饪犹未熟”，暗示觉升或许尝过一口。很快他便恐惧地发现“蛇以百数，绕釜蟠踞”，“满榻皆蛇，不可复避”，但同室的其他人却并未看见任何蛇。这很可能是由于毒菌中毒后产生的幻觉。

看来在古代当和尚，最要紧的不是打坐念佛，而是铭记路边的野“菇”不能摘啊！

除此之外，溶血型、呼吸与循环衰竭型也不容忽视。最可怕的是第六种，肝损害型，这是引起毒菇中毒死亡的主要类型。以白毒伞菌为例，其所含的毒伞肽，致死量低于0.1毫克/公斤体重。在欧美国家，它以“毁灭天使”（DestroyingAngel）闻名，还有微微的清香，符合传说中无毒蘑菇的形象，很容易被误食。此物以极高的中毒者死亡率残酷地嘲讽着听从传说的信众，因此还有一别名——愚人菇（Fool’sMushroom）。另外，毒伞肽易溶于水，因此往往喝汤者比不喝汤者中毒严重。在新鲜的白毒伞菌中，毒素含量甚高。“寒山寺案”中的剧毒野菇，也许就属这类所谓的“毁灭天使”吧。

什么是最有效的解毒剂？

中了菇毒，谁都不想坐以待毙，于是古代的医师们努力探索起来，总结出许多形形色色的疗法。

东汉张仲景《金匮要略方论》云：“食诸菌中毒，闷乱欲死，治之方：人粪汁，饮一升；土浆，饮一二升。”这也太恶心了吧？不过为了活命，在别无选择的情况下，有人还是决定一试的。奇怪的是，这种大便疗法在古代很流行，《本草纲目》曾引述《肘后方》：“山中毒菌欲死者：并饮粪汁一升，即活。”前文所谈的德明和尚中毒后居然紧急“服用”大便而得救，另一日本僧由于极端爱惜自己的高洁，拒“服”大便而死。另一记载在《圣济总录》中的毒菇解药就是将鸡屎烧成灰，温酒调服。

当然，也有相对没那么令人作呕的方法，如《太平圣惠方》

的建议："治蕈菌毒方：上掘地作坑，以新汲水投坑中搅之，名地浆，每服饮一小盏，不过三服差。"喝泥浆水能去毒，你相信吗？

那些稀奇的药方是否有实际功效，仍需现代毒理学试验加以验证。但可肯定的是，古医籍也存在辗转相抄的现象，其中所列的药方不一定经过作者的实践。其中所采用的人粪、泥浆等秽物，可能是为了给中毒者催吐，以排出胃部残余毒菌，从而减轻中毒，从这角度看，也许有点道理。

中国目前共发现四百多种有毒的大型真菌。一种毒菇可能含有多种毒素，一种毒素可存在于多种毒菇中。毒菇的外观极易和食用菇相混淆，且至今还没有找到快速可靠的鉴别方法，如何辨别谁有毒，这真是一道难题。不过，有些谣言倒是可以粉碎的，例如，所谓"鲜艳的蘑菇都是有毒的，毒菇颜色都是朴素的"、"毒菇虫蚁不食，有虫子取食痕迹的蘑菇是无毒的"、"无毒菇多生长在清洁的草地或松树、栎树上，毒菇往往生长在阴暗、潮湿的肮脏地带"等等。这些，都是人类一厢情愿的估算，并无科学根据，神奇伟大的自然界有着自己独立的游戏规则，是绝不以人类的意志为转移的。

兜了很大的圈子，还是没有介绍具体的甄别手段，不知看官们是否失望。其实，笔者想起了美国探索频道（DiscoveryChannel）制作的《人在野》（Manvs. Wild）电视节目，里面的现代版鲁滨逊——英国冒险家贝尔·格里尔斯（BearGrylls）为求在野外生存，活捉幼虫、蝎子等生吃，又示范在荒漠中剖开骆驼死尸的胃，寻求解渴的液体，种种方式无不刺激而毛骨悚然。如果为了活命，什么尝试都值得，但如果为了口福，则任何尝试都得三思。鲜蘑菇、鲜河豚，的确美味，可毕竟只是生活的小点缀，可有可无。当一回饕餮就得死，这代价也太大了！尝鲜有很多机会，而生命却只有一次。做人，还是踏实一点吧，听听《王状元夔府十诫》对百姓的劝谕:“夏秋月杂菇蕈皆是恶虫蛇气结成，前后坏人甚多，断不可吃。尔农民何不勤力种菜，四时无缺，何用将性命试此毒物？特此劝谕，莫招后悔。”

写于2015年年底

一胆窥人

熊之殇

中国人和熊的关系很复杂微妙。传统来说，熊是一种祥瑞的动物，而且是一些北方游牧民族的图腾，理应得到人们的普遍尊重或者敬畏。然而，为了某些很特殊、很功利的目的，熊又往往成了人们的刀下之鬼，尤其是那些游手好闲、并非为了两顿饭苦苦奔波的人。

相传，年轻时的汉武帝刘彻身材魁梧、膂力过人，为了显示自己的勇武，常常与宫苑中圈养的熊罴格斗，当然，他是带着武器的。汉武帝的儿子广陵王刘胥，遗传到了父亲的体质基因，也孔武有力，力能扛鼎，甚至能徒手搏击大熊之类的猛兽。此人粗鲁暴戾、无法无天，纵然有项羽之勇，也最终得不到父亲的喜爱和信任。

熊真的很可怜，尽管貌似强悍，老虎有时也得让其三分，但遇到装备致命武器的人类，还是要么命丧黄泉、要么束手就擒。历来，它都是猎人锁定的目标，特别是帝王级猎人。大清康熙皇帝在总结一生功业的时候，就曾得意地说："朕自幼至今已用鸟枪弓矢获虎一百五十三只、熊十二只。"大概木兰围场内的熊类繁衍得不太多，比起老虎，熊似乎更难猎获。

十二岁的皇孙弘历，后来的乾隆皇帝，有一回跟随爷爷康熙打猎。康熙用火枪击中一熊。熊应声倒地。康熙命弘历前去补枪，锻炼其勇气。弘历领命，刚一上马准备攻击，不料负伤的熊负隅顽抗，猛地站立起来试图反扑。老皇帝眼疾手快，远距离又迅速补开一枪，熊中要害，一命呜呼。未来的小皇帝一场虚惊，爷孙俩相视而笑。群臣山呼万岁。

也许童年时的经历令弘历印象深刻吧，继位之后，乾隆也喜欢猎熊。故宫博物院就珍藏着一张硕大无比的熊皮，展出时特意注明是乾隆所获。面对生前如此恐怖的庞然大物，没有先进的火器，恐怕乾隆也无能为力、惊慌失措。他曾谕令宫廷画家郎世宁等人绘制巡狩系列作品，其中就有一幅图，画中三十余岁的乾隆在田野与黑熊相遇。画师为了表现皇帝的勇猛慓悍，不但绘他独自与熊对峙，仅备弓箭，毫无惧色，而且将本是强大的黑熊描画得怯弱胆小，其畏缩在树后的紧张神态，烘托出乾隆履险如夷的帝王风范。不知是否确有其事，但估计每次面对危险，乾隆都会想起爷爷康熙曾对他发出的赞叹：“是命贵重，福将过余。”（你的命太好了，福气远远比我多啊）

这么辛苦猎杀一头熊，其目的当然不仅是为了炫耀武力，获得熊皮、熊肉、熊掌这类珍宝了。

熊掌固然令人垂涎三尺，连亚圣孟子都不能脱俗，然而毕竟这属于山珍海味。口福可以不尝，疾病则不可以不医。千百年来，熊胆才是中国人的挚爱。

胆之神

国人为了得到熊胆，世世代代形成了一套完整的取胆方法：一般选在冬季猎熊，捕获后杀死，剖腹取胆，割时先将胆口扎紧，割取后小心剥去胆囊外附着的油脂，再用木板夹扁胆囊，悬挂于通风处阴干，或置石灰缸中自然干燥。不宜晒干或烘干，以防腐臭。也就是说，获取一颗大约五十克的熊胆，往往要以一头两百多公斤重的熊之生命为代价！

能够出售的熊胆大致如下模样：有光泽，颜色不一，金黄色透明光亮如琥珀，质松脆，味苦回甜者，称“金胆”或“铜胆”；黑色、质坚而脆或呈稠膏状者，称“墨胆”或“铁胆”；黄绿色、光亮较差、质亦较脆者，称“菜花胆”。上品应该气微清香或微腥，入口溶化，味极苦，清凉而不粘牙。以个大、胆仁金黄色、足亮、味苦回甜者为佳。

熊胆在中医药方面的地位是在唐朝才开始逐渐确立下来的，至今有一千多年的历史，而且深入民心，难以撼动。在此之前，熊胆往往只是以它的苦涩甘凉的口感引起民众的注意。不知道当年那位卧薪尝胆的越王勾践，他尝的是猪胆还是熊胆。笔者以为，熊胆似乎比猪胆更苦涩，而熊比猪又更为珍惜难获，更何况，古人认为胆主决断，相信以形补形，作为一代有为的君主，立志报仇雪耻，含着一颗来自威猛大熊身上的器官，总比含一颗猪胆更“高大上”吧？

唐代大臣柳仲郢，柳公绰之子，除了有政绩之外，学术也了得。他少年时勤读经史，尤对《史记》《汉书》以及魏、晋、南北朝史作过深入研究，不仅熟读，且能手抄。其学术成果得到一代宗师韩愈的赞许。这成就得来不易啊！据《新唐书·柳仲郢传》记载：“其母曾和熊胆丸，使夜咀咽，以苦志提神。”为了让儿子取得良好的学习状态，柳母韩氏以熊胆制成药丸，利用苦涩清凉之味助他夜读。这是贤母教子的典范，堪比孟母三迁。

自宋以降，熊胆的功效越来越神乎其神，主要包括清热解毒、明目退翳、生肌美颜、消肿止痛等。南宋周密甚至在《齐东野语·经验方》中说："熊胆善辟尘。试之之法：净一器，尘幂其上，投胆一粒许，则凝尘豁然而开。以之治目障翳，极验。"他首先把熊胆当成古代吸尘机，继而又附会到眼科疾病上，功效如何，后人自有评论。

概括来说，中医认为熊胆清热、镇痉、明目、杀虫，治热黄、暑泻、小儿惊痼、疳疾、蛔虫痛、目翳、喉痹、鼻蚀、疔痔恶疮，而且有《唐本草》《纲目》等经典著作佐证。在中医的理论系统里面，有他们的一套道理。不过，综合古代的方剂来看，熊胆入药，往往不是让病患单独服用熊胆了事，它是需要配伍其他药材，联合各药之长，制成汤剂或丸子，方能起效的，而麝香就是熊胆经常配伍的"搭档"。

在西医看来，熊胆似乎不像虎骨那样乏善可陈，它还是有可用之处的，只不过没那么神通广大罢了。化学分析显示，熊胆主要含胆汁酸类的碱金属盐，另含有胆脂醇及胆汁色素。胆汁酸的主要成分为牛磺熊脱氧胆酸，它水解后能生成牛磺酸与熊去氧胆酸。现代科学证明熊胆主要有治疗胆结石的作用，其药理有效成分为熊去氧胆酸（UrsodeoxycholicAcid）。此物质其实在脊椎动物甚至人类的胆汁中广泛存在，只不过一般很少，例如在人的胆汁酸中熊去氧胆酸只占大约百分之四。而黑熊胆汁酸中熊去氧胆酸含量高达百分之三十九。除了黑熊，北极熊（含百分之十七）和棕熊（含百分之十九）的含量也较高。

但不要以为所有的熊类都含有很高的这类物质。出乎意料，有一种啮齿类动物——南美洲海狸鼠，其胆汁酸也含有很高的熊去氧胆酸，达百分之三十七。相反，有几种熊科动物的胆汁酸中的熊去氧胆酸含量很低，例如南亚的懒熊只含百分之一，南美的眼镜熊含百分之六，马来熊含百分之八。

口服熊去氧胆酸对溶解某些类型的胆结石有一定的效果，

此外，20世纪80年代以来，国际医学界又开始研究熊去氧胆酸在治疗肝脏疾病方面的应用，例如用于治疗原发性胆汁性肝硬化，是美国食品药品管理局批准的唯一用于治疗这种疾病的药物。而熊去氧胆酸早在20世纪50年代就已经人工合成成功了！

人之妄

可惜，科技的进步并未能终结熊们的厄运。有的地方依然存在盗猎熊的现象，如同为了获得虎骨一样，最大的目标也是熊身上的器官——熊胆、熊掌等。熊，继续被剖腹、砍掌、剥皮。近些年，又有些地方兴起“人道”的活熊取胆闹剧，在养殖熊农场，饲养人会从体外插管到其腹部抽取熊胆汁。为了便于操作和反复多次，农场通常将可怜的熊固定在狭小的笼子内，金属钳锁，动弹不得。熊的一生，就在监禁与抽胆汁的痛苦酷刑中度过。凄厉的哭嚎漫山遍野，有良知者听之，黯然神伤，心惊肉跳。

比起养鹅者为取得可餐的法式鹅肝，故意强迫鹅们大量吞下难啃的玉米，致使严重畸形的脂肪肝形成，活熊取胆的残忍性、野蛮性、非人道性更是罄竹难书！

这些熊们，忍受如此虐待，早已成行尸走肉，精神涣散、形如枯槁，有的甚至由于伤口人为不愈，继而发生癌症。这样不健康的熊，制造出不健康的胆汁，难道又可以挽救那些不健康的人吗？就文明程度而言，今人较之古人，又有何进步之处？

后周开国皇帝郭威，对物质享受很不以为然，也并不迷信熊胆的神效。为了减少百姓头上的苛捐杂税，他严禁地方向中央大量进贡，其中就包括闻名遐迩的“华州麝香、羚羊角、熊胆”。尽管他的思想仍没有上升到让动物享有同等尊严的高度，但其政策，客观上既让百姓受惠，也使得许多森林、原野的生灵免遭屠戮，善莫大焉。在这位政治家不到四年的统治下，后周霸业逐渐夯实，为日后北宋的建立和统一中原奠定了基础。郭威也荣膺“英伟之量”、“勤俭之美”的历史评价。

宋朝北方的大辽曾经雄极一时，然而后来出了个辽穆宗耶律璟，此君沉迷狩猎，又经常酗酒，天亮才睡，中午方醒，长时期不理朝政，人称之为“睡王”。另外，耶律璟又嗜杀，经常亲手杀人，左右稍有不顺，即遭手刃。比起杀熊取胆的行为，他的行径更是骇人听闻。据说他杀人是听信了女巫的话——取人胆制造延年益寿的仙药。《辽史》载：“初，女巫萧古上延年药方，当用男子胆和之。不数年，杀人甚多。”后来，不甘心坐以待毙的近侍联合厨子，趁耶律璟“欢饮方醉”将其杀死。一代天子，落得可耻可悲的下场。此时的大辽，鼎盛已过，开始慢慢走向衰落。

一副胆囊，真可窥见人性种种。

写于2015年年底

谁偷走了他们的视力?

父子对眼镜的微妙态度

笔者曾参观过澳门艺术博物馆展出的乾隆漆器。展品中有一款超前设计的乾隆眼镜漆盒令人印象深刻——外形两圆相交，下层泛黄，上层鲜红，内壁髹黑漆，以金彩描绘蝙蝠，铭文为“五福宝盒”。一副玳瑁框架的眼镜缀有两水晶，赫然躺在其中，相信这是乾隆爷的老花镜。可以想象，老人家在昏暗的烛光下，戴着这副眼镜观赏把玩艺术品，不亦乐乎。

明末清初，许多现代意义上的眼镜还是由西洋进口，后来才慢慢本土化。

其实，乾隆年轻时不仅精力旺盛，记性超群，而且视力完好无损，即使到了中年，还能“披阅一切文字未尝稍懈，以眼镜借物为照，仍屏而不用也”。他对眼镜很有看法，认为借外物增加视力，治标不治本，有一种本能的抗拒心理，能不用就不用，倒也间接说明他的视力退化不算很快很严重。

不过，在大自然冷酷的规律面前，九五之尊也无可奈何。乾隆四十年，六十多岁的老皇帝虽然明知眼镜的功效，但对此还有抵触情绪。他写诗说:“老年所必须，佩察秋毫细。然我厌其为，至今未一试。”又强调:“赖彼做斯明，斯明已有蔽。”意思是，配戴眼镜来达到明目的效果是“借物”所致，而这使眼睛本身被镜片所掩盖，目明就是虚假的。

六年以后，即乾隆四十六年，他的视力进一步削弱，以至发出了“作忆昔诗，仍书册尾，目力颇觉逊前矣”的慨叹。尽管如此，年近古稀的乾隆依然固守以往的信条：“我兹逮古稀，从弗此物凭。虽艰悉蝇头，原可读论孟。”直到走近了生命的尽头，他在八十八岁高龄时写下了一生中最后一篇眼镜诗：“古稀过十还增八，眼镜人人献百方，借物为明非善策，蝇头弗见究何妨。”对眼镜至死不能作出肯定评价。

乾隆不可能一生没用过眼镜，以他的品性，政务可以放下，但古董字画、花鸟鱼虫须臾不能离，尤其在晚年自以为天下太平之后，而眼镜终究是得力助手，对眼镜的又爱又恨，又赖又弃，恰恰说明他代表“天朝上国”的妄自尊大、刚愎自用、冥顽不化，以及试图掩饰自身机能衰退的力不从心、自欺欺人。

令人感慨的是，乾隆的皇阿玛雍正皇帝，却一生对眼镜情有独钟，未曾带有半点负面情绪，不像儿子那样，受了眼镜的恩惠还横加指责。

清宫史料披露，康熙帝在得到两广总督进献的水晶眼镜后，试戴感觉不错，便赐给了当时还是皇子的胤禛（即后来的雍正帝）。年近中年的胤禛云，戴了父皇御赐的眼镜才变得“精明”，办公的效率大为提高，简直如虎添翼。后来，雍正配戴的眼镜全由内务府造办处制作，造办处档案详细记录了雍正有关眼镜的不少旨意，如“将水晶、茶晶、墨晶、玻璃眼镜，每样多做几副，俱要上好的”、“照朕用的眼镜，再做十副”。据不完全统计，造办处为雍正专门订造的各式眼镜达三十五副之多。雍正把这些眼镜安放各处，每到一地，随手可取，经常起居的紫禁城与圆明园，甚至他的銮轿，都放有御用眼镜，恨不得马桶旁也备一副。

历史竟在这个时刻给大清开了一个玩笑。雍正恐怕是清朝所有皇帝乃至中国历史上所有帝王中，最勤政的一个，除了把玩艺术品和修炼丹药外，似乎没有过多私欲和其他爱好，每天殚精竭虑、工作不停，批阅的奏章汗牛充栋，只有新年与生日才稍作休息，这位“工作狂”对眼镜的偏爱，纯粹出于对工作效率的刚性追求，反倒没有其子乾隆那么多条框偏见、陈规陋矩、固定思维。儿子还不如父辈的开明，这样的人治社会能有多大前途？

老花眼的宿命

看来，乾隆老年的昏聩，不全归咎于他的老年痴呆症，至少部分归因于此君的眼界、学识和胸襟。就政治素养而论，他远不及祖父和父亲。在历史的浮光掠影中，他更像是个富家公子，享受尊贵的荣誉、过上有品质的生活才是首当其冲的事。难怪啊，现在有些人充其量是富二代、富三代，就已经不学无术、声色犬马得不行，人家乾隆爷可是富“六”代呢（从努尔哈赤算起）！

老花镜是凸面镜，与放大镜类似，配制工艺不算复杂，可以大致配出镜片而人人相互使用（如康熙把眼镜赐给雍正，效果立竿见影），视力未必全然纠正，但由于能放大字图，总比没有戴好；而近视镜则不然，它是凹面镜，一般只有一对一地进行视光检测后才能制出适宜的镜片，同一镜片很难在不同的病患中通用。再者，这对父子都是在中老年后才出现视力衰退，看近物困难，在阅读写字时吃尽苦头，因此，他们都是得了老花眼。

老花眼是正常的生理现象，严格来说不是病，也不是老年人才有的。人四十岁以后，随着眼的晶状体逐渐纤维硬化，睫状肌逐渐麻痹，使人眼无法有效调节眼球的形状（轴向变化），只能通过调节眼睛与所视物体的距离，看近处的物体时必须移远才能看清楚，这时的眼睛状态就称为老花眼。

老花眼主要有两大表现：第一是近距离阅读困难。阅读时需把书本拿远，或需要在光线强的地方才能看清。第二是视疲劳。随着调节力减退，阅读需求接近调节力极限，阅读时几乎要动用眼睛全部的调节力，这样就导致不能持久用眼，容易发生眼胀、头痛等视疲劳症状。

小皇帝的近视眼

中老年人士罹患老花眼，那么青少年就没有眼病吗？当然不是，他们眼睛的最大敌人就是近视。

乾隆爷的后裔中出了宣统帝溥仪，不过他懂事的时候，帝国已经不再属于他了。按照民国的优待条例，清帝依然能在狭小的紫禁城之内称孤道寡，但仅此而已。身边的人渐渐发现，小皇帝看东西似乎很费劲，总是眯着眼。

溥仪在自传《我的前半生》中写道："在这些王公大臣们眼里，一切新的东西都是可怕的。我十五岁那年，庄士敦（溥仪的英文师傅，英国人，对溥仪一生有着重要的影响）发现我眼睛可能近视，建议请个外国眼科医生来检验一下，如果确实的话，就给我配眼镜。不料这个建议竟像把水倒进了热油锅，紫禁城里简直炸开了。这还了得？皇上的眼珠子还能叫外国人看？皇上正当春秋鼎盛，怎么就像老头一样戴上'光子'（眼镜）？从太妃起全都不答应。后来费了庄士敦不少口舌，加之我再三坚持要办，这才解决。"

于是1921年11月7日，庄士敦和北京协和医院眼科主任、美国人H. J. 霍华德博士取得了联系。第二天，霍华德即入宫为溥仪诊疗眼疾，确诊他近视并伴有散光，建议通过配戴近视镜来矫正视力。

与医院挂钩的北京精益眼镜店遂派出经理和助手，携带设备和材料来到宫内。他们按照民国的礼仪，并没有给溥仪下跪，只是鞠躬。内务府按验光要求，用黑布搭了一段两丈长的黑屋，并准备好两盏煤油灯。验光进行得很顺利，约半小时即完毕。不几日，他们就为溥仪配好了眼镜：一副是真金如意脚克罗克司复光近视镜，一副是真金玳瑁边如意脚克罗克司复光近视镜，均为当时流行的款式——圆形深茶色克罗克司镜片，金属折角镜框。

从此，我们所看到的一切溥仪照片、视频，里面的主角身份不管是皇帝抑或“满洲国执政”，还是平民，都戴着斯文的眼镜。

近视是指眼睛看近处清楚而看远处不清楚的一种病理状态。有近视的人在看远处时，平行在视轴的光线通过眼球屈光系统的折射，汇聚在视网膜前，不能像正常人那样，在视网膜上形成清晰的成像，因此无法看清物件。病根在视轴的屈光不正。近视的人，通过眯起眼睛可限制光线的入射，从而减小像差，使自己可以看得更清楚一些。一般认为，过度阅读及其他的近距离视觉活动，用眼不当，给眼睛带来过度的调节负担，是近视形成的主因。

古人中好像有不少近视的病患。

宋人叶梦得的《石林燕语》记载：“欧阳文忠（修）近视，常时读书甚艰。惟使人读而听之。在政府数年，每进文字，亦如常人。”在仁宗至和二年，四十八岁的欧阳修就作诗曰：“病目故已昏，墨不分浓淡。”五十七岁时，他在《乞外任第一表》称：“惟两目之旧昏，自去秋而渐剧，精明暗蔼，瞻视茫洋，冬春以来，职业多废。”后来发展到“日益昏涩，看读文字，艰难忧虑，职事旷废，有误国家”、“两目气晕，尤更昏然，仅分黑白”，除了影响他吟诗作文，还严重干扰了政务工作。

近视的症状描述，其实早在隋朝就有一定的认知和阐述，如“目不能远视”的记载就见于名医巢元方的《诸病源候论》。明朝人将近视进一步具体化，王肯堂的《证治准绳》称之为“能近怯远症”，傅仁宇《审视瑶函》称之为“近觑”。到了清代，黄庭镜的《目经大成》始称“近视”，从此定名。

那么，元明之前的“近视”记载，是否就等同于今天的“近视”呢？这有待探讨。不过从欧阳修的个案来看，他不仅看东西模糊，而且到了只能分辨黑白色的程度，估计不能单用近视眼来解释。他合并视网膜病变或眼底血管疾病是很有可能的！

近视合并老花？

长期用眼的人，眼睛的保养程度自然很是欠缺。

北宋政治家兼文学家、史学家司马光可谓妇孺皆知。他大约在四十五岁的时候开始竭尽全力撰写《资治通鉴》，费时十九年！

司马光编《资治通鉴》时，居家极其简陋，夏天闷热难堪，汗水常滴在草稿上，就请匠人另辟一地下室，“常读书于其中”，“日力不足，继之以夜”，每每秉烛著书，生病时亦不休息。好友劝他“宜少节烦劳”，他说：“先王曰，死生命也。”就这样过了近二十年艰辛的著书岁月。

在当时只能用油灯蜡烛取光的条件下，长年累月、废寝忘食地查阅资料和奋笔疾书，对眼睛的损害肯定是很深的。

宋神宗熙宁三年，司马光五十一岁，二月十九日他给皇帝上了《辞枢密副使第三劄子》。劄子中司马光说自己："素有目疾，不能远视……"实在不能胜任"枢密院副使（国防部副部长）"一职。素，一向；目疾，眼病；不能远视，看不清远物。看来，司马光的眼病可能就是近视。估计经过数年的艰苦著书，视力更差了。

第二年，皇帝体谅司马光，并为了让其安心写作，判他任西京御史台，这是个闲职，没什么实际工作。此后司马光闲居洛阳十五年。《次韵和宋复古春日五绝句》即作于此一时期，其三曰："东城丝网蹴红毬，北里琼楼唱石州。堪笑迂儒竹斋里，眼昏逼纸看蝇头。"

春天的洛阳城喧闹无比，人们各自外出游玩，其乐融融，而司马光却两耳不闻窗外事，一心埋头编《资治通鉴》。因为眼睛有毛病，他必须离纸很近，才能看清小字。这后两句自嘲的诗，实在何其辛劳啊！可见他近视的可能性很大。

老花眼又是近视的司马光步入中年后不可躲避的自然规律。他晚年在诗中说："昏花病目不自惜，服膺盥手书一能。"书成之后，他给皇帝进表说："臣今筋骨癯瘁，目视昏近，齿牙无几，神识衰耗，目前所谓，旋踵而忘。臣之精力，尽于此书。"司马光确为此书付出了毕生精力，成书不到两年，便积劳而逝。

那么近视加老花，又会怎么样？

很多人认为，年轻时近视，年纪大了之后和老花眼"抵消"，视力就会恢复。这是错误的。老花是每个人都不能逾越的自然生理过程，近视眼一样会老花。只不过，近视眼若有了老花，看近物时有时可将眼镜摘掉，给人造成近视、老花抵消的错觉。事实上，虽然老花症状与近视相反，但近视的人一样会发生老花眼，他们看远处时仍要用近视眼镜，看近处时要根据个人情况而定，有些人还是要戴老花镜的。

古人也有不少保眼、养眼的经验。古代医家认为，服用车前子可补虚去翳，与菊花、决明子等配伍，能用来治疗目赤肿痛、迎风流泪、视力减退等症。唐代医家孙思邈的《千金方》中提到“驻景丸”，是用车前子与熟地、菟丝子配伍为丸，治疗老年人因肝肾俱虚所致的眼昏生翳等症，至今仍是老年眼病常用的保健良方。

宋代诗人杨万里诗云:“只有观书乐，其如病眼何！但令吾意适，不必卷头多。”并在《书莫读》诗中描述了苦读害处后，提倡这样一种闲适生活:“何如闭目坐斋房，下帘扫地自焚香。听风听雨都有味，健来即行倦来睡。”可见，他们认为，药物治疗尚属次要，人们应首先改变自己用眼过度之恶习，尝试劳逸结合的生活方式，适当发展其他方面的兴趣，以闲适为主。

可惜这些，对于负有神圣使命感的司马光而言，都是奢望。

戴眼镜，不羞耻

人们可以逃避近视，可以避免其他眼科疾病，但终究不能躲过老花这一道坎，除非英年早逝。

老花眼要想在原来习惯的距离上使用视力就必须配戴老花镜进行视力补充，才能重新回归清晰，否则总是很别扭地把书本推离自己才能奏效。毫不夸张地讲，老花镜是每个人步入中年后的第二双眼睛。老花度数与年龄相关，例如，四十五岁时老花是 +1.50D（即 150 度）左右，到了五十岁，不管你戴不戴眼镜，老花都会增加到 +2.00D（即 200 度）左右。

倘若已出现了老花，像乾隆爷那样讳“疾”（老花也未必算一种疾病）忌医，强撑着尽量少戴老花镜，那么睫状肌精疲力竭也调节不了，一定会加重阅读困难，产生头昏眼胀等许多症状，影响生活和工作，这是很不明智的。所以，老花眼镜当配即配，不要延误。年龄增长后，原先配的老花镜度数不够了，也要及时更换。而长时间配戴不合适的老花镜，不仅会给自己的生活带来诸多不便，还会加速眼睛老花的进程。

中国早期眼镜的图像及实物资料存世不多。中国历史博物馆所藏的明画《南都繁会景物图卷》中，可见一老者戴着眼镜。

其实，明代时眼镜已在士大夫之中使用。明人田艺蘅在《留青日劄·叆叇》载:“提学副使潮阳林公有二物，如大钱形，质薄而透明，如硝子石，如琉璃，色如云母，每看文章，目力昏倦，不辨细书，以此掩目，精神不散，笔画倍明。中用绫绢联之，缚于脑后。人皆不识，举以问余。余曰：此叆叇也。”叆叇，原指浓云遮日，在明代就是眼镜的代名词。

随着西方技术的传入，明代不仅出现了眼镜，而且明末清初时苏州还出了一位杰出的技师，名叫孙云球，能按人的年龄和不同的视力研制出老花、近视、远视等镜片，并编制了一套“随目对镜”的验光方法用以验目配镜。他留下一部名为《镜史》的科技著作，对推动后世眼镜工艺技术起着不可估量的作用。

可见，眼镜对乾隆时代的人来说，不是什么新鲜事物。然而，以乾隆帝为首的守旧集团，还是死抱着“保养元气，养出精光”的护眼信条，名为遵循中华传统，实质上不过也是戴着有色眼镜窥视外来先进事物，内心的自卑和外在的自大，极不协调地混杂其间，终于为这个古老的国家种下祸根。

写于2015年年底

幽思闲话

西门官人，与武大郎殊途同归

8月中旬，启阵先生在《澳门日报》上解读武大郎“代言”烧饼的文章不乏真知灼见。说到武大郎，自然又让人联想到置他于死地的西门庆。不管是《水浒传》还是《金瓶梅》，这个形象确实深入人心，以至于近些年来，不少利令智昏的地方政府打起他的主意：山东阳谷县、临清县和安徽黄山竞相争夺西门庆故里的金字招牌，有的甚至扬言复原西门庆和潘金莲的幽会之所！

把一个虚构的恶棍、淫棍大肆宣传，还冠以“推动地方经济”的幌子，固然恬不知耻，但这种表面上追求经济效益的背后却隐含着深层次原因。

首先，从文化心理来说，随着中国市场经济的蓬勃发展，晚明时期曾一度萌发的“好货”、“好色”观再次涌进了国人生活的角落。近两百年来，中国历经儒家理学的束缚、内乱外侮的蹂躏、自然经济的破产，再加上长期的封闭和桎梏，百姓物质生活匮乏单调。如今，压抑已久的物质享受欲终于得以释放，犹如一个被压缩到极致的弹簧突然反弹，人性中的本能自然需要宣泄渠道。西门庆就这样从四百多年的文学历史深处，咧嘴坏笑，得意洋洋地走来。中国人对知名人物，往往又抱有乐观其成，更乐观其败的幸灾乐祸心态，由此，人们对西门庆的兴趣经久不衰。

其次，从娱乐价值来说，西门庆可谓独步一时。他的发迹，他的穷奢极欲，他的惨死刀下（《水浒传》）或纵欲而亡

（《金瓶梅》），大起大落，中间夹杂着风流恣肆，色字当头而恶有恶报，符合庸俗的闲情趣味，是影视作品的绝好题材，几十年来，港台在此方面已捷足先登并有“示范作用”。西门庆的吸引力和娱乐号召力实在一时无两。

再次，从人情世态来说，西门庆一生所阐释的“权钱”之道，依然是很多国人潜意识里又敬畏又渴望的生存法则。他靠送礼买到一个官职，在清河县当起了副提刑千户（类似公安局副局长），商人兼官员，如虎添翼，有钱有势，官职虽然不高，但手眼通天。曾有官员弹劾他，可再大的罪状，在金钱的打点下竟变成一纸考核好评：“家称殷实而在任不贪，国事克勤而台工有绩。”西门庆的丑行正暗合了中国社会长久以来砍不断的潜规则。

最后，从文学形象来说，西门庆堪称独特。中国古代文学要么书才子佳人，要么写帝王将相，要么讲英雄传奇，要么谈神话志怪。如西门庆这般真实、立体、市侩的世情人物委实少见。此外，他还是商界巨子，经商颇为有道，分析金钱时就说：“兀那东西，是好动不好静的，怎肯埋没在一处？也是天生应人用的。”马克思也曾说“资本作为一种增值的价值……它是一种运动”，“不能理解为静止物”。两者对资本的理解有着惊人的相似之处。

所以，西门庆、武大郎，生前一对冤家死敌，如今一同成为热点话题，实在是殊途同归啊！

（发表于2014年12月17日《澳门日报·新园地》）

上医医国，中医医人，下医医病

在镜湖医院的值班房，我偶然发现《医学之爱无国界——医疗典范人物传记选读》一书，它孕育于陈永兴、林衡哲两位医师作家在台北医学大学深受好评的人文课程。全书共收集了二十三位具有临床医疗或医学研究背景的不寻常人物，涵盖了人道医疗的实践家、影响人类的科学先驱以及勇敢的医师革命家。

在那个平常的晚上，我仿佛看到深入非洲大地的李文斯顿，冒着生命危险抢救黑人；看到切·格瓦拉在中南美洲一手拿枪、一手提医药箱，投入游击战的壮烈行动；看到鲁迅掀起文化批判、冲击社会体制；看到菲律宾国父黎刹，当时亚洲最杰出的眼科医生，也是第一流的诗人、小说家，用一生证明笔比枪更有力……

医生，是否应该“不务正业”？

人们想起医生，总觉得这是一个收入颇丰的高尚阶层，又或者是一群生活稳定、按部就班的人。其实，你可曾想到，有那么一些医生或学医之人，他们放弃了世人艳羡的生活，甚至放弃了个人的安逸，却走上了一条条别人看来匪夷所思的路——或深入不毛、拯救被无情病魔折磨的脆弱生命；或弃医从文、打救被吃人礼教折磨的麻木灵魂；或投笔从戎、挽救被残暴制度吞噬的民族与社会。他们不渴求个人幸福，却为天下千千万万人谋幸福，他们不追求自身伟大，却被今人奉为伟大的化身，他们更不奢望永恒，却被后世时时传诵，直到今天，依然有后来者沿着他们永恒的精神之路勇往直前！

书中描写的欧巴尼医生，一位“无国界医生”组织成员，就是这样的人。十一年前，当那次灾难突然席卷全球的时候，他是第一个发现SARS病毒的人。从发现了这种新疾病的第一天起，他就一直守在病人身边。当有人因SARS而害怕在医院工作时，他仍每天到医院收集样本，还一边亲自救治病人，一边给其他医师讲解战胜病魔之法。在连续紧张工作了三个星期后，欧巴尼终于病倒了，症状与SARS一模一样。十八天后，四十六岁的欧巴尼死于自己一个月前新发现的疾病。

奋勇抗争的医者，我们最熟悉的莫过于孙中山和鲁迅。其实，不是每个医者都需要在用腥风血雨或千夫所指中证明自己医学之外的价值，在今天这样一个相对缓和的社会、相对宽容的氛围中，依然有学医之人为自强者鼓掌，为不平者呐喊，因为他们的心从不闭锁在自己的小天地中，而是系在民族、社会、国家的血脉上！比如，作家毕淑敏、音乐人罗大佑，他们年轻时都曾徜徉在医学殿堂里。

医者之所以能在社会活动上有如此高的参与性，一是因为他们的专业让他们参悟了生死的界限，二是因为医学这种神圣的专业，渗透的不仅是救死扶伤的职守，还有济世为怀的崇高。

这本书再次让我想起明末那著名的对联：“风声、雨声、读书声，声声入耳；家事、国事、天下事，事事关心。”其实，不管你学不学医，不关你有多少资源和能力，两耳不闻窗外事，都不是一个时代精英的基本素质。

（发表于2014年7月6日《澳门日报·文化阅读》）

武以立人，武以止戈

每个国民，必须文武兼备。非如此，不能有光明磊落的人格；非如此，社会不能有光明磊落的风气；非如此，不能创造光明磊落的文化。

——雷海宗

在日本右翼分子把钓鱼岛问题闹得不可开交，解禁集体自卫权的妖焰甚嚣尘上时，甲午战争一百二十周年祭，悄然来临。那是一段不堪回首的岁月，一处永远的伤痛。关于清廷腐朽的恶果，暂且不谈；关于军国主义的罪恶，暂且不论。以两军交战前士兵的天壤反差，一望而知，清军必败！

据史料记载，清军士兵出征前哭爹喊娘，如上刑场，家属规劝“勿玩命”者、预谋逃跑者不在少数。反观日军，视死如归，士气高昂，一老妇告儿子：“此役后，我希望在靖国神社见到你！”

在旧中国，似乎没有人把参军入伍看成是国民的荣耀，似乎没有人把为国捐躯看成属于军人的职责，尽管几千年的仁义道德依然在书本上泛着褪色的烛光。曾几何时，人们流传着“好铁不打钉，好男不当兵”的口头禅。这样的民族，怎能在列强的锋齿利爪下生存？

中国不是传颂过木兰替父从军的壮举吗？何时开始糟蹋那群捍卫国家尊严与领土的人？文化的糟粕从何而来？何以培植

出如此消极的“兵文化”？

民国学者、著名历史学教授雷海宗先生的《中国文化与中国的兵》让我茅塞顿开。这本著作正好成书于抗日战争时期，以独特的视角探讨古代中国的兵制和兵文化演变、文官与武官的关系、皇族血统退化与国力盛衰的关系等问题。作者认为，春秋战国时期，中原各诸侯国不仅平民当兵，富人、贵族也当兵，近乎全民皆兵，军队素质高、战斗力强，不惧游牧民族的入侵；而自汉代以后，军队多由流民组成，战斗力明显下降，所以不断遭受北方的威胁。核心一点，即中国军队人员组成的变化、素质的下降造成了中国国力的衰败，中国的长期积弱与武德的消亡、文德的畸形发展有关。

“《左传》《国语》中的人物由上到下没有一个不上阵的，没有一个不能上阵的，没有一个不乐意上阵的……当兵不是下贱的事，乃是社会上层阶级的荣誉职务……当时的人毫无畏死的心理；在整部的《左传》中，我们找不到一个因胆怯而临阵脱逃的人。

“春秋时代是上等社会全体当兵，战国时代除了少数以三寸舌为生的文人外，是全体人民当兵，现在上等社会不服军役而将全部卫国的责任移到贫民甚至无赖流民的肩上……总括一句，先是军民不分，后来军民分立，最后军民对立。

“文武兼备的人有比较坦白光明的人格，兼文武的社会也是坦白光明的社会。这是武德的特征。中国二千年来社会上下各方面的卑鄙黑暗恐怕都是畸形发展的文德的产物。偏重文德使人文弱，文弱的个人与文弱的社会难以有坦白光明的风度，只知使用心计、虚伪、欺诈、不彻底的空气支配一切，使一切都无办法。中国兵制的破裂与整个文化的不健全其实是同一件事。”

先生的独到见解可谓振聋发聩！我冒昧地认为，在中国历史上，武德越发达，国家就越朝气蓬勃！一如盛唐，当时的华夏以傲视寰宇的文明展现全盛风骨，人们尚武豪迈，士卒“黄沙百战穿金甲，不破楼兰终不还”的气概直冲云霄，边塞诗人更高唱“秦时明月汉时关，万里长征人未还。但使龙城飞将在，不教胡马度阴山”。然而，唐人不惧战亦不好战，他们深知“苟能制侵陵，岂在多杀伤”。唐军多的是戍边的忠诚，少的是扩张的野心。其实，先秦、盛唐的中国人也曾有过雄武的魂魄，他们勇猛果敢，珍爱荣誉，敢于任事，但不恃强凌弱，而且崇尚规则。

在中华重新崛起之时，我们需要重拾属于民族文化精髓的武德。在一个靡靡之音遮盖军人朗朗踏步声的国家，朝气何在？“武”字，“止”与“戈”所成。崇尚武德，不是好勇斗狠，是阳刚正直而勇挑重任，无所畏惧而手持正义。只有敢打能战，方能制止战争。发扬武德，人格方能完善，个人方可立足；高举武德，敌手方被震慑，和平方能维持。

请不要向军队投以异样的眼光！它是个大熔炉，也是一所独特而优秀的大学。凡是当兵的人，尽管早已脱下军装，但大多能保留果敢、勇武的精神，更重要的是，能培养出一种团队精神，这正是过分强调自我价值、自我中心的“80后”、“90后”所欠缺的！

武德立人，才能成就社会中坚；武德立国，才能让“哭威海”、“哀旅顺”、“割台湾”的悲剧不再重演。无此，中华民族焉能真正矗立于世界民族之林？

（发表于2014年9月21日《澳门日报·文化阅读》）

做一回馋嘴的宋朝食客

我一直认为，宋词是两宋三百年上至帝王将相，下至贩夫走卒的生活画廊和纯真心声。于是，我把宋词奉为了解大宋最重要的一扇门，反复吟诵玩味。所谓百姓开门七件事：柴米油盐酱醋茶。宋词固然有大量的离愁别绪、闺阁怀春、国恨家仇、怀才不遇，也有不少把酒凭栏、无宴不欢，但是，宋人到底怎样吃、怎样喝？限于篇幅和词令的文学性，宋词没有详述，这不得不说是一种遗憾。

幸亏有一本书，把这个遗憾填补了。李开周先生的《宋朝饭局》以一个时下颇为流行的“穿越”角度向读者展现出一幅幅宋朝市井的生活场景，有如张择端的《清明上河图》，但较之更细腻。

作者点评了宋朝流行的主食和副食、大江南北的饮食习俗，道尽了佳肴美食和市井谐趣，文风倜傥，不拘一格，令人拍案叫绝。吃喝之外，我还有一个兴趣就是历史。此书把饮食和历史结合起来，笔调幽默诙谐，满足我的胃口，也能弥补知识，比如书里就讲解了宋朝牛羊肉的区别和价格高低，也解释了西瓜等多种常见蔬果的来历，更耐人寻味的是，人们熟知的武大郎卖“炊饼”，经作者考证，其实并非影视作品中的烧饼，实际上是馒头。

至于饭局的座次、御膳的构成、皇上的下酒菜、宋人的刷牙、他们的饭量，甚至大诗人陆游的起居饮食、一代文豪苏轼的酒量……作者均通过旁征博引，娓娓道来。真是美食之旅、历史之旅。

现代中国人的许多文化传统和思维习惯，相当一部分都是自宋朝开始定型的。这个严肃的思想性话题，想必有点枯燥乏味，甚至沉重。不过，宋朝奠定了今天的饮食格局，这是此书带给我的新鲜观点。今天我们津津乐道的饮食文化也主要来自宋朝：如一日三餐的习惯就是从宋朝开始养成的；今人喜欢炒菜，这个特色来自宋朝；煤和天然气，宋人就会用了；今人夏天喜喝的冷饮也是在宋朝才开始异军突起的……现在很多饮食细节都能从宋朝找到源头。从这个角度看文化传承，是否会别有一番轻松、悠闲的风味呢？

谈到今天广东人、港澳人再熟悉不过的鱼生。作者写道：“宋朝的大文豪几乎都爱吃鱼生，苏东坡、欧阳修、梅尧臣、范仲淹、黄庭坚……这些家伙都是鱼生的忠实粉丝。梅尧臣家里雇了一个女厨子，刀工一流，专门做鱼生。欧阳修年轻的时候在开封上班，每逢休假的时候，上街买几条鲜鱼，拎到梅圣俞家里，让梅家的女厨师替他收拾……东京汴梁的老百姓也爱吃鱼生……每年阳春三月，京城西郊的金明池会开放几天，让市民钓鱼，这时候广大市民拎着钓鱼竿、扛着砧板、揣着快刀来到金明池畔，把鱼钓上来以后，直接就在岸边刮鳞去鳃，切成薄片，蘸着调料大吃起来。这种场面在宋朝叫作‘临水斫鲙’，是东京汴梁一大胜景。”

可惜，现代河南人（包括大多北方人）几乎都对鱼生不感兴趣，很多人甚至连鱼生是什么都不知道。这是历史变迁的必然，只有岭南地区，历史上远离战乱而又接纳着无数南下的北人，最终成为南北文化的融合热点，就像广府粤语保留了大量的古中原音韵一样，饮食文化也暗地里保留着我们祖宗难以舍割的生活气息！

今天已很少有一本书可以让人读之手不释卷、一气呵成、彻夜不眠的了，《宋朝饭局》竟是例外，大概源于作者对美好生活的热爱和执著引起我的共鸣，源于人类最重要的生存欲望——饮食本能，也源于我对祖先文化的那份由衷的崇敬吧。至于时髦的“穿越”雅兴，我倒一笑置之，尽管作者鼓吹“要想吃得舒服，吃得健康，就得去宋朝，宋朝是吃货的好时代”，尽管时下许多人都把宋朝幻想成文人墨客的理想时代，但毕竟，活在当下，过好每一天，才是最重要的。

此刻为这篇小文收尾，居然肚里打鼓、饥肠辘辘，该不是《宋朝饭局》作的怪吧？

（发表于 2015 年 2 月 8 日《澳门日报·文化阅读》）

医生，背病人过河

自人类诞生之日起，疾病就是人类挥之不去的梦魇。瑞典病理学家FolkeHenschen就曾说过："人类的历史，就是他们的疾病历史。"在一个被疾病包围的星球上，人们活着，容易吗？为病人的困苦呕心沥血的医生们，容易吗？

生命对每个人都只有一次机会，其间又充满着无数陷阱和机遇，无情而惊险。人毕竟是大自然的沧海一粟，医生焉能幸免？他们不是神仙，没有起死回生的法力，却往往被寄予生的希望；他们也是血肉之躯，甚至除了知识结构外，和贩夫走卒毫无二致，却要在生死的千钧一发之际扮演扭转乾坤的角色。当社会被横流的物欲包围时，当人们被扭曲的灵魂蒙蔽时，医生又不幸成为口诛笔伐甚至群起攻之的靶子，这公平吗？

台湾的苏上豪医生用一部通俗医学发展史——《铁与血之歌：一场场与死神搏斗的医学变革》，从独到的视角阐释了医生和疾病、病人的关系。

这次，他继续秉持生活化的铺陈与幽默的笔调，将医生的生活与具里程碑意义的医学历史，活灵活现地展现出来。和一般生硬冰冷的历史教科书不同，原本索然无味的医学史在《铁与血之歌》中却是当下诊间对话的延伸，或是现实生活中灵光乍现后的追根究底，字字读来趣味盎然，处处可见的慧黠，让人不免会心一笑。

不妨先把它当作一本科普读物。在里面，你可以了解到当下人们耳熟能详的幽门螺旋杆菌——在胃溃疡的发病环节兴风作浪的细菌，它是怎样被发现的；你可以了解到心脏搭桥术、心瓣膜置换术乃至体外膜氧合技术(ECMO)，这些几乎回天“有”力的神来之笔是怎样被发明的；你也可以从美国前总统罗斯福失败的高血压治疗案例中，一窥心血管病学进步的日新月异，从而唤起你对高血压、脑中风的认识。凡此种种，不一而足。不仅医生、医学生读之能博古通今，所有关心自身及家人健康的人，都值得一读。

虽然本人也是医生，但读罢这首铁与血之歌，我才知道今天人类在医学上的任何一点成就，哪怕是前进的一小步，无不浸润着前人艰辛的汗水，甚至鲜血和生命，他们具有为理想献身的信念，由此炼就出一种坚如钢铁的意志，无所畏惧，锲而不舍！无怪乎，医学史是用“铁与血”写成的。

澳大利亚学者沃伦在慢性胃炎与溃疡病人的检体中，发现有细菌一样的蓝绿色物体紧黏着上皮细胞，他觉得这似乎和“细菌感染”关系密切。可这种看法并不符合当时主流的医学概念——细菌被人类吞入胃里，其酸度让它根本无法生存。但沃伦仍试图努力推翻这根深蒂固的古老观念。在病理研究并不发达的年代，他居然通过勇敢喝下病人的胃液标本，让自己患上同样的胃病来证明这种细菌的存在……

惊心动魄的《铁与血之歌》超越时空，又回到现实轨道。但如果你仅仅把它看作是一部医学史科普著作，那就太低估其价值了。苏医生也是为无数幕后的无名英雄——抱定“我不入地狱，谁入地狱”的决心——那些不分昼夜地奋斗的医护人员和科学家树碑立传！一切都是为了让远去的身影继续发出启迪的光芒，照亮读者的心。

“中国外科之父”裘法祖教授说：医生的职责就是，背病人过河。

是的，医生也是凡人，不可能像观音那样弹指一挥就让人脱离险境，他只能用最实在的方式解决问题，过程需要医患双方的信任和协作，而医生又得冒着身败名裂乃至命悬一线的风险，绞尽脑汁而义无反顾地完成其使命，与病人一荣俱荣，一损俱损——一切都是因为他是医生！

（发表于2014年12月21日《澳门日报·文化阅读》）

为《镜湖心语》序

——祝贺镜湖医院成立一百四十周年

镜海慈航，历百四载。华诞在即，心潮澎湃。峥嵘岁月，砥砺前行。煌煌盛世，孜孜以求。以病人为本，享誉濠江。以精诚为念，蜚声中外。前人栉风沐雨，今朝春华秋实。我院菁华，挥素笔，追往昔，抒胸臆。珠玑之言，洋洋洒洒，遂汇成《镜湖心语》一辑，以贺庆典，并借此缅先辈，励来者；传文化，彰德风。

翻开文集，大爱与感动跃然纸上。大爱，见于仁术，使羸羸之躯、孱孱之色，枯木逢春。感动，源于仁心，让一言一行、一举一动，润物无声。笔触所及，皆普通之人与事、朴素之理与情，亦不乏跌宕人生，更不乏心路历程，然正是此字里行间，令我深知：镜湖每天，总有温柔之慰语、真诚之呵护；总有黑夜忘我之背影、清晨忙碌之脚步；总有看似平淡之一微笑、看似平常之一搀扶。潜心拜读，思为所牵，情为所动，如春风拂面，温暖而温馨。生活中之点点滴滴、文集中之字字句句，激情张扬，温情洋溢。掩卷遐想，余音绕梁，余味长存。

技无止境，学无止境，德更无止境。诗文三十八篇，“仁德”贯其中。古往今来，凡成大业者，必有仁德。文圣孔子倡仁，遂为万世师表；中山先生守仁，遂明“天下为公”。贤达志士，仁心拳拳，慈悲为怀，镜湖由此而生。俊才英杰，仁德无量，爱岗敬业，镜湖由此而兴。一百四十载来，镜湖人所以筚路蓝缕，百折不挠，悬壶济世，勇攀高峰，诚赖一字曰“仁”。“医乃仁术”，此中华医学先辈对医学人文精神最深刻之概括。镜湖沉甸甸之历史，正饱含此人文关怀；镜湖金灿灿之辉煌，正回映此精神财富。望同仁品之，珍之，扬之。

当今之世，社会飞速进步。人对医学之思，愈加深刻。人乃自然人，更乃社会人。医学模式之变，必将以“人文医学”取代“生物医学”，还医学以本来面目。由是医院发展赋予医者、管理者之责，崭新而弥重。崇尚镜湖精神，弘扬镜湖文化，此乃每一镜湖人之使命，亦乃镜湖事业蒸蒸日上之基础。展望前路，任重道远。翘首东方，红日一轮。阅罢文集，欣喜于我院同仁之修身明德、敢于担当、雄姿英发、志存高远。

《易经》云：“天行健，君子以自强不息。”镜湖之魂，必将如永传之薪火，不熄不灭，光照千秋！愿诸君崇德尚仁，以此文集为勉励，以拯苍生为己任，携手共创镜湖美好明天！值此镜湖医院慈善会一百四十载大庆，感之于怀，谨以为序。

写于 2011 年秋

深情缅怀柯麟院长

今年是柯麟老院长诞辰一百一十周年，也正喜逢镜湖医院慈善会创立一百四十周年。在这些意义重大的日子里，读罢《丹心照镜湖》一书，柯麟院长的风采跃然纸上，镜湖医院波澜壮阔的历程萦绕脑海。掩卷遐想，我心潮澎湃。我这些年在镜湖的行医岁月历历在目。今晚，让我们一起缅怀柯麟院长的精神，一起分享镜湖医院的光荣。

柯麟院长的一生，是理想崇高的一生，是执著追求的一生。作为一名医生兼革命家，他悬壶济世，心怀天下。从我来镜湖医院工作之日起，他的这种境界和胸怀便成为我前进的动力。人，可以在平平淡淡中走完一生，但不应该在平平庸庸中虚度光阴；医生，可以在默默无闻中工作一辈子，但不应该在碌碌无为中铅华洗尽而一无建树。“无为”也许是某种人的洒脱，但是“有为”却是一种对社会的担当和承诺。

回归前的澳门，其繁荣程度固然不能与今日相提并论，但比经济腾飞相对较晚的内地来说，倒显得那么纸醉金迷，那么灯红酒绿。诚然，在澳门的工作强度确实不如内地之高，如果仅仅对手头上的业务简单应付，“当一天和尚撞一天钟”，日子也过得去，而家庭生活也许更充实。但这就是我们需要的生活状态吗？将“从医”仅仅看作是一种“职业”而不是“事业”，这样的人生难道不空虚不乏味不单调吗？那个时候，我就了解过关于柯麟院长的事迹。作为一名高明的医生，他完全可以在澳门过着不愁温饱甚至悠哉游哉的日子，可是，他同时为镜湖医院担任义务医师和护士教师，分文不取而兢兢业业，兼为华人医生合法行医争权利，为澳门顺应历史潮流勤耕耘。

由此，我想到，一名真正的医者，他的视野里面不应只有金钱，因为这太自私；他的脑海中不应只有地位，因为这太狭隘。医者之所以崇高，不只在于他能为病人解除痛苦，更在于他能为人类文明的进步添砖加瓦。心志有多高，人生之路便有多宽，事业之途便有多长。柯麟院长的这颗伟大的心灵，启发并激励着我，在这些年的工作生涯中，孜孜不倦，锐意进取，并小有所成。也正是这颗心灵，凝聚了镜湖各位同仁，令大家同舟共济，使得镜湖的事业蒸蒸日上。

柯麟院长的一生，是公而忘私，勇于奉献的一生。他把自己的青春、热血、汗水和智慧都毫无保留地献给澳门这座美丽的南国小城。在澳多年，他经常低价行医，有时甚至对贫苦病人赠医施药。百姓称他为“活菩萨”，而他却不时在生活拮据中苦苦支撑。1950 年，他离澳北上前夕，把自己辛辛苦苦积攒的部分财产，无偿献给镜湖医院，为的是让镜湖和澳门都有一个更美好的明天。也许，用数字来衡量的物质财富在历史长河中只能是沧海一粟，但不能用数字来衡量的精神财富却注定会在史册上光照千秋。虽然，我无缘得见柯麟院长为患者嘘寒问暖的动人一刻，但他的伟大精神却无时无刻不鞭策着我，感召着我。

记得有那么一个晚上，我和家人、朋友正在餐厅中难得聚会。亲情和友情在那瞬间几乎占据了我的心，有无数的喜怒哀乐正等待着与他们分享。但是，一阵急促的手机铃声扰乱了我的思绪。我很快被告知，一名本身患有急性心肌梗死的病人命悬一线，需要立即抢救！我本能地充满歉疚地向家人和友人匆匆道别，转身回到病房，与同事们一起投入到紧张的救治工作中去……凌晨，患者在我们与死神的搏斗中，终于转危为安。她醒来的第一句话就是："谢谢您！医生，我能十分幸运地死里逃生，是因为我今天正确地选择了镜湖医院。"

我拖着疲惫的身躯走出医院，四周万籁皆寂，家人也许早已入睡。那时，我沉思着，在抢救危重患者的紧要关头，是明哲保身，但求无过，还是积极进取，冒着可能发生的极大风险，以病人安危为己任，全力一搏？孰轻孰重？这个选择的过程就是叩问医生良知的过程，也是考验和评判一个称职医生的过程，更是体现镜湖医院一贯提倡的"以病人为中心"的过程。而我和同事们都坚信自己做出了正确的选择，因为柯麟院长倡导的"崇尚医德、端正医风"早已植根于每个镜湖人的心坎上，因为他"以人为本"的博大情怀早已融进每个无私奉献的镜湖人平凡而出色的工作中。

柯麟院长长期坚持"兼容并蓄，求真求实"的办院方针，以海纳百川的胸襟，吸收、团结和培养来自五湖四海的人才，把镜湖和中山医学院办得有声有色、蜚声中外。他常勉励年轻医生："作为一名好医生，既要有好思想，又要有好技术。一定要努力学习，争取三十岁有苗头，四十岁有成就。"这也是镜湖医院极其宝贵的精神文化。我有幸在慈善会的理事们、医院历届领导和普通员工们身上看到了这种精神。若干年前，我带着梦想，从广东新会人民医院来到澳门镜湖医院，加入了这个陌生而生机勃勃的团队。那时候的我，虽然在相关领域已经取得一定的成绩，积累了一定的经验，但与成熟的、适应时代发展的心内科医生还有相当的差距。正是在同事们的热心帮助下，在前辈们的真诚关怀和悉心培育下，我有机会学习心血管介入技术，造福于澳门市民。可以说，我取得的每一点点成就，都是镜湖继承和发扬柯麟院长办院思想的结果。

今晚的星空特别灿烂，今晚的心情特别激动。一百四十岁的镜湖，让我们见证了蛹化成蝶的惊喜，也让我们分享了凤凰涅槃的自豪。回望镜湖创业探索的岁月，回忆与镜湖一起走过的日子，我的耳旁总能回荡着一句诗：“为什么我的眼中常含着泪水？因为我对这土地爱得深沉……”《丹心照镜湖》的字字句句不但使我怀念柯麟院长，更激活了我对镜湖的所有情愫和追思：有多少个不眠的夜晚，留下了我们匆匆忙忙的身影；有多少双通红的眼睛，注视过一个个千钧一发的瞬间；有多少双温暖的大手，呵护着一个个脆弱而鲜活的生命。每一点滴的记忆，都那么亲切，都饱含着真挚的情感，传递着滚烫的温存，让我时刻感受到镜湖的博大，镜湖人的无私。每一份关切都让我深受感动，深怀感恩，让我更清醒地体会到身上崇高的使命和重大的责任。

镜湖医院，对我来说，不仅是闪光的名字，更是情感的皈依和心灵的家园，在任何情况下都能激起我的奉献之心和奋斗之志，她早已融入我的生命！在此，请让我用全部的忠诚，用整个灵魂，深深地鞠躬，向所有关心、支持镜湖发展的善长仁翁、各届贤达、各位领导，向所有默默坚守在工作岗位上的镜湖人！

因为奉献，柯麟院长的精神得以薪火相传；因为奉献，镜湖的今天才如此美丽；因为奉献，今晚的星光才如此灿烂。也许一个人的努力是单薄的，但正如吴培娟秘书长所说：“一个人的生命，何其短暂；一个人的力量，又是那么渺小。然而，只要把你的努力，融入整体之中，涓涓之水，就可汇成洪波。”为了不辜负柯麟院长的期望，为了镜湖医院的明天，为了我们共同的心灵家园，请让我们一起自强不息，开拓进取，无私奉献！

写于 2011 年年末

打量疾病的眼睛

人类生存在一个被瘟疫包围的星球上，谈何容易！

生活永远是第一位的。很多人，每天在上下班的路上汗流浃背地奔波，在顾客挑剔的眼光中陪着曲意逢迎的笑容，勉强拿一份口粮养家糊口。也有不少人，白天开着宝马车在开阔的车道上绝尘而去，晚上泡在灯红酒绿之中，数着天上有多少颗星星，数着酒杯中还剩多少醉人的陈年老酿。更有一些人，事业有成，却突遭飞来横祸，倒在病榻上，一蹶不振，一睡不起。

生命对每个人都只有一次机会，真是吝啬，也真是无情。而人的一生则充满着无数的机会和陷阱，这其中，传染病正是在人们毫无察觉的时候，悄悄把许多人的命运锁定。因为，人毕竟是大自然的沧海一粟。

这三个月，我每天比同事们早四十五分钟赶到医院，为的就是尽早了解呼吸科病人的病情变化和新入院者的第一手资料。对着电脑平台，我不知不觉地打量着那一个个熟悉或陌生的名字，病人的名字，还有那些疾病的名字。他们在互相抗衡，我们医者，则力所能及地站在人类的一方。这些被细菌和病毒折磨得苦不堪言的人，大多都存在肺部的感染，他们有的风烛残年，有的风华正茂，他们有的已经在棺材的边上喘息，有的却原本在事业的加速道上飞驰。

我常常站在那幢很高的专科大楼上远眺、俯视着海空一色、水天环抱的濠江小城，从不感到一丝的平静。从日出到日落，从孤月繁星，到旭涛紫霞，生活的压力，生命的重负，竟然是那样的沉甸甸，以至于无法体会到收获的滋味，甚至一丝清新畅快的空气带来的短暂愉悦。

这是一个什么样的世界？人类可能在突如其来的恐怖天灾面前，就像被一记重拳用力击中头部，眼花缭乱，鲜血淋漓，身体摇摇晃晃，满脑子天旋地转，遂慢慢倒下，好像自己已经灵魂出窍。我可能总是看到污秽，看到危险，看到黑暗，因为这个世界上不但只有可恶的病菌和病毒，在大自然的驱使下，偷偷向我们人类发起一轮又一轮的进攻，更可怕的是，人类自身的缺陷和丑恶，也在不自觉地与阴险、愚昧沆瀣一气，甚至互相发酵，于是，在一处处的黑暗角落里，恶毒自私的诡计、懦弱无能的意念、夜郎自大的欲望……都在酝酿。

灾祸和不幸，病原微生物固然难辞其咎。但是，总有那么一些人，因为缺乏智慧、理性和良心，把这些灾难无限制地扩大化，直到把自己也彻底毁灭，害人害己。

2013 年春天，中国内地爆发了新型禽流感。许多人纷纷把目光集中在新病毒的变异上，却不去想想这些变异可能几千年、几万年都在重复，这只是大自然自古原有的规律。有识之士，应该把更多的目光放在人类与环境的关系上，看看人们的养殖行为，看看人们的不敛贪欲，看看人们永不填饱的私囊。这个地球上，科学不是神话，科学家和医生，毕竟是少数，也没有必要让所有人都成为科学家和医生。

传染病如果是红颜祸水的话，人类就是这祸水背后的昏君，荒淫无道，穷奢极欲，残暴不仁。因为人性的弱点已经习惯于推诿，习惯于把灾难的信号无穷放大。

瘟疫，是在执行人类的罪与罚。

前车之鉴，是人类最好的自省材料。

那些花样年华是怎样地伤感消逝？那些壮志雄心是怎样地灰飞烟灭？那些本该继续精彩的人生是如何地黯然落幕？那些本来残缺无助的躯体是如何地绝地反击？为此，我笔耕不辍。希望我的拙作能够抛砖引玉。

诚然，这里面，不全是黑暗，光明也不时照耀你我的心。

只有让历史告诉未来。

我是一名医师，把传染病魔细细地解剖是我的天职。但，我不想让自己只是一名医师，因为医师的视角毕竟太狭窄。扁鹊的神技，的确可以医治一个时代的病患，但司马迁的神笔，却可以影响我们民族的历史和思想。

就在那个令人闷闷不乐的夏天，我把自己封锁起来，就是为了让一缕光芒，一束“正能量”，从瘟疫历史的暗处，划破沉夜，堂堂正正地发出，传达给每一个需要帮助的人，每一个需要拯救的灵魂。孤寂而无人理解，不是痛苦，而是快乐，从两千多年前那位饱受凌辱和迫害的史学家那里，体会灾难的地狱磨练，获得灵感和生命的感动，寻求前行的动力支持，这于我，简直就是其乐无穷。

在我笔下，名人、瘟疫、历史，交织在一起，有巅峰坠落，有披荆斩棘，有功成名就，也有遗憾终生；有帝王，有医家，有文人，也有政客；有战争瘟疫，有黑色瘟疫，有白色瘟疫，也有美色瘟疫。可谓五味杂陈，权当我是胡说八道，但我相信胡说八道也总能挤出一点营养，总比纸醉金迷、醉生梦死的糊涂日子孵化出来的腐臭，强一些、好一些。

苦涩而欣慰之余，耳边时时响起日本词人阿木燿子为《假面黑骑士》作的主题歌词：

你是不是看到了真爱　红颜烧殆着

黑暗的底层　有人策划着什么

……

梦中看到的　是我的幻觉

喜欢活着的感觉　天空间飘浮湛蓝的世界

为了这个星球　超越时空　翱翔天空

为了明日　洒下热泪

……

写于2013年夏

渺小的沧海一粟

2015年的春夏之际，韩国绝对不平静。

一名到过中东的韩国游客在回家后出现不适，寻求治疗时，居然引发了中东以外最大规模的“中东呼吸综合征(MERS)”疫情。肇事的病毒直到这名游客在5月20日确诊时才得以确认。此时，病毒已在韩国多家医院的医护人员和病人之间扩散，造成一百八十六个经实验室确认的病例。其中，有三十六位病人死亡。

韩国旅游业竟然因为一次普通的旅行、一只貌不惊人的小生物，惨遭重大打击。世界惊呆了。

有人不禁要问：这至于吗？我们有强大的医疗技术，有百战百胜的抗病毒药物，有对抗SARS恶魔、流感妖怪的丰富经验！

没错，在过去的一个多世纪里，人类取得的进步比过去数百年甚至上千年的进步都要来得巨大，来得迅猛。仅在改造自然的历史进程中，我们就取得了一个又一个辉煌的胜利。医学领域，天花等一些曾严重危害人类的传染病已被基本歼灭，疟疾、结核、霍乱等猖獗一时的疫病也已得到不同程度的控制，或已被人类找到克敌制胜的法宝。人类战胜各种危险疾病的前景曾经似乎一片光明，以至于新一代的医学生根本就无法亲身在一些传统疫病的病患身上取得学习的经验，以至于美国政府一位前高级官员曾乐观地表示，美利坚即将彻底“消灭传染病”。

然而，事实没那么简单，我们自视能征服一切的同时，真的就能完完全全地掌握一切吗？我们真的能随心所欲地发展吗？我们自以为能驯服一切的同时，是不是也把自己关在了自己制造的牢笼中？我们是不是正在毁坏自己曾拥有的一切？

身为医护人员，我切身感受到，现在的疾病，尤其是传染病，其表现方式已经与典籍上的记载有着或多或少的出入了。而我们过去用之有效的抗生素，却面临着越来越顽强的抵抗，不得不把剂量一再提高，不得不把使用次数一再增多，不得不加倍努力研制更新式但又更昂贵的抗生素。可见，病菌在与人类的周旋中，也在适者生存，也在进步发展，也在优胜劣汰。由此，人类治疗疾病的困难将不会慢慢减少，只会逐步增多。

新的传染病，如不断变种的流感，如来势汹汹的SARS，如抛头露面不过三十载的艾滋病，都曾把惊慌失措的人类打得丈二和尚摸不着头脑。旧的瘟疫，如结核、梅毒，又卷土重来，变得更加狡诈猖獗。

疫病，是大自然的神秘使者。人类又何曾把自然界彻底征服？

人类在漫长的进化、发展过程中，由赤手空拳地面对猛兽的尖牙利爪，到学会用火焰、用金属消灭入侵的动物、捕获赖以生存的肉食，再到有能力干预自然界的动植物种群，的确取得了巨大的进步。然而，在大自然的规律底下，在疾病面前，他们又是那样的不堪一击、一蹶不振。他们充其量只是征服了一小撮物种而已，却连地球的边界都无能触及。

自大、贪婪是人类的致命弱点。人在自然界面前到底算什么？过去曾有人扬言：人类是自然界的主人。应该说，人类是高智慧的动物，但从他学会直立行走之后，就开始藐视自然界的一草一木，将所有一切都看成是自己的私有财产。这就是人类的欲望、永无止境的贪欲，无限膨胀的根源。于是，人类极度自私地，无休止地向大自然索取，也正是这种疯狂索取，把人类自己一次次推向灾难的边缘。从人类拿起工具的那一天起，就在想着去战胜一切，去征服一切。人与人之间的争斗，人与动物之间的争斗，人与自然之间的争斗，因此，从没消停过。

然而，人类的智慧以及科技成就，其实并不值得骄傲，相反，在大自然的面前，论资历，人类永远只是一个天真幼稚的孩童；论关系，人类只是大自然机体上普通的一小部分；论智慧，自然的智慧是茫茫大海，人类的智慧只不过是大海中的一滴小水珠。宣称“征服自然”，实在是自不量力的一己狂想而已。

在浩瀚无垠的苍茫宇宙中，也可能早已存在远比人类智慧高得多的生物呢。

事实已在反复告诫人类，他们其实好比牛身上的一群虱子，牛高兴时的一个翻身或许就让他们死无葬身之地。地震、干旱、台风，对于有数亿年经历的地球来讲，实在是太司空见惯了，可对人类而言，绝对是灭顶之灾。有朝一日，人类的科技能力达到了新的高峰，也不可能改变自然的现象和规律。人类所能做到的，只是尽量去了解它，学懂它，利用它，更重要的还有，学会与它和谐相处。

顺其自然，是我们经常说的一句话。可人类的所作所为又往往在违背自然。树木的滥伐已让翠绿的山头变成秃头，过度的放牧已让丰茂的草原露出黄沙，工业的发展已使天空出了“黑洞”乃至“破洞”。索取就要付出代价，这是一个亘古不变的规律。泥石流、大雪、暴雨、地震、海啸不就是大自然让人类付出的代价吗？人类滥杀其他无辜的性灵种群，甚至迫使他们濒临灭绝或彻底灭绝，严重破坏了自然的生物链，自身又有恃无恐地繁衍生殖，无限地扩大种群，大肆破坏生态环境，因而，受到大自然的报复是必然的。

我们每个人短暂而有限的生命，与茫茫宇宙相比，真的犹如流星一样，转瞬即逝，痕迹杳然。无论你多么伟大，多么富有，多么事业有成，无论你多么权势熏天，多么声名显赫，多么“永垂不朽”，请记住，这都不会在滚滚东逝的历史中占有多少篇章。

实实在在地，人活着，应多做一些爱护自然、保护自然的事，哪怕是呵护一草一木，挽救一个弱小的生命，奉献一份微薄但温暖的爱心。因为人，不会永恒，最终一切都将化为烟尘灰土，甚至化为乌有。

人类在不断谋求自身生存空间的同时，更应该时时处处敬畏自然，爱护自然，谋求人与自然的和谐共存与发展。

珍爱自然，珍爱生命，珍惜现在，珍惜未来……

写于 2015 年秋

见证历史规律的疫苗

相传，康熙皇帝之所以得以继承皇位，乃是得益于他幼年得过天花，恰恰又侥幸存活，根据西方传教士的鉴定，这已经产生了持续的自身免疫力，而他的弟弟，则还没出过天花，万一发病，必然九死一生！

成年后的康熙皇帝有鉴于清朝宗室成员大量死于天花传染，遂大力推行在清朝入关前早就在中国民间广为流传的“人痘”接种法。

人痘接种法，取痘痂数十粒，研为细末，和净水或人乳三五滴，调匀，用新棉摊薄片，裹所调痘苗在内，捏成枣核样，以线拴之，塞入鼻孔内，半天后取出。通常至七日发热见痘，为种痘成功。此法为我国古代人痘接种法中效果最好的，可达到预防天花的目的，即便发病，亦可减轻病情，避免产生危重的病情。

人痘接种法经过推介，在世界各地广为传播，拯救了数以千万计的生命。但是，这种方法极其依赖接种者的个人经验，即使在最理想的医疗条件下，仍然会有约百分之二的死亡率，严重的时候甚至会造成将近一半的被种者死亡，还是存在一定的危险性。而且更要命的是，靠这种方法获得的免疫力并非持续终生，常常只有数年，而被种者却往往蒙在鼓里，以为万事大吉呢。

18世纪后期，幼时也种过人痘的英国乡村医师琴纳

(EdwardJenner) 偶然发现，牛也会得一种类似天花的“牛痘”，但病情会比人得天花平稳得多。而挤牛奶的妇女很容易传染上牛痘，可她们一旦得过牛痘后就不会惧怕天花的传染。虽然那个时候，科学家还没有能力找到天花的病原体——天花病毒，但琴纳爱动脑筋并由此得到启发，想到这可能是牛痘使她们对天花产生了抵抗力。

1796 年 5 月 14 日，四十七岁的琴纳首次从正在患牛痘的挤奶女孩手上，沾了一些痘浆（疫苗），并把这些东西接种在一个八岁的未患天花的男孩手臂上。六周后，他特意给这个勇敢的男孩接种天花痘浆，试验他是否发病。

没有人知道胆大包天的琴纳是怎样说服小孩的父母和小孩本人参加这个和死神开玩笑的试验的，反正，如果在今天的医患关系和社会状态下，医师和科研人员都是绝对不敢这样做的，也许今天很多本来伟大的发明就因此和人类擦肩而过。不知道这是不是悲哀。

幸运的是，琴纳一次就成功了。这个幸运应该属于全人类。

那个男孩安然无恙！这证明他对天花有了免疫力。后来，人们发现它的持久有效性远高于人痘法，而且操作起来更加安全。于是，可以完全替代人痘法的牛痘接种法，终于面世，并不断完善。

约十年后，葡萄牙医师将牛痘疫苗从马尼拉带到澳门。此后，东印度公司的英国医师又把牛痘疫苗由澳门带到广州。从中国传出去的人痘接种法，经过改良，进化为牛痘接种法，在世界转了一个大圈子之后，又回到了它的故乡——中国。

不少地方官员参与了牛痘接种的推广，他们在许多地方成立了种痘局，为老百姓免费接种。1815 年，广州成立种痘处。1828 年，北京设立京都种痘局。牛痘接种法在中国大地上推广开来。

今天，我们不得不佩服琴纳天才的想象力。其实，古老中国的统治者，也不缺乏丰富的想象力，只不过他们喜欢专门把这种能力放在权谋之术上而已。

同样是在1796年，统治大清六十载的乾隆帝，为了不打破爷爷康熙帝在位六十一年的中国纪录，假惺惺地宣布退居二线，自封太上皇，让位于皇十五子嘉庆帝。不过，人人都知道，只要他还没进棺材，国家大事仍旧他说了算。

乾隆帝统治下的中国，达到了古代社会盛世的巅峰。然而，巅峰也就意味着下坡和衰落。此时，大洋之外的世界正在发生质变和飞跃，闭关锁国的中国已经接近生死存亡的边缘，而大清，上自皇帝，下至大多数的黎民，对此一无所知，仍然盲目自大，继续做着“天朝上国”的美梦。

在退位前四年，英国马戛尔尼（GeorgeMacartney）使团以替乾隆帝祝寿为名开始了访华之旅。他们的真实目的是“取得以往各国未能用计谋或武力获取的商务利益与外交权力”。乾隆帝在热河接见了马戛尔尼。不料，接见前发生了一场令史家议论纷纷、感慨万千的礼仪之争：清廷要求使团成员行三跪九叩大礼，而马戛尔尼则要求用觐见英王的礼仪，行单腿下跪、吻手礼。双方僵持不下，结果几乎不欢而散。乾隆帝极其不悦，当马戛尔尼抛出此行的真实目的——派使臣常驻北京，开放宁波、舟山群岛、天津为贸易口岸……之时，乾隆帝一口拒绝，他说“天朝物产丰盈，无所不有，原不借外夷货物以通有无”，并警告他们不要再到浙江、天津进行贸易，否则必遭“驱逐出洋”。

乾隆帝的心态，其实正好代表了一大批国人。中国失去了一次又一次发展资本主义、推进工业化的契机，变得愈加与世隔绝，愈加孤立无助，完全落后于世界潮流。医疗技术就是一个很好的例子。

正是出于某种奇怪的大国心态，宫廷的御医们对源自西方并已在民间流行的牛痘接种法充耳不闻，仍旧死死抱着祖传的人痘接种法不放，对这种旧法的弊端也听任不理。咸丰帝在两岁时，种人痘就险些失败，虽经精心调理保全了性命，但脸上却留下了无法抹平的麻点，成了继康熙帝之后的第二位“麻子皇帝”。可御医们仍然无意，或者不敢改进已经落后的人痘接种法，也不愿试用来自海外的牛痘接种法。

此时的中国人和中国的统治者，早已失去对西方先进技术的求知欲，他们抱残守缺、墨守成规、固步自封。传统的人痘接种法对他们来说是不可动摇的，中国的一切都是优于外国的。于是，悲剧便在皇宫内外不断上演。顺治帝的后裔同治帝，在两百多年后再次成为了天花的猎物。而历史给予中国人的机遇也稍纵即逝。

1841 年 1 月，中英鸦片战争中，用坚船利炮取得节节胜利的英军，在香港岛第一次升起了他们的米字旗。北京紫禁城一片死寂和悲凉。第一次尝到丧权辱国之味的同治帝爷爷道光帝，依旧不清楚和自己交战了两年的敌人——英国，到底在哪个海岛上，到底有多少国民，是否与沙皇俄国接壤。

曾经取得辉煌成就的文明古国，在此后的一百多年里屡屡徘徊在彻底沉沦的边缘，直到今天，尽管已脱胎换骨，今非昔比，依旧在某些方面杂病缠身。这就是曾经固步自封的代价！

国父孙中山先生有名言曰：“世界潮流，浩浩荡荡，顺之则昌，逆之则亡。”不管你是否是一名有家国情怀的人，请记住，收起傲慢的嘴脸，敞开包容万物的胸襟，紧跟与时俱进的步伐。

写于 2013 年夏

来日不多的诗人

一千二百多年前，在往来长安和洛阳的繁华道路上，一位瘦弱的年轻书生，骑着一匹比他更瘦弱的矮马，似乎正在漫无目的、不紧不慢地挪动。

书生信马由缰，虽病恹恹的，但双目依旧炯炯有神，且常常流连于路旁的一景一物，时时迸发出惊喜的光彩。一个小书童背着锦囊，与他结伴同行。

夕阳西下了，一丛兰草在余晖之中吐纳着清芳的气息，在黄土腾腾的古道上摇曳着孤单的身姿。书生看到了，微微点点头，皱皱眉，遂惆怅不已，一缕苍凉瞬间在脸上若隐若现，随口便吟道："衰兰送客咸阳道，天若有情天亦老。"书童一听，马上拍手叫绝。书生露出一丝得意的笑容，赶紧用随身携带的文具把吟出的新句记录而下，并小心放到书童的锦囊里。

由于疾病缠身，而且极有可能是古代的绝症——肺结核！这位年轻的文学家可能已意识到自己来日无多。

人生，漫长而又短暂，对于苟且活着的人，终结的日子似乎遥遥无期。对于心有所托的人，逝去的日子步伐匆匆；此刻的光阴，稍纵即逝；来日的朝暮，定是如白驹过隙。

世界上最快而又最慢，最长而又最短，最平凡而又最珍贵，最容易被人忽视，而又最令人后悔的，就是时间。

一代枭雄曹操，矗立在赤壁之崖，鸟瞰大江东去和潮起潮落，不禁横槊赋诗："对酒当歌，人生几何？譬如朝露，去日苦多。”

古人大多不寿，怀揣抱负的英雄豪杰，之所以名垂青史，常常是因为后人对他们英年早逝、出师未捷身先死的扼腕痛惜。周瑜、诸葛亮、祖逖……一串长长的名单，力透纸背的是金戈铁马与才华横溢，更是痛病累累的苦楚、留恋时日的哀怨。

有志者，事不一定竟成，不可或缺的是时间。

但是，当一个人被赋予了太多的时间，他可能会像坐拥亿万金钱的富翁那样，任意挥霍，不思进取，得过且过，他离成功的彼岸也就越来越远，等到黄金垂尽便吝啬起来，开始懊悔从前的浪费。当一个人已经被剥夺了太多的时间，或将失去珍贵的光阴时，他就可能获得责无旁贷的紧迫感，夜以继日，废寝忘食，榨尽不多的日子里每一点每一滴的养分。这样，尽管他的肉体留在这个世界上的时间只会更短，不会更长，但他的精神会随着他的成就，永远流淌在世人的心中。

肺结核，在古代和近代都是绝症。当医师小心翼翼地告诉病人得了这个病的时候，慢性虐杀的程序就已经启动。人固有一死，但当你得知自己走向死亡的步子被迫突然加快时，你会怎么想？怎么办？

李贺之所以李贺，大诗人之所以成为大诗人，是因为他们不屑于消极，拒绝堕落和颓废，义无反顾地选择了勇往直前。在短短的生命进程中，他留给中华民族的，留给历史的，是一系列的皇皇巨作：如《梦天》《海上谣》《金铜仙人辞汉歌》《李凭箜篌引》《苏小小墓》《老夫采玉歌》《雁门太守行》等。

他，没有遗憾。

来日不多，就该轻掷生命吗？来日无多，反而让李贺他们不敢懈怠，用尽仅存的精力和才智，把人生的这台戏努力演下去。当一个人被病魔折磨得生不如死，被命运扼住咽喉难以呼吸的时候，希望之光就可能在脑中闪耀，灵感的火花可能猛然迸现，这时会有充满创意的兴奋与喜悦，感知力深邃，洞察力敏锐，这也许是上帝为他们开启的另一扇门吧。

不知不觉地，杰出的成就慢慢磊起，本来灰暗的人生慢慢获得升华，直至绚烂。

绝症，竟是成就的催化剂。

人生苦短，若虚度年华，则短暂的人生就太长了。消极的心态，附上充裕的时间，只会衍生出更平庸的行尸走肉；积极的心态，哪怕只有残缺的时光和躯体相伴，也会谱写出激动人心的华丽篇章。

闭上眼睛，隐约看见，在田野阡陌之上，诗人孤独的背影，瘦得成了一根狼毫笔。他依然骑着嶙峋瘦马，背着装满奇幻想象的破旧锦囊，头也不回地往前走。

面对如手中沙子一样渐渐流走的日子，请用心，用力把它握一握。

写于2013年夏

李自成的福祸相依

许多人为明末“大顺皇帝”李自成功败垂成，没能坐稳天下感到惋惜。其实，他的成败，正应了老子那句话：“祸兮福之所倚，福兮祸之所伏。”

此话意思是，祸是造成福的前提，而福又含有祸的因子。也就是说，好事和坏事是可以互相转化的，在一定的条件下，福就会变成祸，祸也能变成福。老子说的这句名言是很有道理的。天地间一切事物就这样成败交替，阴阳相易，祸福相倚。天黑暗到极处就要准备迎接黎明了，人倒霉到极点就会转运。

据专家考证，公元1644年冬春，华北尤其是北京一带，发生了诸如鼠疫这样的大瘟疫！

李自成趁着北京守军大量患病、丧失战力的天赐良机，轻而易举地占领大明首都，逼死了崇祯帝，结束了明朝的腐败统治，几乎完成了改朝换代的历史使命。然而，他们没有料到，自己的军队同样陷入了这个恐怖的疫区而不可自拔，战力同样受损，当他不得不面对吴三桂和多尔衮的联合进攻时方才发现，自己辛辛苦苦组建起来的队伍在关键时刻已经不堪重用。这位大顺皇帝，仅仅看到了福气的意外惊喜，却没有看到这个“福气”后面可能隐藏着巨大的祸害，更没有看到自己这些运气的周围，潜伏着太多不稳定的因素，随时可以让他功亏一篑。

第一，北京存在严重的瘟疫流行，大顺军不可能不受到影响，因为细菌是不长眼睛的，它不会管你是否为仁义之师，反正是血肉之躯通吃。由此，大顺军的战斗实力会遭到严重削弱。

第二，仓促归顺的吴三桂对大顺政权顾虑重重，政治立场极不坚定，一有风吹草动就会随时叛变并倒打一耙。

第三，满洲贵族对关内的龙争虎斗洞若观火，对问鼎中原早已野心勃勃、枕戈待旦。对于从未交过手的大顺军，他们态度极其谨慎，准备以倾国之力——十万八旗军——趁其立足未稳扑灭之；反观李自成等人，对清势力却警戒不够，似乎这些看似人数不多的虎狼之师不足挂齿，心理和物质上的准备都极不充分。

第四，长江以南的大明统治区尚未征服，随时有明朝宗室振臂一呼、另立门户，继而在获得喘息后组织反扑。唐代安史之乱时，叛军不止一次攻占国都，但唐军在联合各方势力之后组织反攻，还是能打败叛军、重建大唐的。

第五，农民军在空前的胜利面前，内部彻底放纵了。之前纪律严明，现在每个人的私欲既像一个被压缩到极致的弹簧，又像一匹脱缰的野马。腐化堕落不可逆转。后世的太平天国占领南京后，其表现如出一辙，当然，下场也殊途同归。

李自成这种政治上的不成熟、战略眼光的短浅，注定他成不了刘邦、朱元璋，也没有跻身于古代中国一流政治家的资格。

所谓高明的政治家，或者权术之徒，每走一步都异常小心，瞻前顾后，从不为眼前的胜利所迷惑，也不为当下的失利所挫伤。刘邦就是一个典型的例子。他先于项羽攻克咸阳，当时仗也打得顺风顺水，按照楚怀王之约，“先入关者为王”，刘邦是否就完全得意忘形呢？非也。他占据秦宫，却出人意料地戒除了好色贪财的老毛病，封存了皇宫的宝库，“妇女无所幸”，等待项羽的王者归来。这是因为他意识到，成功的运气里面暗含着重重危机：自己抢了首功，很容易成为山东诸侯的众矢之的，更容易成为“力拔山兮气盖世”的项羽眼中必须拔掉的潜在劲敌。果然，项羽闻讯大怒，扬言要举兵灭刘。于是，为了“留得青山在，不怕没柴烧”，刘邦一行亲赴鸿门宴“屈辱地”谢罪。这次九死一生的探险，虽然让刘邦惊出一身冷汗，但他从中窥视到项羽性格的重大缺陷——犹豫不决、好为“妇人之仁”，而且还无意中激化了项羽和第一谋臣范曾的矛盾，可谓一举两得。这真叫福祸相倚啊！

每个人都有趋福避祸的本能，这无可厚非。人生有那么多灾难，你愿意早承受还是晚承受？笔者会选择早承受，趁年轻，多承受一点灾难未尝不可。年轻人最大的优势就是尚且拥有体力和来日方长。年少、年轻时承受灾难比年纪大了再受，好多了，何乐而不为呢？早来的不是灾难，是磨练，晚来的才是灾难；早来的不是福报，晚来的才是福报，才是真福气。如果年轻的时候志得意满，只能说明前世积德，那么，年老有福才能说明你修心功夫的境界高。

这个世界上没有百分百的好事，也没有百分百的坏事。往往好里有坏，坏里有好。只不过很多人只见一面，不见另一面罢了。生了一场大病，无疑在很多人眼里是人生的重大打击，有的人会从此变得异常敏感、患得患失、杯弓蛇影，直至成为一个精神、心理出现障碍的新病人；然而，更多的人会从这场病中吸取教训、获得见识，明白自己过去的生活陋习是如何地蚕食健康，懂得自己体内早已存在的种种隐忧，学会医学的新观点，掌握防病治病的新知识……这些都是不无裨益的！

笔者在接触病人的过程中经常发现，不少年过九旬的老者在年轻时常会遭受一些身心或际遇上的打击和挫折，但终能颐养天年；而许多猝死或突发严重病残的病人，在出事之前，身体都被声称一贯“健康无比”，连看发烧感冒的记录都是一片空白，可惜一出事，就回天乏术。

对于祸福的根源，既没有彻底看清的可能，也没有彻底看清的必要。对于有道德的人来说，既来之则安之，应该是无视祸福的，应该是“但尽人事，各凭天命”的，应该是“只问耕耘，不问收获”的，应该是“直心正见，永离一切吉凶疑罔”的。

大诗人陆游说：“山重水复疑无路，柳暗花明又一村。”做事情成功之时，无须沾沾自喜、洋洋得意；遭受困难、挫折之时，也不必灰心丧气、一蹶不振。如果我们不执著于得失的表象，改用另外一个角度来冷眼看人生，看世界，那么得失也就不必在短时间内被判断得泾渭分明，因为所有的成败中都潜藏着陷阱和机会。

写于2013年夏

谁为拿破仑战败买单？

俄罗斯伟大的音乐家柴可夫斯基有一部著名的作品《1812年序曲》，俄罗斯杰出的文学家托尔斯泰也有一部史诗般的杰作《战争与和平》。这些作品的背景，正是1812年的拿破仑征俄战争。

那场以俄军惨胜、法军惨败收场的战争，令后世的俄罗斯艺术家豪情万丈。而强大的拿破仑，在欧洲大陆上战无不胜，却为何倒在落后的俄罗斯大地呢？

其实，刚出征不久，拿破仑的麻烦就接踵而至了。当军队跨越涅曼河大约一个礼拜时，有的士兵开始出现顽固的高烧、头痛、冷颤，全身上下的红疹密密麻麻；重病者的脸色发青，或惊恐狂叫或昏睡不醒，不久便一命呜呼。苟活着的人，身体越来越虚弱，最后连一杯水都无力举起来。另一名随军医师巴伦·拉雷在私人笔记中写道："尽管法军的医疗措施在当时堪称翘楚，但没有谁能料到传染病的规模如此之大。"

造成拿破仑战败的政治原因也有很多，但千里之堤，毁于蚁穴，分析看似微不足道的局部，也足以让我们获益匪浅。

俄罗斯恶劣的卫生环境使得斑疹伤寒这类军队常见的流行瘟疫，更加疯狂地纠缠着法军这支疲惫之师。一位目击者描述了士兵被虱子折磨的场面："他到芦苇垫子上睡觉，很快就被虱子的骚扰吵醒……于是，他脱掉衬衫和裤子并扔到篝火中。虱子被点燃的爆裂声就像两个步兵团在交火一样……许多同胞被咬伤，继而病倒、死去……”

在这片土地上土生土长的俄罗斯人，或许早已对此习以为常并产生了免疫力，或许他们的生活用品乃至军用装备，早就具有了抵御本地瘟疫的功能。

由此可见，拿破仑是在一定程度上，败给了细节这只“魔鬼”。

细节具有魔鬼的威力和潜隐，或许不为人所知，但它确实在我们身边，无时无刻不在窥视着我们的一举一动，或褒奖，或惩罚，轻者破财，重者殒命。

拿破仑并不是一个粗心大意的赳赳武夫，相反，作为一位震撼世界的伟大统帅，他在很多方面都表现得胆大心细、有勇有谋。进攻俄国之前，他密令手下在德意志、奥地利和波兰大量购置马匹，在东欧地区设置多个兵站基地，储备粮食、弹药等军需物资。他还要求间谍部门大量搜集有关俄国的地理书籍和战史记录供他研究，并派人调查俄国的兵要地志和气象资料，编译复制俄国地图等。可以说，拿破仑对此战是费尽心机的，自以为是有备而来的。

此外，拿破仑对自己部队的着装也特别在意。法军兵种复杂，当时他们所穿的制服可能是整个军用服装史上最精工细作、华丽耀眼的军服。同时代的观察家们都毫不掩饰对法军制服的惊讶与艳羡。以近卫骑兵部队为例，他们拥有十套不同的制服：作战服、行军服、野战服、常服、执勤服、厩务服、社交服、便服、普通阅兵服、盛大阅兵礼服，简直就令人眼花缭乱。今天，许多国家的军官都不具备如此复杂的制服制度。再看看近卫掷弹骑兵，他们那戴着高高的熊皮黑帽和红色羽饰的形象早已深入人心。法军常规步兵的衬衣多由白色羊毛制成。至于轻步兵，他们在夏天常穿白色亚麻衬衣，冬天则穿蓝色羊毛衬衣。

然而，有一个细节，拿破仑并未在意，那就是完善的后勤保障。虽然法军武器装备先进、官兵强悍而经验丰富、军事制度也更胜俄军一筹，但在俄罗斯广袤无垠的土地上，在俄罗斯风雪交加的寒冬里，这一切还远远不够。于是，他的大军不仅因为缺乏冬装而冻得丧失战斗力，还因为缺乏足够更换的服装而导致卫生条件更趋恶化、流行性斑疹伤寒横行一时，结果是整营整营的士兵非战斗性损失。要知道，那些羊毛或亚麻制成的衣物，是最适合虱子生存的乐土；那些毛茸茸的皮军帽，更是虱子理想的藏身之处。它们如果不经常清洗或更换，早晚会让人类的血肉之躯成为虱子不竭的饮食来源，最终引起传染病大流行。看来，仅靠花样繁多还是不够的；最重要的还是制服的实用和充裕。虱子固然是人类可以轻而易举地用指甲捏死的渺小生物，然而，谁又能想到，他们会毁掉一支雄师劲旅。

不过，并不是任何人都吸取了拿破仑失败的教训。一百多年后，当希特勒像拿破仑一样发动侵俄战争时，他对冬季作战依旧毫无准备。这个时候，人类已经懂得通过勤理发、勤洗浴、勤更衣、勤驱虫来预防斑疹伤寒，但是德军缺乏棉衣和保暖设备，飞机和坦克的马达无法发动，枪栓拉不开，武器失灵。而苏军则早已穿戴上保暖棉衣、皮靴和护耳冬帽，枪炮套上了保暖套，涂上了防冻润滑油。这种情况下，再精锐的军队面对苏军也只能一败涂地。能够对武器设计精益求精、屡屡亲自过问的纳粹元首希特勒，却也没有好好重视部队后勤保障这个细节。

败也细节，成也细节。

天下大事，必成于细；天下难事，必成于易。

千丈之堤，以蝼蚁之穴而溃。现实生活中，有些浮躁的企业管理者们，为了追求更大的利益而盲目地、不合时宜地扩大规模，全然不知他们对于细节问题的忽略正在变成他们亲手为自己挖掘的坟墓。

泰山不让土壤，故能成其大；江海不择细流，故能就其深。由于对细节问题的高度重视而长盛不衰的优秀企业也不在少数，如可口可乐、肯德基、麦当劳、丰田、奔驰等，这些企业的精细化管理程度之高，在很多外行人看来简直到了苛刻的地步。但正是他们细致入微的管理和对细节的孜孜以求，才给他们的企业带来了良好的信誉和持久的效益，才造就了他们今天的成功和地位。

对于被性命相托的医师来说，最重要的也许并不是过硬的技术和精良的辅助设备。中国著名学者梁启超先生享年仅五十六岁，这很可能来源于一场医疗事故。

相传，1926 年 3 月，梁先生因小便出血住进了医院，被诊断为肾肿瘤。医师建议切除一侧病变之肾。梁是社会名流，为他做手术，当时国内一流的医院自不敢懈怠，特指定当时中国著名的外科教授主刀，其副手也是美国有名的外科医师。可百密一疏，手术室护士用碘酒标记手术位置时，却把本该标明的左肾标成了右肾，教授术前也没仔细核对挂在手术台旁的 X 光片，不幸将梁先生健康的右肾给切除了。

结果，梁先生只能凭着“坏肾”将病体拖下去，三年后就因肾衰竭而撒手人寰，真是不胜痛哉！不胜惜哉！

可见，医疗这个行业，最需要的还是一颗细心。

一心渴望伟大、追求伟大，伟大却了无踪影；甘于平淡，认真做好每个细节，伟大反而不期而至。“不积跬步，无以至千里。不积细流，无以成江海。”智者善于以小见大，从平淡无奇的琐事中参悟深邃的哲理。他们不会将处理琐碎的小事当作是一种负累，而当作是一种经验的积累过程，当作是做一番宏图伟业的准备。不厌其烦地拾起细碎的石块，日积月累构筑起来了的却是高耸雄伟的城堡。只有站在城堡俯瞰脚下的壮美景色时，你才会体味到这些小事的重要。

美国是当今世界经济、科技最为发达的国家，在很多领域都站在世界之巅，然而，他们也曾遭遇过不堪的回首。

2003 年 2 月 1 日，美国“哥伦比亚”号航天飞机在返回地面途中意外爆炸，七名宇航员全部遇难。全世界震惊不已。事后的调查结果表明，制造这一灾难的凶手竟是一块脱落的隔热瓦。

原来，“哥伦比亚”号表面覆盖着两万余块隔热瓦，能抵御三千摄氏度的高温，以免返回大气层时外壳被高温所熔化。当它升空时，一块从燃料箱上脱落的碎片击中了飞机左翼前部的隔热系统。宇航局的高速照相机记录了这一过程。航天飞船的整体性能以及很多技术都是超一流的，但就因为一小块脱落的隔热瓦就毁灭了价值连城的航天飞机，还有无法用价值衡量的七条宝贵生命。

其实，在航空航天领域中，精密的食品和浩大的工程都需要对细节的精确把握和关注。其中任何一个环节出了问题，都可能造成整个发射活动的失败以及无法估量的损失。美国人是深深吸取着历史上的经验教训的，于是无怪乎他们会在士兵的一块简单军用饼干上，融进了大量分子生物学、化学、物理学的最新技术，不惜工本地反复试验、反复改良，以臻完美。由此可见，美军的强大战力并不完全体现在其火力的凶猛、航母的庞大之上，因为他们相信，百分之一的失误会带来百分之百的失败。

据说，19 世纪的拿破仑也是手不释卷、勤学好问之人，但他不该不知道古希腊伟大的哲学家柏拉图说过的话:“如果没有小石头，大石头也不会稳稳当当地矗立着。”事实上，恰恰是那些肉眼辨认不清的小生物，帮助俄罗斯人击碎了拿破仑的野心，进而改变了历史的进程。

写于2013年夏

不干净的科学之手

1945年8月6日，当爱因斯坦得知日本广岛遭原子弹轰炸的消息时，顿觉五雷轰顶。作为推动美国研究原子弹的第一人，他不无遗憾地说:“我现在最大的感想就是后悔，后悔当初不该给罗斯福总统写那封信。……我当时是想把原子弹这一罪恶的杀人工具从疯子希特勒手中抢过来。想不到现在又将它送到另一个疯子手里！……我们为什么要将几万无辜的男女老幼，作为这种新炸弹的活靶呢？”

原子弹变成了强大的毁灭工具，不仅毁灭法西斯，也会毁灭人类乃至地球。那些曾经参与过原子弹研究和制造的科学家们深感震撼，大多都产生深深的忏悔和自责。

在近现代科学界，德国人可谓群星闪耀。然而，不可否认的事实是，有一群头脑非常灵活、学识非常渊博的学者，却带着不可告人的罪恶，混进了这个本该异常纯洁的队伍。

并非每个科学家都会对制造大规模杀伤性武器感到羞愧和忏悔。就在爱因斯坦们感慨万千的那个动荡岁月，一片残垣断壁的德国边境线上，隐藏着一个蠢蠢欲动而又鬼鬼祟祟的身影，他时而伪装平静，时而焦急万分。

他叫约瑟夫•门格勒（JosefMengele），又称“死亡天使”，一个恐怖和残暴的代名词。他是纳粹集中营的医生，同时也是希特勒的忠实追随者。

当年，纳粹德国横行无忌的时候，这个医生每天亲自接收从各地运来的犹太人，以此完成他的科学实验，目的是为了更好地为纳粹主义服务，为希特勒的狂想效劳。他常阴森森地挥舞着一根小棍，把那些可怜人分成两行，一行直接走向焚尸炉，一行暂时留下来。据估计，从 1943 年到 1945 年，经门格勒之手就有三十八万人死于非命。这个身为人种生物学家的魔鬼，还负责执行一项大规模的种族灭绝计划。他希望发现一种遗传学上的秘密，从而有助于培养出纯种的德意志人。为此，他搜集了两百对孪生儿和两千名儿童做试验，试图研究出如何把他们的眼睛变成蓝色，头发变成亚麻色。他和助手把颜料注入小孩的眼睛，把三氯甲烷注入他们的心脏，甚至用刀和针刺进他们的头盖骨和脊柱……经过一系列非人的折磨后，那些被他称为“豚鼠”的孩子们一个个消失。最终从门格勒手中侥幸活下来的孪生儿只有二十对左右。

可就是这么一个血债累累的恶魔，在二战结束后，竟然奇迹般地逃脱了正义的制裁，一直逍遥法外，至今下落不明。

在那个特殊的年代，疯子和天才，睿智和狂痴，都畸形地集中在科学家这个“神圣”的头衔上，不足为奇，于是好战的国家、独裁的政权纷纷制造出骇人听闻的武器和新闻。其实，这种情况不仅仅出现在战争年代。在所谓的和平年代，仍然有无数聪明而博学的脑袋在从事着罪恶的勾当，只不过不那么直接血淋淋而已，有的研制出新型毒品用以获取暴利，有的发明过稀奇古怪的电脑程序用以诈骗投机，有的构思了别出心裁的走私方式用以瞒天过海，有的散布开昧着良心的弥天大谎，目的只是讨好高高在上的当权者……只要这个世界上存在利益和诱惑，科学就似乎难以纯洁。

正是这种利益的追求，促使人类的智慧指数呈加速度提升的态势，越来越先进的科技发明便是这种追求的结果。可是，人类的基因之中天生或许就存在这种无限追求利益的顽疾，历经千万年的恶化，已经变成一种把科学高度异化，也把人类逐步推向毁灭深渊的绝症，最终可能使人类成为已届末日的物种。

科学不能因为某些人的私利，成为坑害民众的帮凶。科学家没有良知，比起社会大众没有良知更可怕，对社会的危害也就更大更深远。

医学，科学的其中一个分支，亦当如此。但是，时下有的医生为了谋取暴利，不惜绞尽脑汁地从病患身上榨取钱财，不该做的手术花言巧语地劝说人家去做；不必住院的，连吓带唬把病人哄到住院部，根本不考虑病患是否获益，目的只是为了把风险转移到别的医师身上；不该放的血管支架硬生生地植入，还美其名曰“性命攸关”；不需要吃的药物为了“有备无患”便尽量多地开给病患；本可口服的药片，为了从静脉点滴中赚取利润，提高收费，便毫无原则地让病人去冒静脉用药的风险，打出的口号是“加快吸收、促进康复”……凡此种种，不一而足。

最终受伤害的，不仅仅是病人，还有整个医疗行业，乃至整个社会，最后是所有的人，包括“罪”有余辜和无辜牵连的。

科学，本来就是为了人类的福祉而生，为什么就不能回归到真、善、美的轨道上呢？

发明牛痘接种的英国医师琴纳，他的墓碑上刻着这样的文字：“他以毕生的睿智为半数以上的人类带来了生命和健康。让所有被拯救的儿童都来歌颂他的伟业，将其英明永记心中……”

人们岁岁年年缅怀着这些杰出的英灵，不是因为他们有多么的聪明，有多么高的天赋，甚至有多么渊博的知识，而是因为，他们拥有一双真正的科学之手，纯洁的手。

写于2013年夏

高峰与低谷

今年是世界反法西斯战争胜利七十周年大庆。我想到了一个人，丘吉尔。

没有人比丘吉尔更早地预见到纳粹就是战争贩子，他到处大声疾呼，要人们警醒起来，提防并粉碎希特勒的阴谋。当张伯伦的绥靖政策日益失败、英国面临严重威胁时，由于丘吉尔的坚决抵抗主张，他的民意声望日益上升，终于在1940年5月那个最危急的时刻就任英国首相。13日，他在就职演说中宣布:“我们的政策就是用上帝所能给予我们的全部能力和全部力量在海上、陆地上和空中进行战争，同一个在邪恶悲惨的人类罪恶史上还从来没有见过的穷凶极恶的暴政进行战争。这就是我们的政策！”他上任伊始，法国即被希特勒击败；而大洋彼岸的美国，奉行着孤立主义，似乎置身事外。在很长一段时间，是丘吉尔在领导着英国，与纳粹德国孤军作战，成为欧洲乃至世界反法西斯的旗帜。

没有人否认，丘吉尔是领导世界进步力量战胜法西斯的卓越领袖之一。

1945年7月，德意法西斯彻底战败，日本法西斯也奄奄一息。然而，当之无愧的大英雄丘吉尔，却在英国大选中落选了。英国人认为，他尽管功勋卓著、才华横溢，但在战争的非常时期中已形成了独断专行的办事方式。人民并不需要那些不能代表他们根本利益的领导人，只需要服从他们意志的公仆。

于是，英国选民抛弃了大红大紫、纵横捭阖的丘吉尔，而选择了平平庸庸的工党领袖艾德礼。这让丘吉尔在全世界面前无地自容！

人生无常。其兴也，勃焉；其亡也，忽焉。

正所谓“高处不胜寒”。一个人越处在人生和事业的顶峰，越容易沾沾自喜，自我膨胀，因而，紧接着伴随而来的，就有可能是人生坠入低谷，事业一落千丈，个人一蹶不振，多年辛苦付之东流，甚至飞来横祸，遭遇不测。这也就是人们常说的“满招损，谦受益”！

曾国藩在写给弟弟的家书中曾经提到过一句话，那就是“盛时常作衰时想，上场当念下场时”。当时身为朝廷重臣的曾国藩，已经取得了平定太平天国、中兴清朝的显赫成就，功勋卓著，但因此也难免招致朝廷猜忌、同僚嫉妒，更何况他是一个汉人。曾国藩却不慌不忙，出人意料地做出了一系列不可思议的低调举措，例如，果断裁撤湘军、让功于人、劝弟弟曾国荃辞官等，用以柔克刚的大智慧化解了一场即将爆发的危机。

巅峰和低谷，这是一对逆向的词。任何人的一生都不可能一帆风顺，都是像波浪一样推进，有起有落，时快时慢。无论你是处在顺境或是逆境，巅峰抑或低谷，记住这全是生活给你的馈赠，只能而且应该泰然处之。

每个人都不可能永远处在巅峰的状态，否则就不会有英雄末路、美人迟暮的遗憾了。从巅峰跌入低谷容易，从低谷走向巅峰却很难。

人生就像一座山，巅峰只有一点，而周围却全是低谷。所以从某种意义上说，人的一生，基本都得在深度不同的低谷中度过。人生时常需要面对的，不是巅峰上片刻的迷人风光，而是低谷里漫漫煎熬的沉闷时光。其实，巅峰上的孤独寂寞无比冰冷，而低谷里的野百合花却有温暖的春天和柔和的小草做伴。

人生有时又像一场扑克游戏，有的人拿到一副好牌，有的人拿到一副坏牌。把好牌打好容易，把坏牌打好却不容易。如果把人生的巅峰和低谷看作是游戏场上的好牌与坏牌，那么，我们更需注重的应当是如何打好一副坏牌。把低谷走好了，人生才能一步一步迈向巅峰。

在人生的低谷里，最需要的或许是坚持。人在低谷，没有鲜花，没有掌声，更多的是寂寞与无助。这时，人最容易消沉，最容易放弃，也最容易重新发现自己、认识自己。这时，人最需要的是坚忍和毅力，可能会屡战屡败，但一定要屡败屡战。

人在低谷，需要的是积蓄力量和重拾自信。哪怕是一些微小的成功，积少成多，可以垒成一座伟岸的金字塔。困难时每前进的一小步，都是人生的一大步。

人在低谷，需要的是一份冷静和坦然。人生不如意之事常十之八九，需要学会坦然面对每一个挫折与失败，坦然面对每一份不公与打击，坦然面对每一双冷眼与幸灾乐祸。逆境中的坦然，不是逆来顺受。低谷中的坦然，收获的是一份成熟。

人在低谷，更需要的是一股勇气。知耻而后勇，可谓难能可贵；知难而后进，更是来之不易。逆境中的勇气，是人生的最后一份底气。

有位哲人这样说：“我们都是被上帝咬过一口的苹果，之所以跌入低谷，是因为上帝特别喜欢我们的芬芳，咬的一口大了点，狠了点，他在考验我们。”

人要想到“天将降大任于斯人也，必先苦其心志，劳其筋骨，饿其体肤，空乏其身，行拂乱其所为，所以动心忍性，曾益其所不能”。虽然我们不是个个都要承担大任，但是上进的人却总要走向巅峰，走向辉煌的，所以就要付出比旁人多的辛劳与汗水，还有泪水。失败与成功仅一步之遥，低谷与巅峰之间却有一段漫长和曲折的路程，在这坎坷中，我们要找准自己的位置，摆正自己的心态，从从容容地做好自己，让自己从低谷中迅速走出来，爬向属于自己的巅峰。

“风物长宜放眼量”。遭遇人生低谷，这并非完全是坏事，至少为我们提供了一个另眼看人生的契机。笔者见过不少病人，因为大病一场，却从中看清了生活中的孰轻孰重；学会了宽容和忍耐；看透了人性中的善与恶但又能收起了仇恨和自私；更懂得了珍惜，珍惜友情与亲情。曾经的迷途豁然开朗，整个人脱胎换骨。世上的种种困难，对一些人来说是磨难，对另外一些人来说，可以是财富。

人生总会有低谷，积极作为，走出低谷才算成功啊！

写于2015年夏

锲而舍之，朽木不折
锲而不舍，金石可镂

2015年8月6日，在俄罗斯喀山举行的第16届世界游泳锦标赛男子100米自由泳决赛中，首次参加世锦赛的宁泽涛以47秒84的骄人成绩夺冠，成为第一位在游泳世锦赛获得短程冠军的亚洲人，创造了新的历史。继孙杨之后，又一位泳坛偶像诞生了。

我们的生活从来不缺乏偶像，尤其是体育明星偶像，从刘翔到姚明，从李娜到孙杨。每每想起，你是否也有一丝冲动，想去赛场上一展雄风呢？

很多人年轻或年幼时都有过理想，理想有高不可攀的，也有实实在在的。然而，有了理想就一定意味着成功吗？错了，在这个星球上，成功的人永远是少数，因为，理想仅仅是生命的灯塔，在人生的航程上，你有了理想，只是说明你看到了遥远的一缕光芒，一个目标，但并非每一个人都有驶向目标的动力、到达彼岸的耐力、忍受痛苦的能力和百折不挠的毅力。在茫茫海面上，如果人人都能心想事成，那么就不存在成功与失败，不存在杰出与平庸了，毕竟，在这一望无际的大海中，到处隐藏着惊涛骇浪和尖礁深渊。

我们往往只看到了成功人士光鲜灿烂的一面，看到他们手捧鲜花、一脸的微笑绽放，但是很少有人注意到他们多年来背后的心酸和孤寂。

体育界如此，科学界何尝不如此？法国科学家巴斯德，为研制消毒方法而呕心沥血，但是曾几何时，许多同行对他的见解都嗤之以鼻。许多年后，当巴斯德功成名就时，有人问他成功的经验。这位老者，只是微微一笑，仿佛一切的遭罪、一切的苦闷、一切的怨愤都是过眼云烟，淡淡地说了一句："我的唯一力量就是坚持的精神。"

坚持的精神，不仅是科学家的瑰宝，更是全人类实现梦想、达成理想的基石。英国前首相丘吉尔在演讲的时候，记者问他成功的秘诀，他只用了三句话：第一句是"绝不放弃"，第二句是"绝不绝不放弃"，第三句是"绝不绝不绝不放弃"。

在追求成功的道路上，除了要有成功的渴望、自信的冲劲，还要有锲而不舍的精神。

美国作家海明威的小说《老人与海》曾令无数的读者震撼不已。小说描写的是一个年近六旬的老渔夫，在一次单身出海打鱼时，钓到了一条大马林鱼，却一时拉不上来。老渔夫同大鱼周旋了几天后，才发现这是一条超过自己渔船数倍的大马林鱼，虽然明知很难取胜，但老人仍不放弃。"大马林鱼开始快速地围着小渔船游动，将缆绳缠绕到了桅杆上，老人右手高举着钢叉，在它跃出水面的一瞬间，竭尽全力地向它的心脏掷去。一声哀鸣结束了大鱼的生命，它静静地浮在水面上……"

然而，大马林鱼伤口上的鱼腥味引来了几群鲨鱼的抢食，老人依旧毫不退缩，他"左手正好在抽筋，只能使用右手，拿木棒、捕获剑鱼的嘴等一切可以用来攻击的武器自卫，并最终赶走了这群鲨鱼"，突出重围后，他艰难地将仅剩下骨架的大鱼带回了渔港。

生死较量，最终以老人的完胜收场。

在这场惊心动魄的拼搏中，老人只要稍有一丝的气馁或放弃的冲动，胜利就会弃他扬长而去，只留下耻辱。有时候，成功只在于最后的五分钟。但是，又有谁能看清这一点？那些痛苦、彷徨和无助，很可能已经把人折磨得六神无主、精疲力尽。因此，越是困难的时候，越应该保持清醒，越应该想到光明，就如同马拉松比赛，如果选择了参与，就不要主动放弃，因为中途停下来就意味着自己之前的辛劳彻底化为泡影，每前进一步就距离终点近一点，每跨越一次障碍就距离成功近一点。人，有时候不是为了战胜对手，而是为了战胜自己，战胜自己心中那懦弱的幽灵，从而获取自强不息的生命能量。

毕生的奋斗，毕生的不懈努力，才迎来人生的顶峰和后人的赞誉……

其实，生活中很多平凡事，并没有多少风云变幻、惊涛骇浪，更多的是平平淡淡。然而，坚持不懈的精神，却无处不在，从不过时。

作家刘震云的舅舅曾经对他说过一句对他很重要的话："像你这样不聪明又不笨的人，一生只要干好一件事就行了，而且做事一定要慢。"一生只要干好一件事情。这看似简单的一句话，却隐含着多么可贵的坚持精神！对于大多数不聪明又不笨的平凡人来说，之所以没有成为大作家或其他有建树的人，也许正因为他们缺乏专心干好一件事的坚持精神吧。

俗话说"行行出状元"，即使是立志做一个普普通通的皮鞋匠，如果真的坚持下去，也会成为一个创造经典而了不起的皮鞋匠。只是，人们往往贪图虚荣或附庸风雅，一味不甘寂寞、沽名钓誉、见异思迁，反而让自己变成了一事无成的庸人。看来，一个人只要专心致志，持之以恒，做成功一件事并不难，难的是那份清静的心境、那份坚定的执著、那份耐得住寂寞与嘲笑的定力。上天给了足够的时间，让我们做成一件事，重要的是不能三心二意和半途而废。

十一年前，有一位即将毕业的大学生，他给自己定下了一个当时很时髦的目标——考硕士研究生。

他在专业领域毫无天赋，表现平平，每年寒窗苦读换来的考试成绩都顶多是比上不足，比下有余。然而，正因为如此，他才需要用考研这种方式来证明自己的存在，证明自己的能力。他，还不成熟，似乎不需要知道考上的专业对日后发展有多少帮助，不需要考虑研究生毕业后在哪个地方谋生，甚至不在乎这个行业是否令自己喜欢。他，只需要凭着很好的成绩考得上，就可以了。

于是，他决心用一年的时间去征服对手，去征服自己，去征服硕士入学考试。在外面租了一间破旧的小房子后，他关起门来，便潜心开始了功课的复习。除了见习、实习，剩下的所有时间，他都花在准备考试之上，没有欢乐，只有压抑，没有刺激，只有枯燥，没有多姿多彩的热闹，只有离群索居的孤独。一切仅仅为了“专心”二字。专心走自己的路，让冷言冷语在身边擦肩而过。

多少次，他不得不收起那颗喜欢奔腾的心，重新把脑袋埋在纸堆旧书里，从盈盈皓月、浩浩繁星，一直到旭日当空、雄鸡报晓。窗前的露珠干了，杯中的开水冰了，眼里的血丝更红了。

想过放弃吗？不！不能！开弓没有回头箭。

只有用坚持不懈去实现目标，才能证明自己的选择没有错，才能证明那些否定自己的人，是错误和荒谬的！

不在乎别人的议论纷纷，不在乎旁人的冷嘲热讽，不在乎周遭的急速变迁。暂时也好，永远也罢。

情窦初开的年华，最怕就是遭遇思恋。人总是不能脱离社会，在那段特殊的日子里，有一个女孩曾经走进他的心灵。他，从没有打过爱情预防针的人，不知不觉有点慌神，有些心不在焉。无数次闭上眼睛时，那个异性的身影和微笑总是在脑海中不请自来，书本看不下去，题目做不下去，未来就像一片海市蜃楼。

那个时候，距离考试，距离这“最后”的较量，只有两个月。十个月过去了，光阴似箭，没有虚度，只有充实。两个月就在前面，却好像度日如年，艰难漫长。纵然没想过放弃证明自己的机会，但却着实动过放弃单调乏味的生活这一念头。

长跑比赛，最痛苦的就是接近终点之时，身体疲惫不堪了，精神心猿意马了……他狠狠地咬着牙，仿佛用锥子在自己的心上、身上用力地猛刺，不见血不罢休！为了最初的目标，他只有选择放弃，放弃可能的快活，放弃可能的幸福，放弃一切可能干扰自己实现目标的想法。在不可名状的痛苦和烦躁中，他找到了最安静、最心无旁骛的方式——关掉手机、继续看书……

那些难忘的日日夜夜里，他培养出了一种坚持不懈的精神，以至于这种精神时时刻刻都在鞭策着他面对生活的压力、困难和挑战，以至于直到今天，这种精神让他在看似枯燥的日子中，笔耕不辍，不断留下属于自己的篇章。

物质都是暂时的，精神却是永恒的！路漫漫其修远兮，沿途布满荆棘，只有精神的力量才能支撑走完这样的人生路。

坚持的意义并不在于一时决心立志的气势，而在于立志之后，日复一日的平凡简单和重重复复，就像顺着屋檐流下的水滴，细水长流，日积月累，直到穿透了地上的坚石。

不是每个人都可以做伟人、名人，但是每个人都可以不做庸人，只要他记起荀子的那句话：“锲而舍之，朽木不折；锲而不舍，金石可镂。”只要他心中有那么一种精神，在驱动着他的生命。

写于2015年夏

试读司马迁

我小时候，读过司马迁的《报任安书》，里面有一段话给我的印象特别深刻：“西伯（周文王）拘而演《周易》；仲尼厄而作《春秋》；屈原放逐，乃赋《离骚》；左丘失明，厥有《国语》；孙子膑脚，《兵法》修列；不韦迁蜀，世传《吕览》；韩非囚秦，《说难》《孤愤》。《诗》三百篇，大抵圣贤发愤之所为作也。”

那个时候，一个懵懂少年，仅仅对司马迁的生平略有所知，连《史记》都不曾好好读过，是不能全部理解这其中深意的，更不会体会作者的真实心境，只是朦朦胧胧地觉得，人在困境中是可以有所作为的，仅此而已。

为什么周文王被拘禁反而能推演出六十四卦，写成了《周易》？为什么孔子一生困顿不得志，居然写成了《春秋》？为什么屈原被流放，还能完成千古名篇《离骚》？为什么孙膑受刑致残，却能让兵法一书流传后世？还有，为什么皇皇《二十四史》里面，只有司马迁的《史记》最能感动读者，最能震撼今人的灵魂呢？当初，我们只知道结果，却不知道过程。其实，从逆境出发，可以走出两条截然不同的人生，一条通向自暴自弃和沉沦；另一条通向奋发图强和飞跃。

回想起快乐的童年，也许那个时候并没有什么真正的困顿和逆境。在家里一直由爷爷、奶奶照料的小童，是温室的弱苗，可能接触外面的世界很少，感染病菌的机会也就不多，当然很少生病。然而，一旦上了幼儿园，接触的小朋友多了，吸入的空气难免混浊不净，此后，感冒发烧在所难免，甚至一年好几次。这是成长的代价，几乎没有家长会因此而让孩子辍学在家，因为，孩子还要上小学、中学、大学，直至进入社会，学会谋生，安身立命，不可能一辈子待在家里被日渐年迈的父母供养下去。这些病痛，对孩子固然有些打击，每次夜里听到儿子烦躁不安地咳嗽、吵闹、啼哭时，心里难免有刀割般的疼痛，每次在医院看见病儿在打针时的苦苦挣扎、家属的愁眉苦脸，心里也不免有一阵恻隐和同情。

对儿童而言，这就是人生最初的逆境，这就是洗礼，人人避无可避。你，别无选择！跨过去，就赢得了一次胜利，就好比打了一支有效的疫苗，对疾病的抵抗力会有所增强，对社会的适应性会有所提高。人，也就是这样慢慢长大。

年岁在悄悄地增加，学堂上的高分、低分逐渐成为了青少年生活的中心。因为考试的成绩不佳，我们曾经在老师严厉的目光中，在家长无奈的叹息里，自己偷偷掉眼泪。这是青葱年华最常遇见的逆境。这时，耳边常会响起激励、鞭策的声音，于是，路还是照样走下去，书也是照样读下去，因为总是相信每天的太阳都是新的，新的阳光一定能驱散逆境中的阴霾。

后来，我们真正步入了社会，步入了职场，甚至步入了婚姻殿堂。考验仍然应接不暇。小人无情的打压让人心浮气躁，恶人无耻的冷箭让人防不胜防。冷嘲热讽的唾沫仿佛不把你淹没就誓不罢手，恶意中伤的毒舌似乎不把你刺伤就永不休止。办公室政治、尔虞我诈、流言蜚语，还有那躲在阴暗角落里一双双贪婪而又猥琐的眼睛……于是，你不得不摔倒在逆境的泥潭中，不可自拔还是绝处逢生？

这就是我们绝大多数人一生当中屡屡遭受的困惑。是的，我们可以横眉冷对，但不可以轻眼视之，可以重新爬起，但不可以轻言失败。闯过了一关又一关，你注定会变得心智成熟，甚至变得百毒不侵，当回首人生时，你还会觉得精彩纷呈。那些跳梁小丑，只是这一活剧中不可或缺的反角而已。

慢慢地，我们也会变老，父母亲也会步入垂暮之年。这时候，亲人和自己的生老病死就成为我们最常遇见的逆境。这一步，人类是无法逾越的，因为人，不管多伟大，多了不起，都不过是自然界的一分子。但是，我们可以过得豁达，过得开朗，让逆境在心中尽量少地留下伤痕，让泪光继续充满希望，并把这种希望感染我们的挚友、我们的下一代。

常人的一生，遭遇逆境与面对逆境，无非如此。但是，伟大人物的境况却远超于此，这也就是为何天下有常人和伟人之分。两千多年前的那位史官，他遭受过最不公正的审判和最奇耻大辱的刑罚。很多人为此会想到自杀，他也动过一死了之的念头。但是，为了父亲的嘱托，为了完成历史赋予他的神圣使命，痛定思痛之后，他决定活下去，不是苟且地活下去，而是坚强刚毅地活下去，用那支如椽大笔，更用那颗不死的心。因为他有着那股不挠的执著，有着一种为理想而搏斗的精神。心不死，精神不死，人也就不死，虽然肉体早已腐朽。于是，两千多年来，人们都能感受到《史记》的壮美雄浑和司马迁“重于泰山”的生命价值。他何曾离我们远去？

人所拥有的任何东西，都可以被剥夺，只有一样东西，没人可以夺走，那就是无论身处任何境遇，每个人都可以保有的“心”！

活着，就应该有信念。

人的一生中，难免遭遇各种挫折与痛苦，这有时就像一把利刃，尖锐到会摧毁一个人，让人痛不欲生、一蹶不振，让人绝望、迷失；但是相反，有的人在那样痛苦的当下，反而找到了让自己重新出发的能量与勇气。

没有苦难，司马迁成不了写就经典的司马迁。正是不幸的逆境，点燃了这些有信念的人内心熊熊的烈火。想想他们的人生，苦难给予他们的磨练，绝对是其建功立业的最强推动力。困顿的环境激发了他们的潜能和毅力，把他们推向高峰。

其实，无论是逆境还是顺境，都是外在的因素，自身的信念和毅力才是他们得以持之以恒、努力奋进直至成功的根本。漫漫长夜，终究会迎来黎明的光辉的。

凤凰浴火前，总有阵痛。

无论顺境还是逆境，都权当是“天将降大任”的考验，我们才不枉此生。请相信，被苦日子折磨的你我，就好比铁炉大火中的一块生铁，只要熬过了烈焰，就能变得坚硬无比。

写于 2013 年夏

爱情 PK 情爱

今天是 12 月 1 日，世界艾滋病日。

为提高人们对艾滋病的认识，世界卫生组织于 1988 年 1 月将每年的这一天定为世界艾滋病日，号召世界各国和国际组织在这一天举办相关活动，宣传和普及预防艾滋病的知识。

近年来，我国艾滋病调查数据显示，艾滋病经性传播所占比例不断扩大。2005 年为百分之十一点六；到 2007 年增加到百分之四十二点三，2009 年为百分之五十七点四；2011 年为百分之八十点四，其中，同性、异性传播分别占百分之十四点七和百分之六十五点七；2013 年 1 至 9 月，经性传播比例已近九成，其中经同性传播为百分之二十点八，经异性传播比例为百分之六十九点一。

专家指出，随着传播方式的改变，我国艾滋病疫情已由高危人群向一般人群扩散。当前艾滋病感染群体更加分散，已不再集中于吸毒人员等高危人群中。

在港台地区，艾滋病通常被翻译成更传神的“爱滋病”，有些事情，不言而喻，一目了然。

从古代到现代，爱情和情爱，从来都是这个世界上最为重要的非理性力量，不同的是，前者与富贵贫贱、门当户对相抗衡；后者则与自律自爱、单纯专一相对垒。爱情的殉道者是焦仲卿和刘兰芝，情爱的表演者是西门庆和潘金莲。

每个人的内心，都藏着白色的天使以及黑色的魔鬼，天使总是在人们产生欲望的时候，教导人们克制，引导人们要做一个端端正正的人；魔鬼呢，在人们的欲望萌芽之时，总是纵容人们去满足，去发泄，甚至去为所欲为。当天使被魔鬼压制的时候，人，也就开始失控，就像一艘在大海中坏掉航海罗盘的船，或许能侥幸地漂移到孤岛上搁浅，但更多的时候，是撞在坚硬锋利的礁石上，粉身碎骨。

肾上腺素喷涌而出时，相信的，是自己的身体而不是思考。冲动爆发之际，如同狂风卷起千堆雪浪，冲向云霄，自诩强悍的生命在激荡中，成就了华丽的符号、绚烂的色彩，也获得了无穷的快感。当一切归于平静的时候，他们的身躯，也许就是退潮后的沙滩，一片狼藉，一片死寂。

从淋病，到梅毒，再到艾滋，所有的一切灾难都仿佛是上天刻意给人类制定的魔咒和戒律。人之所以为人，就是因为他们懂得如何珍藏爱，而不是发泄“爱”。

虽然人总是在文明的道路上奔跑，但这只是物质的文明，因此，他们只是更多地发明新的武器去摧毁对手、新的药剂去杀灭病菌，而在精神的发展层面上总是滞后和迟钝，以至于科学越发达，人的放肆就越荒唐。当梅毒病人们被折磨致死后，人类发奋图强研制出青霉素，然后沾沾自喜地继续纵欲。于是，上天就把艾滋这个魔鬼从地狱里放出来，让它具有在人体内躲避所有药物杀伤的超能力，作为惩戒。当人类不甘失败，把保险套设计得无懈可击时，又不知道上天会让哪一只魔鬼降临到人间。真正“道高一尺，魔高一丈”的是上天，是大自然。人类不可能彻底战胜自然，就如同孙悟空永远跳不出如来佛的五指山一样。因为自然规律才是永恒的力量，而自然规律就是排斥贪婪的欲望，就是要世间万事万物保持节制和平衡，不容过滥。

大多数人在谈论爱情的时候，他们所谈论的只是欲望。欲望很简单，爱情很复杂。情爱是迷乱，爱情是唯一。

人的一生中见过成千上万的异性，也会对其中的很多肉体产生欲望。但只有一个，让人甜蜜爱慕，苦苦思念，让人觉得他或她，全身上下无一处不可爱，让人竟说出“至死不渝”这样的傻话来。爱情就是连自己都百思不得其解的化学作用，充满了机缘和巧合。

《诗经》里说:“青青子衿，悠悠我心。纵我不往，子宁不嗣音？”仅仅是衣领的一角，就让人不能自拔。

《红楼梦》里，贾宝玉和林黛玉相爱至深，却从未相互说过一句“我爱你”，只有两颗心相互吸引和印证的过程。贾宝玉只说:“你证我证，心证意证，是无有证，斯可云证。”爱意是不必吐露和证明的。

这样的爱情，是失传已久的天才技艺，似乎只存在于史书泛黄的纸页以及游吟诗人喃喃的细语中。

一位先生车祸受重伤，一个月做了四次开颅骨手术。结婚二十年的妻子二十四小时不停呼唤他，助他度过了一生中最危险的二十九天。一位妻子年轻时不幸罹患肾病，持续血液透析数十年，陪在她身旁，从英俊小伙子陪到秃顶中年人的是她不离不弃的丈夫。

看来，只有爱情，才是宇宙间独一无二的，才是大自然最敬而远之的力量啊！

写于2013年冬

在21世纪过宋朝春节

宋人笔下，以春节为题材的诗词屡有佳作。比如，辛弃疾的《青玉案·元夕》："东风夜放花千树，更吹落，星如雨。宝马雕车香满路。凤箫声动，玉壶光转，一夜鱼龙舞。"佳句早已脍炙人口。虽然宋人很喜欢把政治抱负和哲学情怀糅进创作中，但那作为载体的词句也或多或少透露出宋朝的新年习俗。在这方面，最深入民心的恐怕要数北宋大政治家兼文学家王安石的《元日》："爆竹声中一岁除，春风送暖入屠苏。千门万户曈曈日，总把新桃换旧符。"

这老少妇孺皆朗朗上口的杰作，让浓郁的新年气氛跃然纸上。乍一看，其中的情景既熟悉又陌生。鞭炮声声，家家欢腾，迎春接福固然再熟悉不过，而"屠苏"、"新桃"、"旧符"又是何物？

对宋代文化苦心孤诣的李开周先生再出新作——《过一个欢乐的宋朝新年》。今天，距丙申猴年只有一周，捧着他的新作，窗外纵然是澳门罕见的寒流涌动，而窗下则是一股喜庆情愫在暖融融地流淌。

一千年时光在人类历史上不过是白驹过隙。宋朝真的离我们很遥远吗？

其实，我们的年俗不仅一脉相承，而且如影随形。广东人常说"冬至大过年"，把冬至摆得很尊尚，宋人也如此，而且他们冬至能连放好几天假，不知你是否艳羡？宋人过冬至，主食是“馄饨”，即现在的饺子原型。那热气腾腾的面皮包裹着荤香，居然跨越千年仍欢快四溢。

明天就是腊月二十三，俗称过小年，我们喜欢在这天祭祀灶君，不过据李先生考证，宋人过小年祭灶君是在腊月二十四。和我们一样，宋人的年夜饭格外丰富，七碟八碗堆满桌，有鸡有鱼有荤有素，此外，还有必不可少的“馎饦”与“春盘”，前者正是大家熟悉的面条，用菜羹或肉羹煮熟的面条！台湾人除夕的主食是汤圆和甜粿，大陆人除夕的主食是汤圆和饺子，而宋人却以馎饦为主。读到此处，那香喷喷的团圆味已迫不及待地扑鼻而来。

宋朝是一个网民很想穿越的朝代，她商业发达，文化繁荣，政治环境宽松，据说大臣有风骨，知识分子有地位，而市井草民的小日子也颇舒坦滋润，由此衍生出多姿多彩的生活方式，在继承唐代胡汉大融合的基础上，一系列风俗习惯逐步定型，并把无尽的生命力延续至今。

按照中国的老规矩，小孩给大人拜年，大人要发给小孩红包，即压岁钱。宋人也类似，只是名称不叫压岁钱，而叫“随年钱”。台湾朋友给小孩发红包忌讳奇数。大陆无此忌讳，在笔者的老家广东新会，有些老人经济拮据，会给血缘疏远的晚辈发一元或五元红包，聊表心意。宋人发红包更不在乎奇偶，因为他们是按小孩的年龄来发的。年龄不全是偶数，“随年钱”自然也是有奇有偶。

时下的内地，一般企事业单位过年会放七天左右长假，当然值班同事（包括医生）总得牺牲点团聚时间，改天再补了。无独有偶，北宋时期，公务员也能享受五到七天的新年“黄金周”，如果你被安排这段时间某日“休务”，对不起，并非休假之意，而是值班之命。估计从古至今无人会嫌假期太长，不过，刚直苛刻的包拯包龙图却认为，长假导致部门事务堆积，工作拖沓，强烈建议缩减假期，果真有“以民为本”的思想。

宋人采办年货，有“腊药、锦装、新历、诸般大小门神、桃符、钟馗、春帖、天行帖儿、金彩”等，这与我们今日有几分相似之处，他们也购买春帖对联、更换日历，只是各位看官未必知晓为何春节要准备药材、对联上有哪些吉祥语吧？

带着问号，你将在书中获得奇趣的新知与旧闻，这是中华民族共同的记忆，是破解文化传承密码的钥匙。

在新春佳节品味墨迹上的古老新年，并不是一种猎奇，而是一种寻根，是追怀那似远非远的年俗，是恪守、尊崇我们祖先勤劳善良、勤俭持家的传统精神。时至今日，两岸四地、五湖四海、天南地北，年俗纵使各有特色，但主色调却大同小异。在万家团圆即将来临的时刻，想想一千年前我们和同一家，围在炉火旁支起暖烘烘的陶器青瓷，该是何等的温馨啊！

写于 2016 年 1 月 31 日

（发表于 2016 年 2 月 7 日《澳门日报·文化阅读》）

后　记

提起笔来，该给这本文集起个什么名字呢？

旋又放下，窗外孤月无声，深巷里几声犬吠格外清晰，似是幽怨，也像自弹自唱，寒风隔着密闭的缝隙仍旧发出丝丝喘鸣，那是最恰如其分的和声吗？

家在炉石塘，亦称庇山耶街。我蛰伏于此，已整整六年。

炉石塘原是澳门北湾内港的一处避风塘，因这一带以前乱石杂出，其上野芦苇与荻花丛生，据谐音而得名。同治年间澳葡政府在北湾填海造地，炉石塘遂被填塞，并产生了炉石塘街区，发展为手工艺坊，新马路开辟后，街区陆续改建为住宅至今。澳葡以著名的葡国诗人庇山耶命名此街。或许，冥冥中，诗人的魂魄在不知不觉间潜入文学爱好者的心灵，润物细无声吧！

在我认识炉石塘的时候，此地早已洗尽铅华，已然有点萧条了。几只弃猫常在巷尾溜达，在残羹冷炙中乐此不疲；破败的炭店依旧不曾抹去墙上乌黑的烟熏，只在门口徒增几堆脏兮兮的纸皮箱；老屋跟侧巷边，苔痕把衰颓的砖石点缀得仿佛锈迹斑斑。不管一墙之隔的新马路如何人气高涨、永夜未央，这儿始终低调、恬静而安分。

自己曾在一篇文章中说：“每天我都在这里日出而起，日落而归，有时还得为生计而穿行于夜半的冷月街心。我与老街在岁月中浸泡。”

炉石塘见证了我的艰辛。每天从生死线上下来，我还得为自己的兴趣大厦添砖加瓦。只有在这字里行间，自己才能找到自己，才能发掘到生活的乐趣，才能寻觅到成就感的芬芳。于是，我的绝大多数作品都诞生于炉石塘。而炉石塘，也是我的第一个读者，乃至亲密同行者。

因此，当出版社咨询我的散文集书名时，我就想到了身边的炉石塘。

炉石塘的日日夜夜，在默默耕耘中继续周而复始，不管第二天是朝阳满地，抑或乌云压顶、寒雨淋漓，这儿点燃的一团火，是不会熄灭的。

而这几十篇文字，正是这团火焰的舍利子！

感谢读者们的不离不弃，感谢汤梅笑女士的悉心指点，也感谢澳门基金会各位朋友的诚挚推荐与鼎力相助！

谭健锹

2016 年 3 月

图书在版编目（CIP）数据

炉石塘的日与夜 / 谭健锹 著. -- 北京：作家出版社，2016. 7
（澳门文学丛书）
ISBN 978-7-5063-9017-0

Ⅰ. ①炉… Ⅱ. ①谭… Ⅲ. ①散文集 - 中国 - 当代
Ⅳ. ①I267

中国版本图书馆CIP数据核字（2016）第165062号

炉石塘的日与夜

作　　者： 谭健锹
责任编辑： 冯京丽
装帧设计： 棱角视觉
责任印制： 李卫东　李大庆
出版发行： 作家出版社
社　　址： 北京农展馆南里10号　　**邮　　编：** 100125
电话传真： 86-10-65930756（出版发行部）
86-10-65004079（总编室）
86-10-65015116（邮购部）
E-mail:zuojia@zuojia.net.cn
http://www.haozuojia.com（作家在线）
印　　刷： 三河市华业印务有限公司
成品尺寸： 133 × 214
字　　数： 280千
印　　张： 11. 875
版　　次： 2016年11月第1版
印　　次： 2016年11月第1次印刷
ISBN 978-7-5063-9017-0
定　　价： 33. 00元

第一批出版书目

王祯宝《曾几何时》
水　月《挥手之后还会再见吗》
邓晓炯《浮城》
未　艾《轻抚那人间的沧桑》
吕志鹏《在迷失国度下被遗忘了的自白录》
李成俊《待旦集》
李宇樑《狼狈行动》
李观鼎《三余集》
李鹏翥《澳门古今与艺文人物》
吴志良《悦读澳门》
林中英《头上彩虹》
赵　阳《没有错过的阳光》
姚　风《枯枝上的敌人》
贺绫声《如果爱情像诗般阅读》
袁绍珊《流民之歌》
黄坤尧《一方净土》
黄德鸿《澳门掌故》
梁淑淇《爱你爱我》
寂　然《有发生过》
鲁　茂《拾穗集》
穆凡中《相看是故人》
穆欣欣《寸心千里》

以上按作者姓氏笔画排序

第一批出版书目

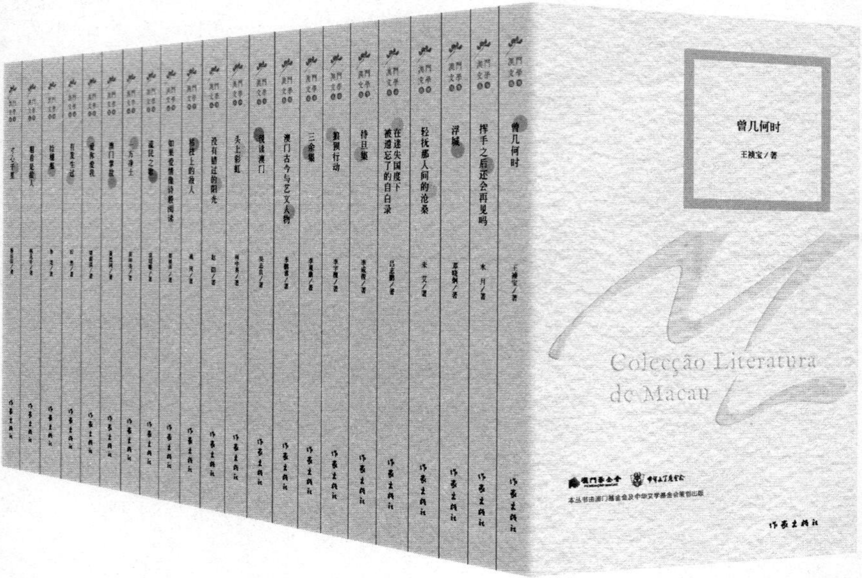

曾几何时
王祯宝／著
Colecção Literatura de Macau
本丛书由澳门基金会及中华文学基金会策划出版

第二批出版书目

太　皮《神迹》小说
尹红梅《木棉絮絮飞》散文
卢杰桦《拳王阿里》诗歌
冯倾城《未名心情》散文
朱寿桐《从俗如流》散文
吕志鹏《挣扎》诗歌
邢　悦《被确定的事》诗歌
李烈声《回首风尘》散文
沈慕文《且听风吟》诗歌
初歌今《不渡》小说
罗卫强《恍若烟花灿烂》散文
周　桐《除却天边月没人知》小说
姚　风《龙须糖万岁》评论
殷立民《殷言快语》散文
凌　谷《无边集》诗歌
凌　稜《世间情》散文
黄文辉《历史对话》诗歌
龚　刚《乘兴集》散文
陶　里《岭上造船笔记》散文
程　文《我城我书》散文
程祥徽《多味的人生之旅》散文

以上按作者姓氏笔画排序

第二批出版书目